Edgar Allan Poe
Die Maske des roten Todes

Edgar Allan Poe

Die Maske des roten Todes

und andere geheimnisvolle Erzählungen

Mit Illustrationen von Arthur Rackham

Aus dem Englischen von
Gisela Etzel und Emmy Keller

Anaconda

Die Abbildungen entstammen dem Band *Geheimnisvolle und phantastische Erzählungen von Edgar Allan Poe. Illustriert von Arthur Rackham*, Deutsche Buch-Gemeinschaft, Berlin 1938

MIX
Papier | Fördert
gute Waldnutzung
FSC
www.fsc.org FSC® C014496

Penguin Random House Verlagsgruppe FSC® N001967

Die Deutsche Nationalbibliothek verzeichnet diese Publikation in der Deutschen Nationalbibliografie; detaillierte bibliografische Daten sind im Internet unter http://dnb.d-nb.de abrufbar.

© 2024 by Anaconda Verlag, einem Unternehmen der Penguin Random House Verlagsgruppe GmbH, Neumarkter Straße 28, 81673 München
Alle Rechte vorbehalten.
Umschlaggestaltung: www.katjaholst.de
Umschlagmotiv: Adobe Stock / Standa_art
Satz und Layout: InterMedia – Lemke e. K., Heiligenhaus
Druck und Bindung: GGP Media GmbH, Pößneck
Printed in Germany
ISBN 978-3-7306-1448-8
www.anacondaverlag.de

Inhalt

Der Teufel der Verkehrtheit

Bei Feststellung der Eigenschaften und Impulse – der prima mobilia der menschlichen Seele – haben die Psychologen eine uns eingeborene Eigenschaft immer wieder übersehen – ein Gefühl, das unserer Seele von Urbeginn unwandelbar und ewig mitgegeben ist. Wir haben sein Vorhandensein unseren Sinnen entgehen lassen – aus Mangel an Glauben, an Gewissenhaftigkeit; wir haben weder die Offenbarung noch die Philosophie tief genug genommen und jene Eigenschaft nur darum übersehen, weil sie so überragend und dabei so wesenlos ist. Wir sahen keine *Notwendigkeit* für den Impuls – für diesen Hang. Wir konnten es nicht begreifen, vielmehr, wir hätten es nicht begreifen können, wenn der Begriff dieses »primum mobile« sich uns jemals aufgedrängt hätte, wir hätten nicht begreifen können, wieso er geschaffen sei, die Ziele der Menschheit – seien es irdische oder ewige – zu fördern. Es kann nicht geleugnet werden, dass die Psychologie und alles in allem auch die Metaphysik sich »a priori« entwickelt haben. Der intellektuelle oder logische Mensch, mehr noch als der erfahrene und beobachtende, unternimmt es, Ziele, Gründe zu suchen – Gottes Absichten mit der Menschheit. Hat er so zu seiner Zufriedenheit die Absichten Jehovas sondiert, so erbaut er auf diesen Absichten seine zahllosen Systeme der Vernunft. In der vergleichenden Psychologie z. B. schlossen wir zunächst – natürlich genug –, dass die Nahrungsaufnahme des Menschen göttlicher Wille sei. Wir wiesen daraufhin dem Menschen einen Ernährungstrieb zu, und dieser Trieb ist die Geißel, mithilfe deren die Gottheit den Menschen, er mag wollen oder nicht, zum Essen zwingt. Zweitens stellten wir fest, es sei Gottes Wille, dass der Mensch sein Geschlecht vermehre, und sogleich entdeckten wir einen Liebestrieb; und so machten wir's weiter mit dem Widerspruchsgeist, mit der Idealität, der Kausalität – kurz so machten wir's mit jeder Eigenschaft, mochte sie nun einen seelischen Trieb, ein moralisches Empfinden oder eine Fähigkeit des reinen Intellekts vorstellen. Und bei dieser Aufstellung der *principia* menschlichen Handelns sind die Spurzheimiten (ob nun mit Recht oder Unrecht) lediglich in die Fußstapfen ihrer Vorgänger getreten, indem sie alles von der vorgefassten Bestimmung des Menschen ableiteten und auf feste Absichten des Schöpfers zurückführten.

Es wäre weiser, es wäre sicherer gewesen, solche Klassifizierung (wenn wir denn überhaupt klassifizieren müssen) auf der Basis dessen aufzubauen, was Menschen gewöhnlich oder gelegentlich taten und immer gelegentlich getan hatten, als auf dem, was wir für die ausgemachte Absicht Gottes mit der Menschheit annahmen. Wenn wir Gott in seinen sichtbaren Werken nicht begreifen können, wie denn in seinen unfassbaren Gedanken, die die Werke ins Leben rufen? Wenn wir ihn in seinen körperlichen Schöpfungen nicht erfassen können, wie denn in seinen unkörperlichen Stimmungen und Schöpfungsphasen?

Durch Induktion a posteriori hätte die Psychologie dahin kommen müssen, eine eingeborene und urewige Triebfeder menschlichen Handelns aufzudecken: ein paradoxes Etwas, das wir, aus Mangel an einer treffenderen Bezeichnung, »Verkehrtheit« nennen wollen. Ich möchte sagen, es ist eine *Bewegung* ohne *Beweggrund,* ein Anreiz ohne ersichtlichen Zweck, oder wenn diese Bezeichnung widersinnig erscheint, wollen wir die Behauptung so weit modifizieren, zu sagen: Wir folgen dem Anreiz, weil wir ihm nicht folgen sollten. Der Theorie nach kann wohl kein Grund unvernünftiger sein, den Tatsachen nach gibt es keinen stärkeren. In gewissem Sinne, unter gewissen Umständen wirkt er ganz unwiderstehlich. Ich weiß nicht gewisser, dass ich atme, als ich weiß, dass die Gewissheit, ein Unrecht, einen Fehler zu begehen, oft die *eine* unwiderstehliche Macht ist, die allein unser Handeln bestimmt; auch lässt diese unwiderstehliche Neigung, um des Unrechts willen unrecht zu tun, keine Analyse oder Auflösung in andere Elemente zu. Es ist ein eingewurzelter, urewiger – ein elementarer Hang. Ich weiß, man wird sagen, das Begehen einer Handlung, weil wir fühlen, wir sollten sie *nicht* begehen, ist nichts als eine Abart dessen, was die Psychologie *Widerspruchsgeist* nennt. Ein Blick aber wird die Unrichtigkeit dieser Annahme zeigen. Der psychologische Widerspruchsgeist entspringt in erster Linie der Selbstverteidigung. Er ist unser Schützer vor Beleidigung. Sein Grundgedanke ist unser Wohlergehen; und so steigert sich mit seiner Entwicklung auch unser Wunsch nach Wohlergehen. Hieraus folgt, dass der Wunsch nach Wohlergehen sich gleichzeitig mit jeder Eigenschaft entwickeln muss, die lediglich eine Abart des Widerspruchsgeistes ist; bei jenem Etwas aber, das ich als »*Verkehrtheit*« bezeichne, wird nicht nur der Wunsch nach Wohlergehen gar nicht entstehen, sondern ein ganz entgegenwirkendes Gefühl vorhanden sein.

Ein Appell an das eigene Herz ist schließlich die beste Antwort auf die eben angeführte Sophisterei. Keiner, der seine eigene Seele vertrauensvoll um Rat fragt, kann die elementare Ursprünglichkeit der fraglichen Eigenschaft leugnen. *Sie ist da*, mag sie uns auch noch so unbegreiflich erscheinen. Es gibt keinen Menschen, der nicht zum Beispiel zu irgendeiner Zeit von dem ernstlichen Wunsch besessen gewesen wäre, einen Zuhörer durch unnütze Umschweife zu quälen. Der Sprecher weiß, dass er missfällt; er hat allen guten Willen, zu gefallen; er ist für gewöhnlich kurz, deutlich und klar; der prägnanteste, lakonischste Ausdruck schwebt ihm auf der Zunge; nur mit Mühe hält er ihn zurück; er scheut und fürchtet den Zorn dessen, zu dem er spricht – dennoch packt ihn der Gedanke, durch gewisse Einschaltungen und Umschweife könne dieser Zorn noch gesteigert werden. Dieser eine Gedanke genügt. Der Einfall wird zu einem Wunsch, der Wunsch zu einem Verlangen, das Verlangen zu einem qualvollen Bedürfnis, und dem Bedürfnis wird (mit tiefem Bedauern und herzlicher Reue und in Missachtung aller Folgen) stattgegeben.

Wir haben eine Arbeit vor, die schleunigst erledigt werden muss. Wir wissen, dass ein Aufschub unheilvoll sein wird. Der bedeutsamste Wendepunkt unseres Lebens ruft wie mit Posaunen zu sofortigem energischen Handeln. Wir glühen, verzehrender Eifer erfüllt uns, das Werk zu beginnen, von dessen ruhmvollem Ausgang unsere Seele entflammt ist. Es muss, es soll heute in Angriff genommen werden – und dennoch schieben wir es auf bis morgen; und warum? Es gibt keine andere Antwort als die, dass wir *verkehrt* fühlen. Der andere Tag kommt, und mit ihm ein ungeduldigeres Verlangen, unsere Pflicht zu tun, aber gleichzeitig mit diesem gesteigerten Verlangen erhebt sich eine namenlose, eine geradezu angstvolle, weil unermessliche Begier nach Aufschub. Diese Gier nimmt zu, je mehr die Zeit entflieht. Die letzte Stunde zum Handeln ist gekommen. Wir erbeben unter der Heftigkeit des inneren Widerstreits – der Entschiedenheit mit der Unentschiedenheit – des Wesentlichen mit dem Schattenhaften. Ist aber der Streit einmal so weit gediehen, so ist es der Schatten, der die Oberhand gewinnt – wir ringen vergebens. Die Uhr schlägt und ist das Grabgeläute unseres Strebens nach Erfolg. Gleichzeitig aber ist es der Hahnenschrei für das Gespenst, das uns so lange schreckte. Es flieht – es verschwindet – wir sind frei. Die alte Willenskraft kommt wieder. Jetzt wollen wir arbeiten. Weh, es ist *zu spät*!

Wir stehen am Rande eines Abgrunds. Wir spähen hinab – uns wird übel und schwindlig. Unser erster Impuls ist, vor der Gefahr zurückzuweichen. Unerklärlicherweise bleiben wir. Nach und nach versinken unsere Übelkeit, unser Schwindel und Entsetzen in einem Nebel unnennbarer Gefühle. Allmählich, ganz allmählich nimmt diese Nebelwolke Formen an, so wie sich in dem Märchen aus »Tausendundeiner Nacht« aus dem der Flasche entsteigenden Dampf der Geist formte. Aber aus dieser *unserer* Wolke am Rande des Abgrunds erwächst fühlbar eine Form, weit schrecklicher als irgendein böser Geist oder Märchen-Dämon – und doch ist es nichts als ein Gedanke, wenngleich ein fürchterlicher und einer, der uns das Mark in den Knochen gefrieren lässt in grausigem Entzücken. Es ist nur die Vorstellung, was wir wohl bei einem fliegenden Sturz von solcher Höhe empfinden würden; und dieser Sturz – diese taumelnde Vernichtung –, die uns das unheimlichste und widerlichste Bild aller unheimlichen und widerlichen Bilder von Tod und Qual vor Augen stellt – gerade diese Vernichtung reizt uns; und weil unsere Vernunft uns heftig vom Rande des Absturzes zurückruft, gerade darum nähern wir uns ihm mehr und mehr. Kein leidenschaftliches Gefühl in der Natur ist so teuflisch ungeduldig als das desjenigen, der schaudernd am Rande des Abgrunds steht und daran denkt, sich hinabzustürzen. Sich auch nur für einen Augenblick *einem* Gedanken hinzugeben, heißt unweigerlich verloren sein; denn Nachdenken rät uns abzulassen, und eben *darum*, sage ich, können wir es nicht. Ist kein gütiger Arm nahe, uns zurückzuhalten, oder verfehlen wir bei einem plötzlichen Entschluss, vom Abgrund zurückzutreten, den festen Boden, so stürzen wir hinab in Tod und Vernichtung.

Wir mögen über dieses und ähnliches Handeln nachsinnen, so viel wir wollen, wir werden es doch nur dem Teufel der *Verkehrtheit* zuschreiben können. Wir handeln nur so, weil wir fühlen, wir sollten es *nicht*. Darüber hinaus gibt es keine erkennbare Ursache, und wir könnten tatsächlich diese Verkehrtheit geradezu für eine Bosheit des Erzfeindes halten, wüsste man nicht, dass sie gelegentlich auch das Gute fördere.

Ich habe nun so viel gesagt, dass ich eure Frage ungefähr beantworten kann – dass ich euch erklären kann, weshalb ich hier bin – dass ich euch etwas mitteilen kann, was wenigstens halbwegs einen Grund dafür angibt, weshalb ich diese Fesseln trage und weshalb ich in dieser Zelle der Verdammten wohne. Wäre ich nicht so weitschweifig gewesen, so hättet ihr mich vollkommen missverstehen oder mich, wie der Pöbel, für verrückt erklären können. Nun aber werdet ihr leicht erkennen, dass ich eines der zahllosen Opfer bin, die der Teufel der Verkehrtheit für sich zu erbeuten weiß.

Unmöglich kann eine Tat gründlicher vorherbedacht worden sein. Wochen, Monate brütete ich über die Ausführung des Mordes. Tausend Arten verwarf ich, weil sie die *Möglichkeit* boten, mich zu verraten. Schließlich fand ich bei der Lektüre einer französischen Abhandlung den Bericht einer fast tödlichen Erkrankung einer Frau Pilau, hervorgerufen durch Gase einer zufällig vergifteten Kerze. Das reizte meine Fantasie sofort. Ich wusste, mein Opfer hatte die Gewohnheit, im Bett zu lesen. Ich wusste auch, dass sein Zimmer klein und schlecht ventiliert war. Doch was soll ich euch mit abgeschmackten Einzelheiten behelligen, weshalb die Kunstgriffe schildern, durch die es mir gelang, in seinen Schlafzimmerleuchter statt der dort vorhandenen eine von mir selbst hergestellte Wachskerze einzuschmuggeln. Am andern Morgen fand man ihn tot im Bett, und das Urteil des Leichenbeschauers lautete – »eines plötzlichen Todes gestorben«.

Ich erbte sein Vermögen, und jahrelang ging alles gut mit mir. Der Gedanke einer Entdeckung meiner Tat kam mir gar nicht in den Kopf. Die Überbleibsel der verhängnisvollen Kerze hatte ich sorgfältig vernichtet. Nicht den Schatten einer Spur hatte ich zurückgelassen, durch die man mich des Verbrechens hätte überführen oder auch nur verdächtigen können. Es ist gar nicht wiederzugeben, welch ein Gefühl der Befriedigung in mir erwachte, wenn ich an meine vollkommene Sicherheit dachte. Lange, lange Zeit hing ich diesem Gefühl nach. Es brachte mir mehr Genuss als alle die realen Vorteile, die meine Sünde mir eingetragen. Doch es kam eine Zeit, da das angenehme Gefühl gradweise und kaum wahrnehmbar zu einem mich verfolgenden und quälenden Gedanken wurde. Er quälte, weil er verfolgte. Ich konnte ihn kaum für Augenblicke loswerden. Es ist eine ganz bekannte Sache, dass irgendein Gassenhauer oder ein paar unbedeutende Takte aus einer Oper uns solcherart quälend in den Ohren klingen oder vielmehr im Gedächtnis haften bleiben; auch wird es uns nicht weniger quälen, wenn das Lied ein gutes oder die Oper eine verdienstvolle ist. Auf solche Weise also hing ich dem Gedanken an meine Sicherheit nach, ertappte mich fortwährend dabei, dass ich die Worte murmelte: »Ich bin sicher.«

Eines Tages, als ich durch die Straßen schlenderte und halblaut diese gewohnten Worte sprach, verbesserte ich sie in einem Anfall von Mutwillen so: »Ich bin sicher – ich bin sicher – ja, solange ich nicht so dumm bin, ein offenes Bekenntnis abzulegen!«

Kaum hatte ich dies gesagt, als Eiseskälte mir zum Herzen kroch. Ich hatte einige Erfahrung in solchen Anfällen der »Verkehrtheit« (deren Natur zu schildern mir

viel Mühe gemacht hat), und ich entsann mich gut, dass es mir niemals gelungen war, ihren Angriffen zu widerstehen; und nun trat mir meine eigene zufällige Eingebung, dass ich möglicherweise dumm genug sein könne, den Mord, dessen ich mich schuldig gemacht, zu bekennen, gegenüber wie das leibhaftige Gespenst des Ermordeten – und lockte mich in Tod und Verderben.

Zuerst machte ich eine Anstrengung, diesen Alb von der Seele abzuschütteln. Ich schritt schneller und schneller aus, schließlich rannte ich. Ich fühlte ein wahnsinniges Verlangen, laut aufzuschreien. Jede neue Gedankenwelle überflutete mich mit Schrecken, denn ach! ich wusste gut, nur zu gut, dass ich verloren war, wenn ich *nachdachte*. Ich beschleunigte meinen Schritt noch mehr. Ich durchraste wie ein Toller die menschenvollen Straßen. Schließlich wurden die Leute stutzig und verfolgten mich. *Nun* fühlte ich, dass sich mein Schicksal erfüllte. Hätte ich vermocht, mir die Zunge auszureißen – ich hätte es getan – doch eine raue Stimme schallte mir ins Ohr – ein rauerer Griff packte mich an den Schultern. Ich drehte mich um – ich rang nach Atem. Einen Augenblick litt ich alle Qualen des Erstickenden; ich war blind und taub und mir schwindelte; und dann schien es mir, als schlage mich irgendein unsichtbarer Dämon mit harter Faust in den Rücken. Das lang zurückgehaltene Geheimnis brach los aus meiner Seele.

Man sagt, dass ich mich klar und sicher ausdrückte, doch mit großem Nachdruck und leidenschaftlicher Hast, als fürchte ich eine Unterbrechung, ehe ich die kurzen, doch inhaltsschweren Sätze beendet, die mich dem Henker und der Hölle überlieferten.

Nachdem ich alles berichtet, was zur vollen gerichtlichen Überführung notwendig war, schlug ich ohnmächtig zu Boden.

Doch was soll ich mehr sagen? Heute trage ich diese Ketten und bin *hier*! Morgen bin ich der Fesseln ledig! – Aber wo?

Das schwatzende Herz

Wahr ist es: Nervös, entsetzlich nervös war ich damals und bin es noch. Warum aber müsst ihr durchaus behaupten, dass ich wahnsinnig sei? Mein nervöser Zustand hatte meinen Verstand nicht zerrüttet, sondern geschärft, hatte meine Sinne nicht abgestumpft, sondern wachsamer gemacht. Vor allem hatte sich mein Gehörsinn wunderbar fein entwickelt. Ich hörte alle Dinge im Himmel und auf Erden. Ich hörte viele Dinge in der Hölle. Und das sollte Wahnsinn sein? Hört zu und merkt auf, wie sachlich, wie ruhig ich die ganze Geschichte erzählen kann.

Ich kann nicht sagen, wann der Gedanke mich zum ersten Mal überfiel. Er war urplötzlich da und verfolgte mich Tag und Nacht. Ein wichtiges Motiv war nicht vorhanden. Hass war nicht vorhanden. Ich liebte den alten Mann. Er hatte mir nie etwas zuleid getan. Er hatte mir nie eine Kränkung zugefügt. Nach seinem Geld trug ich kein Verlangen. Ich glaube, es war sein Auge. Ja, das war es! Eins seiner Augen glich vollständig dem Auge eines Geiers – ein blasses, blaues Auge mit einem Häutchen darüber. Wann immer es mich anblickte, erstarrte mir das Blut. Und so – nach und nach – immer zwingender – setzte sich der Gedanke in mir fest, dem alten Mann das Leben zu nehmen und mich auf diese Weise für immer von dem Auge zu befreien.

Nun merkt wohl auf! Ihr haltet mich für verrückt. Verrückte erwägen nichts. Aber mich hättet ihr sehen sollen! Ihr hättet sehen sollen, wie klug ich vorging – mit wie viel Vorsicht – mit wie viel Umsicht – mit wie viel Heuchelei ich zu Werke ging! Ich war nie freundlicher zu dem alten Mann als während der ganzen Woche, bevor ich ihn umbrachte. Und jede Nacht gegen Mitternacht drückte ich auf seine Türklinke und öffnete die Tür – o, so leise! Und dann, wenn der Spalt weit genug war, dass ich den Kopf hindurchstecken konnte, hielt ich eine verdunkelte, ganz geschlossene Laterne ins Zimmer; sie war ganz geschlossen, sodass kein Lichtschein herausdrang. Und dann folgte mein Kopf. O, ihr hättet gelacht, wenn ihr gesehen hättet, wie geschickt ich ihn vorstreckte! Ich bewegte ihn ganz langsam vorwärts, um nicht den Schlaf des alten Mannes zu stören. Ich brauchte eine Stunde dazu, den Kopf so weit durch die Öffnung zu schieben, dass ich den Alten in seinem Bett sehen konnte. Ha! Wäre ein Wahnsinniger wohl so weise vorgegangen? Und dann, wenn ich meinen Kopf glücklich im Zimmer hatte, öffnete ich vorsichtig die Laterne – o, so vorsichtig! Ganz sachte, denn die Scharniere kreischten, öffnete ich sie so weit, dass ein einziger feiner Strahl auf das Geierauge fiel. Und das tat ich sieben Nächte lang, jede Nacht gerade um Mitternacht. Aber ich fand das Auge immer geschlossen, und so war es unmöglich, das Werk zu vollenden; denn es war nicht der alte Mann, der mich ärgerte, sondern sein Scheelauge. Und jeden Morgen, wenn der Tag anbrach, ging ich kühn zu ihm hinein und sprach mit ihm. Ich nannte ihn munter und herzlich beim Namen und fragte ihn, ob er eine gute

Nacht verbracht habe. Ihr seht, er hätte wirklich ein sehr schlauer alter Mann sein müssen, um zu vermuten, dass ich allnächtlich um zwölf Uhr, während er schlief, zu ihm hereinsah.

In der achten Nacht ging ich beim Öffnen der Tür mit ganz besonderer Vorsicht zu Werke. Der Minutenzeiger einer Uhr rückt gewiss schneller voran als damals meine Hand. Niemals vor dieser Nacht hatte ich die Größe meiner Macht, meines Scharfsinns so gefühlt. Ich konnte kaum meinen Triumph unterdrücken. Da war ich nun hier und öffnete ganz sacht, ganz allmählich die Tür – und ihm träumte nicht einmal von meinem geheimen Tun und Denken. Ich kicherte bei diesem Gedanken, und vielleicht hörte er mich, denn er rührte sich – wie erschreckt. Jetzt könntet ihr denken, ich sei zurückgefahren. Aber nein! Sein Zimmer war ganz dunkel, denn er hatte die Fensterladen aus Furcht vor Einbrechern fest geschlossen; es war pechschwarz. Und ich wusste also, dass er das Öffnen der Tür nicht sehen konnte, und ich fuhr fort, sie langsam, langsam aufzumachen.

Ich war mit dem Kopf im Zimmer und machte mich daran, die Laterne zu öffnen; da glitt mein Daumen an dem Blechverschluss ab, und der alte Mann schrak im Bett empor und schrie: »Wer ist da?«

Ich verhielt mich ganz still und sagte nichts. Eine volle Stunde lang rührte ich kein Glied, und in dieser ganzen Zeit hörte ich nicht, dass er sich wieder niederlegte. Er saß noch aufrecht im Bett und horchte; geradeso, wie ich Nacht um Nacht auf das Ticken der Totenuhren in den Stubenwänden gehorcht habe.

Da hörte ich ein leises Ächzen, und ich wusste, das war das Ächzen tödlichen Entsetzens. So stöhnte nicht Schmerz und nicht Kummer – o nein, es war das Grauen! Das war der dumpfe, erstickte Laut, der aus den Tiefen der Seele kommt, wenn das Grauen sie gepackt hält. Ich kannte gut diesen Laut. In mancher Nacht, wenn alle Welt schlief, in mancher Mitternacht war er aus meiner eigenen Brust heraufgequollen und hatte mit seinem schrecklichen Klang das Entsetzen, das mich von Sinnen brachte, noch vermehrt.

Ich sage, ich kannte gut diesen ächzenden Laut. Ich wusste, was der alte Mann fühlte, und ich bemitleidete ihn, obschon ich innerlich kicherte. Ich wusste, dass er wach lag, schon seit dem ersten schwachen Geräusch, das ihn aufgeschreckt hatte. Seitdem war seine Angst von Minute zu Minute gewachsen. Er hatte versucht, sie als grundlos anzusehen, aber es gelang ihm nicht. Er hatte sich gesagt, »es ist nur eine Maus, die durchs Zimmer läuft« oder »es ist nur eine Grille, die ein einziges Mal gezirpt hat«. Ja, er hatte versucht, sich mit diesen Vermutungen zu beruhigen; aber es war alles vergebens gewesen. Alles war vergebens gewesen, weil der nahende Tod schon vor ihn hingetreten war und sein Opfer mit schwarzem Schatten umhüllte. Und die dunkle Gewalt des unsichtbaren Schattens war es, die ihn – obschon er weder sah noch hörte – die ihn fühlen ließ, dass mein Kopf im Zimmer war.

Nachdem ich lange Zeit sehr geduldig gewartet hatte, ohne doch zu hören, dass er sich wieder niederlegte, beschloss ich endlich, einen kleinen – einen winzig kleinen Spalt der Laterne zu öffnen. Ich begann also – ihr könnt euch gar nicht vorstellen, wie bedachtsam, wie leise –, die Laterne zu öffnen, bis schließlich ein einziger matter, spinnfadenfeiner Strahl herausdrang und auf das Geierauge fiel.

Es war offen, weit offen, und ich wurde rasend, als ich drauf hinstarrte. Ich sah es mit vollkommener Deutlichkeit: nichts als ein stumpfes Blau mit einem ekelhaften Schleier darüber. Ich erschauerte bis ins Mark. Aber ich konnte von des alten Mannes Gesicht und Gestalt nichts weiter sehen, denn ich hatte den Strahl wie instinktiv ganz genau auf die verfluchte Stelle gerichtet.

Und nun – habe ich euch nicht gesagt, dass das, was ihr für Wahnsinn haltet, nur eine Überfeinerung der Sinne ist? – nun, sage ich, vernahm mein Ohr ein leises, dumpfes, schnelles Geräusch, ein Geräusch wie das Ticken einer Uhr, die man mit einem Tuch umwickelt hat. Auch diesen Laut kannte ich gut. Es war des alten Mannes Herz, das so schlug. Es steigerte meine Wut, wie das Schlagen einer Trommel den Soldaten zu mutigerem Vorgehen anreizt.

Aber selbst jetzt bezwang ich mich und blieb still. Ich atmete kaum. Ich hielt die Laterne regungslos. Ich versuchte den Strahl so beständig wie möglich auf das Auge zu heften. Inzwischen steigerte sich das höllische Trommeln des Herzens. Es wurde jede Minute schneller und schneller und lauter und lauter. Das Entsetzen des alten Mannes muss furchtbar gewesen sein. Das Klopfen wurde lauter, sage ich, lauter von Minute zu Minute! – Hört ihr mich wohl? Ich habe euch gesagt, dass ich nervös sei, und das bin ich. Und nun, in so toter Nachtstunde, in diesem alten Haus, das so grauenhaft schweigsam war, erweckte dies eine, seltsame Geräusch in mir ein maßloses Entsetzen. Doch noch einige Minuten länger bezwang ich mich und stand still. Aber das Klopfen wurde lauter und lauter! Ich dachte, das Herz müsse zerspringen. Und nun fasste mich eine neue Angst: Das Geräusch könnte von einem Nachbarn vernommen werden!

Da war des Alten Stunde gekommen! Mit einem lauten Geheul riss ich die Blendlaterne auf und sprang ins Zimmer. Er schrie auf – nur ein einziges Mal! Im Augenblick zerrte ich ihn auf den Boden hinunter und zog das schwere Federbett über ihn. Dann lächelte ich, froh, die Tat so weit vollbracht zu sehen. Aber noch viele Minuten hörte ich den erstickten Laut des klopfenden Herzens. Das kümmerte mich jedoch nicht. Das konnte nicht durch die Wände hindurch gehört werden. Endlich hörte es auf. Der alte Mann war tot. Ich entfernte das Bett und untersuchte den Leichnam. Ja, er war tot – tot wie ein Stein. Ich legte ihm meine Hand aufs Herz und ließ sie minutenlang da liegen. Kein Schlag war zu spüren. Er war endgültig tot. Sein Auge würde mich nicht mehr belästigen.

Solltet ihr mich noch immer für wahnsinnig halten, so werdet ihr eure Anschauung sicher ändern, wenn ich euch schildere, welch kluge Vorsichtsmaßregeln ich ergriff, um den Leichnam zu verbergen. Die Nacht schwand hin, und ich arbeitete eilig, aber in großer Stille.

Aus dem Fußboden des Zimmers hob ich drei Dielen heraus und bereitete darunter dem Toten sein Grab. Dann legte ich die Bretter wieder an Ort und Stelle. So geschickt, so sorgfältig tat ich dies, dass kein menschliches Auge – nicht einmal das seine – irgendetwas Auffallendes hätte bemerken können. Da gab es nichts wegzuwaschen – keinen Fleck irgendwelcher Art – nicht das kleinste Blutströpfchen. Dafür war ich viel zu bedachtsam vorgegangen.

Als ich mit dieser Arbeit fertig wurde, war es vier Uhr – noch immer schwarz wie Mitternacht. Als die Turmuhr die Stunde anschlug, pochte es am Haustor. Ich ging leichten Herzens hinunter, um zu öffnen – denn was hatte ich jetzt zu fürchten? Es traten drei Männer herein, die sich sehr liebenswürdig als Polizeibeamte vorstellten. Ein Nachbar hatte in der Nacht einen Schrei vernommen; man hatte Verdacht gefasst, hatte dem Polizeiamt Mitteilung gemacht, und sie, die drei Beamten, waren abgesandt worden, um nach der Ursache zu forschen.

Ich lächelte – denn was hatte ich zu fürchten? Ich hieß die Herren willkommen. Den Schrei, sagte ich, hätte ich selbst ausgestoßen, in einem Traum. Der alte Mann sei abwesend, sei aufs Land gereist, bemerkte ich. Ich führte die Besucher durchs ganze Haus. Ich bat sie, sich umzusehen – gut umzusehen. Ich führte sie schließlich in sein Zimmer. Ich zeigte ihnen seine Wertsachen vollzählig und unberührt. Begeistert über meine Gewissensruhe brachte ich Stühle herbei und ersuchte die Herren, sich hier von ihrer Ermüdung zu erholen, während ich, im Bewusstsein meines vollständigen Sieges, voll ausgelassener Kühnheit meinen eigenen Stuhl genau dorthin stellte, wo unter den Dielen der Leichnam des Opfers ruhte.

Die Beamten waren zufrieden. Mein Benehmen hatte sie überzeugt. Ich war ungewöhnlich aufgeräumt. Sie saßen also, und während ich fröhlich Antwort gab, plauderten sie von privaten Angelegenheiten. Aber nicht lange, da fühlte ich, dass ich erbleichte, und ich wünschte sie fort. Mein Kopf schmerzte, und ich glaubte, Ohrensausen zu haben; aber noch immer saßen sie da und plauderten. Das Sausen wurde deutlicher – es hörte nicht auf und wurde immer deutlicher. Ich sprach noch unbefangener, um das seltsame Gefühl loszuwerden. Aber es blieb und nahm an Deutlichkeit zu – bis mir endlich klar wurde, dass das Geräusch nicht in den Ohren selbst war.

Zweifellos: Jetzt wurde ich sehr bleich – aber ich redete noch eifriger und mit erhobener Stimme. Doch das Geräusch wurde lauter – und was konnte ich tun? Es war ein leises, dumpfes, schnelles Geräusch – ein Geräusch wie das Ticken einer Uhr, die man mit einem Tuch umwickelt hat. Ich rang nach Atem – und dennoch – die Beamten hörten es noch immer nicht. Ich sprach schneller – heftiger; aber das Geräusch wuchs beständig. Ich stand auf und redete gereizt und zornig; meine Stimme war schrill, und ich gestikulierte wild. Aber das Geräusch wuchs beständig. Warum gingen sie denn nicht? Ich lief mit wuchtigen Schritten auf und ab, als ob mich die Reden der Männer in Wut gebracht hätten. Aber das Geräusch nahm fortwährend zu. O Gott! Was konnte ich tun? Ich schäumte – ich raste – ich fluchte! Ich ergriff den Stuhl, auf dem ich gesessen hatte und kratzte damit auf den Dielen hin und her. Aber das Geräusch erhob sich über alles und nahm fortgesetzt zu. Es wurde lauter – lauter – lauter! Und immer noch plauderten die Männer freundlich und lächelten. War es möglich, dass sie nicht hörten? Allmächtiger Gott! – Nein, nein! Sie hörten! – Sie argwöhnten! – Sie wussten! Sie trieben Spott mit meinem Entsetzen! – Das war es, was

was ich dachte, und das denke ich noch. Aber alles andere war besser als diese Pein. Alles war erträglicher als dieser Hohn. Ich konnte dies heuchlerische Lächeln nicht länger ertragen. Ich fühlte, dass ich hinausschreien musste oder sterben! – Und jetzt – wieder! – Horch! Lauter! Lauter! Lauter! Lauter! –

»Schurken!«, kreischte ich, »verstellt euch nicht länger! Ich bekenne die Tat! – Reißt die Dielen auf! – Hier, hier! – Es ist das Schlagen dieses fürchterlichen Herzens.«

Hinab in den Maelström

*Die Wege Gottes in der Natur wie auch
in der Vorsehung sind nicht wie unsere
Wege; noch sind die Dinge, die wir
bilden, irgendwie der Unendlichkeit,
Abgründigkeit und Unerforschlichkeit
seiner Werke vergleichbar, die eine Tiefe
in sich haben – ungemessener als der
Brunnen des Demokritos.*

JOSEPH GLANVILL

Wir waren auf dem Gipfel der höchsten Klippe angelangt.
Einige Minuten schien der Alte zu erschöpft, um zu
sprechen. »Vor drei Jahren noch«, sagte er schließlich,
»hätte ich diesen Weg geradeso leicht und ohne Ermüdung
gemacht wie der jüngste meiner Söhne; aber dann hatte ich
ein Erlebnis, wie wohl kein Sterblicher vor mir – wenigstens
wie keiner es überlebte, um davon zu berichten – und
die sechs Stunden tödlichen Entsetzens, die ich damals
durchmachte, haben mich an Leib und Seele gebrochen.
Sie halten mich für einen sehr alten Mann – aber ich bin
es nicht. Weniger als ein Tag reichte hin, um meine tief-
schwarzen Haare weiß zu machen, meinen Gliedern die
Kraft, meinen Nerven die Spannung zu nehmen, sodass

ich bei der geringsten Anstrengung zittere und vor einem Schatten erschrecke. Können Sie sich denken, dass ich kaum über diese kleine Klippe zu schauen vermag, ohne schwindlig zu werden?«

Die »kleine Klippe«, an deren Rand er sich so sorglos niedergeworfen hatte, dass der gewichtigere Teil seines Körpers darüber hinaushing, und allein der Halt, den ihm seine auf den schlüpfrigen Felsrand aufgestützten Ellbogen gewährten, ihn am Hinunterfallen hinderte – diese »kleine Klippe« erhob sich als ein steiler, wilder Berg schwarz glänzender Felsmassen etwa fünfzehn- bis sechzehnhundert Fuß hoch aus dem Meer empor. Nicht um alles in der Welt hätte ich mich näher als etwa sechs Meter an den Rand herangewagt. Ja wirklich, die gefährliche Stellung meines Begleiters entsetzte mich so sehr, dass ich mich der Länge nach zu Boden warf, mich ans Gestrüpp anklammerte und nicht einmal wagte, gen Himmel zu blicken – indes ich mich vergeblich mühte, den Gedanken loszuwerden, dass der Berg bis in seine Grundfesten von den stürmenden Winden erschüttert werde. Es dauerte lange, ehe ich mich so weit zur Vernunft brachte, dass ich mich aufrichten und in die Ferne schauen konnte.

»Sie müssen Ihre Angstvorstellungen überwinden«, sagte der Führer; »habe ich Sie doch hierhergebracht, damit Sie die Szene des Ereignisses, das ich eben erwähnte, so gut als möglich vor Augen haben, denn ich will Ihnen hier angesichts des Ortes die ganze Geschichte berichten.

Wir befinden uns jetzt«, fuhr er mit jener eingehenden Sachlichkeit fort, die ihm eigentümlich war, »wir befinden uns jetzt an der norwegischen Küste – auf dem achtundsechzigsten Breitengrad, in der großen Provinz Nordland und im trübseligen Distrikt Lofoten. Der Berg, auf dessen Gipfel wir sitzen, ist Helseggen, der Bewölkte. Richten Sie sich jetzt ein wenig auf – halten Sie sich am Gras fest, wenn Sie sich schwindlig fühlen – so – und blicken Sie über den Nebelgürtel unter uns hinaus ins Meer.«

Ich schaute auf und gewahrte eine weite Meeresfläche, deren Wasser so tintenschwarz war, dass mir sofort des nubischen Geografen Bericht von dem Mare Tenebrarum in den Sinn kam. Selbst die kühnste Fantasie könnte sich kein Panorama von gleich trostloser Verlassenheit ausdenken. Rechts und links, soweit das Auge reichte, breiteten sich gleich Wällen, die die Welt abschlossen, Reihen schwarzer, drohend ragender Klippen, deren grausiges Dunkel noch schärfer hervortrat in der tosenden Brandung, die mit ewigem Heulen und Kreischen ihren gespenstischen, weißen Schaum an ihnen emporwarf. Dem Vorgebirge, auf dessen Gipfel wir saßen, gerade gegenüber und etwa fünf, sechs Meilen weit ins Meer hinein war eine schmale, schwärzliche Insel sichtbar – oder richtiger: Man vermochte durch den Brandungsschaum, der sie umgab, ihre Umrisse zu erkennen. Etwa zwei Meilen näher an Land erhob sich eine andere, kleinere, entsetzlich steinig und unfruchtbar, der hier und da schwarze Felsklippen vorgelagert waren.

Der Anblick des Meeres zwischen der entfernteren Insel und der Küste war ein sehr ungewöhnlicher. Obgleich ein so heftiger Wind landwärts blies, dass eine Brigg draußen in der offenen See unter doppelt gerefftem Gaffelsegel lag und beständig mit ihrem ganzen Rumpf in den Wogen versank, so war hier doch keine regelrechte Dünung, sondern nur ein kurzes, schnelles, zorniges Aufklatschen des Wassers nach allen Richtungen – sowohl mit als gegen den Wind. Schaum gab es nur wenig, außer in der nächsten Umgebung der Felsen.

»Die ferne Insel«, fuhr der alte Mann fort, »wird von den Norwegern Vurrgh genannt. Die eine näherliegende heißt Moskoe. Jene dort eine Meile nordwärts ist Ambaaren. Dort drüben liegen Islesen, Hotholm, Keildhelm, Suarven und Buckholm. Weiter draußen, zwischen Moskoe und Vurrgh liegen Otterholm, Flimen, Sandflesen und Stockholm. Das sind die Namen der Orte; warum man es aber überhaupt für nötig fand, ihnen Namen zu geben, das ist wohl Ihnen wie mir unbegreiflich. – Hören Sie etwas? Sehen Sie eine Veränderung im Wasser?«

Wir waren jetzt etwa zehn Minuten auf der Spitze des Helseggen, zu dem wir aus dem Innern von Lofoten aufgestiegen waren, sodass wir keinen Schimmer vom Meer erblickt hatten, bis es, als wir oben auf dem Gipfel angelangt waren, plötzlich in voller Weite vor uns lag. Während der Alte sprach, kam mir ein lautes, langsam zunehmendes Tosen zum Bewusstsein, ein Lärm wie das Brüllen einer ungeheuren Büffelherde auf einer amerikanischen Prärie. Und im selben Augenblick gewahrte ich, dass das »Hacken« des Meeres unter uns sich mit rasender Schnelligkeit in eine östliche Strömung verwandelte. Während ich hinsah, nahm diese Strömung noch mit unheimlicher Geschwindigkeit zu. Jeder Augenblick verzehnfachte ihre Hast, ihr maßloses Ungestüm.

In fünf Minuten tobte der ganze Ozean bis nach Vurrgh hinaus in gewaltigem Sturm; aber zwischen Moskoe und der Küste toste der Aufruhr am tollsten. Hier stürmte die ungeheure Wasserflut in tausend einander entgegengesetzte Kanäle, brach sich plötzlich in wahnsinnigen Zuckungen, keuchte, kochte und zischte – kreiste in zahllosen riesenhaften Wirbeln, und alles stürmte heulend und sich überstürzend nach Osten, mit einer Geschwindigkeit, wie sie sich nur bei den rasendsten Wasserstürzen findet.

Einige Minuten später hatte sich die Szene wiederum völlig verändert. Die gesamte Oberfläche wurde ein wenig glatter, und die Strudel verschwanden einer nach dem anderen, während mächtige Schaumstreifen sich überall da zeigten, wo vorher gar kein Schaum gewesen war. Diese Streifen, die sich immer weiter und weiter ausdehnten und miteinander verbanden, nahmen nun die drehende Bewegung der verschwundenen Strudel an und schienen den Rand eines neuen ganz gewaltigen Strudels zu bilden. Plötzlich – sehr plötzlich – nahm der Wirbel deutliche und bestimmte Form an und wurde zu einem Kreis von mehr als einer Meile Durchmesser. Umrandet war der Wirbel von einem breiten Gürtel schimmernden Schaums; doch nicht der kleinste Teil desselben glitt in den Schlund des schrecklichen Trichters, dessen Innenwand, so weit das Auge es ergründen konnte, von einer glatten, leuchtenden und kohlschwarzen Wassermauer gebildet wurde, die sich in einem Winkel von etwa fünfundvierzig Grad zum Horizont hinneigte und sich in schwingender, schwindelnder Rastlosigkeit im Kreis drehte und dabei so eine fürchterliche, kreischende und heulende Stimme gen

Himmel sandte, wie sie selbst der mächtige Niagarafall in seiner Todesangst nicht hervorbringt.

Der Berg erbebte in seinen Grundfesten, und der Fels schwankte. Ich warf mich zur Erde, verbarg mein Gesicht und klammerte mich in einem Anfall nervöser Aufregung an das spärliche Strauchwerk.

»Dies kann«, sagte ich endlich zu dem Alten, »dies kann nur der große Strudel des Maelström sein.«

»So wird er manchmal genannt«, sagte der Mann. »Wir Norweger nennen ihn Moskoeström, nach der Insel Moskoe in seiner Nähe.«

Die bekannten Berichte über diesen Strudel hatten mich in keiner Hinsicht auf das vorbereitet, was ich da sah. Die Beschreibung, die Jonas Ramus gibt und die vielleicht die umständlichste von allen ist, kann weder von der Großartigkeit noch von dem Grauen des Ganzen oder von dem seltsam verwirrenden Gefühl des »Neuartigen«, das den Beschauer befällt, auch nur die geringste Vorstellung erwecken. Ich bin nicht sicher, von welchem Punkt aus jener Schriftsteller das Naturschauspiel beobachtete, noch zu welcher Zeit; aber es konnte weder vom Gipfel des Helseggen noch während eines Sturmes gewesen sein. Immerhin hat seine Beschreibung einige Stellen, die erwähnenswert sind, obschon ihre Wirkung im Vergleich mit dem Schauspiel selbst nur eine sehr schwache sein kann.

»Zwischen Lofoten und Moskoe«, berichtet er, »schwankt die Tiefe des Wassers zwischen fünfunddreißig und vierzig Faden; nach der anderen Seite aber, in der Richtung von Ver (Vurrgh), nimmt diese Tiefe ab, sodass ein Schiff dort nicht passieren kann, ohne Gefahr zu laufen, an den Klippen zu zerschellen, was selbst bei ruhigem Wetter vorkommen kann. Wenn Flutzeit ist, so geht die Strömung landwärts zwischen Lofoten und Moskoe in lärmender Hast dahin, das Tosen ihrer Ebbe zum Meere hin aber wird selbst von den lautesten und fürchterlichsten Katarakten nicht erreicht – man hört das Getöse viele Meilen weit, und die Strudel oder Abgründe sind von solcher Tiefe und Ausdehnung, dass ein Schiff, das in ihren Kreislauf gerät, unvermeidlich angezogen und in den Abgrund hinabgerissen wird, wo es an den Felsen zerschellt und, wenn die Wasser sich beruhigen, in Trümmern wieder emporgetragen wird. Solche Ruhepausen gibt es aber nur beim Übergang von Ebbe zu Flut und von Flut zu Ebbe und nur bei ruhigem Wetter, auch dauern sie nur eine Viertelstunde, dann nimmt der Wirbel langsam wieder zu. Wenn die Strömung am heftigsten und ihre Wut durch einen Sturm gesteigert ist, wird es gefährlich, ihr auf eine norwegische Meile nahezukommen. Boote, Jachten und auch größere Schiffe wurden mit fortgerissen, weil sie sich dem Bereich des Strudels nicht fern genug hielten. Es kommt auch vor, dass Walfische der Strömung zu nahe kommen und in ihre Gewalt geraten, und es ist unmöglich, das Heulen und Bellen zu beschreiben, das sie bei ihren vergeblichen Anstrengungen ausstoßen. Einmal wurde ein Bär, der von Lofoten nach Moskoe zu schwimmen versuchte, von der Strömung erfasst und hinabgerissen, und sein entsetzliches Gebrüll wurde bis ans Ufer gehört. Große Vorräte von Fichten und Kiefern kamen, nachdem sie im Strudel gewesen, so zersplittert und zerfetzt an die Oberfläche, dass sie aussahen wie seltsame Borstentiere; und dies zeigt klar, dass im Abgrund des Strudels Felsgrate sind, zwischen denen sie hin und her geschleudert wurden. Die Strömung wird durch Ebbe und Flut reguliert – sodass alle sechs Stunden hohes und niederes Wasser miteinander wechseln. Im Jahre 1645 in der Frühe des Sonntags Sexagesima raste sie mit solchem Ungestüm und Getöse, dass die Häuser an der Küste zusammenstürzten.«

Was nun die Tiefe des Wassers anlangt, so begriff ich nicht, wie sie in der Nähe des Strudels überhaupt hatte gemessen werden können. Die vierzig Faden konnten sich nur auf Teile des Kanals nahe an der Küste von Moskoe oder Lofoten beziehen. Die Tiefe inmitten des Moskoeström muss unermesslich viel größer sein, und man kann keinen besseren Beweis für diese Tatsache finden, als wenn man vom höchsten Grad des Helseggen seitwärts in den Abgrund hinabblickt. Ich, der ich vom Gipfel oben in den heulenden Phlegethon hinuntersah, konnte mich eines Lächelns nicht erwehren über die Einfalt, mit der der ehrenwerte Jonas Ramus die seiner Ansicht nach fast unglaubwürdigen Anekdoten von den Walfischen und dem Bären berichtet; mir schien es tatsächlich ganz selbstverständlich, dass das größte Linienschiff, wenn es in jene tödliche Anziehungskraft geriet, ihr ebenso wenig widerstehen konnte wie eine Feder dem Orkan und sogleich und für immer verschwinden müsse.

Die Erklärungsversuche für das Phänomen, deren einige mir beim Durchlesen ziemlich einleuchtend erschienen waren, sah ich jetzt in ganz anderem Licht und musste sie als völlig unzureichend verwerfen. Die Anschauung, der am meisten Glauben geschenkt wird, ist, dass dieser Strudel, gleich drei anderen kleineren in der Gegend der Ferroe-Inseln, seinen Ursprung habe in dem Zusammenprall der Wogen an unterirdischen Felsenriffen, die das Wasser derart einengen, dass es zur Zeit der Flut gewaltig aufschäumen, zur Zeit der Ebbe aber in große Tiefen zurückfallen muss. Die natürliche Folge des Ganzen ist ein Strudel, dessen wunderbare Einsaugekraft man schon an kleineren Versuchen erproben kann. So etwa sagt die ›Encyclopaedia Britannica‹. Kircher und andere nehmen an, dass in der Mitte des Maelström-Kanals ein Abgrund sich befinde, der den Erdball durchbohre und in irgendeiner fernen Gegend endige – irgendwer bezeichnet übrigens mit ziemlicher Bestimmtheit den Bottnischen Meerbusen als Durchbruchstelle des Strudelkanals. Diese an sich recht törichte Annahme erschien mir jetzt beim Anblick des gewaltigen Naturereignisses gar nicht so unhaltbar; ich sprach davon zu meinem Führer, der mir zu meiner Verwunderung erwiderte, obgleich er wisse, dass diese Auffassung der Sache von den meisten Norwegern geteilt werde, so könne er selbst ihr doch nicht beistimmen. Was die vorher erwähnte Annahme des Jonas Ramus betreffe, so müsse er gestehen, dass er sie nicht begreifen könne, und darin musste ich ihm beipflichten, denn so glaubwürdig sie sich auch auf dem Papier ausgenommen, so unverständlich, ja geradezu absurd erschien sie hier inmitten des Sturmgetöses des Strudels selbst.

»Sie haben sich jetzt den Strudel gut betrachten können«, sagte der alte Mann, »und wenn Sie sich nun hier auf die andere Seite des Felsvorsprungs niederlassen würden, wo wir vor dem Wind geschützt sind und das Brausen der Wellen weniger laut hören, so werde ich Ihnen eine Geschichte erzählen, die Sie davon überzeugen wird, dass ich wohl etwas vom Moskoeström wissen muss.«

Ich setzte mich so wie er es wünschte, und er fuhr fort:

»Meine beiden Brüder und ich besaßen eine schoonerartig aufgetakelte Schmack von etwa siebzig Tonnen Tragfähigkeit, mit der wir zwischen den Inseln hinter Moskoe nahe bei Vurrgh zu fischen pflegten. Überall, wo das Meer heftig brandet, ist zu geeigneten Zeiten der Fischfang gut, wenn man nur den Mut hat, ihn zu wagen; doch unter allen Küstenbewohnern der Lofoten waren wir drei die Einzigen, die es sich regelrecht zum Beruf machten, nach jenen Inseln hinauszufahren. Die eigentlichen Fischgründe sind eine gute Strecke weiter nach Süden gelegen. Dort kann man zu allen Zeiten fangen, und es ist keine Gefahr dabei; darum werden jene Plätze bevorzugt. Die ertragreichen Fangplätze hier zwischen den Felsen aber liefern nicht nur die besten Sorten, sondern diese sogar in reichstem Maß, sodass wir oft in einem einzigen Tag so viel fingen, wie ängstlichere Fischer mühsam in einer Woche zusammenbrachten. Es war in der Tat ein verzweifeltes Unternehmen, bei dem das Wagnis die Arbeit ersetzte und Mut das Anlagekapital war.

Der Ankerplatz unseres Schiffes war in einer Bucht, die etwa fünf Meilen von dieser hier entfernt ist, und es war unsere Gewohnheit, bei schönem Wetter die Viertelstunde Totwasser zwischen Ebbe und Flut auszunutzen, um über den Hauptkanal des Moskoeström weit oberhalb des Strudels hinüberzusegeln und irgendwo in der

Nähe von Otterholm oder Sandflesen, wo die Brandung nicht allzu heftig ist, vor Anker zu gehen. Hier pflegten wir zu bleiben, bis wiederum Totwasser einsetzte, worauf wir die Anker lichteten und uns auf den Heimweg machten. Wir unternahmen diese Fahrt nur dann, wenn wir für Hin- und Rückfahrt auf beständigen Wind rechnen konnten – einen Wind, von dem wir überzeugt waren, dass er uns bei der Rückfahrt nicht im Stich lassen werde –, und in dieser Hinsicht war unsere Berechnung selten falsch. Zweimal in sechs Jahren waren wir genötigt, die ganze Nacht vor Anker zu liegen, infolge einer gerade hier äußerst seltenen völligen Windstille, und einmal mussten wir fast eine Woche draußen bei den Fischplätzen ausharren und waren dem Hungertod nahe; aber wir konnten die Überfahrt nicht wagen, denn ein Sturmwind blies, der den Kanal allzu gefährlich machte. Bei dieser Gelegenheit wären wir trotz aller Anstrengungen in die See hinausgetrieben worden (denn die Strudel warfen uns so heftig herum, dass wir schließlich den Anker einzogen), wären wir nicht zufällig in eine der zahlreichen Gegenströmungen geraten, die heute da sind und morgen wieder fort. Diese Strömung trieb uns in die windgeschützte Gegend von Flimen, wo wir das Glück hatten, landen zu können.

Ich könnte Ihnen nicht den zwanzigsten Teil all der Schwierigkeiten aufzählen, mit denen wir an den Fangplätzen zu kämpfen hatten, denn selbst bei gutem Wetter ist es da draußen übel genug; dennoch gelang es uns immer, den Moskoeström selbst ohne Unfall zu passieren, obgleich mir oft genug das Herz erschrak, wenn wir bisweilen ein oder zwei Minuten vor oder nach dem Totwasser dort waren. Der Wind war manchmal nicht so stark, wie wir beim Ausfahren gedacht hatten, und dann kamen wir langsamer voran, als wünschenswert war, und verloren in der Strömung die Gewalt über das Schiff. Mein ältester Bruder hatte einen achtzehnjährigen Sohn, und ich selbst besaß zwei kräftige Buben. Diese wären zu solchen Zeiten beim Ein- und Ausziehen der Fischtaue wie auch beim Fischen selbst sehr brauchbar gewesen, aber trotzdem wir für uns die Gefahr nicht fürchteten, hatten wir doch nicht das Herz, die Jungen dem Wagnis auszusetzen – denn es ist schon so und muss gesagt werden: Es war ein entsetzliches Wagnis.

Es sind jetzt in wenigen Tagen drei Jahre, seit sich das ereignete, was ich Ihnen nun erzählen will. Es war der zehnte Juli 18.., ein Tag, den man hierzulande nie vergessen wird, denn es blies der schrecklichste Orkan, der je aus den Himmeln niederstürzte; und doch hatte am Vormittag und sogar bis in den späten Nachmittag ein sanfter Südwest geweht, während die Sonne heiter strahlte, sodass die ältesten Seeleute unter uns nicht hätten voraussehen können, was sich später ereignete.

Wir drei – meine beiden Brüder und ich – waren gegen zwei Uhr nachmittags zu den Inseln hinübergekreuzt und hatten bald die Schmack mit edlen Fischen voll, die, wie wir alle bemerkten, an diesem Tag zahlreicher als je aufgetreten waren. Auf meiner Uhr war es gerade sieben, als wir lichteten und die Heimfahrt antraten, um den schlimmsten Teil des Ström bei Totwasser zurückzulegen, das nach unserer Erfahrung um acht einsetzte.

Ein frischer Wind kam von Steuerbord her, und eine Zeit lang hatten wir eilige Fahrt und ließen uns keine Gefahr träumen, denn wir sahen nicht den geringsten Grund dazu. Ganz plötzlich aber wurden wir von einer Brise von Helseggen her rückwärts getrieben. Das war höchst seltsam – etwas, das sich noch nie ereignet hatte – und ich begann unruhig zu werden, ohne recht zu wissen, weshalb. Wir stellten das Boot nach dem Wind, konnten aber infolge der starken Brandung nicht vorwärts kommen, und ich wollte gerade den Vorschlag machen, zum Ankerplatz zurückzukehren, als wir, rückwärts blickend, den ganzen Horizont von einer einzigen kupferfarbenen Wolke bedeckt sahen, die mit unheimlicher Schnelligkeit heraufzog.

Währenddessen hatte sich der Wind, der uns soeben zurückgeworfen, ganz plötzlich gelegt, und in der Totenstille trieb unser Schiff haltlos umher. Dieser Zustand dauerte jedoch nicht so lange, dass wir Zeit gehabt hätten, ihn zu bedenken. In kaum einer Minute war der Sturm über uns – in kaum zweien war der ganze Himmel schwarz, und es wurde so dunkel, dass wir im Schiff einander nicht mehr erkennen konnten.

Es wäre Wahnsinn, den Orkan, der nun einsetzte, beschreiben zu wollen. Der älteste Seemann in ganz Norwegen hatte dergleichen nicht erlebt. Wir hatten unsere Segel dem Wind überlassen, ehe der uns richtig packte. Nun flogen beim ersten Stoß unsere beiden Maste über Bord, als seien sie abgemäht – und der Hauptmast nahm meinen jüngsten Bruder mit sich, der sich sicherheitshalber an ihn angebunden hatte.

Unser Boot war das federleichteste Ding, das je auf dem Wasser geschwommen. Es hatte ein vollkommen geschlossenes Verdeck mit nur einer Luke nahe am Bug, und diese Luke pflegten wir immer bei Annäherung an den Ström zu schließen, um uns gegen die Sturzseen zu sichern. Ohne diese gewohnte Vorsichtsmaßregel wären wir sofort zugrunde gegangen – denn wir waren minutenlang buchstäblich im Wasser begraben. Wie mein älterer Bruder der Vernichtung entrann, kann ich nicht sagen; ich hatte nie Gelegenheit, das festzustellen. Ich für mein Teil warf mich sofort flach zu Boden, nachdem ich das Vordersegel losgelassen, stemmte die Füße gegen das schmale Schandeck des Bugs und erfasste mit den Händen einen Ringbolzen in der Nähe des Vormastes. Es war lediglich Instinkt, was mich zu solchem Handeln trieb, denn zum Denken war ich viel zu verwirrt – aber ich hätte jedenfalls gar nichts Besseres tun können.

Minutenlang waren wir, wie ich schon sagte, vollkommen unter Wasser; und während dieser ganzen Zeit hielt ich den Atem an und klammerte mich an den Ring. Als ich es nicht mehr aushalten konnte, erhob ich mich auf die Knie und bekam so den Kopf frei; den Ring hielt ich noch immer fest. Da schüttelte sich unser kleines Boot, gerade wie ein Hund, wenn er aus dem Wasser kommt und befreite sich dadurch ein wenig aus den Wellen. Ich versuchte nun, der Bestürzung, die mich überrumpelt hatte, Herr zu werden und meine Sinne zum Überlegen zu sammeln, als ich mich plötzlich am Arm erfasst fühlte. Es war mein älterer Bruder, und mein Herz hüpfte vor Freude, denn ich war überzeugt gewesen, auch er sei über Bord geschwemmt. Im nächsten Augenblick aber wandelte sich all diese Freude in Entsetzen; – er presste seinen Mund an mein Ohr und gellte das Wort hinaus: Moskoeström!

Niemand wird je ermessen, was ich in jenem Augenblick fühlte. Ich erbebte von Kopf zu Fuß, wie in einem heftigen Anfall von Schüttelfrost. Ich wusste gut, was er mit diesem einen Worte meinte – ich wusste, was er mir begreiflich machen wollte. Mit dem Wind, der uns jetzt vorwärts jagte, waren wir dem Strudel des Ström verfallen, und nichts konnte uns retten!

Sie müssen im Auge behalten, dass wir uns zur Überquerung des Kanals stets eine Stelle weit oberhalb der Strudels aussuchten; auch bei ruhigstem Wetter taten wir das und warteten sorgsam das Totwasser ab – nun aber trieben wir direkt auf den Wirbelstrom zu – und dabei in diesem Orkan! ›Sicherlich‹, dachte ich, ›kommen wir gerade bei Totwasser dort an – es ist wenigstens Hoffnung dafür vorhanden –‹, im nächsten Augenblick aber verwünschte ich mich selbst, dass ich Narr genug war, überhaupt von Hoffnung zu träumen. Ich wusste recht gut, dass wir dem Untergang verfallen waren, und wären wir auch zehnmal ein großes, festes Kriegsschiff gewesen.

Die erste Wut des Sturmes hatte sich gelegt, oder vielleicht fühlten wir ihn nur weniger, da er uns vor sich hertrieb – jedenfalls erhoben sich jetzt die Wogen, die der Wind bisher niedergehalten, zu wahren Bergen. Auch der Himmel hatte sich seltsam verändert. Nach allen Richtungen in der Runde war noch immer pechschwarze Nacht, doch beinahe uns zu Häupten brach ein kreisrundes Stück klaren Himmels durch – so klar, wie ich ihn nur je gesehen, und von tiefem strahlenden Blau –, und aus seiner Mitte leuchtete der volle Mond in nie geahntem Glanz! Er rückte unsere ganze Umgebung in hellstes Licht – o Gott, welch ein Schauspiel beleuchtete er!

Ich machte jetzt ein paar Versuche, mit meinem Bruder zu sprechen, aber das Getöse hatte unerklärlicherweise derart zugenommen, dass ich ihm nicht ein einziges Wort verständlich machen konnte, obgleich ich ihm mit aller Gewalt ins Ohr schrie. Er schüttelte den Kopf, sah totenbleich aus und erhob einen Finger, als wolle er sagen: ›Horch!‹

Zuerst begriff ich ihn nicht – bald aber überfiel mich ein entsetzliches Begreifen. Ich zog die Uhr aus der Tasche. Sie ging nicht mehr. Ich hielt das Zifferblatt ins Mondlicht und brach in Tränen aus, als ich sie nun weit ins Meer schleuderte. *Sie war um sieben Uhr stehen geblieben! Die Zeit des Totwassers war vorüber und der Strudeltrichter des Ström in voller Wut!*

Ist ein Boot gut gebaut und richtig und nicht allzu schwer beladen, so scheinen in einem heftigen Sturm die Wellen unter dem Schiff hervorzukommen, was einem Unerfahrenen stets merkwürdig erscheint; in der Seemannssprache sagt man, das Schiff reitet. Bisher also waren wir auf den Wogen geritten, nun aber erfasste uns eine riesenhafte Welle gerade unter der Gilling und hob uns mit sich empor – hinauf, hinauf –, als ginge es in den Himmel. Ich hätte es gar nicht für möglich gehalten, dass eine Woge so hoch steigen könne. Und dann ging es wieder schleifend und gleitend und stürzend hinunter, dass mir ganz übel und schwindlig wurde, wie wenn man im Traum von einem Berggipfel herunterstürzt. Aber während wir oben waren, hatte ich schnell Umschau gehalten – und dieser eine Rundblick genügte. Ich erkannte im Augenblick unsere ganze Lage. Der Strudel des Moskoeströms lag etwa eine Viertelmeile vor uns – aber er glich so wenig dem gewöhnlichen Moskoeström wie der Strudel da etwa der Welle eines Mühlbachs. Hätte ich nicht bereits gewusst, wo wir uns befanden und was uns bevorstand, so hätte ich den Ort überhaupt nicht erkannt. Ich schloss vor Entsetzen unwillkürlich die Augen. Die Lider krampften sich wie im Todeskampf zusammen.

Es konnten kaum zwei Minuten vergangen sein, als wir plötzlich glatteres Wasser spürten und in Gischt eingehüllt waren. Das Boot machte eine kurze, halbe Drehung nach Backbord und schoss dann wie der Blitz in seiner neuen Richtung dahin. Im selben Augenblick ertrank das Brüllen der Wasser in einer Art schrillem Gekreisch – einem Ton, wie ihn etwa die Ventile mehrerer tausend Dampfschiffe beim Auslassen des Dampfes zusammen hervorbringen könnten. Wir befanden uns jetzt in dem Schaumgürtel, der stets den Strudel umringt, und ich dachte natürlich, dass der nächste Augenblick uns in den Abgrund schleudern werde, den wir infolge der Schnelligkeit, mit der wir dahinsausten, nur unklar erkennen konnten. Das Boot schien überhaupt nicht im Wasser zu liegen, sondern wie eine Luftblase über den Schaum dahinzutanzen. Seine Steuerbordseite war dem Strudel zugekehrt, und hinter Backbord dehnte sich das unendliche Meer, mit dem wir noch eben gekämpft hatten. Es stand wie ein mächtiger wandelnder Wall zwischen uns und dem Horizont.

Es mag seltsam erscheinen – aber jetzt, wo wir uns im Rachen des Abgrundes befanden, fühlte ich mich ruhiger als während der Zeit, da wir uns ihm erst näherten. Nun ich mich damit vertraut gemacht, alle Hoffnung aufzugeben hatte, verlor ich auch ein gut Teil des Schreckens, der mich zuerst lähmte. Ich glaube, es war Verzweiflung, die meine Nerven stählte.

Wie prahlerisch es auch klingt, es ist dennoch wahr: Ich begann zu empfinden, welch herrliche Sache es sei, auf diese Weise zu sterben, und wie töricht es von mir war, beim Anblick solch großartigen Beweises von Gottes Herrlichkeit an mein eigenes erbärmliches Leben zu denken. Ich glaube, ich errötete vor Scham, als dieser Gedanke mir in den Sinn kam. Nach einiger Zeit erfasste mich eine wilde Neugier bezüglich des Strudels selbst. Ich fühlte tatsächlich den Wunsch, seine Tiefen zu ergründen, obgleich ich mich selbst dabei opfern musste, und mein hauptsächlicher Kummer war der, dass ich meinen alten Gefährten an Land niemals von den Wundern berichten sollte, die ich erschauen würde. Das waren gewiss sonderbare Betrachtungen für einen Mann in meiner Lage, und ich habe schon manchmal gedacht, dass die Drehungen des Bootes im Strudel mir ein wenig den Kopf verrückt hatten.

Noch ein anderer Umstand trug dazu bei, mir meine Selbstbeherrschung wiederzugeben, und das war das Aufhören des Windes, der uns in unserer gegenwärtigen Lage nicht erreichen konnte – denn wie Sie selbst sahen, liegt der Schaumgürtel beträchtlich tiefer als der Ozean selbst, und dieser Letztere türmte sich jetzt über uns auf wie ein hoher schwarzer Bergrücken. Wenn Sie nie bei heftigem Sturm auf See gewesen sind, können Sie sich gar keinen Begriff machen von der allgemeinen Sinnesverwirrung, die Wind und Sturzsee verursachen. Man ist blind und taub und dem Ersticken nahe und verliert alle Kraft zum Denken oder Handeln. Jetzt aber waren wir diese Qualen los – gerade wie zum Tode verurteilte Verbrecher kleine Erleichterungen genießen, die ihnen versagt bleiben, solange ihr Schicksal noch nicht ganz entschieden ist.

Wie oft wir den Schaumgürtel umkreisten, kann ich nicht sagen. Wir jagten wohl schon eine Stunde lang in der Runde und gelangten allmählich, mehr fliegend als schwimmend, in die Mitte des Gischtstreifens und näher und immer näher an seinen furchtbaren inneren Rand. In dieser ganzen Zeit hatte ich den Ringbolzen nicht losgelassen. Mein Bruder war am Heck und klammerte sich dort an ein kleines leeres Wasserfass, das an der Gilling festgebunden und der einzige Gegenstand auf Deck war, den der Sturm nicht über Bord gefegt hatte. Als wir uns dem Rand des Trichters näherten, ließ er seinen Halt fahren und langte nach dem Ring, von dem er in seiner Todesangst meine Hände fortzureißen suchte, denn der Ring war nicht groß genug, uns beiden einen sicheren Griff zu bieten. Nie empfand ich tieferen Kummer, als da ich ihn diese Tat begehen sah – obschon ich wusste, dass er toll war, als er es tat – ein Wahnsinniger aus namenloser Angst. Es lag mir nichts daran, mit ihm um diesen Halt zu kämpfen. Ich wusste, dass es gleichgültig war, ob einer von uns sich anklammerte oder nicht; so überließ ich ihm den Ring und ging nach hinten zum Fass. Das

46

war nicht schwierig zu bewerkstelligen, denn die Schmack flog in glatter Bahn vorwärts und schwang nur in dem ungeheuren Bogen des Strudels mit. Kaum hatte ich an dem neuen Ort Fuß gefasst, als wir einen wilden Satz nach Steuerbord machten und in den inneren Trichter hineinjagten. Ich murmelte ein Stoßgebet und glaubte, alles sei vorüber.

In dem taumelnden Schwindelgefühl, das mich bei dem Hinabsausen erfasste, presste ich die Hände fester um das Fass und schloss die Augen. Sekundenlang wagte ich nicht, sie zu öffnen, ich erwartete den sofortigen Tod und begriff nicht, dass ich nicht schon im Todeskampf mit dem Wasser rang. Doch Minute nach Minute verrann. Ich lebte noch immer. Das Gefühl des Hinabfallens hatte aufgehört, und die Bewegung des Schiffes schien ganz die gleiche wie vordem im Schaumgürtel, nur dass es jetzt mehr auf der Seite lag. Ich fasste Mut und warf von Neuem einen Blick auf den Schauplatz.

Nie werde ich die Empfindung von Ehrfurcht, Entsetzen und staunender Bewunderung vergessen, mit der ich um mich schaute. Das Boot lag vollkommen auf der Seite, schien wie durch Zaubermacht an der inneren Oberfläche eines ungeheuer weiten Trichters von unerkennbarer Tiefe festzukleben, eines Trichters, dessen vollkommen glatte Wände man für Ebenholz hätte halten können, hätten sie sich nicht mit verwirrender Schnelligkeit im Kreise gedreht und ein seltsam gespenstisches Licht ausgestrahlt, als der Glanz des Vollmonds aus der kreisförmigen Wolkenöffnung in goldener Flut die schwarzen Wälle herabströmte und tief in das Innere des Abgrunds hinableuchtete.

Zuerst war ich zu verwirrt, um irgendetwas deutlich wahrzunehmen. Ich hatte nur den Eindruck eines erhabenen, entsetzlichen Schauspiels. Als ich mich jedoch ein wenig erholt hatte, wandte sich mein Blick unwillkürlich in die Tiefe. In dieser Richtung konnte ich deutlich sehen, auf welche Weise die Schmack am steilen Hang des Abgrunds hinschwebte. Sie lag ganz gleichlastig, das heißt, ihr Deck lag in gleicher Höhe mit dem Wasserspiegel, der sich in einer Neigung von mehr als fünfundvierzig Grad in die Runde schwang, sodass die Deckbalken unmittelbar auf dem Wasser zu ruhen schienen. Ich bemerkte jedoch, dass es mir gegenwärtig kaum schwerer fiel, festen Halt und Fuß zu fassen, als da wir uns noch in normaler Schiffslage befunden hatten, und das war vermutlich auf die Geschwindigkeit zurückzuführen, mit der wir uns drehten.

Die Strahlen des Mondes schienen bis auf den Grund des ungeheuren Schlundes hinabtauchen zu wollen. Dennoch konnte ich dort nichts deutlich erkennen, infolge eines dichten Nebels, der alles umhüllte und über den sich ein prächtiger Regenbogen spannte gleich der schmalen und schwanken Brücke, von der die Muslime sagen, dass sie der einzige Pfad zwischen Zeit und Ewigkeit sei. Dieser Nebel oder Gischt wurde wahrscheinlich durch das Aufeinanderprallen der unten am Ende des Trichters zusammenstürzenden Wasserfälle verursacht – das Geheul aber, das aus dem Nebel zu den Himmeln aufgellte, wage ich nicht zu beschreiben.

Unser erstes Hinabgleiten aus dem Schaumgürtel oben in den Trichter selbst hatte uns ein beträchtliches Stück den Abhang hinuntergetragen, unser fernerer Abstieg aber stand in gar keinem Verhältnis zu diesem ersten Sturz. Um und um schwangen wir – nicht in gleichmäßigem Bogen – sondern in schwindelerregenden Schwüngen und Sprüngen, die uns manchmal nur ein paar hundert Meter vorwärts brachten, manchmal um die ganze Rundung des Strudels warfen. Unser Abwärtsgleiten bei jeder solchen Umdrehung war gering, doch immerhin merklich.

Als ich auf der ungeheuren Fläche flüssigen Ebenholzes, auf der wir so entlang getragen wurden, Umschau hielt, gewahrte ich, dass unser Boot nicht der einzige Gegenstand im Schlund des Abgrunds war. Sowohl über als unter uns waren einzelne Schiffstrümmer erkennbar, mächtige Haufen Bauholz und Baumstämme nebst allerlei kleineren Gegenständen, wie Hausrat, Kisten, Fässer und Dauben. Ich habe schon erwähnt, dass mein erstes Entsetzen einer fast unnatürlichen Neugier gewichen war. Sie schien mehr und mehr anzuwachsen, je näher ich meinem Untergang kam. Ich begann jetzt mit merkwürdigem Eifer alle die Dinge zu verfolgen, die mit uns dahinjagten. Ich muss entschieden im Fieberwahnsinn gewesen sein, denn ich fand sogar Freude daran, die relative Geschwindigkeit, mit welcher die einzelnen Dinge dem Nebelstaub drunten zujagten, zu berechnen. ›Diese Fichte‹, überlegte ich einmal, ›wird gewiss das Nächste sein, was den fürchterlichen Sprung ins Unergründliche tut‹ – und ich war sehr enttäuscht, als das Wrack eines holländischen Handelsschiffes die Fichte überholte und vor ihr verschwand. Als ich schließlich mehrere solcher Mutmaßungen angestellt hatte und dann in allen getäuscht worden war, gab mir diese Tatsache – die Tatsache, dass meine Berechnungen ohne Ausnahme falsch gewesen waren – einen Gedanken ein, bei dem meine Glieder von Neuem erbebten und mein Herz in schweren Schlägen pulste.

Es war nicht neues Entsetzen, das mich erfasste, sondern die dämmernde Ahnung einer noch viel aufregenderen Hoffnung. Diese Hoffnung knüpfte sich sowohl an frühere Erfahrungen als an soeben gemachte Beobachtungen. Ich erinnerte mich des zahlreichen Strandgutes, das an die Küste der Lofoten angeschwemmt wurde – alles Dinge, die der Moskoeström an sich gerissen und wieder emporgeschleudert hatte. Die große Mehrzahl dieser Dinge war ganz außerordentlich zerfetzt und zerbrochen – so rau und zersplittert war manches, dass es wie mit Stacheln besät aussah – doch erinnerte ich mich bestimmt, dass einige dieser Dinge gänzlich unversehrt waren. Nun konnte ich mir diese Verschiedenheit nicht anders erklären, als dass die zerfetzten Trümmer die einzigen Dinge waren, die wirklich den Grund des Strudels erreicht hatten, und dass die anderen erst gegen Ende einer Tätigkeitsperiode des Maelström in den Trichter geraten oder darin so langsam hinabgeglitten waren, dass sie noch nicht unten angelangt waren, als schon die Flut oder Ebbe – je nachdem – einsetzte. In beiden Fällen hielt ich es für möglich, dass sie wieder an die Oberfläche des Meeres hinaufgewirbelt werden könnten, ohne das Schicksal jener Dinge zu teilen, die früher eingesogen oder schneller hinabgerissen worden waren. Ich machte ferner drei bedeutsame Beobachtungen. Die erste war die allgemeine Regel: je größer die Gegenstände, desto schneller ihre Abwärtsbewegung; die zweite: Zwischen zwei Dingen gleicher Größe, von denen das eine sphärische (kugelige) und das andere irgendeine andere Gestalt hat, wird das sphärische die größte Schnelligkeit im Abwärtsgleiten aufweisen; die dritte: Zwischen zwei Dingen gleicher Größe, von denen das eine zylindrische (längliche), das andere irgendeine andere Gestalt hat, wird das zylindrische langsamer eingesogen werden. Seit meiner Rettung habe ich mit einem alten Lehrer unserer Gegend mehrfach über diese Dinge gesprochen, und von ihm lernte ich die Anwendung der Bezeichnungen ›Zylinder‹ und ›Sphäre‹. Er erklärte mir – ich habe die Erklärung allerdings vergessen – wie das, was ich beobachtet hatte, in der Tat die natürliche Folgeerscheinung der jeweiligen Formen der schwimmenden Gegenstände sei, und zeigte mir, wie es komme, dass ein in einen Strudel geratener Zylinder der Einsaugekraft desselben mehr Widerstand entgegensetze und langsamer niedergezogen werde als irgendein anders geformter Körper gleicher Größe*.

Da war noch ein überraschender Umstand, der diesen Beobachtungen recht gab und mich begierig machte, sie zu verwerten, und das war, dass wir bei jeder Umdrehung an irgendeinem Fass oder einer Rahe oder einem Mast vorüberkamen, während viele solcher Dinge, die auf gleicher Höhe mit uns trieben, als ich die Augen zuerst den Wundern des Strudels zu öffnen wagte, jetzt hoch über uns dahinschwammen und ihren Ort nur wenig verändert hatten.

* Siehe Archimedes »De Incidentibus in Fluido« – lib. 2.

51

Ich wusste nun, was ich zu tun hatte. Ich beschloss, mich an das Wasserfass, an dem ich mich noch immer anklammerte, festzubinden, es von der Gilling loszuschneiden und mich mit ihm ins Wasser zu werfen. Ich machte meinen Bruder durch Zeichen aufmerksam, deutete auf die schwimmenden Fässer, an denen wir vorüberschwangen, und tat alles, was in meiner Macht stand, um ihm mein Vorhaben begreiflich zu machen. Ich glaubte schließlich, er habe meine Absicht begriffen, doch – mochte das nun der Fall sein oder nicht – er schüttelte verzweifelt den Kopf und weigerte sich, seinen Platz am Ringbolzen aufzugeben. Es war unmöglich, zu ihm hinzukommen, die schreckliche Lage gestattete keinen Aufschub, und so überließ ich ihn nach hartem Kampf seinem Schicksal, band mich mit den Stricken, die das Fass an der Gilling festgehalten, an Ersteres fest und warf mich ohne weiteres Zögern ins Meer.

Der Erfolg war ganz so, wie ich ihn erhofft hatte. Da ich selbst es bin, der Ihnen diese Geschichte erzählt, da Sie sehen, dass ich tatsächlich das Leben rettete, und da Sie schon wissen, auf welche Weise diese Rettung bewerkstelligt wurde, will ich meine Geschichte schnell zu Ende bringen.

Es mochte etwa eine Stunde vergangen sein, seit ich die Schmack verlassen hatte, als sie, von der ich weit, weit überholt war, schnell hintereinander drei oder vier rasende Umdrehungen machte und – meinen geliebten Bruder mit sich führend – kopfüber und für immer in das Chaos von Gischt hinabstürzte. Das Fass, an dem ich mich festgebunden, hatte kaum die Hälfte des Zwischenraums durchlaufen, der damals, als ich den Sprung tat, das Schiff vom Abgrund trennte, da ging mit dem Strudel eine große Veränderung vor sich. Die Neigung der Seitenwände des ungeheuren Trichters wurde weniger und weniger steil. Die Umdrehungen des Wirbels wurden allmählich langsamer und langsamer. Der Gischt und der Regenbogen verschwanden nach und nach, und der Boden des Schlundes begann sich höher und höher zu heben. Der Himmel war klar, der Wind hatte sich gelegt, und der volle Mond ging strahlend im Westen unter, als ich mich auf der Oberfläche des Meeres fand, angesichts der Küste von Lofoten und über der Stelle, wo der Trichter des Moskoeström gewesen war. Es war die Stunde des Totwassers – aber das Meer rollte infolge des vorangegangenen Sturms noch immer in haushohen Wogen. Ich wurde von der Strömung heftig mitgerissen und die Küste entlang zu den Fischplätzen der anderen getrieben. Ein Boot nahm mich auf. Ich war vor Müdigkeit völlig erschöpft und jetzt, da die Gefahr vorüber, sprachlos in der Erinnerung an ihre Schrecken. Die mich an Bord zogen, waren meine alten Kameraden und täglichen Gefährten, aber sie kannten mich ebenso wenig, wie sie irgendeinen Wanderer aus dem Reich der Schatten gekannt haben würden. Mein Haar, das tags vorher rabenschwarz gewesen, war so weiß, wie Sie es jetzt erblicken. Man sagt auch, mein Gesichtsausdruck habe sich völlig verändert. Ich erzählte ihnen meine Geschichte – man glaubte sie mir nicht. Ich erzähle sie jetzt Ihnen, doch kann ich auch von Ihnen kaum erwarten, dass Sie ihr mehr Glauben schenken als die kühnen Fischer von Lofoten.«

Das Fass Amontillado

Alle die tausend kränkenden Reden Fortunatos ertrug ich, so gut ich konnte, als er aber Beleidigungen und Beschimpfungen wagte, schwor ich ihm Rache. Ihr werdet doch nicht annehmen – ihr, die ihr so gut das Wesen meiner Seele kennt –, dass ich eine Drohung laut werden ließ. *Einmal* würde ich gerächt sein! Aber die Bestimmtheit, mit der ich meinen Entschluss fasste, verbot mir alles, was mein Vorhaben gefährden konnte. Ein Unrecht ist nicht bestraft, wenn den Rächer Vergeltung trifft für seine Rachetat; es ist auch nicht bestraft, wenn es dem Rächer nicht gelingt, sich als solcher seinem Opfer zu zeigen.

Es muss vorausgeschickt werden, dass ich Fortunato weder mit Wort noch Tat Grund gab, meine gute Gesinnung anzuzweifeln. Ich fuhr fort, liebenswürdig zu ihm zu sein, und er gewahrte nicht, dass mein Lächeln jetzt dem Gedanken seiner Vernichtung galt.

Er hatte eine Schwäche, dieser Fortunato – obschon er in anderer Hinsicht ein geachteter und sogar gefürchteter Mann war. Er brüstete sich damit, dass er ein Weinkenner sei. Nur wenige Italiener besitzen den wahren Kunstverstand. Sie begeistern sich meist nur für eine einzige Sache: für betrügerische Manipulationen gegenüber britischen und österreichischen Millionären. In der Beurteilung von Bildern und Edelsteinen war Fortunato, gleich seinen Landsleuten, ein unwissender Prahlhans, in Bezug auf alte Weine aber hatte er ein ehrliches und sicheres Urteil. Hierin stand ich selbst ihm kaum nach; ich kannte den italienischen Wein gut und kaufte viel, sooft sich mir günstige Gelegenheit bot.

Es war in der tollen Karnevalszeit, als ich an einem dämmerigen Abend meinem Freund begegnete. Er begrüßte mich mit übertriebener Wärme, denn er hatte viel getrunken. Der Mann war maskiert. Er trug ein eng anliegendes, zur Hälfte gestreiftes Gewand, und auf seinem Kopf erhob sich die konisch geformte Narrenkappe. Ich freute mich so sehr, ihn zu sehen, dass ich gar kein Ende finden konnte, ihm die Hand zu schütteln.

Ich sagte zu ihm: »Mein lieber Fortunato, es freut mich, dich zu treffen. Wie prächtig du heute aussiehst – außerordentlich wohl! Doch höre: Ich habe ein Fass Wein bekommen, das für Amontillado gilt, und ich habe meine Zweifel.«

»Wie?«, sagte er, »Amontillado? Ein Fass? Unmöglich! Und mitten im Karneval?«

»Ich habe meine Zweifel«, erwiderte ich. »Und ich war töricht genug, den vollen Amontillado-Preis zu zahlen, ohne dich erst zu Rate zu ziehen. Du warst nicht zu finden, und ich fürchtete, durch eine Verzögerung den ganzen Handel zu verlieren.«

»Amontillado!«

»Ich habe meine Zweifel.«

»Amontillado!«

»Und ich muss sie zum Schweigen bringen.«

»Amontillado!«

»Da du beschäftigt bist, werde ich Luchesi aufsuchen. Wenn einer ein kritisches Urteil hat, ist er es. Er wird mir sagen –«

»Luchesi kann Amontillado nicht von Sherry unterscheiden!«

»Und doch behaupten so ein paar Narren, dass sein Weinverstand dem deinigen gleichkomme.«

»Komm, lass uns gehen.«

»Wohin?«

»In deine Kellereien.«

»Nein, mein Freund; ich will nicht deine Gutmütigkeit ausnützen. Ich sehe, du bist beschäftigt. Luchesi –«

»Ich bin nicht beschäftigt, komm!«

»Lieber Freund, nein! Es ist ja nicht nur das, dass du etwas anderes vorhattest; du bist ernstlich erkältet. Die Kellergewölbe sind unerträglich feucht. Sie haben eine Salpeterkruste angesetzt.«

»Lass uns trotzdem gehen! Die Erkältung ist nicht der Rede wert. Amontillado! Man hat dich betrogen; und Luchesi – der kann Sherry von Amontillado nicht unterscheiden.«

Mit diesen Worten hing Fortunato sich in meinen Arm. Ich nahm eine schwarze Seidenmaske vors Gesicht, hüllte mich dicht in meinen Mantel und ließ es geschehen, dass mein Freund mich eilends zu meinem Palazzo geleitete.

Die Dienerschaft war nicht zu Hause; der Karneval hatte sie hinausgelockt. Ich hatte den Leuten gesagt, dass ich nicht vor dem nächsten Morgen heimkommen würde, und ihnen streng verboten, sich aus dem Haus zu rühren. Ich wusste, dass dies genügte, damit alle zusammen, sobald ich den Rücken wandte, davonliefen.

Ich nahm zwei Fackeln aus den Ringen an der Wand, gab Fortunato eine davon und komplimentierte ihn durch mehrere Zimmerreihen in den Bogengang, der zu den Gewölben führte. Ich schritt eine lange, gewundene Treppe hinab und bat ihn, mir vorsichtig zu folgen. Endlich kamen wir unten an und standen zusammen in der feuchten Tiefe der Katakomben der Montresors.

Der Gang meines Freundes war unsicher, und die Schellen an seiner Kappe klingelten bei seinen Schritten. »Das Fass!«, sagte er.

»Das ist weiter hinten«, antwortete ich. »Siehst du das weiße Gewebe, das da ringsum von den Kellermauern leuchtet?«

Er wandte sich mir zu und sah mir in die Augen. Seine Blicke waren feucht von Schnupfen und Trunkenheit.

»Salpeter?«, fragte er schließlich.

»Salpeter«, erwiderte ich. »Wie lange hast du schon diesen Husten?«

Er hustete, hustete, hustete. Mein armer Freund konnte minutenlang keine Antwort geben.

»Es ist nichts«, erwiderte er dann.

»Komm«, sagte ich sehr bestimmt, »wir wollen umkehren; deine Gesundheit ist kostbar. Du bist reich, geachtet, bewundert, geliebt; du bist glücklich, wie ich einst war. Du würdest eine Lücke hinterlassen. Um mich ist es nicht schade. Wir wollen umkehren! Du wirst krank werden, und ich kann das nicht verantworten. Übrigens kann ja Luchesi –«

»Genug!«, sagte er. »Der Husten ist ganz belanglos; er wird mich nicht umbringen. Ich werde nicht an meinem Husten zugrunde gehen.«

»Wahr – wahr«, erwiderte ich. »Wirklich, ich hatte nicht die Absicht, dich unnötig zu beunruhigen – aber du solltest die Vorsicht nicht außer Acht lassen. Ein Schluck Medoc wird uns vor der Einwirkung der Dünste schützen.«

Bei diesen Worten zog ich aus einer langen Flaschenreihe, die längs der Mauer auf der Erde lag, eine Flasche hervor und schlug ihr den Hals ab.

»Trink«, sagte ich und bot ihm den Wein. Er setzte ihn an die Lippen. Er hielt inne und nickte mir vertraulich zu; seine Glöckchen klingelten.

»Ich trinke«, sagte er, »auf die Toten, die hier ruhen.«

»Und ich auf dein langes Leben!«

Er nahm von Neuem meinen Arm, und wir gingen weiter.

»Diese Gewölbe«, sagte er, »sind weitläufig.«

»Die Montresors«, erwiderte ich, »waren eine große und zahlreiche Familie.«

»Ich vergaß dein Wappenzeichen.«

»Ein riesiger goldener Fuß in blauem Feld; der Fuß zertritt eine sich bäumende Schlange, deren Zähne ihm in der Ferse sitzen.«

»Und das Motto?«

»Nemo me impune lacessit.«

»Gut!«, sagte er.

Der Wein flackerte aus seinen Augen, und die Glöckchen klingelten. Auch mir stieg der Medoc zu Kopfe. Wir waren an einer ganzen Reihe aufgestapelter Skelette und Fässer vorbei bis in den entferntesten Teil der Katakomben gelangt. Ich blieb wieder stehen, und diesmal wagte ich es, Fortunato am Arm zu rütteln.

»Der Salpeter!«, sagte ich. »Sieh, wie es immer mehr wird. Er hängt an den Wölbungen wie Moos. Wir sind unter dem Flussbett. Die Nässe tropft durch die Skelette. Komm, wir wollen umkehren, ehe es zu spät ist. Dein Husten –«

»Nicht der Rede wert«, sagte er; »lass uns weitergehen. Vorher aber – noch einen Schluck Medoc.«

Ich schlug einer Flasche de Grave den Hals ab und reichte sie ihm. Er leerte sie mit einem Zug. In seinen Augen flackerte ein wildes Licht. Er lachte und warf die Flasche mit einer seltsamen Bewegung zur Decke – einer Geste, die ich nicht verstand.

Ich sah ihn verwundert an. Er wiederholte die absonderliche Geste.

»Du verstehst nicht?«, fragte er.

»Nicht im Geringsten«, antwortete ich.

»Du gehörst nicht zur Bruderschaft!«

»Wie?«

»Du bist kein Maurer.«

»Ja, ja«, sagte ich. »Jawohl, ja.«

»Du? Unmöglich! Ein Maurer?«

»Ein Maurer«, antwortete ich.

»Ein Zeichen!«, sagte er.

»Hier ist es«, erwiderte ich, aus den Falten meines Überwurfs eine Maurerkelle hervorziehend.

»Du spaßest«, rief er aus und wich von mir zurück.

»Aber komm weiter zum Amontillado!«

»Gut also«, sagte ich, nahm die Kelle wieder unter den Mantel und bot ihm den Arm. Er lehnte sich schwer darauf. Wir setzten unseren Weg fort. Wir gingen durch mehrere

niedere Bogengänge, gingen hinab, hinauf und wieder hinab und betraten nun eine tiefe Gruft, wo die Luft so modrig war, dass unsere Fackeln nicht mehr flammten, sondern nur noch schwelten.

Am entlegensten Ende der Gruft kam eine andere, kleinere zum Vorschein. An ihren Wänden waren bis zur Decke hinauf Menschenknochen aufgestapelt gewesen, ähnlich wie in den großen Katakomben von Paris. Drei Seiten dieser innersten Gruftkammer waren noch jetzt so geschmückt. Von der vierten waren die Knochen weggeräumt; sie lagen auf dem Boden herum und waren an einer Stelle zu einem Haufen aufgetürmt. Inmitten der so bloßgelegten Mauer bemerkten wir noch eine letzte Höhlung. Sie war etwa vier Fuß tief, drei Fuß breit und sechs bis sieben Fuß hoch. Sie schien nicht zu irgendeinem besonderen Zweck gemacht worden zu sein, sondern bildete lediglich den Zwischenraum zwischen drei der mächtigen Stützpfeiler, die die Deckenwölbung der Katakomben trugen; ihre Rückwand wurde von einer der massiven Granitmauern gebildet.

Vergeblich hob Fortunato seine trübe Fackel, um in die Tiefe der Höhlung zu spähen. Das schwache Licht gestattete nicht, die Rückwand zu erblicken.

»Geh weiter«, sagte ich. »Hier drin ist der Amontillado. Übrigens könnte Luchesi –«

»Er ist ein Dummkopf«, fiel mir mein Freund ins Wort, während er unsicher vorwärtsschritt; ich folgte ihm auf den Fersen. Einen Augenblick später hatte er das Ende der Höhlung erreicht; verdutzt stand er vor der Mauer, die ihm Halt gebot. Und noch einen Augenblick später hatte ich ihn an den Granit gefesselt. In der Mauer befanden sich auf

gleicher Höhe und in zwei Fuß Entfernung voneinander zwei Schließhaken; an einem derselben hing eine kurze Kette, am anderen ein Vorlegeschloss. Ich warf die Kette um Fortunatos Leib und befestigte sie im Schloss. Das Ganze war nur das Werk weniger Sekunden. Er war zu verblüfft, um Widerstand entgegenzusetzen. Ich zog den Schlüssel ab und trat aus der Nische zurück.

»Streich mit der Hand über die Mauer«, sagte ich. »Du wirst den Salpeter fühlen. Wahrhaftig, es ist *bedenklich* feucht da drinnen. Noch einmal: Lass dich *beschwören*, umzukehren! Nein? Dann muss ich dich wirklich verlassen. Aber zuerst muss ich dir noch alle die kleinen Aufmerksamkeiten erweisen, die in meiner Macht stehen.«

»Der Amontillado!«, rief mein Freund, der sich von seinem Erstaunen noch nicht erholt hatte.

»Gewiss«, erwiderte ich; »der Amontillado.«

Bei diesen Worten machte ich mich am Knochenhaufen zu schaffen, von dem ich vorhin gesprochen habe. Ich warf die Knochen beiseite und legte bald eine Anzahl Bausteine und ein Häufchen Mörtel bloß. Mit diesen Materialien und mithilfe der Maurerkelle begann ich, eilig den Eingang der Nische zuzumauern.

Ich hatte kaum die erste Reihe des Mauerwerks errichtet, als ich entdeckte, dass Fortunatos Betrunkenheit sehr nachgelassen hatte. Das erste Anzeichen dafür gab mir ein leiser, klagender Schrei, der aus der Tiefe der Höhlung kam. Es war *nicht* der Schrei eines Betrunkenen. Dann folgte ein langes, eigensinniges Schweigen. Ich mauerte eine zweite Reihe – und eine dritte und vierte; und dann hörte ich das wütende Stoßen und Schwingen an der festgespannten

Kette. Das Geräusch dauerte mehrere Minuten, während welcher ich, um besser lauschen zu können, meine Arbeit einstellte und mich auf den Knochenhaufen setzte. Als das hastige Klirren endlich aufhörte, ergriff ich von Neuem die Kelle und vollendete ohne Unterbrechung die fünfte, die sechste und die siebente Reihe. Der Wall war nun fast in gleicher Höhe mit meiner Brust. Ich hielt von Neuem inne, hob die Fackel über das Mauerwerk und warf damit ein paar schwache Strahlen auf die Gestalt da drinnen.

Da stieß der Gefesselte plötzlich wilde Schreie aus – viele laute gellende Schreie, die mich zurücktaumeln machten. Einen Augenblick zögerte ich – zitterte ich. Ich zog den Degen und stach damit in das Dunkel der Nische hinein. Doch nach kurzer Überlegung beruhigte ich mich wieder. Ich legte die Hand auf das massige Gemäuer der Katakomben und war befriedigt. Ich trat wieder an meine Mauer. Ich antwortete auf das Geheul des Rufenden. Ich ahmte es nach – verstärkte es – übertönte es. Das tat ich eine Weile, und der Schreier wurde still.

Es war jetzt Mitternacht, und meine Arbeit nahte ihrem Ende. Ich hatte die achte, die neunte und die zehnte Reihe vollendet. Ich hatte einen Teil der elften und letzten Reihe beendet; es blieb nur noch ein einziger Stein einzusetzen und festzumauern. Ich rang mit seinem Gewicht. Ich hob ihn an seinen Platz, konnte ihm jedoch nicht sogleich seine richtige Lage geben. Jetzt kam aus der Nische ein leises Lachen, das mir die Haare auf dem Kopf zu Berge stehen machte. Dann sprach eine traurige Stimme, die ich nur schwer als die Stimme des edlen Fortunato erkennen konnte.

Die Stimme sagte:

»Ha ha ha – he he – wahrhaftig ein guter Spaß, wir werden im Palazzo noch oft darüber lachen – he he he – über unseren Wein – he he he!«

»Den Amontillado!«, sagte ich.

»He he he – – he he – ja, den Amontillado. Aber ist es nicht schon spät? Werden sie uns nicht im Palazzo erwarten? Die Lady Fortunato und die anderen? Lass uns gehen.«

»Ja«, sagte ich, »lass uns gehen.«

»Bei der Liebe Gottes, Montresor!«

»Ja«, sagte ich, »bei der Liebe Gottes!«

Aber auf diese Worte erwartete ich vergeblich eine Antwort. Ich wurde ungeduldig, ich rief laut: »Fortunato!«

Keine Antwort.

Ich rief wieder:

»Fortunato!«

Noch keine Antwort.

Ich nahm seine Fackel, stieß sie durch die Öffnung und ließ sie drinnen zu Boden fallen. Als Antwort kam nur ein Klingen der Schellen. Mein Herz wurde schwer – infolge der Moderluft in den Katakomben. Ich beeilte mich, meine Arbeit zu beenden. Ich zwang den letzten Stein in seine richtige Lage. Ich mauerte ihn ein. Gegen das neue Mauerwerk türmte ich den alten Knochenwall auf. Seit einem halben Jahrhundert hat kein Sterblicher ihn angerührt. In pace requiescat!

Lebendig begraben

Es gibt Themen, die für unseren Geist stets von Interesse sein werden, die aber zu entsetzlich sind, als dass die Dichtung sie behandeln könnte. Der Romanschreiber muss sie vermeiden, wenn er nicht in die Gefahr geraten will, Abscheu und Ekel zu erwecken. Sie sind nur dann möglich, wenn Ernst und Majestät des Todes sie heiligen und stützen. Welch »angenehmes Gruseln« fühlen wir z. B. bei dem Bericht des Überganges über die Beresina, des Erdbebens von Lissabon, der Pest in London, der Metzeleien der Bartholomäusnacht oder des Erstickungstodes der hundertdreiundzwanzig Gefangenen im »Schwarzen Loch« von Kalkutta. Doch in allen diesen Berichten ist es die Tatsache – ist es die Wirklichkeit – das geschichtliche Ereignis, das aufregt. Als Dichtungen würden wir sie nur mit Abscheu betrachten.

Ich habe hier einige wenige der großen und folgenreichen Unglücksfälle erwähnt; in diesen aber ist es ebenso sehr die Größe wie die Art des Unglücks, was auf unsere Fantasie so lebhaften Eindruck macht. Ich brauche dem Leser nicht vorzuhalten, dass ich aus dem langen und schaurigen Register menschlichen Elends manchen Einzelfall hätte herausgreifen können, der leidvoller gewesen ist als irgendeiner dieser Massentode. Das wahre Elend – das tiefste Weh – erlebt der Einzelne, nicht die Gesamtheit.

Und dass das Fürchterlichste, der Todeskampf, vom Einzelnen und nicht von der Gesamtheit getragen wird – dafür lasst uns dem barmherzigen Gott danken!

Lebendig begraben zu werden, ist ohne Frage die grauenvollste aller Martern, die jedem Sterblichen beschieden wurde. Dass es häufig, sehr häufig vorgekommen ist, wird von keinem Denkenden bestritten werden. Die Grenzen, die Leben und Tod scheiden, sind unbestimmt und dunkel. Wer kann sagen, wo das eine endet und das andere beginnt? Wir wissen, dass es Krankheitsfälle gibt, in denen ein völliger Stillstand all der sichtbaren Lebensfunktionen eintritt, und dennoch ist dieser Stillstand nur eine Pause, nur ein zeitweiliges Aussetzen des unbegreiflichen Mechanismus. Einige Zeit vergeht – und eine unsichtbare, geheimnisvolle Ursache setzt die zauberhaften Schwingen, das gespenstische Räderwerk wieder in Bewegung. Die silberne Saite war nicht zerrissen, der goldene Bogen war nicht unrettbar zerbrochen. Wo aber war währenddessen die Seele?

Doch abgesehen von der logischen Schlussfolgerung a priori, dass solche Ereignisse auch ihre Folgen haben müssen, dass diese wohlbekannten Fälle von Scheintod selbstredend hier und da zu einem vorzeitigen Begräbnis führen müssen – abgesehen von dieser Betrachtung haben wir das direkte Zeugnis der Ärzte und der Erfahrung als Beweis, dass zahlreiche solcher Begräbnisse stattgefunden haben. Ich kann auf Verlangen sofort hundert authentisch erwiesene Fälle anführen. Einer derselben, dessen eigenartige Umstände einigen meiner Leser noch frisch im Gedächtnis sein dürften, ereignete sich vor nicht allzu langer Zeit in der benachbarten Stadt Baltimore, wo er in allen Kreisen tiefe und schmerzliche Aufregung hervorrief.

Die Frau eines der angesehensten Bürger – berühmten Advokaten und Kongressmitgliedes – wurde von einer plötzlichen und unerklärlichen Krankheit befallen, an der die Kunst der Ärzte scheiterte. Nach schrecklichen Leiden starb sie oder wurde wenigstens für tot gehalten. Nicht einer vermutete, dass sie nur scheintot sei – nicht einer hatte Grund dazu. Sie zeigte alle üblichen Merkmale des Todes. Das Gesicht hatte die bekannten verkniffenen und eingesunkenen Züge; die Lippen hatten Marmorblässe; die Augen waren glanzlos. Sie hatte weder Blutwärme noch Pulsschlag. Drei Tage blieb der Körper unbeerdigt, und in dieser Zeit war er zu Eiseskälte erstarrt. Man beeilte die Bestattung, weil die vermeintliche Zersetzung so rasche Fortschritte machte.

Die Dame wurde in der Familiengruft beigesetzt, und drei Jahre lang blieb diese unberührt. Nach Ablauf dieser Frist wurde sie zur Aufnahme eines Sarkophags geöffnet; – aber ach!, welch furchtbarer Schlag erwartete den Gatten, der eigenhändig das Tor aufschloss! Als die Türflügel nach außen aufflogen, sank ein weißgekleidetes Etwas ihm klappernd in die Arme. Es war das Totenskelett seines Weibes in dem noch unverwesten Leichenkleid.

Sorgfältige Nachforschungen ergaben, dass sie zwei Tage nach ihrem Begräbnis wieder erwacht und dass der Sarg infolge ihrer verzweifelten Befreiungsversuche von der Bahre herabgestürzt und zerbrochen war, sodass sie ihm entsteigen konnte. Eine Öllampe, die zufällig gefüllt in der Gruft zurückgelassen worden war, stand leer; das

Öl konnte aber auch verdunstet sein. Auf der obersten Stufe der Treppe, die zur Totenkammer hinabführte, lag ein Teil des Sarges, mit dem sie wahrscheinlich gegen das Eisentor geschlagen hatte, um die Aufmerksamkeit auf sich zu lenken. Bei dieser Tätigkeit hatte sie vermutlich eine Ohnmacht – oder auch infolge des Grauens der Tod befallen; beim Niedersinken verfing sich ihr Leichenhemd in irgendeinem vorstehenden Eisenteil des Tores. So blieb sie, und so verweste sie – aufrecht.

Im Jahre 1810 ereignete sich in Frankreich ein vorzeitiges Begräbnis von so seltsamen Umständen, dass sie die Behauptung rechtfertigen: Die Wirklichkeit ist oft seltsamer als alle Dichtung. Die Heldin der Geschichte war ein Fräulein Victorine Lafourcade, ein junges und sehr schönes Mädchen aus vornehmer und wohlhabender Familie. Unter ihren zahlreichen Verehrern war auch ein Herr Julien Bossuet, ein armer Gelehrter oder Literat aus Paris. Sein Talent und sein einnehmendes Wesen hatten die Aufmerksamkeit der Erbin erregt, die ihn aufrichtig geliebt zu haben scheint; ihr Familienstolz bewog sie schließlich aber doch, ihn abzuweisen und einen Herrn Renelle zu heiraten, einen Bankier und gewandten Diplomaten. Nach der Hochzeit aber vernachlässigte sie der Gatte – ja misshandelte sie wohl gar, und nach einigen leidvollen Jahren starb sie – wenigstens glich ihr Zustand so ganz dem Tod, dass jeder, der sie sah, sich täuschen ließ. Sie wurde begraben – nicht in einer Gruft, sondern in einer gewöhnlichen Grabstätte ihres Heimatdorfes. Voll Verzweiflung und entflammt von der Erinnerung an ihre tiefe Zuneigung reist der abgewiesene Freier von der Hauptstadt nach der entlegenen Provinz, zu jenem Dorf, in der romantischen Absicht, die Leiche auszugraben und sich in den Besitz ihrer wunderbaren Locken zu setzen. Er findet das Grab. Um Mitternacht legt er den Sarg von der Erde bloß, öffnet ihn und ist dabei, das Haar abzuschneiden, als er innehält – denn die geliebten Augen öffnen sich. Man hatte die junge Frau lebendig begraben. Die Lebenskraft war noch nicht ganz entwichen, und die Liebkosungen ihres Getreuen erweckten sie aus der Lethargie, die man irrtümlich für tot gehalten. In wahnsinniger Freude trug er sie nach seiner Wohnung im Dorf, wo er, der einige medizinische Kenntnisse hatte, ihr allerlei Belebungsmittel einflößte. Endlich erholte sie sich. Sie erkannte ihren Erretter. Sie blieb bei ihm, bis sie ihre frühere Gesundheit wieder erlangt hatte. Ihr Frauenherz war nicht von Eisen, und dieser letzte Liebesbeweis erweichte es; sie gab es Bossuet zu eigen. Sie kehrte nicht zu ihrem Gatten zurück, sondern verbarg ihm ihre Auferstehung und entfloh mit dem Geliebten nach Amerika. Zwanzig Jahre später kamen die beiden wieder nach Frankreich, in der Überzeugung, die Zeit habe das Äußere der Frau so sehr verändert, dass ihre Angehörigen sie nicht wiedererkennen würden. Sie irrten sich jedoch, denn bei der ersten Begegnung erkannte Herr Renelle sein Weib und erhob Anspruch auf sie. Sie weigerte sich aber, zu ihm zurückzukehren, und das Gericht gab ihr recht, indem es entschied, dass die besonderen Umstände und die lange Reihe von Jahren nicht nur billigerweise, sondern auch gesetzlich die Rechte des Gatten ausgelöscht hätten.

Die Leipziger »Chirurgische Zeitung« – eine bedeutende und angesehene Zeitschrift, von der man wünschen möchte, dass sie, in unsere Sprache übersetzt, auch in Amerika erschiene – berichtet in einer der letzten Nummern ein ähnliches Ereignis furchtbarer Art.

Ein Artillerieoffizier, von prächtiger Gestalt und von robuster Gesundheit, wurde von einem störrischen Pferd abgeworfen und trug eine äußerst schwere Kopfwunde davon, die ihm sofort das Bewusstsein nahm; er hatte eine leichte Schädelfraktur, doch schien keine direkte Gefahr vorhanden. Die Trepanation war erfolgreich; man ließ ihm zur Ader, und viele andere Linderungsmittel wurden angewandt. Trotz alledem nahm die Betäubung, die Erstarrung mehr und mehr zu, und schließlich hielt man ihn für tot.

Es war warmes Wetter, und er wurde mit fast unziemlicher Eile zu Grabe getragen. Das geschah an einem Donnerstag. Am darauffolgenden Sonntag war der Friedhof wie üblich sehr besucht, und um die Mittagszeit brachte ein Bauer die ganze Menge in Aufruhr mit der Behauptung, während er auf dem Grab des Offiziers gesessen, habe sich die Erde unter ihm bewegt, als suche sich jemand herauszuarbeiten. Zunächst schenkte man der Versicherung des Mannes keinen Glauben, aber sein sichtliches Entsetzen und die Hartnäckigkeit, mit der er bei seiner Aussage verblieb, machten zum Schluss doch Eindruck auf die Menge. Man schaffte eilends Spaten herbei, und das nur oberflächlich zugeschüttete Grab war in wenigen Minuten so weit bloßgelegt, dass der Kopf des Eingesargten sichtbar ward. Er schien tot zu sein, aber er saß aufrecht in seinem Sarg, dessen Deckel er bei seinen wütenden Befreiungsversuchen teilweise abgehoben hatte.

Er wurde sofort ins nächste Hospital gebracht, wo man konstatierte, dass er, wenngleich in tiefer Ohnmacht, noch am Leben sei. Nach einigen Stunden erwachte er, erkannte die an sein Lager geeilten Freunde und sprach in abgerissenen Sätzen von seinen Befreiungsversuchen im Grab.

Aus dem, was er sagte, ging hervor, dass er im Grab mehr als eine Stunde wach gewesen sein musste, ehe ihn das Bewusstsein verließ. Das Grab war nur oberflächlich mit sehr lockerer Erde angefüllt und ließ daher der Luft etwas Zutritt. Er hörte die Schritte der Menge über sich und versuchte seinerseits, sich hörbar zu machen. Er war der Meinung, das Geräusch der vielen Schritte habe ihn erweckt, doch kaum erwacht, gewahrte er mit namenlosem Entsetzen seine schreckliche Lage.

Dieser Patient – hieß es in dem Bericht weiter – erholte sich wieder, und es schien, als werde er ganz gesunden, da wurde er das Opfer eines medizinischen Experiments. Man wendete die galvanische Batterie bei ihm an, und er verstarb plötzlich in einem Paroxysmus, wie dieses Verfahren ihn manchmal zur Folge hat.

Bei Erwähnung der galvanischen Batterie fällt mir ein wohlbekannter und ganz seltsamer Fall ein, die Tatsache nämlich, dass ihre Anwendung bei einem jungen Londoner Advokaten, der bereits zwei Tage begraben gelegen hatte, diesen wieder ins Leben zurückrief. Das geschah im Jahre 1831 und machte überall, wo davon die Rede war, großes Aufsehen.

Der Patient, Herr Eduard Stapleton, war anscheinend an Typhus gestorben, doch unter eigenartigen Begleitumständen, welche die Neugier seiner Ärzte erregt hatten.

Nach seinem Hinscheiden ersuchte man die Verwandten, eine Sezierung der Leiche zu gestatten, was aber abgelehnt wurde. Wie das nach solcher Weigerung oft geschieht, beschlossen die Ärzte, den Leichnam auszugraben und dennoch heimlich zu sezieren. Man einigte sich mit einer Bande von Leichenräubern, wie sie in London nicht selten sind, und in der dritten Nacht nach dem Begräbnis wurde die angebliche Leiche aus ihrem acht Fuß tiefen Grab hervorgeholt und in das Operationszimmer eines Privatspitals gebracht.

Ein ziemlich großer Schnitt in den Unterleib zeigte, dass das Fleisch noch frisch und unverwest war, und brachte die Ärzte auf den Einfall, die galvanische Batterie anzuwenden. Ein Experiment folgte dem anderen und hatte die üblichen Wirkungen, die nur in zwei Fällen den konvulsivischen Zuckungen ein mehr als gewöhnliches Leben gaben.

Es wurde spät. Der Tag dämmerte, und man hielt es für ratsam, endlich die Sektion vorzunehmen. Ein Student jedoch, der gern eine eigene Theorie erproben wollte, bestand darauf, die Batterie auf einen der Brustmuskel anzuwenden. Man machte schnell einen Schnitt und brachte einen Draht in Kontakt mit dem Muskel. Da plötzlich erhob sich der Patient mit einer schnellen, doch keineswegs konvulsivischen Bewegung vom Tisch, schritt in die Mitte des Zimmers, blickte sekundenlang unsicher umher und sprach. Was er sagte, war nicht zu verstehen; aber er äußerte Worte, bildete Silben. Als er gesprochen hatte, fiel er schwer zu Boden.

Einen Augenblick waren alle gelähmt von Entsetzen; doch das Bewusstsein, dass hier rasch eingegriffen werden müsse, gab ihnen bald die Geistesgegenwart zurück. Man entdeckte, dass Herr Stapleton ohnmächtig, aber am Leben war. Nach Anwendung von Äther erwachte er und konnte schnell wiederhergestellt und seinen Verwandten zurückgegeben werden. Ihr Erstaunen – ihre namenlose Verwunderung sei hier verschwiegen.

Das Unerhörteste aber an dem ganzen Ereignis ist das, was Herr Stapleton selbst berichtet. Er erklärt, die ganze Zeit über nie völlig besinnungslos gewesen zu sein, sondern – wenn auch unklar und verwirrt – alles gewusst zu haben, was mit ihm vorging – vom Augenblick an, da die Ärzte ihn für »tot« erklärten, bis zu dem, da er im Hospital ohnmächtig zu Boden sank. »Ich lebe« waren die unverständlichen Worte, die er, als er vom Seziertisch heruntertaumelte, in seiner äußersten Not herausstieß.

Es wäre ein leichtes, noch viele solcher Geschichten anzuführen; ich unterlasse es aber, denn wir bedürfen ihrer nicht zur Feststellung der Tatsache, dass verfrühte Begräbnisse stattfinden. Wenn wir bedenken, wie selten es naturgemäß in unserer Macht liegt, solche Fälle aufzudecken, so müssen wir zugeben, dass sie häufig genug ohne unser Wissen vorkommen. Tatsächlich finden kaum je in einem Friedhof umfangreiche Umgrabungen statt, ohne dass Skelette aufgefunden werden, deren Haltung die fürchterlichsten Vermutungen rechtfertigt.

Fürchterlich die Vermutung, doch fürchterlicher noch das Schicksal selbst! Es ist nicht zu viel gesagt mit der Behauptung, dass kein Ereignis so grauenvoll geeignet ist, Leib und Seele aufs Äußerste zu schrecken, wie das Lebendigbegrabensein. Der unerträgliche, atemraubende

Druck – die erstickenden Dünste der feuchten Erde – das hemmende Leichengewand – die harte Enge des schmalen Hauses – das Dunkel vollkommener Nacht – die alles verschlingende Woge ewiger Stille – die unsichtbare, doch fühlbare Nähe des Eroberers Wurm – diese Dinge und der Gedanke, dass droben die Gräser im Winde wehn, und die Erinnerung an liebe Freunde, die, wenn sie nur unser Schicksal ahnten, zu unserer Rettung herbeieilen würden, und das Bewusstsein, dass sie dies Schicksal nie erfahren werden – dass wir ohne alle Hoffnung zu den wirklich Toten zählen – diese Betrachtungen, sage ich, tragen in das noch pulsende Herz ein so namenloses Grauen, wie selbst die stärkste Fantasie es nicht beschreiben kann. Gibt es auf Erden ähnlich Grauenvolles – können wir uns selbst für die tiefste Hölle solche Schrecken träumen? Und daher begegnet man derartigen Berichten mit so besonderem Interesse – aber einem Interesse, das ganz von unserem Glauben an die Wahrheit des geschilderten Ereignisses abhängig ist. Was ich jetzt erzählen will, habe ich selbst am eigenen Leibe erfahren.

Ich war jahrelang den Anfällen jener seltsamen Krankheit unterworfen, der die Ärzte in Ermangelung einer treffenden Bezeichnung den Namen Katalepsie gegeben haben. Obgleich die mittelbaren und unmittelbaren Ursachen fast unbekannt sind, ja sogar die Krankheitsdiagnose selbst noch dunkel ist, so sind doch ihre äußerlich wahrnehmbaren Merkmale zur Genüge bekannt. Ihre Haupteigenschaft besteht in der Verschiedenartigkeit ihrer Anfälle. Manchmal liegt der Patient nur einen Tag oder selbst kürzere Zeit in vollständiger Lethargie. Er ist gefühllos und regungslos, aber der Herzschlag ist noch schwach fühlbar, der Körper ist noch ein wenig warm, ein leichtes Rot färbt die Wangen, und wenn man den Lippen einen Spiegel nähert, so kann man ein träges, unregelmäßiges Atmen wahrnehmen. Dann wieder dauert dieser Zustand Wochen – ja Monate, und dann vermögen die sorgfältigsten ärztlichen Untersuchungen nicht mehr einen Unterschied festzustellen zwischen dem Zustand des Kranken und dem, was wir als Tod bezeichnen. Sehr häufig wird er nur dadurch vor vorzeitigem Begrabenwerden bewahrt, dass seine Freunde von früheren kataleptischen Anfällen wissen und daher argwöhnisch sind, und vor allem dadurch, dass keine Verwesung eintritt. Die Krankheit macht glücklicherweise nur langsame Fortschritte; schon ihre ersten Anzeichen sind unzweideutiger Natur. Nach und nach werden die Anfälle stärker und dauern von Mal zu Mal länger. Hierin hauptsächlich liegt die Sicherheit vor einem allzu frühen Begrabenwerden. Der Unglückselige, dessen erster Anfall bereits die Heftigkeit des letzten hätte, würde unvermeidlich lebendig zu Grab getragen.

Mein eigener Fall wich in nichts von den in medizinischen Büchern geschilderten Fällen ab. Ohne ersichtliche Ursache überfiel mich hier und da ein ohnmachtartiger Zustand, in dem ich ohne Schmerzen und regungslos, ja ohne Denkvermögen verharrte, immer aber mit dem schwachen Bewusstsein dessen, was an meinem Lager vorging, bis ich ganz plötzlich wieder zu vollem Bewusstsein erwachte. Zu anderen Zeiten packte es mich rasch und ungestüm. Mir wurde übel, mich fröstelte, und ein Schwindelanfall warf mich rasch zu Boden. Dann war wochenlang alles um mich her leer und stumm und schwarz, und das Weltall wurde zum Nichts. Es war der vollkommene Tod. Aus diesen letzteren Anfällen aber erwachte ich weit langsamer, als ich davon befallen wurde. Gleichwie dem freund- und heimatlosen Bettler, der die lange einsame Winternacht durch die Straßen irrt, die Morgendämmerung nur zögernd, nur ganz allmählich und doch wie beglückend erscheint – geradeso kehrte das Licht meiner Seele zurück.

Abgesehen von diesen kataleptischen Anfällen schien mein Gesundheitszustand gut und keiner Beeinflussung durch diese Krankheit unterworfen – bis auf eine gewisse Eigentümlichkeit meines gewöhnlichen Schlafes. Wenn ich erwachte, war ich nie sofort Herr meiner Sinne, sondern blieb minutenlang erschreckt und verwirrt; die geistigen Fähigkeiten, besonders das Gedächtnis, waren wie gelähmt.

In all meinem Leiden gab es kaum physische Schmerzen, aber eine unerträgliche seelische Depression. Meine Fantasie sah nichts als Leichen. Ich sprach von Würmern, Grab und Leichenstein. Ich versank in Träumereien über den Tod und war von der düsteren Ahnung erfasst, einmal lebendig begraben zu werden. Diese gespenstische Gefahr verfolgte mich Tag und Nacht; bei Tag quälten mich grausige Grübeleien, des Nachts war ich dem Wahnsinn nahe. Wenn Dunkelheit sich über die Erde breitete, schreckten mich die Gedanken, und ich bebte – bebte wie die schwankenden Federn auf den Köpfen der Pferde beim Leichenbegängnis. Wenn ich mich nicht mehr wach halten konnte, so kostete es mich einen Kampf, schlafen zu gehen – denn mir grauste bei dem Gedanken, ich könne mich beim Erwachen im Grab finden. Und wenn ich schließlich in

Schlummer sank, so vermochte ich es nur, um sogleich in einem Meer von Fantasien zu versinken, das überschattet wurde von den riesigen, schwarzen Schwingen jenes einen Grabgedankens.

Aus den zahllosen düsteren Bildern, die mich in Träumen ängsteten, will ich nur eine einzige Vision berichten. Mir war, als läge ich in einer Erstarrung, die tiefer war und länger dauerte als je vorher. Da plötzlich legte sich eine eisige Hand auf meine Stirn, und eine ungeduldige Stimme rasselte mir ins Ohr: »Steh auf!«

Ich saß aufrecht. Es war völlig finster. Ich konnte die Gestalt nicht sehen, die mich geweckt hatte. Ich konnte mich weder erinnern, wann dieser Anfall mich erfasst hatte noch wo ich mich überhaupt befand. Ich harrte regungslos und mühte mich, meine Gedanken zu sammeln, aber die kalte Faust packte mich wild am Handgelenk und schüttelte mich, und die rasselnde Stimme sagte von Neuem:

»Steh auf! Gebot ich dir nicht, aufzustehen?«

»Wer bist du?«, fragte ich.

»Ich habe keinen Namen dort, wo ich hause«, erwiderte die Stimme klagend; »ich war sterblich und bin doch Dämon. Ich war unbarmherzig und bin mitleidig. Du fühlst, dass ich schaudere. Meine Zähne klappern – aber nicht, weil die Nacht so frostig ist – die endlose Nacht. Doch dies Grauen, dieser Ekel ist unerträglich! Wie kannst du ruhig schlafen? Ich kann nicht Ruhe finden vor dem Schrei der Todesängste. Diese Seufzer sind mehr, als ich ertragen kann. Steh auf! Komm mit mir hinaus in die Nacht und lass mich dir die Gräber öffnen. Ist dieser Anblick nicht ein furchtbar Weh? – Sieh!«

Ich blickte; und die unsichtbare Gestalt, die mich noch immer an der Hand hielt, hatte die Gräber der ganzen Menschheit aufgeworfen, und aus einem jeden drang ein schwacher Phosphorschein der Verwesung, sodass ich in den tiefsten Schlund hinabsehen und die eingesargten Leichen in ihrem trauervollen Schlaf mit den Würmern schauen konnte. Aber ach! Der wirklichen Schläfer waren es Millionen weniger als der Wachenden; und da war ein Kämpfen und Wehren und eine allgemeine schmerzliche Unruhe; und aus den Tiefen der zahllosen Gruben drang das melancholische Rauschen der Totenhemden; und unter denen, die still zu ruhen schienen, sah ich, dass viele mehr oder weniger die kalte, unbequeme Lage, in der man sie hinabgesenkt, verändert hatten. Und wie ich blickte, sagte die Stimme von Neuem: »Ist es nicht – oh, ist es nicht ein schmerzlicher Anblick?« Doch ehe ich die Antwort finden konnte, hatte die Gestalt meine Hand losgelassen, der Phosphorschein erlosch, und die Gräber schlossen sich plötzlich; aus ihrem Innern aber hob sich ein Chaos verzweifelter Schreie, und wieder klang es: »Ist es nicht – o Gott! ist es nicht ein schmerzlicher Anblick?«

Solche Nachtfantasien übten auch auf meine wachen Stunden ihren entsetzlichen Einfluss. Meine Nerven waren völlig zerrüttet, und ich war die Beute ewigen Grauens. Ich wagte mich weder zu Fuß noch zu Pferd aus dem Haus, von dem ich mich nicht mehr entfernen wollte, um stets in der Nähe derer zu sein, die meine Neigung zu kataleptischen Anfällen kannten; hätte es sich anderenfalls nicht ereignen können, dass ich begraben wurde, ehe mein wahrer Zustand festgestellt werden konnte? Ich fürchtete, ein Anfall von außergewöhnlich langer Dauer könne sie an meinem Wiedererwachen zweifeln lassen. Ich ging sogar so weit, zu argwöhnen, man werde sich freuen, in einem besonders hartnäckigen Anfall willkommene Gelegenheit zu finden, sich meiner zu entledigen. Vergebens versuchten sie mich mit feierlichen Versprechungen zu beruhigen. Ich nahm ihnen die heiligsten Schwüre ab, mich unter keinen Umständen eher zu begraben, als bis die Verwesung so weit fortgeschritten wäre, dass ein längeres Lagern unmöglich sei; und selbst dann noch wollte meine tödliche Angst keiner Vernunft gehorchen, keinen Trost annehmen. Ich traf eine Reihe mühsamer Vorsichtsmaßregeln. Unter anderem ließ ich die Familiengruft so umbauen, dass sie von innen leicht geöffnet werden konnte. Der leiseste Druck auf einen langen Hebel, der tief in die Grabkammer hineinreichte, ließ die eisernen Tore auffliegen. Auch traf ich Vorsorge, dass Luft und Licht freien Zutritt hatten und dass dicht bei dem Sarg, der mich aufnehmen sollte, Gefäße für Speise und Trank bereitstanden. Der Sarg selbst war weich und warm gefüttert und mit einem Deckel versehen, der nach Art der Grufttür eingerichtet war, nur dass hier schon die leiseste Körperbewegung genügte, um den Deckel zu lüften. Überdies hing von der Decke der Grabkammer eine große Glocke herab, deren Seil durch ein Loch im Sarge hineingeführt und an der Hand der Leiche befestigt werden sollte. Aber ach! Was vermag alle Vorsicht gegen das Schicksal. Selbst diese wohlbedachten Maßregeln vermochten nicht, einen Unglücklichen, der dazu voraus bestimmt worden war, vor den unerhörten Schrecken des Lebendigbegrabenwerdens zu bewahren!

Es kam eine Zeit, da ich – wie schon so oft – aus völliger Bewusstlosigkeit zum ersten schwachen Daseinsgefühl wieder erwachte. Langsam – schneckenlangsam – dämmerte meiner Seele der Tag. Träge Unbehaglichkeit; dumpfes Schmerzgefühl; keine Sorgen – kein Hoffen – kein Wollen. Dann, nach langer Pause, Ohrensausen; dann, nach noch längerer Pause, ein stechendes, prickelndes Gefühl in den Gliedern. Dann eine ewig lange Zeit frohen Behagens, während das erwachende Bewusstsein nach Gedanken ringt; dann ein kurzes Zurücksinken ins Nichts; dann wieder plötzliches Erholen. Endlich leises Erbeben der Augenlider und gleich darauf ein Schreck wie ein elektrischer Schlag, tödlich und endlos, der das Blut von den Schläfen zum Herzen peitscht. Und nun der erste positive Versuch, zu denken. Und nun der Versuch, sich zu erinnern. Und nun habe ich das Gedächtnis so weit zurückerlangt, dass ich mir in gewissem Grad von meinem Zustand Rechenschaft geben kann. Ich fühle, dass es nicht ein gewöhnlicher Schlaf ist, aus dem ich erwache. Ich entsinne mich, einen kataleptischen Anfall gehabt zu haben. Und nun überflutet meine schaudernde Seele wie ein rasendes Meer die eine grausige Angst – der eine gespenstische und herrschende Gedanke.

Minutenlang, nachdem diese Vorstellung mich erfasst, verblieb ich regungslos. Und warum? Ich konnte den Mut nicht finden, mich zu rühren. Ich wagte nicht, die Bewegung zu machen, die mir mein Schicksal offenbart hätte, und dennoch flüsterte eine Stimme in meinem Herzen: »Es ist so!« Verzweiflung – wie keine andere Lage sie schaffen kann – Verzweiflung veranlasste mich nach langer Unentschlossenheit, die schweren Augenlider zu heben. Es war finster – ganz finster. Ich wusste, der Anfall war vorüber. Ich wusste, die Krisis meiner Krankheit war lange vorbei. Ich wusste, dass ich jetzt den vollen Gebrauch meines Gesichtssinnes wiedererlangt hatte – und dennoch war es finster – ganz finster – die tiefe Dunkelheit ewiger Nacht.

Ich versuchte zu schreien, und meine Lippen und meine verdorrte Zunge mühten sich vereint und krampfhaft, aber keine Stimme entrang sich den hohlen Lungen, die, wie von Bergeslast bedrückt, bei jedem mühevollen Atemzug gemeinsam mit dem Herzen grausam aufzuckten.

Die Bewegung der Kinnbacken bei der Anstrengung des Rufenwollens zeigte mir, dass sie von Kinn zu Kopf mit einem Tuch umwunden waren, wie das bei Leichen zu geschehen pflegt. Auch fühlte ich, dass ich auf etwas Hartem lag, und auch meine Seiten wurden von etwas Hartem eingeengt. Bis jetzt hatte ich nicht gewagt, ein Glied zu rühren – nun aber warf ich heftig die Arme empor, die bisher mit gekreuzten Händen dalagen. Sie berührten eine feste Holzmasse, die sich über meinem Körper in einer Höhe von kaum sechs Zoll hinzog. Ich konnte nicht länger zweifeln, dass ich im Sarg lag.

Und nun, inmitten all meines namenlosen Elends, nahte sich mir der süße Engel der Hoffnung – denn ich dachte an meine Vorsichtsmaßregeln. Ich rührte mich und machte krankhafte Versuche, den Deckel aufzuzwängen; er bewegte sich nicht. Ich suchte an meinen Handgelenken nach der Glockenschnur; sie war nicht zu finden. Und nun entfloh der Tröster für immer, und eine noch tiefere

Verzweiflung gewann die Oberhand. Ich bemerkte, dass die von mir gewünschte Polsterung fehlte, und in meine Nase stieg der eigenartig herbe Geruch feuchter Erde. Die Schlussfolgerung war unumgänglich: Ich befand mich nicht in der Gruft. Ich war während einer Abwesenheit von Hause – unter Fremden – von einem Anfall ergriffen worden; an ein Wann oder Wie wusste ich mich nicht zu entsinnen. Und diese Fremden hatten mich begraben wie einen Hund – in irgendeinen Sarg gesteckt, den sie vernagelt und tief, tief und für immer in ein gewöhnliches und namenloses Grab gesenkt hatten.

Als diese grässliche Überzeugung sich im geheimsten Fach meiner Seele gebildet hatte, versuchte ich von Neuem, laut aufzuschreien; und dieser zweite Versuch gelang. Ein langer, wilder und anhaltender Schrei, ein Todesgellen, echote durch die Reiche der unterirdischen Nacht.

»Hallo, hallo, was gibt's?«, gab eine raue Stimme Antwort. »Was zum Teufel ist denn los?«, sagte eine zweite. »Heraus mit Euch!«, sagte eine dritte. »Was soll das heißen, dass Ihr losheult wie ein Kettenhund?«, sagte eine vierte. Und hierauf ward ich ergriffen und minutenlang unsanft von einer Gruppe wüst blickender Gesellen geschüttelt. Sie holten mich nicht etwa aus dem Schlaf – denn ich war hellwach, als ich schrie – aber sie setzten mich wieder in den Besitz meines Gedächtnisses.

Dieses Abenteuer ereignete sich in der Nähe von Richmond in Virginia. In Begleitung eines Freundes hatte ich eine Jagdexpedition an den Ufern des James-Flusses unternommen. Die Nacht kam, und ein Sturm überraschte uns. Die Kabine einer kleinen Schaluppe, die im Strom vor

Anker lag und mit Gartenerde geladen war, bot uns den einzigen Schutz. Wir behalfen uns also, so gut es ging, und verbrachten die Nacht an Bord. Ich schlief in einer der zwei einzigen Kojen, die das Schiff aufzuweisen hatte – und die Kojen einer Schaluppe von sechzig bis siebzig Tonnen sind in ihrer Kleinheit kaum zu beschreiben. Die meinige hatte überhaupt kein Lager. Ihre größte Breite betrug achtzehn Zoll. Die Entfernung vom Boden zum Dach war genau dieselbe. Es wurde mir sehr schwer, mich hineinzuzwängen. Trotzdem schlief ich fest, und meine ganze Vision – denn es war kein Traum und kein Alb – entsprang natürlich den eigentümlichen Umständen meiner Lage, meinem gewohnten Gedankengang und der erwähnten Schwierigkeit, unter der ich litt, meine Sinne zu sammeln, besonders nach langem Schlaf das Gedächtnis wiederzuerlangen. Die Männer, die mich schüttelten, waren die Bemannung des Schiffes und ein paar Ladearbeiter. Von der Last selbst rührte der Erdgeruch her. Das Tuch um die Kinnladen war ein seidenes Taschentuch, das ich mir in Ermangelung meiner gewohnten Nachtmütze um den Kopf geschlungen hatte.

Die erduldeten Martern aber waren unzweifelhaft jenen des Lebendigbegrabenseins völlig gleich. Sie waren schrecklich – sie waren unsagbar grauenhaft. Doch der schlimme Umstand hatte eine günstige Folge. Meine Seele bekam Ruhe und Haltung. Ich ging auf Reisen. Ich unterwarf mich körperlichen Anstrengungen. Ich atmete freie Himmelsluft. Ich dachte an andere Dinge als Tod. Ich entfernte meine medizinischen Bücher. »Buchan« verbrannte ich. Ich las keine »Nachtgedanken«, keine bombastischen

Kirchhofsmärchen und Schauergeschichten – wie diese hier. Binnen Kurzem wurde ich ein neuer Mensch und führte ein männliches Leben. Seit jener denkwürdigen Nacht verlor ich für immer meine Todesgedanken, und mit ihnen verschwanden meine kataleptischen Zustände, von denen sie vielleicht weniger die Folge als die Ursache gewesen waren.

Es gibt Augenblicke, wo selbst dem klugen Auge der Vernunft die Welt unseres traurigen Menschendaseins als Hölle erscheint; aber die Fantasie des Menschen vermag ihre ewigen Grüfte nicht ungestraft zu durchstreifen! Weh! Die grausigen Legionen der Grabesschrecken sind keine Hirngespinste; doch gleich den Dämonen, in deren Gesellschaft Afrasiab den Oxus hinabschiffte, müssen sie schlafen, oder sie verschlingen uns – muss man sie schlummern lassen, oder wir gehen zugrunde.

Hopp-Frosch

Ich habe niemals jemand gekannt, der so sehr zu Scherz und Spaß aufgelegt war wie der König; es war geradezu sein Lebenselement. Eine lustige Geschichte gut erzählen – das war der sicherste Weg, sich bei ihm in Gunst zu setzen. So kam es, dass seine sieben Minister alle dafür bekannt waren, vollendete Spaßmacher zu sein. Sie glichen auch sonst dem König: Sie waren nicht nur unvergleichliche Witzbolde, sondern auch große, korpulente, fette Männer. Ob die Leute vom Scherzen fett werden oder ob die Veranlagung zu Spaß und Scherz bei fetten Leuten besonders stark entwickelt ist, habe ich nie ganz genau feststellen können; Tatsache aber ist, dass ein magerer Spaßmacher ein rara avis in terris ist.

Aus den Feinheiten oder, wie er sagte, dem »Geist« des Witzes machte der König sich wenig. Er bewunderte hauptsächlich die Breite eines Scherzes, und um ihretwillen ließ er sich auch die Länge gefallen. Überfeinheiten langweilten ihn. Er würde Rabelais' »Gargantua« dem »Zadig« Voltaires vorgezogen haben, und alles in allem gefiel es ihm besser, einen Streich auszuführen, als einen erzählt zu bekommen.

Zu der Zeit, in der meine Geschichte spielt, waren berufsmäßige Spaßmacher bei Hof noch nicht ganz aus der Mode gekommen. Mehrere »Großmächte« des Kontinents

hatten noch ihre »Narren« in Narrenkleid und Schellen-
kappe, die zum Dank für die Brosamen, die ihnen an des
Königs Tisch zufielen, stets zu Spott und Witz bereit sein
mussten.

Unser König hatte selbstverständlich auch seinen Hof-
narren. Tatsache ist, dass er ein wenig Narrheit um sich
brauchte – sei es auch nur als Gegengewicht gegen die
ungeheure Weisheit der sieben weisen Männer, seiner
Minister – von ihm selbst gar nicht zu reden.

Sein Narr oder Spaßmacher von Beruf war jedoch nicht
nur ein Narr. Sein Wert wurde in den Augen des Königs
dadurch verdreifacht, dass er außerdem ein Zwerg und
ein Krüppel war. In jenen alten Tagen waren Zwerge am
Hof nicht seltener als Narren, und viele Herrscher hätten
es schwer gefunden, die Tage hinzubringen (und bei Hof
sind die Tage länger als sonst wo) ohne einen Spaßmacher,
mit dem sie lachen, und einen Zwerg, über den sie lachen
konnten. Doch wie ich schon bemerkte, sind in neunund-
neunzig von hundert Fällen die Witzbolde fett, rund und
schwerfällig – sodass unser König sich wirklich gratulieren
konnte, in Hopp-Frosch (das war des Narren Name) in
einer Person einen dreifachen Schatz zu besitzen.

Ich glaube nicht, dass der Zwerg schon bei der Taufe
den Namen Hopp-Frosch zuerteilt erhielt, er verdankte ihn
vielmehr dem weisen Rat der sieben Minister und seiner
eigenen Unfähigkeit, wie andere Menschen aufrecht ein-
herzugehen. Hopp-Frosch konnte sich nur mittels eines
ganz absonderlichen Verfahrens vorwärts bewegen – es
war halb ein Sprung, halb ein schlängelndes Vorschleudern
des Körpers – eine Gangart, die allen bei Hof unglaub-

lichen Spaß machte und dem König ein rechter Trost war, denn im Vergleich zu seinem Narren galt er selbst trotz seines gewaltig vorspringenden Leibes und seines mächtigen Wasserkopfs für einen schöngebauten Mann.

Doch obgleich Hopp-Frosch infolge seiner missgestalteten Beine sich auf ebener Erde nur mühsam und unter Schmerzen vorwärtszubewegen vermochte, so konnte er da, wo es sich ums Klettern handelte, ganz Außergewöhnliches leisten; denn die Natur hatte ihn für die Unvollkommenheit seiner unteren Gliedmaßen mit einer unerhörten Muskelkraft der Arme ausgestattet. Wenn er so auf Bäumen und an Seilen herumkletterte, glich er weit eher einem Eichhörnchen oder einem kleinen Affen als einem Frosch.

Ich bin nicht imstande, mit Bestimmtheit anzugeben, aus welchem Land Hopp-Frosch stammte. Jedenfalls war es irgendeine unwirtliche Gegend, von der niemand etwas wusste – und weit entfernt vom Hof unseres Königs. Hopp-Frosch und ein junges Mädchen von fast ebenso zwerghafter Gestalt wie er selbst (nur dass sie wohlproportioniert und eine wunderbare Tänzerin war) waren aus ihrer Heimat gewaltsam in benachbarte Provinzen verschleppt worden, von wo einer seiner stets siegreichen Generale sie dem König zum Geschenk sandte.

Unter solchen Umständen ist es nicht verwunderlich, dass zwischen den beiden kleinen Gefangenen eine innige Freundschaft erwuchs. Hopp-Frosch, der trotz seiner Kurzweiligkeit keineswegs beliebt war, war nicht in der Lage, Tripetta große Dienste erweisen zu können; sie aber wurde (trotz ihrer Zwergengestalt) dank einer seltenen Anmut und Lieblichkeit allgemein verehrt und verhätschelt; sie hatte also eine große Macht und versäumte nie, sich ihrer, sobald es not tat, zugunsten Hopp-Froschs zu bedienen.

Anlässlich irgendeines großen Staatsereignisses (was es war, habe ich vergessen) hatte der König beschlossen, ein Maskenfest zu geben; und wann immer ein Maskenfest oder dergleichen an unserem Hof stattfinden sollte, rief man die Talente Hopp-Froschs und Tripettas zu Hilfe. Denn Hopp-Frosch vor allem war so erfinderisch in der Zusammenstellung von Festaufzügen und wusste so prächtige Masken zu ersinnen, dass es war, als sei ohne seinen Beistand nichts zu machen.

Die Festnacht war gekommen. Eine glänzende Halle war unter Tripettas Aufsicht mit allem ausgeschmückt worden, was geeignet schien, einen stimmungsvollen Hintergrund zu einem Maskenfest zu schaffen. Der ganze Hof war in fieberhafter Erwartung. Was die Wahl der Masken und Kostüme anlangte, so darf wohl angenommen werden, dass ein jeder seine Entscheidung getroffen hatte. Viele hatten schon Wochen, ja Monate vorher beschlossen, welche Rolle sie zu spielen gedachten; und wirklich gab es auch keine Unentschlossenheit mehr – ausgenommen beim König und seinen sieben Ministern. Warum gerade sie noch zögerten, wüsste ich nicht zu sagen, es sei denn, weil ihnen dies spaßhaft vorkam. Wahrscheinlicher ist es, dass es ihnen schwer fiel, für ihre fetten Gestalten eine passende Rolle zu finden. Kurzum, die Zeit entfloh, und als letzte Rettung ließen sie Tripetta und Hopp-Frosch rufen.

Als die beiden kleinen Freunde dem Befehl des Königs nachkamen, fanden sie ihn mit den sieben Mitgliedern seines Kabinettsrates beim Wein sitzen. Aber der Herrscher schien übler Laune zu sein. Er wusste, dass Hopp-Frosch den Wein nicht liebte, da das Trinken stets den armen Krüppel bis zum Wahnsinn aufregte, und Wahnsinn ist kein angenehmer Zustand. Aber dem König, der es liebte, jemand einen Schabernack zu spielen, machte es Spaß, Hopp-Frosch zum Trinken zu zwingen und ihn (wie der König es nannte) lustig zu machen.

»Komm her, Hopp-Frosch«, sagte er, als der Spaßmacher und seine kleine Gefährtin ins Zimmer traten. »Leere diesen Becher auf die Gesundheit deiner fernen Freunde (hier seufzte Hopp-Frosch) und dann begnade uns mit deiner Erfindungsgabe. Wir brauchen Rollen – Rollen, Mann – irgendetwas Neues – noch nicht Dagewesenes! Wir haben das ewige Einerlei satt. Komm, trink! Der Wein wird dich erleuchten.«

Hopp-Frosch versuchte wie immer so auch diesmal des Königs wohlwollende Ansprache mit einem Scherz zu beantworten, aber die Anstrengung war zu groß. Gerade heute nämlich war des armen Zwerges Geburtstag, und der Befehl, seinen »abwesenden Freunden« zuzutrinken, zwang ihm Tränen in die Augen. Große und bittere Tropfen fielen in den Kelch, den er demütig aus der Hand des Tyrannen entgegennahm.

»Ah! Ha! Ha! Ha!«, grölte letzterer, als der Zwerg den Becher widerwillig leerte. »Seht, was so ein Glas guten Weins vermag! Wahrhaftig, deine Augen glänzen schon!«

Armer Kerl! Seine großen Augen glänzten nicht nur, sie glühten; denn auf sein leicht erregbares Hirn hatte der Wein nicht nur eine gewaltige, sondern auch eine augenblickliche Wirkung. Er stellte den Becher mit bebender Hand auf den Tisch und sah sich mit halb irrsinnigen Blicken in der Gesellschaft um. Alle Anwesenden hatten ihre Freude an dem sichtlichen Erfolg des königlichen »Scherzes«.

»Und jetzt an die Arbeit!«, sagte der Premierminister, ein sehr fetter Mann.

»Ja«, sagte der König. »Komm, Hopp-Frosch, leihe uns deinen Beistand. Charakterrollen, mein hübscher Junge! Es mangelt uns an Charakteren – uns allen – Ha! Ha! Ha! Ha!« Und da diese Äußerung offenbar scherzhaft gemeint war, stimmten seine sieben Minister in sein Lachen mit ein.

Hopp-Frosch lachte auch – aber nicht sehr herzhaft.

»Vorwärts, vorwärts«, sagte der König ungeduldig, »kannst du uns keinen Vorschlag machen?«

»Ich bin bemüht, etwas Neues zu ersinnen«, antwortete der Zwerg zerstreut, denn er war trunken vom Wein.

»Bemüht!«, schrie der Tyrann wütend. »Was meinst du damit? Ah, ich sehe, du bist missgestimmt und brauchst noch mehr Wein. Hier trink!« Und er goss einen zweiten Becher voll und bot ihn dem Krüppel; der rang nach Atem und rührte sich nicht.

»Trink, sage ich!«, brüllte der Unhold. »Oder beim Teufel –«

Der Zwerg zögerte. Der König wurde purpurrot vor Zorn. Die Höflinge schmunzelten. Tripetta näherte sich leichenblass dem König, warf sich vor ihm auf die Knie und beschwor ihn, ihren Freund zu schonen.

Der Tyrann war von ihrer Kühnheit verblüfft. Einen Augenblick sah er sie verwundert an. Er schien in großer Verlegenheit – was sollte er tun, was sagen, wie seinem

Zorn Luft machen? Endlich stieß er sie wortlos zurück und schüttete ihr den ganzen Inhalt seines Bechers ins Gesicht.

Das arme Mädchen erhob sich wankend und nahm – ohne auch nur einen Seufzer zu wagen – ihren Platz am Fuß des Tisches wieder ein.

Eine halbe Minute lang herrschte Totenstille; man hätte ein Blatt zu Boden fallen hören können. Da tönte in das Schweigen ein leiser, doch scharfer und anhaltender knirschender Ton, der zu gleicher Zeit aus allen Ecken des Raumes hervorzuknarren schien.

»Warum – warum – warum, sage ich, machst du dieses Geräusch?«, wandte sich der König wütend an den Zwerg.

Letzterer schien sich von seiner Betrunkenheit ganz erholt zu haben; er sah dem König scharf, doch ruhig ins Gesicht und sagte nur:

»Ich – ich? Wie könnte ich das getan haben?«

»Der Laut schien von außen hereinzudringen«, bemerkte einer der Höflinge. »Vermutlich war es der Papagei dort am Fenster, der seinen Schnabel an den Gitterstäben des Käfigs wetzte.«

»Möglich«, erwiderte der Herrscher und atmete befreit auf; »doch bei meinem Ritterwort, ich hätte schwören mögen, dass es das Zähneknirschen des Schurken hier war.«

Jetzt lachte der Zwerg (der König war ein zu eingefleischter Spaßmacher, als dass er irgendeinem das Lachen verübelt hätte) und enthüllte zwei Reihen großer, kräftiger, abstoßend wirkender Zähne. Überdies gab er seine völlige Bereitwilligkeit zu erkennen, so viel Wein zu schlucken, als man nur wünsche. Der König war befriedigt.

Und nachdem Hopp-Frosch ohne ersichtlich üble Wirkung einen weiteren Becher geleert hatte, begann er sogleich und mit Eifer sich für die geplante Maskerade zu interessieren.

»Ich kann nicht sagen, wie die Ideenverbindung mir kam«, bemerkte er so ruhig, als habe er nie in seinem Leben einen Schluck Wein über die Lippen gebracht, »aber gerade nachdem Eure Majestät das Mädchen fortgestoßen und ihr den Wein ins Gesicht geschüttet hatten – *gerade nachdem* Eure Majestät das getan hatten und während der Papagei draußen am Fenster das seltsame Geräusch vollführte, kam mir ein köstlicher Spaß in den Sinn – einer der lustigen Streiche aus meiner Heimat und bei unseren Maskenfesten sehr beliebt – hier aber wird er sicherlich ganz neu sein. Leider jedoch gehören dazu genau acht Personen, und –«

»Hier sind wir ja!«, rief der König und lachte über seine rasche Entdeckung der Zahlenübereinstimmung. »Genau acht Mann – ich und meine sieben Minister. Vorwärts! Erzähle uns deinen Streich!«

»Wir nennen ihn«, erwiderte der Krüppel, »die acht zusammengeketteten Orang-Utans, und gut ausgeführt ist er wirklich von großartiger Wirkung.«

»Wir wollen ihn ausführen«, bemerkte der König und stand mit schweren Augenlidern auf.

»Der Hauptwitz des Spiels liegt in dem Entsetzen, das es bei den Frauen verursacht«, fuhr Hopp-Frosch fort.

»Ausgezeichnet!«, grölten der Monarch und seine Minister im Chor.

»Ich werde Sie also als Orang-Utans einkleiden«, sprach der Zwerg weiter. »Überlassen Sie alles mir. Die Ähnlichkeit wird so verblüffend sein, dass die ganze Maskengesellschaft

Sie für wirkliche Tiere halten wird – und natürlich wird man ebenso entsetzt wie erstaunt sein.«

»Oh, das ist herrlich!«, rief der König. »Hopp-Frosch! Aus dir will ich noch einen Mann machen!«

»Die Ketten dienen dazu, durch ihr Klirren die Verwirrung zu erhöhen. Es muss so scheinen, als seien Sie Ihren Wächtern ›en masse‹ entronnen. Eure Majestät können sich gar nicht vorstellen, wie wirkungsvoll bei solch einer Maskerade acht zusammengekettete Orang-Utans sein müssen, da die meisten aus der Gesellschaft Sie für wirkliche Bestien halten werden, wenn Sie mit wildem Geschrei mitten zwischen all die prächtig und lieblich gekleideten Männer und Frauen hineinrasen. Der Kontrast wird unbeschreiblich sein.«

»Wir machen es unbedingt«, sagte der König. Und der versammelte Rat löste sich auf, denn es war schon spät, und man musste sich beeilen, den Plan Hopp-Froschs zur Ausführung zu bringen.

Sein Verfahren, den König und seine Vertrauten in Orang-Utans zu verkleiden, war einfach, aber für seine Zwecke wirkungsvoll genug. Die zur Darstellung zu bringenden Tiere waren zu der Zeit, in der meine Geschichte spielt, in der zivilisierten Welt noch kaum gesehen worden. Und da die von dem Zwerg vorgenommene Verkleidung wahrhaft scheußlich und bestienhaft war, so war der Erfolg der Täuschung gesichert. Der König und seine Minister wurden zunächst in eng anliegende, braune wollene Hemden und Unterhosen gesteckt. Dann wurden diese mit Teer getränkt. Jetzt schlug einer Federn vor; aber der Zwerg verwarf diesen Vorschlag und überzeugte die acht, dass das

Fell eines Orang-Utans weit naturgetreuer durch Flachs dargestellt werden könne. Eine dicke Schicht von letzterem wurde nun auf die Teerschicht festgedrückt. Dann brachte man eine lange Kette herbei. Sie wurde zuerst dem König um den Leib gelegt und *festgeknotet*; mit den sieben anderen Teilnehmern wurde genau ebenso verfahren. Als alle derart angekettet und so weit als möglich voneinander entfernt aufgestellt waren, bildeten sie einen Kreis; und um das Ganze recht naturgetreu erscheinen zu lassen, zog der Zwerg den Rest der Kette zweimal diametral durch den Kreis. Dies war ganz die Art, in der noch heutzutage auf Borneo große Affen zusammengekoppelt werden.

Der große Saal, in dem das Maskenfest stattfinden sollte, war ein kreisrunder, sehr hoher Raum, der sein Licht durch ein einziges, im Mittelpunkt der Deckenwölbung angebrachtes Fenster erhielt. Bei Nacht – und besonders für Nachtfeste war der Saal bestimmt – empfing er sein Licht hauptsächlich von einem großen Kronleuchter, der an einer Kette von der Mitte des Kuppelfensters hERNiederhing und wie üblich mittels eines Gegengewichts herabgelassen und wieder hinaufgezogen werden konnte; doch hatte man letzteres aus Schönheitsgründen außerhalb der Kuppel über das Dach hinweggeführt.

Die Ausschmückung des Festgemachs wurde Tripettas Oberaufsicht überlassen; in einigen Dingen jedoch hatte sie sich der überlegenen Umsicht ihres Freundes, des Zwergs, gefügt. Seinem Rat folgend, hatte man für diese Gelegenheit den Kronleuchter entfernt. Die Wachstropfen, die nicht zu vermeiden gewesen wären, würden der kostbaren Gewandung der Gäste sehr nachteilig gewesen sein,

andererseits aber konnten in einem überfüllten Raum nicht alle Leute der Mitte – also dem Platz unter dem Kronleuchter – ausweichen. Zahlreiche Kandelaber wurden aber ringsum an den Wänden der Halle aufgestellt; und jeder der fünfzig bis sechzig Karyatiden war eine Wohlgeruch spendende Fackel in die rechte Hand gegeben worden.

Die acht Orang-Utans warteten auf Hopp-Froschs Rat mit ihrem Erscheinen geduldig bis Mitternacht, bis der Saal von Masken gedrängt voll sein würde. Kaum jedoch war der letzte Schlag der Mitternachtsstunde verhallt, als sie hineinstürmten, vielmehr rollten – denn die hindernden Ketten rissen die meisten von ihnen zu Boden, und wer nicht fiel, stolperte.

Das Entsetzen der Maskengesellschaft war ungeheuer und füllte das Herz des Königs mit Entzücken. Wie man vorausgesehen hatte, gab es unter den Gästen nicht wenige, die diese grimmig aussehenden Wesen, wenn auch nicht gerade für Orang-Utans, so doch für wilde Bestien hielten. Viele der Frauen wurden ohnmächtig vor Schreck, und hätte der König nicht die Vorsichtsmaßregel getroffen, das Waffentragen für diesen Abend zu verbieten, so hätten er und seine Gefährten den Schabernack wohl mit ihrem Blut büßen müssen. So aber trachteten alle, die Türen zu gewinnen; der König hatte jedoch Befehl gegeben, dieselben gleich nach dem Eintritt der Affenbande abzuschließen, und einer Anregung des Zwergs gemäß hatte man diesem selbst die Schlüssel ausgeliefert.

Als der Tumult aufs Höchste gestiegen und jeder Gast nur auf seine eigene Rettung bedacht war – denn das Gedränge war inzwischen lebensgefährlich geworden –

hätte man sehen können, wie die Kette, die sonst den Kronleuchter trug und nach dessen Entfernung hinaufgezogen worden war, sich allmählich herabsenkte, bis ihr Endhaken nur noch drei Fuß überm Erdboden hing.

Bald darauf geschah es, dass der König und seine sieben Freunde, nachdem sie den Saal nach allen Richtungen durchtaumelt hatten, sich schließlich in dessen Mittelpunkt und selbstredend auch in naher Berührung mit der Kette befanden. Als sie so standen, ergriff der Zwerg, der ihnen stets gefolgt war und sie zu immer wilderem Gebaren angefeuert hatte, die Kette, an die sie gefesselt waren, genau an der Stelle, wo die beiden Diametrallinien zusammentrafen. Blitzschnell hängte er hier in das Mittelglied den Kronleuchterhaken ein; und augenblicklich wurde durch eine unsichtbare Kraft die Kronleuchterkette so hoch hinaufgezogen, dass der Haken nicht mehr erreichbar war. Diese Aufwärtsbewegung riss die Orang-Utans ganz nahe zusammen; sie standen Gesicht an Gesicht gedrängt.

Inzwischen hatten die Maskengäste sich von ihrer Verblüffung erholt; sie begannen das Ganze als einen wohlvorbereiteten Scherz anzusehen und brachen über die sonderbare Situation der Affen in lautes Gelächter aus.

»Überlasst sie mir!«, kreischte jetzt Hopp-Frosch auf, mit seiner schrillen Stimme all den Lärm übertönend. »Überlasst sie mir! Ich glaube, ich kenne sie. Wenn ich sie mir nur einmal recht anschauen könnte, ich würde euch gleich sagen, wer sie sind!«

Und über die Köpfe der Menge hinwegkriechend, gelangte er zur Saalwand, nahm einer der Karyatiden die Fackel aus der Hand, kehrte auf demselben Weg wie vorher in die Mitte zurück und sprang mit Affengeschwindigkeit dem König auf den Kopf und von da an der Kette hinauf. Ein paar Fuß über den Orang-Utans senkte er seine Fackel, leuchtete ihnen ins Antlitz und schrie von Neuem: »Ich werde bald heraushaben, wer sie sind!«

Und jetzt, während alle Anwesenden – die Affen mit einbegriffen – sich vor Lachen schüttelten, ließ der Spaß-macher einen schrillen Pfiff ertönen; die Kette flog etwa dreißig Fuß empor und zog die bestürzten und um sich schlagenden Orang-Utans mit sich; da hingen sie nun zappelnd genau in halber Höhe des Saales. Hopp-Frosch, der sich an die Kette festgeklammert hatte, verharrte noch in derselben Stellung wie vorher; noch immer – so als sei nichts geschehen – senkte er seine Fackel zu ihnen hinunter, als bemühe er sich, festzustellen, wer sie seien.

So völlig verblüfft war man von diesem plötzlichen Auf-stieg, dass wohl eine Minute lang Todesstille herrschte. Da ertönte wieder das leise, scharfe, knirschende Geräusch, das zuvor dem König, als er Tripetta den Wein ins Gesicht schüttete, so seltsam aufgefallen war. Jetzt aber konnte kein Zweifel darüber sein, wo der Laut herkam. Er kam von den Raubtierzähnen des Zwergs: Es war ein Knirschen aus seinem schäumenden Mund; sein Blick flammte mit dem Ausdruck wahnsinniger Wut in die aufwärts gewendeten Gesichter des Königs und seiner sieben Gefährten.

»Aha!«, sagte der Spaßmacher. »Aha! Ich fange an zu begreifen, wer diese Leute sind!« Und wie um den König heller zu beleuchten, näherte er die Fackel dem Pelz, in dem jener steckte, sodass der Flachs augenblicklich in heller Garbe aufflammte. In weniger als einer halben Minute brannten die acht Orang-Utans lichterloh; und drunten kreischte die entsetzte Menge und starrte wie gebannt zu den flammenden Körpern empor, denen sie keine Hilfe bringen konnte.

Endlich wurden die aufwärts leckenden Flammen so stark, dass der Narr, um ihnen auszuweichen, höher hinaufklettern musste, und diese Bewegung machte die Menge einen Augenblick lang stumm. Der Zwerg ergriff die Gelegenheit und sprach noch einmal.

»Jetzt sehe ich *deutlich*«, sagte er, »welcher Art Leute diese Maskierten sind. Es ist ein großer König mit seinen sieben Ministern – ein König, der sich kein Gewissen daraus macht, ein wehrloses Mädchen zu schlagen, und seine sieben Berater, die seiner schmachvollen Tat Vorschub leisten. Was mich anbetrifft, so bin ich nur Hopp-Frosch, der Spaßmacher, und *das ist mein letzter Spaß.*«

Infolge der hohen Brennbarkeit sowohl des Flachses wie des Teers war das Rachewerk schon vollbracht, als der Zwerg seine kurze Rede kaum beendet hatte. Die acht Leichname schaukelten in ihren Ketten – eine stinkende, geschwärzte, ekelhafte, unkenntliche Masse. Der Krüppel schleuderte seine Fackel auf sie herab, kletterte behände bis zur Decke empor und verschwand durch das Kuppelfenster.

Es ist anzunehmen, dass Tripetta, auf dem Dach des Kuppelsaals stehend, ihrem Freund bei seinem schauerlichen Racheakt Beihilfe leistete und dass sie zusammen ihre Flucht in ihr Heimatland bewerkstelligten; denn beide wurden nie mehr gesehen.

Das Stelldichein

Unglücklicher, geheimnisvoller Mann, der du, in deine eigenen Fantasien verstrickt, hinstürztest in den Flammen deiner eigenen Jugend! Im Geiste sehe ich dich wieder, noch einmal steigst du vor mir auf. Nicht, o nicht so, wie du jetzt bist – im kalten Tal ein stummer Schatten –, sondern so, wie du *sein könntest*: ein Leben köstlicher Träumereien verschwendend in jener Stadt der blassen Traumgedichte, in deinem Venedig, dem Elysium, das die Sterne lieben und in dem die hohen Fenster der Palastbauten Palladios in tiefem, bitterem Sinnen in die Geheimnisse der stummen Wasser hinabschauen. Ja, ich wiederhole es: wie du *sein könntest*! Gewisslich gibt es andere Welten denn diese – andere Gedanken als jene der Menge – andere Anschauungen als jene der Sophisten. Wer also könnte dich zur Verantwortung ziehen? Wer deine träumerischen Stunden tadeln oder solches Tun ein Vergeuden nennen – ein solches Tun, das nur ein Überströmen deiner ewig jungen Kräfte war?

Es war in Venedig unter dem gedeckten Brücken-
gang, genannt »Ponte dei Sospiri«, als ich dem Mann,
von dem ich hier reden will, zum dritten oder vierten Mal
begegnete. Meine Erinnerung an die näheren Umstände
dieser Begegnung ist wirr und dunkel. Dennoch weiß ich,
wie tiefe Mitternacht es war, sehe die Seufzerbrücke, die
Weibesschönheit und den Genius der Romantik, der über
jenem engen Canale schwebte.

Die Nacht war ungewöhnlich finster. Die große Uhr auf
der Piazza hatte die fünfte Stunde des italienischen Abends
geschlagen. Der Platz des Campanile lag schweigend und
verlassen, und die Lichter im alten Dogenpalast verlöschten
eins nach dem andern. Ich kehrte auf dem Großen Kanal
von der Piazetta her heim. Als aber meine Gondel gerade
bei der Mündung des San-Marco-Kanals angekommen
war, gellte aus einem dunklen Schlund eine weibliche
Stimme in einem einzigen wilden, lang gezogenen Schrei.
Erschrocken sprang ich auf, während der Gondolier sein
einziges Ruder fallen ließ. Ein Wiederfinden in der pech-
schwarzen Nacht war unmöglich, wir mussten uns also der
Strömung überlassen, die hier vom großen in den kleinen
Kanal treibt. Wie ein riesiger, schwarzgefiederter Kondor
trieben wir langsam der Seufzerbrücke zu, als tausend
Fackeln an den Fenstern und am Treppenhaus des Dogenpalastes aufflammten und mit einem Mal die tiefe Nacht in
bleichen, unnatürlichen Tag verwandelten.

Ein Kind war aus den Armen seiner Mutter von einem
der oberen Fenster des hohen Bauwerks in den tiefen
dunklen Kanal gestürzt. Die stillen Wasser hatten sich
lautlos über ihrem Opfer geschlossen, und obgleich außer

meiner Gondel keine einzige andere zu sehen war, kämpfte schon mancher kräftige Schwimmer mit den Fluten und suchte auf der Oberfläche vergebens nach dem Schatz, der, ach! nur drunten in der Tiefe zu finden war. Auf den breiten, schwarzen Marmorflächen am Eingang des Palastes, wenige Stufen über dem Wasser stand eine Gestalt, die keiner, der sie damals sah, jemals vergessen haben kann. Es war die »Marchesa Aphrodite« – die Angebetete von ganz Venedig – die Strahlendste der Strahlenden – von allen den Schönheiten die Lieblichste – aber dennoch das junge Weib des alten, ränkevollen Mentoni; und sie war die Mutter jenes hübschen Kindes, ihres ersten und einzigen, das jetzt tief im modrigen Wasser in bitterem Harm ihrer süßen Zärtlichkeit gedachte und sein kleines Leben erschöpfte in dem Bemühen, sie herbeizurufen.

Sie stand allein. Ihr schmaler, nackter, silberglänzender Fuß schimmerte auf dem schwarzen Marmor. Ihr Haar, das sie zur Nacht erst halb gelöst, umschmiegte inmitten einer Flut von Diamanten ihr klassisch schönes Haupt in Locken gleich denen des jungen Hyazinth. Ein schneeweißes, schleierfeines Gewand schien fast die einzige Umhüllung des zarten Körpers; doch die Mittsommer- und Mittnachtluft war heiß, dumpf und still, und keine Bewegung der statuenartig reglosen Gestalt verschob die Falten des nebelleichten Gewandes, das sie umhing, wie der schwere Marmor die Niobe umhängt. Doch – seltsam – ihre großen glänzenden Augen blickten nicht hinunter auf das Grab, das ihre strahlendste Hoffnung barg, sondern glühten in eine ganz andere Richtung. Das Gefängnis der alten Republik ist, wie ich glaube, der stattlichste Bau in ganz

Venedig; aber wie konnte jene Dame es so starr betrachten, wenn ihr zu Füßen ihr eigenes Kind im Todeskampf lag? Und jene dunkle Nische – die gerade in das Fenster jenes Zimmers hinübergähnt – was konnte in ihren Schatten, in ihrer Architektur, in ihren efeuumschlungenen düsteren Kranzgewinden sein, das die Marchesa di Mentoni nicht tausendmal vorher schon bewundert hätte? Unsinn! – Wer erinnert sich nicht, dass in solchen Schreckensmomenten das Auge gleich einem zertrümmerten Spiegel die Bilder seines Leids vervielfacht und in zahllosen, fernen Plätzen den Jammer sieht, der vor ihm liegt?

Viele Stufen höher als die Marchesa und innerhalb des Portals stand in festlichem Gewand die Satyrgestalt Mentonis. Er klimperte gelegentlich auf einer Gitarre und schien zu Tode gelangweilt, während er hie und da Befehle erteilte zur Wiederauffindung seines Kindes. Ich war so bestürzt und erschrocken, dass ich, nachdem ich bei dem entsetzlichen Schrei aufgesprungen war, mich nicht zu rühren vermochte, und so musste ich wohl den Blicken der aufgeregten Gruppe einen gespenstischen und unheimlichen Anblick bieten, wie ich da mit bleichem Antlitz und starren Gliedern in jener trauerschwarzen Gondel an ihnen vorüberglitt.

Alle Anstrengungen waren vergebens. Selbst die Ausdauerndsten gaben die Suche auf und überließen sich düsterem Gram. Es schien nur wenig Hoffnung noch für das Kind zu sein – wie viel weniger also für die Mutter! Doch aus dem Dunkel jener Nische, von der ich schon sagte, dass sie sich am Gefängnis der alten Republik befand und dem Fenster der Marchesa gerade gegenüber lag, trat jetzt eine in einen Mantel gehüllte Gestalt ins Licht; einen Augenblick stand sie droben an der Schwelle des schwindelnden Abgrunds, dann stürzte sie sich kopfüber in den Kanal. Als der Retter gleich darauf mit dem noch lebenden, noch atmenden Kind in den Armen auf den Marmorfliesen neben der Marchesa stand, löste sich sein nasser, schwerer Mantel und fiel zu seinen Füßen nieder und enthüllte den erstaunten Zuschauern die anmutige Gestalt eines jungen Mannes, dessen Name damals in ganz Europa widerhallte.

Kein Wort sprach der Retter. Aber die Marchesa! Jetzt wird sie ihr Kind an sich nehmen – und es ans Herz drücken – wird seinen kleinen Körper streicheln – wird es in Liebkosungen ersticken. Ach! Andere Arme haben es dem Fremden abgenommen – andere Arme haben es fortgenommen und unbeachtet in den Palast getragen! Und die Marchesa! Ihr Mund, ihr schöner Mund zittert; Tränen treten in ihre Augen – in jene Augen, die so milde und fast flüssig waren. Ja! Tränen treten in diese Augen – und seht! Das ganze Weib erbebt aus innerster Seele, die Statue hat Leben bekommen! Die Weiße des marmornen Antlitzes, der schwellende, marmorne Busen, das edle Weiß des marmornen Fußes werden plötzlich von tiefer Röte überflutet; und ein leichter Schauer schüttelt ihren zarten Körper, wie die sanfte Luft Neapels die silbernen Lilien im Gras.

Weshalb errötete die Dame? Auf diese Frage gibt es keine Antwort, es sei denn die, dass sie in Hast und Schrecken ihres mütterlichen Herzens, als sie ihr stilles Gemach verließ, vergessen hatte, die kleinen Füße in Schuhe zu verbergen, und ganz vergessen hatte, über ihre venezianischen Schultern die Hülle zu werfen, die ihnen gebührt. Was sonst hätte sie veranlassen können, so zu erröten? – Was war der Grund für die wilde Klage in diesen Augen? Für den Aufruhr in diesem jagenden Busen? Für den krampfhaften Druck dieser zitternden Hand? Dieser Hand, die, als Mentoni in den Palast zurückkehrte, wie zufällig auf die Hand des Fremden sank? Welcher Grund mochte vorliegen für den leisen, den so sehr leisen Ton jener unverständlichen Worte, die von der Dame hastig geflüstert wurden, ehe sie von ihm ging? »Du hast gesiegt«, sagte sie – oder das Murmeln des Wassers müsste mich getäuscht haben –, »du hast gesiegt – eine Stunde nach Sonnenaufgang – werden wir uns treffen – so lass es sein!«

Der Tumult hatte geendet, die Lichter im Palast waren erloschen, und der Fremde, den ich jetzt wiedererkannte, stand allein auf den Fliesen. Er bebte in unerklärlicher Aufregung, und sein Auge blickte suchend nach einer Gondel umher. Es schien mir das wenigste, dass ich ihm einen Platz in der meinigen anbot. Er nahm dankend an. Wir versahen uns mit einem neuen Ruder und fuhren seiner Wohnung zu, während er seine Selbstbeherrschung schnell zurückgewann und in herzlichem Ton unserer früheren flüchtigen Bekanntschaft gedachte.

Es gibt Menschen, von denen ich gern ausführlich spreche. Der Fremde – lasst mich ihn bei diesem Namen nennen, ihn, der immer aller Welt ein Fremder war – er ist für mich ein solcher Mensch. An Körpergröße stand er eher unter als über dem Mittelmaß, obgleich es Augenblicke

der Leidenschaft gab, in denen seine Gestalt hoch aufwuchs und meine Feststellung Lügen strafte. Die schlanke Ebenmäßigkeit seines Körpers deutete mehr auf jenes schnell bereite Handeln, wie er es an der Seufzerbrücke bewiesen, als auf seine herkulische Kraft, von der man wusste, dass er sie bei gefährlicheren Gelegenheiten gezeigt hatte. Er hatte den schönen Mund und das Kinn eines Gottes – seltsam feurige, tiefe, feuchte Augen, deren Glanz von reinstem Haselnussbraun bis zu strahlendem Schwarz schwankte – und eine Fülle schwarzen Lockenhaars, aus der eine ungewöhnlich breite Stirn wie lauter Licht und Elfenbein hervorstrahlte. Seine Gesichtszüge waren so klassisch ebenmäßig, wie ich sie nur allein im Marmorantlitz des Kaisers Commodus gefunden habe. Dennoch gehörte sein Gesicht zu jenen, die jeder einmal im Leben gesehen hat, doch nie mehr wiederfindet. Es hatte keinen besonderen – keinen herrschenden Ausdruck, der im Gedächtnis haften bleiben konnte; ein Gesicht, das man sah und lieben musste, doch sofort vergessen hatte – vergessen, mit dem unbestimmten und rastlosen Verlangen, sich seiner wieder zu erinnern. Wohl warf die Seele jeder heftigen Leidenschaft ihr Spiegelbild auf dieses Antlitz – doch gleich dem Spiegel, der nichts festzuhalten weiß, so wies auch dieses keine Spur der Leidenschaft mehr auf, sobald die Leidenschaft verflogen war.

Als ich ihn in der Nacht unseres Abenteuers verließ, bat er mich dringend, ihn sehr früh am anderen Morgen zu besuchen. Kurz nach Sonnenaufgang betrat ich also seinen Palazzo, einen der hohen, düsteren, aber fantastisch prunkvollen Bauten, wie sie sich in der Nachbarschaft des

Rialto zuseiten des Großen Kanals auftürmen. Man wies mich eine breite gewundene Mosaiktreppe hinauf und in ein Gemach, dessen unvergleichliche Pracht wie ein Meer von Glanz durch die geöffnete Tür herausströmte und mich blendete und schwindlig machte.

Ich wusste, dass mein Bekannter wohlhabend war. Man hatte von seinen Reichtümern in Ausdrücken gesprochen, die ich als lächerliche Übertreibungen zurückgewiesen hatte. Als ich aber um mich blickte, schien es mir ganz unmöglich, dass die Schätze irgendeines Menschen in Europa hingereicht haben könnten, um diese fürstliche Pracht zu entfalten, die ringsumher glühte und flammte.

Obwohl, wie ich sagte, die Sonne schon aufgegangen, war das Gemach noch strahlend beleuchtet. Aus diesem Umstand sowie aus einem Zug von Abspannung im Antlitz meines Freundes schloss ich, dass er während der ganzen Nacht nicht zur Ruhe gegangen war. In der Architektur wie in der Ausschmückung des Raumes waltete die offenbare Absicht, zu blenden und zu verblüffen. In der Einrichtung war weder eine Harmonie noch irgendein nationaler Charakter zu finden. Das Auge wanderte von Gegenstand zu Gegenstand und blieb nirgends haften – weder auf den Grotesken griechischer Maler noch den Skulpturen aus Italiens größten Tagen noch den rohen Schnitzereien des unkultivierten Ägypten. Überall im Zimmer hingen kostbare Draperien und zitterten unter dem Hauch einer leisen, schwermütigen Musik, von der man nicht wusste, woher sie kam. Mannigfache und unvereinbare Düfte, die aus seltsam geformten Räucherbecken zugleich mit zahllosen leckenden, flackernden Zungen grünlichen und violetten Lichtes aufstiegen, legten sich schwer auf die Sinne. Die Strahlen der Morgensonne strömten herein auf das Ganze – herein durch Fenster, deren jedes einzelne aus einer einzigen Scheibe karminroten Glases bestand. In tausend Reflexen sich spiegelnd tanzten diese natürlichen Strahlen über die schweren Draperien, die wie Katarakte flüssigen Silbers aus ihren Nischen quollen, mischten sich schließlich mit dem künstlichen Licht und wogten in gedämpften Massen über einen Teppich, der aussah wie flüssiges Gold.

»Ha ha ha – ha ha ha!«, lachte der Herr des Hauses, als er mich zu einem Sitz geleitete und sich dann der Länge nach auf ein Ruhebett warf. »Ich sehe«, sagte er, da er bemerkte, dass ich in diesen eigenartigen Empfang mich nicht recht zu finden vermochte, »ich sehe, Sie sind verwundert über meine Wohnung, meine Statuen, meine Bilder – meinen sonderbaren Geschmack in Einrichtung und Ausschmückung! Vollkommen berauscht von meiner Prachtentfaltung, wie? Doch verzeihen Sie, mein lieber Freund (hier wurde seine Stimme die Herzlichkeit selbst), verzeihen Sie mir mein ungezogenes Lachen. Sie sehen so furchtbar erstaunt aus! Übrigens sind manche Dinge wirklich so spaßhaft, dass man lachen *muss* – oder sterben. Lachend zu sterben muss der herrlichste aller herrlichen Tode sein! Sir Thomas More – welch ein feiner Geist war Sir Thomas More – Sir Thomas More starb lachend, wie Sie wissen. Und in den ›Absurditäten‹ des Ravisius Textor findet sich eine lange Liste von Leuten, die ein solches köstliches Ende nahmen. – Wissen Sie übrigens«, fuhr er nachdenklich fort, »dass in Sparta, dem jetzigen Palaeochori,

114

in Sparta, sage ich, im Westen der Zitadelle inmitten eines Chaos kaum erkennbarer Ruinen eine Art Sockel steht, auf em noch die Lettern ΛΑΞΜ lesbar sind. Zweifellos sind sie ein Teil des Wortes ΓΕΛΑΞΜΑ. Nun gibt es in Sparta wohl tausend Tempel und Altäre für tausend verschiedene Gottheiten. Wie äußerst seltsam, dass der Altar des Lachens alle anderen überdauert hat! Doch gegenwärtig«, sprach er in ganz anderem Tonfall weiter, »habe ich kein Recht, mich auf Ihre Kosten lustig zu machen. Sie konnten allerdings verblüfft sein. Europa kann nicht zum zweiten Mal so Herrliches hervorbringen wie dies mein königliches Gemach. Meine anderen Räume sind keineswegs gleichartig, entsprechen durchaus der modernen Abgeschmacktheit. Dies hier ist besser als das Moderne – nicht wahr? Dennoch würde sich so leicht kein zweiter Mensch von Vermögen finden, der es liebte und verstände, mir es nachzumachen. Ich hüte aber auch den Raum vor jeder Profanierung. Mit einer einzigen Ausnahme sind Sie, abgesehen von mir und meinem Kammerdiener, das einzige menschliche Wesen, das ihn betreten hat, seitdem er so geschmückt ist, wie Sie ihn sehen.«

Ich verneigte mich dankend, denn der überwältigende Eindruck von Pracht und Duft und Musik, zusammen mit der eigenartigen Begrüßung, benahm mir die Worte für eine Empfindung, die ich vielleicht zu einem Kompliment hätte formen können.

»Hier«, begann er wieder, indem er aufsprang, mich beim Arm nahm und mit mir die Runde durchs Zimmer machte, »hier sind Gemälde von den Griechen bis zu Cimabue, von Cimabue bis zur Gegenwart. Gar manche sind, wie Sie sehen, ohne Rücksicht auf herrschende Sittenbegriffe ausgewählt. Sie geben jedoch alle den passenden Hintergrund für ein Zimmer wie dieses. Hier sind auch Meisterwerke unbekannter Größen und hier unfertige Entwürfe von Leuten, die zu ihrer Zeit berühmt gewesen, Entwürfe, die der Scharfblick der Akademien der Vergessenheit und mir anheimfallen ließ. Was halten Sie«, fragte er und wandte sich ganz plötzlich einem Bild zu, »was halten Sie von dieser Madonna della Pietà?«

»Sie ist ein echter Guido«, sagte ich mit all der Begeisterung, deren ich fähig bin, denn ich hatte ihre unvergleichliche Lieblichkeit beseligt in mich auf-genommen. »Sie ist ein echter Guido! – *Wie konnten* Sie nur dazu kommen? Sie ist unbedingt das in der Malerei, was die Venus in der Skulptur ist.«

»Oh«, sagte er gedankenvoll, »die Venus – die schöne Venus? – Die Venus von Medici? – Die mit dem kleinen Kopf und dem goldenen Haar? Ein Teil des linken Arms (hier ließ er die Stimme sinken, sodass man ihn kaum verstand) und der ganze rechte sind spätere Ersatzstücke; und in der Koketterie jenes rechten Arms liegt, finde ich, die Quintessenz aller Ziererei. Gebt mir den Canova! Der Apollo – auch er ist eine Kopie – da kann kein Zweifel sein – blinder Narr, der ich bin, dass ich die viel gerühmte Offenbarung in dem Apollo nicht finden kann! Ich kann mir nicht helfen – bedauert mich! – ich kann mir nicht helfen, ich muss dem Antinous den Vorzug geben. War es nicht Sokrates, der sagte, der Bildhauer habe sein Bildwerk schon im rohen Marmorblock erblickt? Dann wären also Michelangelos Zeilen keineswegs Original:

Non ha l'ottimo artista alcun concetto
Che un marmo solo in se non circonscriva.«

Es ist oft bemerkt worden – oder sollte es doch sein, dass das Gebaren eines Edelmenschen sich von dem der anderen gar sehr unterscheidet, ohne dass man doch genau feststellen könnte, worin der Unterschied besteht. Konnte ich diese Beobachtung im weitesten Maße auf meines Freundes äußeres Benehmen anwenden, so auch, wie ich an diesem ereignisreichen Morgen spürte, auf seine geistigen Eigenschaften. Auch kann ich die besondere Geistesart, die ihn so wesentlich über alle anderen Menschen hinaushob, nur als eine Gewohnheit zu eingehender, immerwährender Betrachtung kennzeichnen, die sein alltägliches Tun durchdrang, seine tändelnden Stunden belebte und selbst die Minuten der Heiterkeit durchwob – gleich den Nattern, die sich aus den Augenhöhlen der grinsenden Masken am Kranzgesims der Tempel von Persepolis herauswinden.

Ich konnte aber nicht umhin, aus der halb leichtfertigen, halb feierlichen Art, mit der er eigentlich unwichtige Dinge umständlich abhandelte, eine zitternde Angst oder besser eine nervöse Inbrunst herauszufühlen – eine Erregtheit im Tun und Reden, die mir unerklärlich schien und mich mehrfach stark beunruhigte. Öfter hielt er auch mitten in einem Satz inne, dessen Anfang er anscheinend vergessen, und lauschte andächtig vor sich hin, als erwarte er einen ersehnten Besuch oder horche auf Klänge, die allein in seiner Einbildung ertönen mochten.

Während einer seiner derartigen Träumereien blätterte ich in Polizians, des Dichters und Gelehrten, köstlicher

Tragödie »Orpheus« – der ersten echt italienischen Tragödie –, die neben mir auf einer Ottomane lag. Gegen Ende des dritten Aktes fand ich eine mit Bleistift unterstrichene Stelle; es war eine Stelle voll herzbewegender Gewalt – eine Stelle so voll tiefer Wollust, dass kein Mann sie lesen konnte ohne einen Schauer unerhörter Erregung, kein Weib ohne einen Seufzer. Die ganze Seite war mit frischen Tränen getränkt, und auf dem daneben eingehefteten Blatt standen in englischer Sprache und in einer Handschrift, die von der charakteristischen Schrift meines Freundes so sehr abwich, dass ich sie nur mit einiger Mühe als die seinige erkennen konnte, folgende Verse:

Du warst für mich all dieses, Lieb,
Was Seele füllt und Sein,
Warst Inselgrün im Meere, Lieb,
Springbrunn und Altarstein
Voll Frucht- und Blumenwunder,
Lieb, Und all das Blühend war mein!

O Traum, dem Sterben kam!
O Sternenhoffen, dessen Licht
Sturmwolke mir benahm!
Ein Rufen aus der Zukunft spricht:
»Voran! Voran!« – Doch Gram
Um das, was war, nimmt Zuversicht,
Macht müd und flügellahm.

Denn weh! des Lebens warmer Glanz
Erstrahlt für mich nicht mehr!

Die Woge raunt im Brandungstanz
Zum Strand: nie mehr – nie mehr
Wird wundgeschossne Schwinge ganz,
Dürr bleibt der Baum und leer,
Dem jäh ein Blitz zerschlug den Kranz.

Und Tag ist Traum, der zu dir wacht,
Und Nacht ist Traum und leitet
Hin, wo dein dunkles Auge lacht
Und wo dein Fuß hinschreitet,
Der in ätherischen Tänzen sacht –
Auf welchen Sternen gleitet?

O schwarzer Tag – o Wogenbrand,
Der dich von mir gerissen.
Von Liebe fort zu greisem Stand
Auf ein unheilig Kissen,
Von Weiden fort am Nebelstrand,
Die um dich weinen müssen!

Dass diese Zeilen in Englisch geschrieben waren – in einer Sprache, mit der ich den Verfasser nicht vertraut geglaubt hätte –, setzte mich nicht wenig in Erstaunen. Ich wusste, dass er sehr umfangreiche Kenntnisse besaß und auch besondere Freude darin fand, sie anderen zu verbergen, sodass die Tatsache an sich mich nicht weiter überraschte. Das Datum aber, muss ich bekennen, verblüffte mir gar sehr. Das Ortsdatum lautete ursprünglich *London*, war aber später überkritzelt worden – jedoch nicht so, dass ein sorgfältig suchendes Auge nicht den ursprünglichen Ortsnamen hätte hindurchlesen können. Ich sage, das verblüffte mich gar sehr, denn ich entsann mich gut, dass ich in einer früheren Unterhaltung meinen Freund einmal gefragt hatte, ob er irgendwann einmal in London der Marchesa di Mentoni begegnet sei, die vor ihrer Verheiratung mehrere Jahre in jener Stadt lebte, und seine Antwort hatte, wenn ich mich nicht irre, mir zu verstehen gegeben, dass er die Hauptstadt Großbritanniens niemals besucht habe. Ich möchte hier aber auch erwähnen, dass ich mehr als einmal hörte (ohne natürlich solchen unwahrscheinlichen Gerüchten Glauben zu schenken), der Mann, von dem ich spreche, sei nicht nur der Geburt, sondern auch der Erziehung nach ein Engländer.

»Da ist ein Gemälde«, sagte er, ohne gewahr zu werden, dass ich in der Tragödie blätterte, »da ist noch ein Gemälde, das Sie noch nicht gesehen haben.« Und den Vorhang beiseite schleudernd, enthüllte er das lebensgroße Porträt der Marchesa Aphrodite.

Menschenkunst konnte nicht mehr in der Schilderung übermenschlicher Schönheit tun! Dieselbe himmlische Gestalt, die in der vergangenen Nacht auf den Stufen des Dogenpalastes vor mir gestanden, stand noch einmal vor mir. Doch im Ausdruck des Gesichts, das über und über in Lächeln erstrahlte, lauerte schon (unbegreiflicher Widerspruch!) jener kleidsame Schatten der Melancholie, der von vollendeter Schönheit stets untrennbar ist. Ihr rechter Arm lag über der Brust, der linke hing herab auf eine eigentümlich geformte Urne. Der eine schmale Elfenfuß, der sichtbar war, berührte nackt den Boden; und kaum erkennbar in der leuchtenden Luft, die ihre Lieblichkeit umwob, breiteten sich ein paar hauchzarte Schwingen. Mein Blick schweifte von dem Gemälde hin zu meinem Freund, und unwillkürlich kamen mir die monumentalen Worte aus Chapmans »Bussy d'Ambois« auf die Lippen:

»Da droben steht er wie ein römisch Standbild –
Und wird dort stehn, bis Tod ihn marmorn macht.«

»Kommen Sie«, sagte er endlich und trat an einen kostbaren emaillierten Tisch aus massivem Silber, auf dem ein paar Trinkbecher von seltsamer Farbe neben zwei hohen etruskischen Vasen standen, die dieselbe eigen artige Form hatten wie jene im Vordergrund des Porträts – und, wie ich annahm, mit Johannisberger gefüllt waren. »Kommen Sie«, sagte er herb, »lassen Sie uns trinken! Es ist früh – doch lassen Sie uns trinken! – Es ist tatsächlich früh«, fuhr er versonnen fort, als ein Engel mit schwerem goldenen Hammer dröhnend die erste Stunde nach Sonnenaufgang kündete. »Es ist tatsächlich früh – doch was tut's? Trinken wir! Bringen wir der großen feierlichen Sonne, die diese bunten Lampen und Räucherbecken so gerne überstrahlen möchte, ein Opfer dar!« Und als er mit mir angestoßen hatte, goss er rasch mehrere Becher Wein hinunter.

»Träumen«, fuhr er im leichtfertigen Ton oberflächlicher Unterhaltung fort, während er eine der herrlichen Vasen ins helle Licht der Flammenbecken hob, »träumen war die Beschäftigung meines Lebens. So habe ich mir, wie Sie sehen, diesen Traumpalast errichtet. Hier im Herzen Venedigs! – Hätte ich es besser machen können? Es ist wahr.

Sie sehen da um sich her ein großes Stildurcheinander. Die Keuschheit Ioniens wird durch vorsintflutliche Sinnbilder beleidigt, und Ägyptens Sphinxe dehnen sich auf goldenen Teppichen. Dennoch können nur Einfältige eine solche Zusammenstellung unangebracht finden. Einheitlichkeit in Ort und vor allem in Zeit, das sind die Popanze, die die Menschen von der Ansammlung des Schönen zurückschrecken. Einst war auch ich ein Freund der ›Symmetrie‹, des ›Dekorativen‹; aber jene verrückte Einseitigkeit erstickte meine Seele. All dieses hier eignet sich besser für meine Zwecke. Gleich den Arabesken an diesen Räucherbecken windet sich meine Seele in Feuer, und die Trunkenheit der ganzen Szenerie macht mich reif für die wilderen Visionen jenes Landes der wahren Träume, in das ich jetzt enteile.« Hier hielt er plötzlich inne, neigte das Haupt auf die Brust und schien auf einen Ton zu lauschen, den ich nicht hören konnte. Dann stand er auf, reckte seine Gestalt und rief mit Blicken, die in Fernen schauten, die Worte des Bischofs von Chichester:

»Erwarte mich, ich werde zu dir finden
Auch in des Schattentales finstern Gründen.«

Im nächsten Augenblick warf er sich, anscheinend vom Wein überwältigt, der Länge nach auf eine Ottomane.

Jetzt hörte man von der Treppe her hastige Schritte und gleich darauf ein lautes Klopfen an der Tür. Ich eilte hinzu, weil ich einen Störenfried befürchtete, als ein Page aus Mentonis Haus ins Zimmer stürzte und mit schluchzender Stimme in die Worte ausbrach: »Meine Herrin! – Meine

Herrin! – Vergiftet! – Vergiftet! O schöne – o schöne Aphrodite!«

Bestürzt flog ich zur Ottomane und versuchte den Schläfer zum Verstehen dieser Schreckensnachricht zu bringen. Aber seine Glieder waren steif – seine Lippen totenbleich – seine soeben noch strahlenden Augen im Tode erstarrt. Ich schwankte zurück an den Tisch – meine Hand fiel auf einen zersprungenen und schwarz angelaufenen Becher – und die Erkenntnis der ganzen entsetzlichen Wahrheit flammte plötzlich durch meine Seele.

König Pest

Unter der Regierung des ritterlichen Königs Eduard III. ereignete es sich eines Mitternachts im Oktober, dass zwei Matrosen des Handelsschoners »Frei und Leicht«, der regelmäßig zwischen Sluys und der Themse hin und her fuhr und nun in diesem Fluss vor Anker lag, sich zu ihrem eigenen Erstaunen in der Trinkstube eines Bierhauses der Gemeinde St. Andreas in London sahen – eines Bierhauses, das als Wahrzeichen einen lustigen Matrosen im Schild führte.

Das dürftig eingerichtete, rauchgeschwärzte Zimmer mit der niedrigen Decke, das auch in allem anderen durchaus den Charakter wahrte, wie er zur damaligen Zeit solchen Lokalen eigen war, schien den sonderbaren Gästen, die in Gruppen herumsaßen, für seine Bestimmung ganz geeignet.

Von diesen Gruppen bildeten unsere zwei Schiffer wohl die interessanteste.

Der eine, der der Ältere zu sein schien und den sein Genosse bezeichnenderweise »Bein« nannte, war bei Weitem der größere von beiden. Er mochte sechseinhalb Fuß haben, und ein gewohnheitsmäßiges Vornüberbeugen war wohl die notwendige Folge einer so gewaltigen Länge. Dies Zuviel einerseits wurde jedoch durchs anderweitige Zuwenig mehr als ausgeglichen. Er war auffallend mager und hätte, wie seine Kameraden versicherten, als Wimpel an der Mastspitze hängen oder auch als Klüverbaum dienen können. Doch diese und andere ähnliche Scherze hatten anscheinend auf die Lachmuskeln des Matrosen nicht die geringste Wirkung auszuüben vermocht. Mit seinen starken Backenknochen, der großen Hakennase, dem zurücktretenden Kinn, dem hängenden Unterkiefer und den großen hervorquellenden Augen blieb der Ausdruck seines Gesichts allen Neckereien zum Trotz ernst und feierlich – um nicht zu sagen gleichgültig gegen alles.

Der jüngere Seemann war in seiner äußeren Erscheinung das gerade Gegenteil seines Gefährten. Seine Höhe betrug keine vier Fuß. Ein paar stämmige, krumme Beine trugen seine gedrungene, schwerfällige Gestalt, während seine ungewöhnlich kurzen und dicken Arme, an deren Enden viel zu kleine Fäuste saßen, zu beiden Seiten herab-schlenkerten wie die Flossen einer Meerschildkröte. Kleine Augen von unbestimmter Farbe zwinkerten aus einer runden und rosigen Fleischmasse hervor, in der die kurze Nase fast begraben lag; und seine dicke Oberlippe ruhte auf der noch dickeren Unterlippe mit einem Ausdruck großer Selbstgefälligkeit, der noch dadurch erhöht wurde, dass ihr Besitzer die Gewohnheit hatte, sie oft zu lecken. Für seinen langen Freund hatte er offenbar ein Gefühl, bei dem sich Bewunderung und Spott die Waage hielten, und gelegentlich starrte er zu seinem Antlitz auf wie die rot untergehende Sonne zu den Felsenhöhen von Ben Newis.

Die Wanderung dieses würdigen Paares durch die Schenken der Nachbarschaft war gründlich und abenteuer-lich gewesen; doch selbst die reichste Quelle versiegt einmal, und so hatten unsere Freunde nun diese letzte Schenke mit leeren Taschen betreten.

Zur Zeit, da diese Geschichte beginnt, saßen Bein und sein Kamerad, Hugo Tarpaulin, am langen Eichentisch in der Mitte der Gaststube mit aufgestützten Ellenbogen da. Sie starrten hinter einer riesigen Kanne voll Starkbier zu den gewichtigen Worten »Hier wird nicht angekreidet« empor, die zu ihrer Verwunderung und Entrüstung über der Tür geschrieben standen – und zwar vermittels eben jenes Minerals, dessen Vorhandensein sie ableugneten. Nicht etwa, dass einer dieser Seebären die Gabe besessen hätte, Geschriebenes entziffern zu können – eine Gabe, die dem gemeinen Volk jener Tage kaum weniger kabbalistisch dünkte als die der Rednerkunst –, aber die Buchstaben waren so seltsam verschnörkelt, hatten eine so bedenklich schiefe Neigung leewärts, dass sie den Schiffern schlechtes Wetter anzuzeigen schienen; sie beschlossen daher, um die bezeichnenden Worte Beins anzuwenden, »Wasser auszupumpen, alle Segel aufzugeien und vor dem Wind zu treiben.«

Nachdem sie also den Rest des Bieres passend untergebracht und die Enden ihres kurzen Kamisols hochgenommen hatten, machten sie einen Ausfall nach der Straße. Wenngleich Tarpaulin zweimal in die Feuerstelle rollte, die er irrtümlich, für die Tür hielt, so glückte ihnen schließlich doch die Flucht, und gerade als es halb eins schlug, rannten unsere Helden, zu allen Schandtaten bereit, die dunkle Straße hinunter, die zur Sankt-Andreas-Treppe führte – und hinter ihnen her lief scheltend die Wirtin vom »Lustigen Matrosen«.

Zur Zeit dieser ereignisreichen Geschichte, wie auch Jahre vorher und danach, schallte durch ganz England, besonders aber in der Hauptstadt, der Angstschrei: »Die Pest!« Die Stadt war stark entvölkert – und in den schrecklichen Bezirken an den Ufern der Themse, von wo inmitten enger, dunkler und schmutziger Gassen der Dämon dieser Krankheit, wie es hieß, seinen Ausgang genommen hatte, herrschten in einsamer Größe Grauen und Entsetzen und Aberglaube.

Durch den Machtspruch des Königs war über diese Orte damals der Bann gesprochen und ihr Betreten bei Todesstrafe verboten worden. Doch weder das Gebot des Königs noch die riesigen Schranken, die den Zugang zu diesen Straßen versperrten, noch der Anblick jenes ekelhaften Todes, der mit fast unumstößlicher Gewissheit den Elenden befiel, dem keine Gefahr die Abenteuerlust benahm, schützten die verlassenen Wohnungen vor nächtlichen Beutezügen, die dort nach Eisenteilen und sonstigen zurückgebliebenen Dingen, die irgendwie verwertbar waren, unternommen wurden.

Alljährlich, wenn der Winter kam und die Schranken geöffnet wurden, stellte es sich heraus, dass Schlösser, Riegel und verborgene Gelasse den reichen Vorräten an Wein und Branntwein nur wenig Schutz geboten hatten, die von den Händlern, deren Geschäftsräume in der Nähe lagen, für die Dauer der Verbannung in so unzulänglicher Obhut belassen worden waren.

Doch nur sehr wenige von der erschreckten Bevölkerung glaubten, dass Menschenhände hier am Werk gewesen. Pestgeister, Seuchengespenster und Fieberdämonen waren die volkstümlichen Unglücksbringer; und so blutrünstige Geschichten wurden berichtet, dass dieses ganze verbotene Viertel in Schauer gehüllt war wie in ein Leichentuch, und nicht selten der Plünderer selbst von dem Grausen, das seine Taten erst geweckt hatten, hinweggetrieben wurde, und der ganze große verpönte Stadtteil in Dunkel und Stille der Pest und dem Tod überlassen war.

Eine der gewaltigen Schranken also, die anzeigten, dass der Ort dahinter dem Pestbann unterworfen sei, versperrte plötzlich dem biederen Tarpaulin und seinem Freunde Bein den Weg. Umkehr war ausgeschlossen, und Zeit war nicht zu verlieren, denn die Verfolger waren ihnen dicht auf den Fersen. Einem rechten Seemann ist es ein kleines, solch raues Plankenwerk zu überklettern, und in der doppelten Aufregung der Flucht und des Branntweins sprangen sie ohne Zögern in die versperrten Gassen hinab, deren widerliche Winkelgänge sie in trunkenem Lauf mit Schreien und Rufen durchirrten.

Wären sie nicht so bis zur Bewusstlosigkeit betrunken gewesen – ihre taumelnden Füße hätten inmitten dieses Grauens wie gelähmt sein müssen. Die Luft war kalt und neblig. Die Pflastersteine lagen aufgewühlt im hohen fetten Gras. Zusammengestürzte Häuser blockierten die Straßen; eklige, giftige Dünste stiegen auf – und in dem gespenstischen Schein, der selbst um Mitternacht einer feuchten und verseuchten Atmosphäre entsteigt, konnte man in den Winkeln und Gassen und in den fensterlosen Behausungen den Leichnam manch eines nächtlichen Plünderers faulen sehen, den die Seuche mitten bei seinen Räubereien ereilt hatte.

Aber weder diese Bilder noch irgendwelche räumlichen Hindernisse hatten Macht, den Lauf von Männern aufzuhalten, die, von Natur aus tapfer, gerade jetzt von übermütiger Kühnheit und Starkbier überschäumten und in ihrem gegenwärtigen Zustand ohne Zögern in den Rachen des Todes gerannt sein würden. Vorwärts – immer vorwärts stelzte der grimmige Bein, und die trostlose Einöde hallte wider von seinen Schreien, die wie der grausige Schlachtruf der Indianer aufgellten. Und vorwärts – immer vorwärts rollte der dicke Tarpaulin am Rockschoß seines lebhafteren Gefährten und überbot dessen emsige Gesangstätigkeit mit seinem donnergrollenden Bass, der aus den Tiefen seiner gewaltigen Lungen dröhnte.

Sie waren nun offenbar ins innerste Lager der Pest vorgedrungen. Mit jedem taumelnden Schritt wurde ihr Weg widerlicher und grausiger – wurden die Pfade enger und ungangbarer. Riesige Steine und Balken, die von den verrotteten Dächern herabstürzten, ließen durch ihren dumpfen, schweren Fall erkennen, wie hoch die dunklen Häusermassen waren; und da wirkliche Tatkraft dazu gehörte, sich durch die Unrathaufen einen Weg zu bahnen, so geschah es keineswegs selten, dass die Hand ein Skelett oder eine weiche Leichenmasse berührte.

Plötzlich, als die Matrosen gegen das Tor eines hohen, gespenstischen Hauses taumelten und aus der Kehle des aufgeregten Bein ein Ruf, noch schriller als bisher, emporgellte, kam ihnen aus dem Innern Antwort in seltsamen, gelächterähnlichen höllischen Schreien. Wen hätten Töne solcher Art, zu solcher Stunde und an solchem Ort nicht entsetzt? Wem hätten sie nicht das Blut in den Adern erstarren gemacht? Das trunkene Paar aber stürzte kopf-über gegen das Tor, warf es auf und stolperte mit einer Ladung von Flüchen mitten hinein in die Ereignisse.

Der Raum, in dem sie sich befanden, schien der Laden eines Leichenbesorgers zu sein; doch eine offene Fall-tür, die sich dicht beim Eingang im Boden befand, zeigte dem Blick eine lange Reihe von Weinkellern, die, nach dem gelegentlichen Knall zerplatzender Flaschen zu schließen, mit angemessenem Trinkstoff gut versorgt zu sein schienen. Inmitten des Raumes stand ein Tisch und auf ihm ein riesiges Gefäß mit einer punschähnlichen Flüssigkeit.

Flaschen mit den verschiedensten Weinen und Likören, Kannen, Krüge und Gemäße von jeder Form und Größe waren zahlreich über den Tisch verstreut, um den herum auf Sargböcken eine Gesellschaft von sechs Personen saß. Diese Gesellschaft will ich, so gut es geht, im Einzelnen beschreiben.

Der Eingangstüre gegenüber und ein wenig höher als die anderen saß eine Persönlichkeit, die der Präsident der Tafelrunde zu sein schien. Die Gestalt war hoch und hager, und Bein war verblüfft, hier jemanden zu finden, der ihn selbst noch überragte. Das Gesicht war gelb wie Safran, doch waren seine Züge, bis auf eine Aus-nahme, in keiner Hinsicht so bemerkenswert, um eine Beschreibung zu rechtfertigen. Diese eine Ausnahme war eine ungewöhnlich und grausig hohe Stirn, die aussah wie eine dem natürlichen Kopf aufgesetzte Fleischmütze oder -krone. Der Mund war eingefallen und zu einem gewissen gespenstischen Ausdruck von Leutseligkeit verzogen, und die Augen waren, gleich den Augen aller am Tisch, trüb und starr von Trunkenheit. Der ganze Mann war von Kopf zu Fuß in ein reich besticktes schwarzsamtenes Bahrtuch gehüllt, das er wie einen spanischen Mantel umgeworfen hatte. Von seinem Kopf nickten schwarze Trauerfedern, die er mit würdiger und listiger Miene hin und her schwenkte; und in der rechten Hand hielt er ein mächtiges menschliches Schenkelbein, mit dem er soeben durch Aufschlagen auf den Tisch einen aus dem Kreis zum Singen aufgefordert zu haben schien.

Ihm gegenüber und mit dem Rücken zur Tür saß eine Dame, die ihm an Seltsamkeit kein Jota nachstand. Wenngleich sie ebenso groß war wie er, konnte sie sich nicht über ebensolche unnatürliche Magerkeit beklagen. Sie schien im letzten Stadium der Wassersucht zu sein, und ihr Antlitz glich dem mächtigen Fass voll Oktoberbier, das dicht an ihrer Seite in einer Zimmerecke stand. Ihr Gesicht war unglaublich rund, rot und voll und hatte dieselbe Eigenart oder vielmehr denselben Mangel an Eigenart, den ich schon beim Präsidenten erwähnte, d. h. nur ein einziger Zug in ihrem Gesicht war ausgeprägt genug, um besondere Erwähnung zu verdienen. Übrigens bemerkte der aufmerksame Tarpaulin sofort, dass man von jedem der Anwesenden dasselbe sagen konnte; jeder schien das Monopol auf eine besondere Eigenart in der Gesichtsbildung zu besitzen. Bei der in Rede stehenden Dame war es der Mund. Er begann am rechten Ohr und schwang sich in einer schauerlich klaffenden Spalte zum linken hinüber, sodass die kurzen Gehänge, mit denen sie die Ohrläppchen geschmückt hatte, fortwährend in die Öffnung tauchten.

Sie war jedoch unablässig bemüht, den Mund geschlossen zu halten und würdig auszusehen in ihrem frisch gestärkten und gebügelten Leichenhemd, das mit einer steifen Batistkrause dicht unterm Kinn abschloss.

Zu ihrer Rechten saß eine winzige junge Dame, die sie in ihre Obhut genommen zu haben schien. Dieses zierliche Geschöpf, dessen abgemagerte Finger zitterten, dessen Lippen bleigrau waren und dessen leichenblasse Wangen hektische rote Flecke trugen, machte den unverkennbaren Eindruck, von der galoppierenden Schwindsucht ergriffen zu sein. Dabei war ihre ganze Erscheinung durchaus vornehm; sie trug mit anmutiger Nachlässigkeit ein weites, schönes Sargtuch aus feinstem indischen Schleierleinen; ihr Haar hing in Ringeln auf den Nacken; ihre Lippen umspielte ein sanftes Lächeln; aber ihre Nase – eine lange, dünne, krumme, biegsame und finnige Nase – hing tief über die Unterlippe herab und gab ihrem Antlitz, ungeachtet der zierlichen Weise, mit der ihre Junge die Nase dann und wann zur Seite schob, einen etwas zweideutigen Ausdruck.

Ihr gegenüber und zur Linken der wassersüchtigen Dame saß ein kleiner, aufgeblasener, keuchender und gichtiger Alter, dessen Wangen wie zwei riesige Blasen voll Portwein auf seinen Schultern ruhten. Mit gekreuzten Armen und einem fest bandagierten Bein, das auf dem Tisch lag, hielt er sich anscheinend zu tiefsinnigen Betrachtungen berechtigt. Er war sichtlich stolz auf jeden Zoll seiner persönlichen Erscheinung, schien aber noch größeres Entzücken darin zu finden, die Aufmerksamkeit auf seinen lustig-bunten Überrock zu lenken. Dieser musste ihn nicht wenig Geld gekostet haben und war ihm wie auf den Leib geschnitten – aus einem jener seltsam bestickten Seidenüberzüge, mit denen man in England und auch anderswo, wenn ein Adelsgeschlecht ausgestorben ist, das Wappenschild an seinem Stammsitz zu drapieren pflegt.

Neben ihm und rechts vom Präsidenten saß ein Herr in langen weißen Strümpfen und baumwollenen Hosen. Seine Gestalt schwankte in lächerlicher Weise hin und her, in einem Anfall, den Tarpaulin mit »Katzenjammer« bezeichnete. Seine frisch rasierten Kinnbacken waren mit einer Musselinbinde fest hinaufgebunden; und seine Arme waren auf ähnliche Weise an den Handgelenken gefesselt, sodass er den Getränken auf dem Tisch nicht allzu kräftig zusprechen konnte – eine Vorsichtsmaßregel, die nach Ansicht von Bein durchaus angemessen war, so versoffen war sein Antlitz. Ein paar gewaltige Ohren, die beim besten Willen nicht verborgen werden konnten, türmten sich in den Raum empor und zuckten jedes Mal krampfhaft zusammen, wenn ein neuer Pfropfen knallte.

Ihm gegenüber, als Sechster und Letzter, befand sich einer in sehr steifer Haltung, der – gelähmt wie er war – sich in seiner unbequemen Kleidung wenig behaglich gefühlt haben muss. Er war recht unangemessen mit einem neuen und hübschen Mahagonisarg bekleidet, dessen Kopfende dem Träger den Schädel drückte und in Art einer Haube darüber hinausragte, was dem ganzen Antlitz einen unbeschreiblichen Reiz verlieh. In die Seiten des Sarges waren nicht sowohl aus Schönheitsgründen als zur Bequemlichkeit Armlöcher eingeschnitten; nichtsdestoweniger aber verhinderte das Kleid seinen Besitzer, so aufrecht dazusitzen wie seine Gefährten; und wie er so in einem Winkel von fünfundvierzig Grad sich rückwärts an seine Bahre lehnte, verdrehten ein Paar ungeheurer gestielter Augen ihr grauenhaftes Weiß zur Decke – in höchster Verblüffung über ihre eigene Riesenhaftigkeit.

Vor jedem aus der Tafelrunde lag ein Schädel, der als Trinkbecher diente. Über dem Tisch hing ein menschliches Skelett, dessen eines Bein vermittels eines Stricks an einem Haken in der Decke befestigt war. Das andere Bein stand in rechtem Winkel vom Rumpf ab und veranlasste, dass das ganze leichte und klappernde Gestell bei jedem launischen Windstoß, der hereinirrte, herumwirbelte. In der Schädelhöhle dieses widerlichen Dinges lag eine Anzahl glühender Kohlen, die die ganze Szenerie feurig beleuchteten, indes Särge und andere zum Laden eines Leichenbesorgers gehörigen Gegenstände an Wänden und Fenstern aufgestapelt lehnten und verhinderten, dass etwa ein Lichtstrahl auf die Straße dringe.

Beim Anblick dieser merkwürdigen Versammlung und ihrer noch merkwürdigeren Geräte bewiesen unsere Seeleute nicht gerade jenen Anstand, den man hier erwartet zu haben schien. Bein lehnte sich, da wo er stand, an die Wand, ließ seinen Unterkiefer noch tiefer als gewöhnlich hängen und sperrte die Augen auf, so weit er konnte, indessen Hugo Tarpaulin sich in die Knie beugte, bis seine Nase in gleicher Höhe mit dem Tisch war, die Fäuste auf die Knie stemmte und in ein langes und geräuschvolles, höchst unziemliches Gelächter ausbrach.

Der lange Präsident aber, durch dieses ungezogene Benehmen keineswegs beleidigt, lächelte die Eintretenden liebenswürdig an – nickte ihnen mit seinem Kopf voll Trauerfedern zu – stand auf, nahm jeden von ihnen beim Arm und führte ihn zu einem Sitz, den ein anderer der Versammelten inzwischen für ihn bereitgestellt hatte. Bein ließ alles dies widerstandslos mit sich geschehen und nahm dort Platz, wo man ihn hingeführt hatte; der galante Hugo aber ergriff das Sarggestell, das man ihm am Kopfende des Tisches zugewiesen hatte, und rückte es neben die schwindsüchtige junge Dame in dem Sargtuch aus indischem Schleierleinen. Hier an ihrer Seite ließ er sich fröhlich nieder, goss sich einen Schädelbecher voll Rotwein ein und leerte ihn auf ihre Gesundheit. Diese Vermessenheit aber empörte den steifen Herrn im Sarg aufs Höchste, und es hätte leicht zu ernsten Folgen kommen können, wenn nicht der Präsident mit seinem Schenkelbein auf den Tisch gehauen und die Aufmerksamkeit der Anwesenden für die folgende Rede in Anspruch genommen hätte:

»Es wird uns zur Pflicht, das gegenwärtige fröhliche Ereignis –«

»Halt da!«, unterbrach ihn Bein mit ernster Miene, »halt da, sage ich, und meldet mal erst, wer zum Teufel ihr eigentlich seid und was ihr hier zu tun habt! Ihr seht ja aus wie leibhaftige Teufelsbraten! Wie kommt ihr dazu, den Wein zu mausen, den mein ehrenwerter Schiffskamerad, Will Wimble, der Leichenbesorger, sich für den Winter aufgestaut hatte?«

Bei diesem unverzeihlich rüden Benehmen sprang die ganze Gesellschaft entrüstet auf und stieß dieselben höllischen Schreie aus, die zuvor die beiden Seeleute hereingelockt hatten. Der Präsident gewann als erster seine

Fassung wieder, wandte sich mit großer Würde zu Bein und begann von Neuem:

»Wir sind gern bereit, eine angebrachte Neugier vonseiten so vornehmer Gäste, so ungebeten sie auch sein mögen, zu befriedigen. So wisst denn, dass in diesem Reich hier ich der Herrscher bin und mit unumschränkter Gewalt regiere unter dem Titel: König Pest der Erste.

Dieser Raum, den ihr profanerweise als den Laden von Will Wimble, Leichenbesorger, bezeichnet – ein Mann, den ich gar nicht kenne und dessen plebejischer Name mein königliches Ohr noch nie verletzte – dieser Raum, sage ich, ist der Thronsaal unseres Palastes, in dem wir das Wohl des Landes beraten und bei sonstigen heiligen und wichtigen Anlässen zusammenkommen.

Die edle Dame mir gegenüber ist Königin Pest, Unsere durchlauchtigste Gemahlin. Die anderen erhabenen Anwesenden gehören alle zu Unserer Familie und tragen die Abzeichen königlicher Herkunft nebst den respektiven Titeln: Seine Gnaden der Erzherzog Pestherd – Seine Gnaden der Herzog Pestilenz – Seine Gnaden der Herzog Dassdichdiepest – und Ihre Durchlaucht die Erzherzogin Ana-Pest.

Was eure Frage anlangt«, fuhr er fort, »aus welchem Grund wir hier zu Rate sitzen, so werdet ihr verzeihen, wenn wir entgegnen, dass es sich – und zwar ausschließlich – um unsere eigenen königlichen Interessen handelt, die für niemanden sonst von Wichtigkeit sind. In Anbetracht der Rechte aber, auf die ihr als Fremde und als Unsere Gäste Anspruch erheben könnt, wollen wir noch hinzufügen, dass wir nach vorangegangenen gründlichen

Nachforschungen und Erkundigungen heute Nacht hier sind, um dem besonderen Geist – der unbegreiflichen Art und Eigenschaft – dieser köstlichen Gaumenlatzung: der Weine, Biere und Liköre unserer trefflichen Hauptstadt nachzugehen, ihn zu analysieren. Damit folgen wir weniger Unseren eigenen Wünschen, vielmehr dienen wir hiermit der Wohlfahrt jenes unirdischen Herrschers, der uns alle regiert, dessen Reich keine Grenzen kennt und dessen Name ›Tod‹ ist.«

»Dessen Name David Jones ist!«, ließ sich Tarpaulin vernehmen, seiner Dame einen Schädel voll Likör reichend und sich dann selber eingießend.

»Gemeiner Bube!«, wandte sich nun der Präsident an Hugo, »gemeiner, niederträchtiger Schurke! – Wir haben ausgesprochen, dass in Anbetracht der Gastrechte, die wir selbst deiner elenden Person zugestehen, wir uns herablassen wollten, deine ungezogenen und ungelegenen Fragen zu beantworten. Dessen ungeachtet halten wir es für unsere Pflicht, euer unheiliges Eindringen in unsere Ratssitzung mit einer Buße zu belegen und verurteilen daher dich und deinen Spießgesellen zu je einer Gallone Wacholderschnaps, den ihr auf die gedeihliche Entwicklung unseres Königreichs auf einen Zug und mit gebeugtem Knie hinunterzugießen habt. Dann soll es euch freistehen, eure Wege weiterzugehen oder zu bleiben und an den Privilegien unserer Tafelrunde teilzunehmen – je nachdem es euch Vergnügen macht.«

»Es ist ein Ding der Unmöglichkeit«, entgegnete Bein, dem das würdige Auftreten des Königs Pest I. offenbar Respekt einflößte und der sich erhoben hatte und aufgestützt am Tisch stand, »Majestät halten zu Gnaden, es ist ein Ding der Unmöglichkeit, in meinen Raum auch nur ein Viertelmaß jenes Likörs zu verstauen, den Eure Majestät soeben erwähnten. Nicht nur, dass ich am Vormittag an Bord tüchtig Ballast aufgenommen habe und heut Abend in verschiedenen Häfen eine Menge Bier und Schnaps einschiffen ließ – ich habe gegenwärtig eine volle Ladung Starkbier in mir, die ich im ›Lustigen Matrosen‹ gegen Barzahlung eingenommen habe. Eure Majestät wollen daher so gnädig sein, den Willen für die Tat zu nehmen – denn nichts kann mich dazu bringen, noch einen Tropfen zu schlucken – am allerwenigsten einen Tropfen jenes höllischen Schlagwassers, das auf den Namen ›Wacholderschnaps‹ hört.«

»Heh, stopp!«, unterbrach ihn Tarpaulin, nicht weniger erstaunt über die Länge dieser Rede als über ihren abweisenden Inhalt. »Heh, stopp! Du Flegel! – Ich sage dir, Bein, kein solches Geschlabber mehr! Mein Laderaum ist noch leer, wennschon ich zugebe, dass du selber ein wenig betrunken bist; und was deinen Teil an der Ladung anlangt, so würde ich ihn, um Streit zu vermeiden, mitsamt dem meinigen zu verstauen suchen, aber –«

»Ein solches Vorgehen«, fiel der Präsident hier ein, »widerspräche durchaus dem gesetzlichen Machtspruch, der unwiderruflich ist. Die von uns auferlegte Strafe muss nach dem Buchstaben erfüllt werden – und zwar unverzüglich, anderenfalls dekretieren wir, dass man euch Kopf und Füße zusammenbindet und euch als Aufrührer in jenem Oxhoft mit Oktoberbier ersäuft.«

»Ein Rechtsspruch! – Ein Rechtsspruch! – Ein guter und gerechter Rechtsspruch! – Ein glorreiches Wort! –

Ein würdiges und aufrechtes Urteil!«, rief die Familie Pest wie aus einem Mund. Der König zog die Stirn in tausend Falten; der gichtige Alte schnaufte wie ein Blasebalg; die Dame mit dem Sargtuch schwenkte ihre Nase hin und her; der Herr in den baumwollenen Hosen spitzte seine langen Ohren; die mit dem Leichenhemd klappte mit ihrem Fischmaul, und der im Sarg hielt sich steif und rollte mit den Augen.

»Hu, hu, hu!«, kicherte Tarpaulin, ohne die allgemeine Aufregung zu beachten, »hu, hu, hu! – Hu, hu, hu, hu! – Hu, hu, hu! – Ich meinte«, sagte er, »ich meinte, als Herr König Pest seine Marlpfrieme dazwischensteckte, ich meinte, was zwei oder drei Gallonen Wacholderschnaps anlange, so sei das eine Kleinigkeit für ein strammes und nicht überlastetes Seeboot wie mich – wenn aber auf das Wohl des Teufels getrunken werden soll und wenn ich bei lebendigem Leib zu diesem bösen König hinunterfahren soll, von dem ich so gewiss weiß, wie von mir, dass ich ein Sünder bin, dass er kein anderer ist als Tim Hurlygurly, der Schauspieler – ja, das ist denn doch ne ganz andere Sache und geht durchaus über mein Verständnis.«

Er konnte seine Rede nicht beenden. Bei Nennung des Namens Tim Hurlygurly sprang die ganze Versammlung von ihren Sitzen.

»Verrat!«, brüllte Seine Majestät König Pest der Erste.

»Verrat!«, sagte der kleine gichtige Alte.

»Verrat!«, kreischte die Erzherzogin Ana-Pest.

»Verrat!«, kreischte der Herr mit der aufgebundenen Kinnlade.

»Verrat!«, grollte der mit dem Sarg.

»Verrat! Verrat!«, rief die Majestät vom großen Maul und packte den unglücklichen Tarpaulin, der sich soeben seinen Trinkschädel neu gefüllt hatte, bei seinem Hosenboden, hob ihn hoch in die Luft und ließ ihn ohne alle Umschweife in die riesige Bütte seines geliebten Starkbieres fallen. Er tauchte auf und nieder wie ein Apfel im Grog und verschwand schließlich im Schaumstrudel, den seine Befreiungsversuche in der ohnedies schäumenden Flüssigkeit hervorgebracht hatten.

Bein aber, der lange Seemann, war nicht gewillt, die Leiden seines Kameraden ruhig mit anzusehen. Er stieß König Pest durch die offene Falltür im Fußboden und warf fluchend die Tür hinter ihm zu. Dann wandte er sich ins Zimmer. Er riss das über dem Tisch schaukelnde Skelett herab und schlug damit so gewaltig um sich, dass er beim letzten Schein des verglimmenden Lichtes dem kleinen Mann mit der Gicht die Hirnschale zerschmetterte. Dann stürmte er zu dem verhängnisvollen Oxhoft voll Oktoberbier und Hugo Tarpaulin und stieß es mit aller Macht um. Ein Meer von Flüssigkeit stürzte heraus, so gewaltig – so flutend und brausend –, dass der Raum von einem Ende zum anderen überschwemmt war – der vollbeladene Tisch wurde umgeworfen – die Bahren fielen um, die Punschkübel ins Kaminfeuer und die Damen in Schreikrämpfe. Ganze Haufen von Bestattungsgeräten schwammen umher. Kannen und Krüge wogten durcheinander, und Korbflaschen kämpften verzweifelt mit Weiden- und Kürbisflaschen. Der Mann mit dem Katzenjammer ersoff auf der Stelle – der kleine steife Herr schwamm in seinem Sarg davon, und der siegreiche Bein ergriff die dicke Dame im

im Leichenhemd bei den Hüften, stürmte mit ihr auf die Straße und jagte auf kürzestem Weg zum Ankerplatz der »Frei und Licht«; hinter ihm drein segelte der furchtbare Hugo Tarpaulin, der, nachdem er zwei- bis dreimal kräftig geniest hatte, mit der Erzherzogin Ana-Pest auf den Armen daherkeuchte.

Wassergrube und Pendel

Impia tortorum longas hic turba furores
Sanguinis innocui, non satiata, aluit.
Sospite nunc patria, fracto nunc funeris antro,
Mors ubi dira fuit, vita salusque patent.
INSCHRIFT FÜR EIN MARKTTOR, DAS FÜR
DEN PLATZ DES JAKOBINER-HAUSES IN
PARIS BESTIMMT WAR

Ich war krank – erschöpft und todkrank infolge der
langen Todesangst –, und als man mir die Fesseln löste
und mir erlaubte niederzusitzen, fühlte ich, dass mir die
Sinne schwanden. Das Urteil, das entsetzliche Todes-
urteil war der letzte Ausspruch, den meine Ohren deutlich vernahmen. Hiernach schmolzen die Stimmen der
Richter in ein traumhaftes, ununterbrochenes Summen
zusammen, das in meiner Seele die Vorstellung eines
Kreislaufs erweckte – vielleicht weil es an das Sausen eines
Mühlrades erinnerte. Das dauerte nur kurze Zeit, denn
bald hörte ich nichts mehr. Doch *sah* ich noch eine Zeit
lang – aber in welch seltsamer, schrecklicher Verzerrt-
heit erschien mir alles! Ich sah die Lippen der schwarz-
gekleideten Richter. Sie erschienen mir weiß – weißer als
das Blatt, auf das ich diese Worte schreibe – und dünn

bis zur Groteske; dünn und grausam fest geschlossen, dünn in unbeweglicher Härte, in strenger Verachtung aller Menschenleiden. Ich sah, dass Aussprüche, die mein Schicksal bedeuteten, noch immer über diese Lippen kamen, sah, wie sie sich im Sprechen des Todesurteils verzerrten. Ich sah sie die Silben meines Namens bilden, und ich schauderte, weil kein Laut zu hören war. Ich sah auch für ein paar Augenblicke wahnsinnigen Schreckens das leise, kaum wahrnehmbare Schwanken der schwarzen Stoffe, mit denen die Wände des Gemachs bekleidet waren; und dann fiel mein Blick auf die sieben hohen Kerzen auf dem Tisch. Zuerst blickten sie mitleidig drein und glichen schlanken weißen Engeln, die mich retten würden. Doch dann – ganz plötzlich – wurde mein Geist todmüde, jeder Nerv in mir erbebte, als hätte ich den Draht einer galvanischen Batterie berührt; die Engelsgestalten wurden gleichgültige Gespenster, deren Kopf eine Flamme war, und ich sah, dass von ihnen keine Hilfe kommen konnte. Und dann stahl sich in meine Seele gleich einem vollen, tröstenden Akkord der Gedanke, wie köstlich die Ruhe im Grab sein müsse. Der Gedanke kam sanft und verstohlen, und es dauerte lange, bis er in voller Klarheit vor mir stand; doch gerade als mein Geist ihn ganz begriff, ihn gleichsam innig fühlte, verschwanden wie durch Zauberschlag die Richter vor meinen Blicken; die hohen Kerzen versanken ins Nichts, ihre Flammen loschen aus; schwarze Finsternis siegte; alle Empfindungen gingen unter in einem tollen, rasenden Sturz – als falle die Seele in den Hades. Dann war meine Welt nur Schweigen und Stille und Nacht.

Ich lag in Ohnmacht, doch kann ich nicht sagen, dass mein Bewusstsein geschwunden war. Wie viel davon noch blieb, versuche ich nicht zu enträtseln oder zu beschreiben; doch war nicht alles geschwunden. Im tiefsten Schlummer – nein! Im Delirium – nein! In Ohnmacht und Betäubung – nein! Im Tode – nein! Selbst im Grab ist nicht alles *Bewusstsein* geschwunden. Sonst gäbe es keine Unsterblichkeit. Aus dem tiefsten Schlummer erwachend, zerreißen wir das Spinngewebe eines Traums; aber eine Sekunde später – so zart ist das Gewebe oft – wissen wir schon nicht mehr, dass wir geträumt. Bei dem Erwachen aus einer Ohnmacht gibt es zwei Stadien: zuerst das Gefühl geistigen oder seelischen – dann das Bewusstsein körperlichen Daseins. Es ist wahrscheinlich, dass wir, falls es uns gelänge, im zweiten Zustand die Eindrücke des ersten zurückzurufen, diese Eindrücke voll fänden von Erinnerungen aus dem Abgrund des Jenseits. Und dieser Abgrund ist – was? Wie sollen wir seine Schatten von denen des Grabes unterscheiden? Wenn nun aber die Eindrücke dessen, was ich den ersten Zustand nannte, nicht willkürlich hervorgerufen werden können, kommen sie nicht – nach langer Pause oft – ungerufen und uns befremdend? Wer nie in Ohnmacht lag, der gehört nicht zu denen, die oft in der Kohlenglut seltsame Paläste und merkwürdig bekannte Gesichter erschauen; gehört nicht zu denen, die in der Luft düstere Visionen erblicken, die der Menge verborgen bleiben; gehört nicht zu denen, die über den Duft einer neuen Blume tiefsinnig grübeln; gehört nicht zu denen, deren Hirn sich nach dem geheimnisvollen Sinn irgendeiner musikalischen Strophe abmüht, die nie vorher ihre Aufmerksamkeit erregte.

Bei meinen häufigen bewussten Anstrengungen, mich zu erinnern, bei meinen gewaltsamen Mühen, irgendein Merkmal aus dem Zustand scheinbaren Nichtseins, in den meine Seele entglitten, ins klare Bewusstsein herüberzuretten, gab es Augenblicke, in denen ich ein Gelingen träumte; es gab kurze, sehr kurze Momente, in denen ich Erinnerungen heraufbeschwor, die mir in der hellen Vernunft späteren völligen Wachseins als unbedingt jenem Zustand scheinbarer Bewusstlosigkeit entstammend erschienen. Diese Schatten eines Erinnerns reden undeutlich von hohen Gestalten, die mich aufhoben und schweigend abwärts trugen, hinab – hinab – und tiefer hinab, bis ein furchtbares Schwindelgefühl mich erfasste bei dem bloßen Gedanken der Unendlichkeit des Niedergleitens. Sie reden auch von dumpfem Schreckgefühl im Herzen, weil dieses Herz so unnatürlich still war. Dann kommt ein Empfinden völliger Unbewegtheit aller Dinge, als ob die, die mich trugen – ein gespenstischer Zug – in ihrem Abwärtsdringen die Grenzen des Grenzenlosen überschritten hätten und nun ausruhten von der Mühsal ihres Werks. Hiernach erinnere ich mich an ein flach ausgestrecktes Liegen, an feuchten Dunst; und dann ist alles Wahnsinn – Wahnsinn eines Bewusstseins, das sich mit dem Unfassbaren, dem Verbotenen abmüht.

Ganz plötzlich empfand meine Seele wieder Bewegung und Klang: die stürmischen Schläge des Herzens – und in den Ohren ihren Widerhall. Dann eine Pause, in der alles nichts war. Dann wieder Klang und Bewegung und Gefühl, ein Prickeln durch den ganzen Körper. Dann das bloße Bewusstsein des Daseins, ohne jeglichen

Gedanken – ein Zustand, der lange dauerte. Dann, ganz plötzlich, das Denken und schaudernder Schrecken und ernstliches Mühen, meine wahre Lage zu erfassen. Dann ein gieriges Verlangen, in Fühllosigkeit zurückzusinken. Dann ein hastiges Neuerwachen der Seele und ein erfolgreicher Versuch zur Bewegung. Und nun ein volles Erinnern an das Verhör, an die Richter, an die düsteren Wandbehänge, an den Urteilsspruch, an die Ohnmacht. Dann völliges Vergessen alles Folgenden: alles dessen, was ein späterer Tag und eifriges Bemühen mir unklar wieder ins Gedächtnis rief.

Bis dahin hatte ich die Augen nicht geöffnet. Ich fühlte, dass ich ungefesselt auf dem Rücken lag. Ich streckte die Hand aus, und sie fiel schwer auf etwas Feuchtes und Hartes. Da ließ ich sie viele Minuten liegen, während ich versuchte, mir vorzustellen, wo und *was* ich wohl sei. Ich hätte gern die Augen geöffnet, aber ich wagte es nicht. Ich fürchtete den ersten Blick auf meine Umgebung. Es war nicht Furcht, etwas Entsetzliches zu erblicken, sondern das Grauen, *nichts* zu sehen. Endlich, mit wilder Verzweiflung im Herzen, öffnete ich schnell die Augen. Meine schlimmsten Ahnungen bestätigten sich. Schwarze, ewige Nacht umgab mich. Die Dichtigkeit der Finsternis lastete auf mir und ließ mich erstarren. Die Luft war unerträglich dumpf. Ich lag immer noch still und strengte mich an, meine Vernunft in Gang zu bringen. Ich rief mir den Verlauf der Gerichtsverhandlung ins Gedächtnis zurück und versuchte von da aus meine jetzige Lage abzuleiten. Das Urteil war gesprochen, und es schien mir, als sei seitdem eine lange Zeit vergangen. Dennoch nahm ich keinen

Augenblick an, dass ich tot sei. Solch eine Vorstellung ist, was auch darüber geschrieben sein mag, völlig unvereinbar mit dem wirklichen Leben. Doch wo und in welcher Verfassung war ich? Ich wusste, die zum Tode Verurteilten endeten in einem Autodafé, und ein solches war in der Nacht, die meiner Verurteilung folgte, abgehalten worden. War ich in den Kerker geführt worden, um die nächste Hinopferung abzuwarten, die erst in einigen Monaten stattfinden würde? Das konnte nicht sein. Es war geradezu ein Mangel an Opfern gewesen. Auch entsann ich mich, dass mein Kerker, wie alle Gefängniszellen in Toledo, einen Steinboden hatte und nicht ganz ohne Lichtzutritt war.

Ein fürchterlicher Gedanke trieb plötzlich mein Blut in Wogen zum Herzen, und für kurze Zeit sank ich von Neuem in Bewusstlosigkeit. Als ich mich erholt hatte, sprang ich sofort auf die Füße; jeder Nerv in mir zuckte. Ich streckte die Arme in die Höhe und rundum nach allen Seiten. Ich fühlte nichts und fürchtete dennoch, einen Schritt zu machen, aus Angst, an die Mauern eines *Grabes* zu stoßen. Der Angstschweiß brach mir aus allen Poren und stand in großen kalten Tropfen auf meiner Stirn.

Die Angst der Ungewissheit wurde schließlich unerträglich, und ich bewegte mich vorsichtig mit ausgebreiteten Armen vorwärts; meine Augen drangen fast aus ihren Höhlen; so gierig hoffte ich, einen schwachen Lichtstrahl zu erhaschen. Ich machte viele Schritte vorwärts, doch noch immer war alles Finsternis und Leere. Ich atmete freier. Es war offenbar, dass meiner wenigstens nicht das scheußlichste Geschick harrte.

Und nun, während ich mich vorsichtig weitertastete, drängten sich tausend unbestimmte Gerüchte über die Schrecken von Toledo meinem Gedächtnis auf. Seltsame Geschichten waren über die Kerker in Umlauf – unwahr hatte ich sie immer genannt – aber sie waren furchtbar und so grausig, dass man nur im Flüsterton davon reden konnte. Hatte man mich für den Hungertod in dieser ewigen unterirdischen Nacht bestimmt; oder welches vielleicht noch grässlichere Schicksal erwartete mich? Dass das Ende Tod sein würde, und zwar ein Tod von mehr als gewöhnlicher Bitternis, schien mir, der ich den Charakter meiner Richter kannte, gewiss. Die Art und die Stunde des Sterbens waren das Einzige, was mich noch beschäftigte und beunruhigte.

Meine ausgestreckten Hände fanden endlich ein festes Hemmnis. Es war eine Mauer – sehr glatt, schlüpfrig und kalt. Ich folgte ihr mit all der misstrauischen Vorsicht, die gewisse Berichte uralter Begebenheiten in mir erweckt hatten. Dieses Vorgehen brachte mir aber keinen Aufschluss über den Umfang meines Kerkers; denn ich konnte, ohne es zu wissen, seinen ganzen Umkreis umschritten haben und wieder am Ausgangspunkt angelangt sein – so glatt und gleichmäßig schien die Mauer. Ich suchte daher nach dem Messer, das sich in meiner Tasche befunden hatte, als man mich in das Untersuchungszimmer geführt; es war fort. Man hatte meine Kleider gegen eine Umhüllung aus grober Wolle vertauscht. Ich hatte beabsichtigt, die Klinge in irgendeinen feinen Spalt des Mauerwerks zu stoßen, um so einen Ausgangspunkt festzustellen. Dies war übrigens nicht so schwierig, als es mir anfangs in meiner Sinnesverwirrung erschien. Ich riss ein Stückchen von meinem

Kleidersaum und legte den Fetzen in voller Länge recht-winklig zur Mauer auf den Boden. Wenn ich meinen Weg rund um mein Gefängnis machte, musste ich selbstredend bei Vollendung des Umkreises wieder auf den Fetzen stoßen. So dachte ich wenigstens. Aber ich hatte weder mit der Ausdehnung des Kerkers noch mit meiner eigenen Schwäche gerechnet. Der Boden war feucht und schlüpfrig. Ich war eine Zeit lang vorwärts getappt, als ich strauchelte und fiel. Meine ungeheure Müdigkeit zwang mich, aus-gestreckt liegen zu bleiben, und bald befiel mich in dieser Lage der Schlaf.

Als ich erwachte und den Arm ausstreckte, fand ich neben mir ein Stück Brot und einen Krug Wasser. Ich war zu erschöpft, um über diesen Umstand nachzudenken; sofort aß und trank ich gierig. Bald darauf vollendete ich meinen Rundgang in dem Gefängnis und kam nach vieler Mühe wieder bei dem Wollfetzen an. Bis zu dem Augen-blick, da ich hinfiel, hatte ich zweiundfünfzig Schritte gezählt, und als ich nun meinen Gang fortsetzte, zählte ich achtundvierzig, bis ich bei meinem Zeichen wieder ankam. Das ergab zusammen hundert Schritt, und indem ich je zwei Schritt als einen Meter rechnete, schloss ich, dass mein Kerker einen Umfang von fünfzig Metern habe. Doch ich hatte eine Menge Winkel in der Mauer gefunden und konnte mir daher keine Vorstellung über die Form der Gruft bilden – denn eine Gruft war es nach meinem Dafürhalten.

Ich fand wenig Sinn – jedenfalls keine Hoffnung – in diesen Nachforschungen, aber eine unbestimmte Neugier veranlasste mich, sie fortzusetzen. Ich verließ die Wand und beschloss, den Raum zu durchqueren. Zuerst ging ich mit äußerster Vorsicht voran, denn obgleich der Boden anscheinend aus festem Material war, war er doch äußerst schlüpfrig. Endlich aber fasste ich Mut und zögerte nicht, sicher auszuschreiten, wobei ich mich bemühte, in möglichst gerader Linie hinüberzugelangen. Auf diese Weise war ich zehn oder zwölf Schritt vorwärtsgekommen, als der zerrissene Saum meines Gewandes sich in meinen Füßen verfing. Ich trat darauf und fiel mit voller Gewalt vornüber zu Boden.

In der ersten Verwirrung bemerkte ich nicht sogleich einen befremdenden Umstand, der jetzt, ein paar Sekunden später und während ich noch ausgestreckt dalag, meine Aufmerksamkeit erregte. Es war Folgendes: Mein Kinn ruhte auf dem Boden des Kerkers, meine Lippen aber und der obere Teil des Kopfes, die meinem Gefühl nach tiefer lagen als das Kinn, *berührten nichts*. Gleichzeitig schien meine Stirn in klebrigen Dämpfen zu baden, und der unverkennbare Geruch verwesender Schwämme drang mir in die Nase. Ich streckte den Arm aus und schauderte, als ich fand, dass ich genau am Rand einer kreisrunden Schachtöffnung hingefallen war, deren Umkreis festzustellen natürlich gegenwärtig nicht in meiner Macht lag. Es gelang mir, von dem feuchten Mauerrand ein Steinchen loszubröckeln; ich ließ es in den Abgrund fallen. Viele Sekunden lang horchte ich dem Widerhall, den sein Anschlagen an die Seitenwände verursachte; endlich hörte ich ein dumpfes Aufklatschen in Wasser, dem ein vielfältiges Echo folgte. Im selben Augenblick ertönte ein Geräusch wie das rasche Öffnen und Wiederzuschlagen einer Tür mir zu Häupten, während ein schwacher Licht-schimmer durch das Dunkel huschte und ebenso schnell wieder verschwand.

Ich erkannte, welches Los man mir zugedacht hatte, und beglückwünschte mich zu dem rechtzeitigen Unfall, der mich rettete. Noch einen Schritt weiter vor meinem Sturz – und die Welt hätte mich nicht wiedergesehen! Die Form der Urteilsvollstreckung, der ich soeben durch einen Zufall entronnen war, entsprach ganz den mir bekannten Berichten über die Inquisition, die ich jedoch stets als Erfindung und alberne Übertreibung angesehen hatte. Ihren Opfern blieb nur die Wahl zwischen Sterben unter entsetzlichen Körperqualen und Sterben unter unerhörten Geistesschrecken. Mich hatte man für letztere aufbewahrt. Durch lange Leiden waren meine Nerven so zerrüttet, dass ich beim Klang meiner eigenen Stimme erbebte und in jeder Hinsicht ein geeignetes Objekt für die auserlesenen Martern geworden war, die man mir zugedacht.

An allen Gliedern zitternd tastete ich meinen Weg zur Mauer zurück. Ich war entschlossen, lieber dort zu sterben, als mich in die Schrecken der Grube zu wagen; meine Fantasie malte sich jetzt aus, dass ihrer viele hier im Raum verteilt seien. In anderer Seelenverfassung hätte ich vielleicht den Mut gehabt, mein Elend durch einen Sprung in solch einen Abgrund zu enden, jetzt aber war ich der Feigste der Feigen. Auch konnte ich nicht vergessen, was ich über diese Brunnen gelesen: dass das *sofortige* Auslöschen des Lebens keineswegs in der Absicht derer lag, die diese entsetzlichen Wassergruben angelegt hatten.

Die Seelenaufregung hielt mich viele lange Stunden wach. Schließlich aber schlief ich wieder ein. Als ich erwachte, fand ich wie vorher ein Stück Brot und einen Krug voll Wasser neben mir. Brennender Durst erfasste mich, und ich leerte das Gefäß auf einen Zug. Dem Wasser musste ein Schlafmittel beigemengt sein, denn kaum hatte ich es getrunken, als mich unwiderstehliche Schlafsucht befiel. Ich sank in tiefen Schlummer, in eine Art Todesschlummer. Wie lange er währte, weiß ich natürlich nicht, als ich aber wieder die Augen öffnete, waren die Dinge um mich her sichtbar. Ein seltsamer schwefliger Glanz, dessen Ursprung ich zunächst nicht feststellen konnte, gestattete mir, den Umfang und das Aussehen meines Kerkers wahrzunehmen.

In seiner Größe hatte ich mich gewaltig geirrt. Die ganze Mauerrundung umfasste nicht mehr als fünfundzwanzig Meter. Minutenlang verursachte mir diese Tatsache eine Welt von überflüssiger Beunruhigung; wirklich ganz überflüssig, denn was war unter den Schrecken, die mich umgaben, bedeutungsloser als der Umfang meiner Zelle? Doch meine Seele nahm ein merkwürdiges Interesse an Kleinigkeiten, und ich plagte mich sehr, den Irrtum aufzudecken, der mich zu so falscher Messung veranlasst hatte. Endlich fand ich die Ursache. Bei meinem ersten Versuch zur Erforschung des Raumes hatte ich bis zu meinem Hinfallen zweiundfünfzig Schritt gezählt; ich musste damals nur noch zwei oder drei Schritt von dem Wollstreifen entfernt gewesen sein und also den Umkreis beinahe vollendet gehabt haben. Dann schlief ich ein, und nach dem Erwachen muss ich meine Schritte rückwärts gelenkt haben, das heißt ich durchmaß nochmals die vorher bereits zurückgelegte Strecke und berechnete so den Umfang doppelt so groß, als er tatsächlich war. Meine Geistesverwirrung war schuld, dass es mir nicht auffiel, dass ich bei Beginn des Rundgangs die Mauer links, bei der Fortsetzung dagegen rechts gehabt hatte.

Auch über die Form des Gefängnisses hatte ich mich getäuscht. Beim Abtasten der Mauer hatte ich viele Winkel gefunden und so den Eindruck großer Unregelmäßigkeit erhalten – so sehr kann völlige Dunkelheit jenen täuschen, der aus Ohnmacht oder Schlaf erwacht! Die Winkel waren nichts als leichte Vertiefungen, die der Zahn der Zeit in unregelmäßigen Zwischenräumen in die Mauer gefressen hatte. Die Grundform des Gefängnisses war ein Viereck. Was ich zuerst für Steinmauern gehalten, schien mir jetzt Eisen oder sonst ein Metall zu sein, dessen große Platten da, wo sie aneinandergenietet waren, die leichten Vertiefungen bildeten. Die ganze Fläche dieser erzenen Wände war mit groben Zeichnungen bemalt, mit all den abscheulichen und abstoßenden Darstellungen, wie der Aberglaube der Mönche sie erfunden. Drohende Teufelsfratzen auf Totenskeletten und andere noch viel grässlichere Gestalten bedeckten und verunzierten die Wände. Ich stellte fest, dass die Umrisse dieser Ungeheuerlichkeiten ziemlich klar, die Farben dagegen, anscheinend infolge der Einwirkung einer feuchten Atmosphäre, verblichen und fleckig waren. Ich betrachtete nun auch den Fußboden, der von Stein war. In seiner Mitte gähnte das runde Brunnenloch, dessen Schlund ich entronnen; es war indes nur dieses einzige im Kerker.

Nur undeutlich und mit vieler Mühe konnte ich dies alles erblicken, denn während meines Schlafes hatte sich meine Lage sehr verändert. Ich lag jetzt lang ausgestreckt auf einer Art niedrigem Holzrahmen. Ich lag auf dem Rücken und war mit einem langen Riemen, der einem Sattelgurt glich, an das Holz festgebunden. Der Riemen war mir viele Mal um Leib und Glieder geschlungen und ließ nur dem Kopf und dem linken Arm so viel Bewegungsfreiheit, dass ich mich mit vieler Anstrengung aus einer irdenen Schüssel am Boden mit Nahrung versehen konnte. Ich sah zu meinem Entsetzen, dass man den Krug fortgenommen hatte; ich sage: zu meinem Entsetzen, denn ich war von unerträglichem Durst geplagt. Diesen Durst zu erwecken, schien in der Absicht meiner Peiniger zu liegen, denn das mir gebotene Mahl bestand aus scharfgewürztem Fleisch.

Aufwärts blickend betrachtete ich die Decke meines Gefängnisses. Sie war etwa dreißig bis vierzig Fuß hoch und aus demselben Material wie die Seitenwände. Auf einem der Deckenfelder erregte eine sonderbare Figur meine ganze Aufmerksamkeit. Es war eine gemalte Gestalt der *Zeit*, so wie sie gewöhnlich dargestellt wird, nur dass sie anstatt der Sichel etwas in Händen hielt, was ich auf den ersten Blick als ein gemaltes Pendel ansah, dergleichen man oft auf alten Uhren findet. Dennoch war da etwas in der Erscheinung des Instruments, was mich veranlasste, es aufmerksamer zu betrachten. Während ich nun senkrecht hinaufstarrte – denn es befand sich genau über mir – bildete ich mir ein, dass es sich bewege. Eine Minute später bestätigte sich meine Einbildung. Seine Schwingungen waren kurz und selbstredend langsam. Ich beobachtete es einige Minuten etwas ängstlich, doch vor allem verwundert. Schließlich ermüdeten mich aber die langsamen Bewegungen, und ich wandte meine Blicke anderen Dingen zu.

Ein leises Geräusch erregte meine Aufmerksamkeit; ich sah auf den Boden und gewahrte mehrere riesenhafte Ratten. Sie waren aus dem Brunnen gekommen, der rechter Hand gerade meinen Blicken sichtbar war. Noch während ich hinstarrte, kamen sie scharenweise und hastig herauf, und ihre Augen suchten gierig nach dem Fleisch, das sie gerochen. Es bedurfte vieler Mühe und Aufmerksamkeit, sie von der Schüssel fernzuhalten.

Es mochte eine halbe Stunde vergangen sein, vielleicht sogar eine ganze Stunde – denn ich konnte die Zeit nur unvollkommen berechnen –, als ich meine Augen wieder aufwärts wandte. Was ich nun sah, verwunderte und entsetzte mich. Die Schwingungen des Pendels hatten an Ausdehnung fast um einen Meter zugenommen. Als natürliche Folge war auch die Schnelligkeit viel größer; was mich aber hauptsächlich beunruhigte, war die Tatsache, dass es sich merklich *herabgesenkt* hatte. Ich bemerkte jetzt mit namenlosem Schrecken, dass sein unterer Teil in einem Halbmond aus blitzendem Stahl bestand, der von einem Horn zum andern etwa einen Fuß maß; die Hörner waren nach oben gerichtet, und die untere Kante schien scharf wie ein Rasiermesser. Das Pendel schien auch so massiv und schwer wie ein solches, denn es verdickte sich nach oben zusehends. Es hing an einem dicken Messingstab, und das Ganze zischte beim Durchschneiden der Luft.

Ich konnte nicht länger zweifeln, welche neue Todesmarter die in Grausamkeiten so erfinderischen Mönche für mich ausgewählt hatten. Es war den Knechten der Inquisition nicht entgangen, dass ich den Brunnen entdeckt hatte – den Brunnen, dessen Schrecken für mich verstockten Ketzer bestimmt gewesen – den Brunnen, diesen Höllenpfuhl, von dem das Gerücht ging, dass er das schlimmste aller ihrer Marterinstrumente sei. Dem Sturz in den Brunnen war ich durch einen bloßen Zufall entronnen, und ich wusste, dass zum Wesen dieser schauerlichen Kerkertode eine Geißelung durch immer wieder neue Schrecken gehörte. Da ich dem Sturz entgangen war, hatten meine Henker, die mich nicht etwa gewaltsam hinabstürzen würden, von jenem teuflischen Plan Abstand genommen, und es erwartete mich also eine andere, mildere Todesart. Milder! Ich musste trotz meines Grauens über diese Bezeichnung lächeln.

Was nützt es, die langen, langen Stunden übermenschlichen Entsetzens zu schildern, in denen ich die sausenden Schwingungen des scharfen Stahls zählte! Zoll um Zoll – Linie um Linie – mit einer allmählichen Senkung, die nur in großen Zwischenräumen, die mir wie Jahre schienen, zu bemerken war – kam es herab und immer tiefer herab! Tage vergingen – es können viele Tage gewesen sein – ehe es so dicht über mich hinfegte, dass mich sein heißer Atem fächelte. Der Geruch des scharfen Stahls drang mir in die Nase. Ich betete – ich beschwor den Himmel, ein schnelleres Ende zu machen. Ich wurde toll und rasend und strengte mich an, soviel ich konnte, um mich dem Schwung der fürchterlichen Schneide entgegenzuheben.

Und dann wurde ich plötzlich ruhig und lag und lächelte auf zu dem glitzernden Tod, wie ein Kind wohl ein seltsames Spielzeug anlächelt.

Wieder befiel mich Bewusstlosigkeit; sie dauerte nicht lange, denn als ich wieder zu mir kam, war keine wesentliche Senkung des Pendels zu bemerken. Sie konnte allerdings trotzdem lange gedauert haben, denn ich wusste, dass die Teufel mich beobachteten und die Schwingungen nach Willkür gehemmt haben konnten. Nach meinem Wiedererwachen fühlte ich mich – o!, unaussprechlich schwach und elend, als hätte ich lange gehungert. Selbst inmitten solcher Todesqualen verlangte die Natur ihre Rechte. Mit schmerzvoller Anstrengung streckte ich den linken Arm aus, so weit es meine Fesseln erlaubten, und ergriff den kleinen Rest der Speise, den mir die Ratten noch übrig gelassen hatten. Als ich ein Stückchen in den Mund schob, durchzuckte es mich wie eine Ahnung von Freude – von Hoffnung. Dennoch, welchen Grund hatte ich zur Hoffnung? Es war, wie ich sagte, nur eine Ahnung, ein halber Gedanke, wie er den Menschen manchmal überkommt, aber ich fühlte auch, dass sich dies Empfinden zu keinem klaren Begriff formen ließ. Vergebens mühte ich mich darum; langes Leiden hatte meine Geisteskräfte untergraben. Ich war ein Dummkopf, ein Idiot.

Die Schwingungen des Pendels liefen rechtwinklig zu meiner Körperlage. Ich sah, dass der Halbmond bestimmt war, mir quer durchs Herz zu schneiden. Er würde den Stoff meines Kleides schlitzen; er würde zurückschwingen und den Schnitt wiederholen – wieder und wieder. Ungeachtet seiner schrecklich weiten Schwingung (einige dreißig Fuß

oder mehr) und der pfeifenden Gewalt im Niedersausen, die wohl sogar diese Eisenwände zu durchschneiden vermochte, würde das Pendel doch minutenlang nur meine Kleider schlitzen; und bei diesem Gedanken hielt ich inne. Ich wagte nicht weiterzudenken. Ich prüfte ihn mit hartnäckiger Aufmerksamkeit – als ob ich bei dem Verweilen gerade hier den Stahl aufhalten könnte. Ich zwang mich, mir den Ton auszumalen, mit dem der Halbmond das Gewand durchschneiden würde – das eigentümlich fröstelnde Empfinden, das das Zerschneiden von Stoff auf unsere Nerven auszuüben pflegt. Ich grübelte über alle diese Kleinigkeiten, bis meine Zähne klapperten.

Nieder – langsam und stetig kroch es nieder! Ich fand ein wahnsinniges Vergnügen darin, die Schnelligkeit der Schwingungen nach oben und nach unten miteinander zu vergleichen. Nach rechts – nach links – auf und ab – mit dem Kreischen einer verdammten Seele! Los auf mein Herz mit dem schleichenden Schritt des Tigers! Ich lachte und heulte abwechselnd, je nachdem die eine oder andere Vorstellung in mir die Oberhand gewann.

Nieder – nieder ohne Erbarmen! Nur noch drei Zoll über meiner Brust sauste es dahin. Ich mühte mich wild – rasend – um meinen linken Arm ganz freizubekommen; er war nur vom Ellbogen bis zur Hand frei. Letztere konnte ich mit großer Anstrengung vom Teller neben mir zum Mund führen, weiter aber nicht. Hätte ich die Gurte über dem Ellbogen sprengen können, so würde ich das Pendel erfasst und versucht haben, es zum Stehen zu bringen. Gerade so gut hätte ich versuchen können, eine Lawine aufzuhalten!

Nieder – unaufhaltsam – unerbittlich nieder! Der Atem versagte mir, und ein Krampf schüttelte mich bei jeder Schwingung. Meine Augen folgten der Aufwärtsbewegung mit dem Eifer sinnlosester Verzweiflung; sie schlossen sich krampfhaft beim Niedersausen, obgleich Tod eine unaussprechliche Erlösung gewesen wäre. Und dennoch erbebte ich in jedem Nerv bei dem Gedanken, welch eines geringen Sinkens der Maschinerie es noch bedurfte, um den scharfen, gleißenden Stahl durch meine Brust zu treiben. Es war *Hoffnung*, die meine Nerven erschauern – meinen Körper zusammenzucken ließ. Es war Hoffnung – Hoffnung, die über die Foltern triumphierte – die selbst den zum Tode Verurteilten in den Kerkern der Inquisition von neuem Leben raunt.

Ich sah, dass weitere zehn oder zwölf Schwingungen den Stahl nun tatsächlich in Berührung mit meinen Kleidern bringen würden, und bei dieser Beobachtung überkam meinen Geist ganz plötzlich die klare, gesammelte Ruhe der Verzweiflung. Zum ersten Mal seit vielen Stunden oder vielleicht Tagen *dachte* ich. Ich gewahrte jetzt, dass die Riemen oder Gurte, die mich umschlangen, aus einem einzigen Stück bestanden. Ich war nirgends mit einem besonderen Seil festgebunden. Der erste Schnitt des rasiermesserscharfen Halbmonds würde also meine gesamten Fesseln derart lösen, dass ich sie mithilfe meiner linken Hand abwinden konnte. Doch wie gefahrvoll war in diesem Fall die Schärfe des Stahls! Die Folge des geringsten Aufbäumens war der Tod. War übrigens anzunehmen, dass meine Marterknechte jene Möglichkeit nicht vorausgesehen und ihr vorgebeugt hatten? War es wahrscheinlich, dass die Fesseln gerade an der Stelle meine Brust kreuzten, die das Pendel berühren würde? Besorgt, meine schwache und, wie es schien, letzte Hoffnung zerstört zu sehen, hob ich den Kopf so hoch, dass ich meine Brust deutlich überblicken konnte. Die Gurte umwanden Glieder und Körper nach allen Richtungen – *nur nicht in der Schnittbahn des zerstörenden Pendels!*

Kaum war mein Kopf in seine frühere Lage zurückgesunken, als in meiner Seele etwas aufleuchtete, was ich nicht anders bezeichnen kann, als dass ich es die zweite Hälfte jenes vorerwähnten Gedankens an Befreiung nenne, der mir damals, als ich die Speise an die Lippen führte, nur unklar vorgeschwebt. Jetzt hatte sich der ganze Gedanke klar geformt – zaghaft, unsicher, kaum fassbar – aber dennoch klar und ganz. Ich begann sofort mit der Willenskraft der Verzweiflung an seine Ausführung zu gehen.

Seit vielen Stunden wimmelten die Ratten um den niedrigen Holzrahmen, auf dem ich lag. Sie waren wild, frech, zudringlich, ihre roten Augen glühten mich an, als warteten sie nur darauf, dass ich mich nicht mehr rührte, um über mich herzufallen. An welche Nahrung, dachte ich, mochten sie im Brunnenloch gewöhnt gewesen sein?

Trotz aller meiner Anstrengungen, sie davon abzuhalten, hatten sie den Inhalt meines Speisenapfes bis auf einen geringen Rest aufgezehrt. Ich hatte die Hand unausgesetzt über dem Napf hin und her geschwenkt, und schließlich hatte die unbewusste Gleichmäßigkeit der Bewegung diese ihrer Wirkung beraubt. In seiner Habgier hatte das Ungeziefer häufig seine scharfen Zähne in meine Finger geschlagen. Mit den Stückchen des fettigen und stark gewürzten Fleisches, das mir noch geblieben, rieb ich nun die Gurte überall da ein, wo sie mir erreichbar waren; dann zog ich die Hand zurück und lag atemlos still.

Zuerst waren die raubgierigen Tiere darüber, dass die Bewegung der Hand aufgehört hatte, verblüfft und erschreckt. Sie flohen in Scharen zurück; viele eilten zum Brunnen. Doch nur für einen Augenblick. Ich hatte nicht umsonst auf ihre Gefräßigkeit gerechnet. Als sie bemerkten, dass ich regungslos verharrte, sprangen ein oder zwei der kühnsten auf den Holzrahmen und schnüffelten an den Gurten. Dies schien das Signal zu einem allgemeinen Sturm. Aus dem Brunnen ergoss es sich in neuen Schwärmen. Sie klammerten sich ans Holz, stürzten darüber her und sprangen zu Hunderten auf mich herauf. Das gleichmäßige Schwingen des Pendels störte sie nicht im Mindesten. Seinen Streichen ausweichend, befassten sie sich mit den eingefetteten Gurten; sie stürmten mich, sie ergossen sich auf mich in immer neuen Scharen; sie krochen über meinen Hals; ihre kalten Lippen suchten die meinen; der immer zunehmende Druck erstickte mich fast. Ein Ekel, für den es keine Worte gibt, hob meine Brust und legte sich wie eisige Klammern um mein Herz. Doch ich fühlte: noch eine Minute – und der Kampf war zu Ende! Deutlich empfand ich, wie sich die Fesseln lockerten. Ich wusste, dass sie an mehr als einer Stelle schon zernagt sein mussten. Mit übermenschlicher Willenskraft lag ich still.

Ich hatte mich in meiner Berechnung nicht geirrt, ich hatte nicht umsonst ausgehalten. Ich fühlte endlich, dass ich *frei* war. Die Gurte hingen in Fetzen um meinen Leib. Aber das schwingende Pendel berührte schon meine Brust.

Es hatte den Stoff meines Kleides geschlitzt. Es hatte das Hemd durchschnitten. Zwei weitere Schwingungen machte es, und ein stechender Schmerz zuckte mir durch alle Nerven. Aber der Augenblick der Befreiung war gekommen. Auf einen schnellen Wink mit der Hand jagten meine Befreier entsetzt von dannen. Ruhig und vorsichtig, mich seitwärts zusammenkrümmend, entglitt ich langsam den umschlingenden Bändern und dem Bereich der stählernen Schneide. Für den Augenblick wenigstens *war ich frei.*

Frei! – Und in den Klauen der Inquisition! Ich war kaum von meinem hölzernen Marterbett auf den Steinboden der Zelle getreten, als die Bewegung der Höllenmaschine aufhörte und ich gewahrte, wie sie von irgendeiner unsichtbaren Kraft zur Decke emporgezogen wurde. Das war eine Lehre, die mir verzweifelt zu Herzen ging. Jede meiner Bewegungen wurde offenbar überwacht. Frei! – Ich war nur einer Todesart entgangen, um nun vielleicht Schlimmeres als Tod zu finden. Bei diesem Gedanken prüften meine angstvollen Blicke die Eisenwände, die mich einschlossen. Irgendetwas Ungewöhnliches – eine Veränderung, die ich zunächst nicht genau feststellen konnte – hatte unverkennbar hier stattgefunden. Viele Minuten lang quälte ich mich in tiefer Versonnenheit mit vergeblichen Vermutungen. In dieser Zeit gewahrte ich zum ersten Mal die Quelle des schwefligen Scheins, der meine Zelle erhellte. Er drang aus einem Spalt von etwa einem halben Zoll Breite, der am Boden der Kerkerwände um den ganzen Raum lief und so Wände und Fußboden völlig trennte. Ich versuchte natürlich vergeblich, durch diese Fuge hinunterzuspähen.

Als ich mich nach diesem Versuch wieder erhob, begriff ich auf einmal die geheimnisvolle Veränderung des Raums. Ich erwähnte schon, dass die Konturen der auf den Wänden befindlichen Darstellungen deutlich hervortraten, dass aber die Farben verblasst und unklar schienen. Diese Farben erstrahlten jetzt von Augenblick zu Augenblick in immer stärker werdendem Glanz, der den gespenstischen Teufelsfratzen ein Aussehen gab, das auch stärkere Nerven als meine angegriffen haben dürfte. Seltsam gespensterhafte Augen glotzten mich von tausend Seiten an – Augen, die vorher gar nicht dagewesen waren – und glühten im schauerlichen Glanz eines Feuers, das hinter den Wänden flammen musste, so sehr ich mir auch einzureden suchte, es bestände nur in meiner Einbildung.

Einbildung! Bei jedem Atemzug drang in meine Nase der Dunst von glühendem Eisen. Ein erstickender Geruch beherrschte den ganzen Raum. Immer tiefer erglühten die tausend Augen, die meines Todeskampfes harrten. Ein satteres Karmin ergoss sich über die blutigen Gemälde. Ich keuchte. Ich rang nach Atem. An der Absicht meiner Peiniger war nicht zu zweifeln – o erbarmungslose, o satanische Menschen! Ich flüchtete vor dem glühenden Metall in die Mitte der Zelle. Gegenüber der Vernichtung durch das Feuer, die meiner wartete, erschien mir der Gedanke an die Kühle des Brunnens wie lindernder Balsam. Ich eilte an seinen gefahrvollen Rand; ich spähte gespannt hinunter. Der Glutschein von der glühenden Decke erleuchtete seine verborgensten Winkel. Dennoch – eine verzweifelte Minute lang – sträubte sich mein Geist, den Sinn dessen zu erfassen, was ich da unten sah. Doch endlich zwang – wand es sich in meine Seele – brannte es sich ein in meinen schaudernden Verstand. O entsetzliches Begreifen! O wortloser Ekel! – O Grauen über alles Maß! – »Alle anderen Schrecken, nur nicht diese!«, ächzte ich und stürzte schreiend vom Brunnenrand fort; ich vergrub das Gesicht in die Hände und weinte bitterlich.

Die Hitze nahm rasch zu, und wiederum hob ich den Blick, halb wahnsinnig, zur Decke. Eine neue Veränderung hatte sich vollzogen – eine Veränderung in der Form der Zelle. Wie vorher war es vergeblich, dass ich mich bemühte, den Vorgang zu begreifen und einzusehen, was damit beabsichtigt war. Doch nicht lange ließ man mich in Zweifel. Zweimal war ich dem Tode entronnen, die Rachsucht der Inquisitoren war aufs Äußerste angestachelt, man zögerte nicht, mich nun gewaltsam mit dem König der Schrecken bekannt zu machen. Der Raum war quadratisch gewesen. Jetzt sah ich, dass zwei seiner Eisenecken spitzwinklig, die anderen folglich stumpfwinklig geworden waren. Die schreckliche Veränderung ging mit leisem Knarren immer weiter vorwärts. Einen Augenblick später hatte der Raum die Gestalt eines schiefen Vierecks. Aber die Bewegung hielt hier nicht inne – ich hoffte und wünschte dies nicht einmal. Ich hätte die rotglühenden Wände an meine Brust ziehen mögen wie ein Gewand ewiger Ruhe. »Tod!«, sagte ich. »Willkommen jeder Tod, nur nicht der im Brunnen!« Narr, der ich war! Musste ich nicht wissen, dass es der einzige Zweck des brennenden Eisens war, *mich in den Brunnen zu drängen*? Konnte ich denn der Glut Widerstand leisten? Und wenn ich es gekonnt – musste ich nicht seiner pressenden Kraft nachgeben? Und jetzt –

enger und immer enger schob sich das Viereck zusammen mit einer Schnelligkeit, die mir keine Zeit zum Überlegen ließ. Seine Mitte und also auch sein weitester Raum bildete sich genau über dem gähnenden Abgrund. Ich wich zurück – aber die schließenden Wände pressten mich Schritt um Schritt vorwärts. Endlich gab es für meinen wunden, zuckenden Körper keinen Zoll Raum mehr auf dem festen Boden. Ich kämpfte nicht länger, aber die Todesangst meiner Seele schrie auf in einem einzigen langen, lauten, verzweifelten Schrei. Ich fühlte, wie ich auf dem Brunnenrand wankte – ich wandte die Augen ab –

Ein verworrenes Geräusch wie von Menschenstimmen! Ein lauter Ton wie gewaltiger Trompetenstoß! Ein Dröhnen und Krachen wie tausendfacher Donner! Die feurigen Wände wichen zurück! Ein Arm packte den meinigen, als ich ohnmächtig in den Abgrund zu fallen drohte. Es war der Arm des Generals Lasalle. Die französische Armee war in Toledo eingezogen. Die Inquisition befand sich in den Händen ihrer Feinde.

Die Maske des Roten Todes

Lange schon wütete der Rote Tod im Land; nie war eine Pest verheerender, nie eine Krankheit grässlicher gewesen. Blut war der Anfang, Blut das Ende – überall das Rot und der Schrecken des Blutes. Mit stechenden Schmerzen und Schwindelanfällen setzte es ein, dann quoll Blut aus allen Poren, und das war der Beginn der Auflösung. Die scharlachroten Tupfen am ganzen Körper der unglück-lichen Opfer – und besonders im Gesicht – waren des Roten Todes Bannsiegel, das die Gezeichneten von der Hilfe und der Teilnahme ihrer Mitmenschen ausschloss; und alles, vom ersten Anfall bis zum tödlichen Ende, war das Werk einer halben Stunde.

Prinz Prospero aber war fröhlich und unerschrocken und weise. Als sein Land schon zur Hälfte entvölkert war, erwählte er sich unter den Rittern und Damen des Hofes eine Gesellschaft von tausend heiteren und leichtlebigen Kameraden und zog sich mit ihnen in die stille Abge-schiedenheit einer befestigten Abtei zurück. Es war dies ein ausgedehnter prächtiger Bau, eine Schöpfung nach des Prinzen eigenem exzentrischen, aber vornehmen Geschmack. Das Ganze war von einer hohen, mächtigen Mauer umschlossen, die eiserne Tore hatte. Nachdem die Höflingsschar dort eingezogen war, brachten die Ritter Schmelzöfen und schwere Hämmer herbei und schmiedeten die Riegel der Tore fest. Es sollte weder für die draußen wütende Verzweiflung noch für ein etwaiges törichtes Verlangen der Eingeschlossenen eine Tür offen sein. Da die Abtei mit Proviant reichlich versehen war und alle erdenklichen Vorsichtsmaßregeln getroffen worden waren, glaubte die Gesellschaft der Pestgefahr Trotz bieten zu können. Die Welt da draußen mochte für sich selbst sorgen! Jedenfalls schien es unsinnig, sich vorläufig bangen Gedanken hinzugeben. Auch hatte der Prinz für allerlei Zerstreuungen Sorge getragen. Da waren Gaukler und Komödianten, Musikanten und Tänzer – da war Schönheit und Wein. All dies und dazu das Gefühl der Sicherheit war drinnen in der Burg – draußen war der Rote Tod.

Im fünften oder sechsten Monat der fröhlichen Zurückgezogenheit versammelte Prinz Prospero – während draußen die Pest noch mit ungebrochener Gewalt raste – seine tausend Freunde auf einem Maskenball von unerhörter Pracht. Reichtum und zügellose Lust herrschten auf dem Fest. Doch ich will zunächst die Räumlichkeiten schildern, in denen das Fest abgehalten wurde.

Es waren sieben wahrhaft königliche Gemächer. Im Allgemeinen bilden in den Palästen solche Festräume – da die Flügeltüren nach beiden Seiten bis an die Wand zurückgeschoben werden können – eine lange Zimmerflucht, die einen weiten Durchblick gewährt. Dies war hier jedoch nicht der Fall. Des Prinzen Vorliebe für alles Absonderliche hatte die Gemächer vielmehr so zusammengegliedert, dass man von jedem Standort immer nur einen Saal zu überschauen vermochte. Nach Durchquerung jedes Einzelraumes gelangte man an eine Biegung, und jede dieser

Wendungen brachte ein neues Bild. In der Mitte jeder Seitenwand befand sich ein hohes, schmales gotisches Fenster, hinter dem eine schmale Galerie den Windungen der Zimmerreihe folgte. Die Fenster hatten Scheiben aus Glasmosaik, dessen Farbe immer mit dem vorherrschenden Farbenton des betreffenden Raumes übereinstimmte. Das am Ostende gelegene Zimmer zum Beispiel war in Blau gehalten, und so waren auch seine Fenster leuchtend blau. Das folgende Gemach war in Wandbekleidung und Ausstattung purpurn, und auch seine Fenster waren purpurn. Das dritte war ganz in Grün und hatte dementsprechend grüne Fensterscheiben. Das vierte war orangefarben eingerichtet und hatte orangefarbene Beleuchtung. Das fünfte war weiß, das sechste violett. Die Wände des siebenten Zimmers aber waren dicht mit schwarzem Sammet bezogen, der sich auch über die Deckenwölbung spannte und in schweren Falten auf einen Teppich von gleichem Stoff niederfiel. Und nur in diesem Raum glich die Farbe der Fenster nicht derjenigen der Dekoration: Hier waren die Scheiben scharlachrot – wie Blut.

Nun waren sämtliche Gemächer zwar reich an goldenen Ziergegenständen, die an den Wänden entlang standen oder von der Decke herabhingen, kein einziges aber besaß einen Kandelaber oder Kronleuchter. In der ganzen Zimmerreihe gab es weder Lampen- noch Kerzenlicht. Stattdessen war draußen in den an den Zimmern hinlaufenden Galerien vor jedem Fenster ein schwerer Dreifuß aufgestellt, der ein kupfernes Feuerbecken trug, dessen Flamme ihren Schein durch das farbige Fenster hereinwarf und so den Raum schimmernd erhellte. Hierdurch wurden die fantastischsten Wirkungen erzielt. In dem westlichsten oder schwarzen Gemach aber war der Glanz der Flammenglut, der durch die blutig-roten Scheiben in die schwarzen Sammetfalten fiel, so gespenstisch und gab den Gesichtern der hier Eintretenden ein derart erschreckendes Aussehen, dass nur wenige aus der Gesellschaft kühn genug waren, den Fuß über die Schwelle zu setzen.

In diesem Gemach befand sich an der westlichen Wand auch eine hohe Standuhr in einem riesenhaften Ebenholzkasten. Ihr Pendel schwang mit dumpfem, wuchtigem, eintönigem Schlag hin und her; und wenn der Minutenzeiger seinen Kreislauf über das Zifferblatt beendet hatte und die Stunde schlug, so kam aus den ehernen Lungen der Uhr ein voller, tiefer, sonorer Ton, dessen Klang so sonderbar ernst und so feierlich war, dass bei jedem Stundenschlag die Musikanten des Orchesters, von einer unerklärlichen Gewalt gezwungen, ihr Spiel unterbrachen, um diesem Ton zu lauschen. So musste der Tanz plötzlich aussetzen, und eine kurze Missstimmung befiel die heitere Gesellschaft. Solange die Schläge der Uhr ertönten, sah man selbst die Fröhlichsten erbleichen, und die Älteren und Besonneneren strichen mit der Hand über die Stirn, als wollten sie wirre Traumbilder oder unliebsame Gedanken verscheuchen. Kaum aber war der letzte Nachhall verklungen, so durchlief ein lustiges Lachen die Versammlung. Die Musikanten blickten einander an und schämten sich lächelnd ihrer Empfindsamkeit und Torheit, und flüsternd vereinbarten sie, dass der nächste Stundenschlag sie nicht wieder derart aus der Fassung bringen solle. Allein wenn nach wiederum sechzig Minuten (dreitausendsechshundert Sekunden der

flüchtigen Zeit) die Uhr von Neuem anschlug, trat dasselbe allgemeine Unbehagen ein, das gleiche Bangen und Sinnen wie vordem.

Doch wenn man hiervon absah, war es eine prächtige Lustbarkeit. Der Prinz hatte einen eigenartigen Geschmack bewiesen. Er hatte ein feines Empfinden für Farbenwirkungen. Alles Herkömmliche und Modische war ihm zuwider, er hatte seine eigenen, kühnen Ideen, und seine Fantasie liebte seltsame, glühende Bilder. Es gab Leute, die ihn für wahnsinnig hielten. Sein Gefolge aber wusste, dass er es nicht war. Doch man musste ihn sehen und kennen, um dessen gewiss zu sein.

Die Einrichtung und Ausschmückung der sieben Gemächer waren eigens für dieses Fest fast ganz nach des Prinzen eigenen Angaben gemacht worden, und sein eigener, merkwürdiger Geschmack hatte auch den Charakter der Maskerade bestimmt. Gewiss, sie war grotesk genug. Da gab es viel Prunkendes und Glitzerndes, viel Fantastisches und Pikantes. Da gab es Masken mit seltsam verrenkten Gliedmaßen, die Arabesken vorstellen sollten, und andere, die man nur mit den Hirngespinsten eines Wahnsinnigen vergleichen konnte. Es gab viel Schönes und viel Üppiges, viel Übermütiges und viel Groteskes und auch manch Schauriges – aber nichts, was irgendwie widerwärtig gewirkt hätte. In der Tat, es schien, als wogten in den sieben Gemächern eine Unzahl von Träumen durcheinander. Und diese Träume wanden sich durch die Säle, deren jeder sie mit seinem besonderen Licht umspielte, und die tollen Klänge des Orchesters schienen wie ein Echo ihres Schreitens. Von Zeit zu Zeit aber riefen die Stunden der schwarzen Riesenuhr in dem Sammetsaal, und eine kurze Weile herrschte eisiges Schweigen – nur die Stimme der Uhr erdröhnte. Die Träume erstarrten. Doch das Geläut verhallte – und ein leichtes halbunterdrücktes Lachen folgte seinem Verstummen. Die Musik rauschte wieder auf, die Träume belebten sich von Neuem und wogten noch fröhlicher hin und her, farbig beglänzt durch das Strahlenlicht der Flammenbecken, das durch die vielen bunten Scheiben strömte. Aber in das westlichste der sieben Gemächer wagte sich jetzt niemand mehr hinein, denn die Nacht war schon weit vorgeschritten, und greller noch floss das Licht durch die blutroten Scheiben und überflammte die Schwärze der düsteren Draperien; wer den Fuß hier auf den dunklen Teppich setzte, dem dröhnte das dumpfe, schwere Atmen der nahen Riesenuhr warnender, schauerlicher ins Ohr als allen jenen, die sich in der Fröhlichkeit der anderen Gemächer umhertummelten.

Diese anderen Räume waren überfüllt, und in ihnen schlug fieberheiß das Herz des Lebens. Und der Trubel rauschte lärmend weiter, bis endlich die ferne Uhr den Zwölfschlag der Mitternacht erschallen ließ. Und die Musik verstummte, so wie früher; und der Tanz wurde jäh zerrissen, und wie früher trat ein plötzlicher, unheimlicher Stillstand ein. Jetzt aber musste der Schlag der Uhr zwölfmal ertönen; und daher kam es, dass jenen, die in diesem Kreis die Nachdenklichen waren, noch trübere Gedanken kamen und dass ihre Versonnenheit noch länger andauerte. Und daher kam es wohl auch, dass, bevor noch der letzte Nachhall des letzten Stundenschlages erstorben war, manch einer Muße genug gefunden hatte, eine Maske zu bemerken, die bisher noch keinem aufgefallen war. Das Gerücht von dieser neuen Erscheinung sprach sich flüsternd herum, und es erhob sich in der ganzen Versammlung ein Summen und Murren des Unwillens und der Entrüstung – das schließlich zu Lauten des Schreckens, des Entsetzens und höchsten Abscheus anwuchs.

Man kann sich wohl denken, dass es keine gewöhnliche Erscheinung war, die den Unwillen einer so toleranten Gesellschaft erregen konnte. Man hatte in dieser Nacht der Maskenfreiheit zwar sehr weite Grenzen gezogen, doch die fragliche Gestalt war in der Tat zu weit gegangen – über des Prinzen weitgehende Duldsamkeit hinaus. Auch in den Herzen der Übermütigsten gibt es Saiten, die nicht berührt werden dürfen, und selbst für die Verstocktesten, denen Leben und Tod nur Spiel sind, gibt es Dinge, mit denen sie nicht Scherz treiben lassen. Einmütig schien die Gesellschaft zu empfinden, dass in Tracht und Benehmen der befremdenden Gestalt weder Witz noch Anstand sei. Lang und hager war die Erscheinung, von Kopf zu Fuß in Leichentücher gehüllt. Die Maske, die das Gesicht verbarg, war dem Antlitz eines Toten täuschend nachgebildet. Doch all dies hätten die tollen Gäste des tollen Gastgebers, wenn es ihnen auch nicht gefiel, hingehen lassen. Aber der Verwegene war so weit gegangen, die Gestalt des Roten Todes darzustellen. Sein Gewand war blutbesudelt, und seine breite Stirn, das ganze Gesicht sogar war mit dem scharlachroten Todessiegel gefleckt.

Als die Blicke des Prinzen Prospero diese Gespenstergestalt entdeckten, die, um ihre Rolle noch wirkungsvoller zu spielen, sich langsam und feierlich durch die Reihen der Tanzenden bewegte, sah man, wie er im ersten Augenblick von einem Schauer des Entsetzens oder des Widerwillens geschüttelt wurde; im nächsten Moment aber rötete sich seine Stirn in Zorn.

»Wer wagt es«, fragte er mit heiserer Stimme die Höflinge an seiner Seite, »wer wagt es, uns durch solch gotteslästerlichen Hohn zu empören? Ergreift und demaskiert ihn, damit wir wissen, wer es ist, der bei Sonnenaufgang an den Zinnen unseres Schlosses aufgeknüpft werden wird!«

Es war in dem östlichen, dem blauen Zimmer, wo Prinz Prospero diese Worte rief. Sie hallten laut und deutlich durch alle sieben Gemächer – denn der Prinz war ein kräftiger und kühner Mann, und die Musik war durch eine Bewegung seiner Hand zum Schweigen gebracht worden.

Das blaue Zimmer war es, in dem der Prinz stand, umgeben von einer Gruppe bleicher Höflinge. Sein Befehl brachte Bewegung in die Höflingsschar, als wolle man den Eindringling ergreifen, der gerade jetzt ganz in der Nähe war und mit würdevoll gemessenem Schritt dem Sprecher näher trat. Doch das namenlose Grauen, das die wahnwitzige Vermessenheit des Vermummten allen eingeflößt hatte, war so stark, dass keiner die Hand ausstreckte, um ihn aufzuhalten. Ungehindert kam er bis dicht an den Prinzen heran – und während die zahlreiche Versammlung, zu Tode entsetzt, zur Seite wich und sich in allen Gemächern bis an die Wand zurückdrängte, ging er unangefochten seines Weges, mit den nämlichen, feierlichen und gemessenen Schritten wie zu Beginn. Und er schritt von dem blauen Zimmer in das purpurrote – von dem purpurroten in das grüne – von dem grünen in das orangefarbene – und aus diesem in das weiße – und weiter noch in das violette Zimmer, ehe eine entscheidende Bewegung gemacht wurde, um ihn aufzuhalten. Dann aber war es Prinz Prospero, der rasend vor Zorn und Scham über seine eigene, unbegreifliche Feigheit die sechs Zimmer durcheilte – er allein, denn von den anderen vermochte vor tödlichem Schrecken kein einziger ihm zu folgen. Den Dolch in der erhobenen Hand, war er in wildem Ungestüm der weiterschreitenden Gestalt bis auf drei oder vier Schritte nahe gekommen, als sie, die jetzt das Ende des Sammetgemaches erreicht hatte, sich plötzlich zurückwandte und dem Verfolger gegenüberstand. Man hörte einen durchdringenden Schrei, der Dolch fiel blitzend auf den schwarzen Teppich, und im nächsten Augenblick sank auch Prinz Prospero im Todeskampf zu Boden.

Nun stürzten mit dem Mut der Verzweiflung einige der Gäste in das schwarze Gemach und ergriffen den Vermummten, dessen hohe Gestalt aufrecht und regungslos im Schatten der schwarzen Uhr stand. Doch unbeschreiblich war das Grauen, das sie befiel, als sie in den Leichentüchern und hinter der Leichenmaske, die sie mit rauem Griff packten, nichts Greifbares fanden – sie war leer …

Und nun erkannte man die Gegenwart des Roten Todes. Er war gekommen wie ein Dieb in der Nacht. Und einer nach dem anderen sanken die Festgenossen in den blutbetauten Hallen ihrer Lust zu Boden und starben – ein jeder in der verzerrten Lage, in der er verzweifelnd niedergefallen war. Und das Leben in der Ebenholzuhr erlosch mit dem Leben des letzten der Fröhlichen. Und die Gluten in den Kupferpfannen verglommen. Und unbeschränkt herrschte über alles mit Finsternis und Verwesung der Rote Tod.

Der Untergang des Hauses Usher

Son cœur est un luth suspendu;
Sitôt qu'on le touche il résonne.
<small>BERANGER</small>

Ich war den ganzen Tag lang geritten, einen grauen und lautlosen, melancholischen Herbsttag lang – durch eine eigentümlich öde und traurige Gegend, auf die erdrückend schwer die Wolken herabhingen. Da endlich, als die Schatten des Abends herniedersanken, sah ich das Stammschloss der Usher vor mir. Ich weiß nicht, wie es kam – aber ich wurde gleich beim ersten Anblick dieser Mauern von einem unerträglich trüben Gefühl befallen. Ich sage unerträglich, denn dies Gefühl wurde durch keine der poetischen und darum erleichternden Empfindungen gelindert, mit denen die Seele gewöhnlich selbst die finstersten Bilder des Trostlosen oder Schaurigen aufnimmt. Ich betrachtete das Bild vor mir – das einsame Gebäude in seiner einförmigen Umgebung, die kahlen Mauern, die toten, wie leere Augenhöhlen starrenden Fenster, die paar Büschel dürrer Binsen, die weißschimmernden Stümpfe abgestorbener Bäume – mit einer Niedergeschlagenheit, die ich mit keinem anderen Gefühl besser vergleichen kann als mit dem trostlosen Erwachen eines Opiumessers aus seinem Rausch, dem bitteren Zurücksinken in graue Alltagswirklichkeit, wenn der verklärende Schleier unerbittlich zerreißt. Es war ein frostiges Erstarren, ein Erliegen aller Lebenskraft – kurz, eine hilflose Traurigkeit der Gedanken, die kein noch so gewaltsames Anstacheln der Einbildungskraft aufreizen konnte zu Erhabenheit, zu Größe. Was mochte es sein, dachte ich, langsamer reitend – ja, was mochte es sein, dass der Anblick des Hauses Usher mich so erschreckend überwältigte? Es war mir ein Rätsel; aber ich konnte mich der grauen Wahngespenster nicht erwehren; ich musste mich mit der wenig befriedigenden Erklärung begnügen, dass es tatsächlich in der Natur ganz einfache Dinge gibt, die durch die Umstände, in denen sie uns erscheinen, geradezu niederdrückend auf uns wirken können, dass es aber nicht in unsere Macht gegeben ist, eine Definition dieser Gewalt zu finden. Es wäre möglich, überlegte ich, dass eine etwas andere Anordnung der einzelnen Bestandteile dieses Landschaftsbildes genügen würde, die düstere Stimmung des Ganzen abzuschwächen, ja vielleicht sogar vollständig aufzuheben. Von diesem Gedanken getrieben, lenkte ich mein Pferd an den steilen Rand eines schwarzen, sumpfigen Teiches, der, von keinem Hauch bewegt, neben dem Schloss lag, und spähte ins Wasser – doch ein Schauder, noch stärker als zuvor, schüttelte mich beim Anblick der auf den Kopf gestellten und verzerrten Bilder der grauen Binsen, der gespenstischen Baumstümpfe und der wie leere Augenhöhlen starrenden Fenster.

Nichtsdestoweniger beschloss ich, in diesem schwermutsvollen Haus einen Aufenthalt von mehreren Wochen zu nehmen. Sein Eigentümer, Roderich Usher, war einer meiner liebsten Jugendfreunde gewesen, doch seit unserer letzten Begegnung waren viele Jahre dahingegangen. Da hatte mich jüngst bei meinem Aufenthalt in einem entlegenen Teil des Landes ein Brief erreicht – ein Brief von ihm –, dessen seltsam ungestümer Charakter keine andere als eine persönliche und mündliche Beantwortung zuließ. Das Schreiben zeugte entschieden von nervöser Aufregung. Der Verfasser sprach von einer heftigen körperlichen Erkrankung – von niederdrückender geistiger Zerrüttung – und von dem innigen Wunsch, mich, der ich sein bester und tatsächlich sein einziger persönlicher Freund sei, wiederzusehen; er hoffe, meine erheiternde Gesellschaft werde seinem Zustand etwas Erleichterung bringen. Die Art und Weise, in der dies und vieles andere gesagt war – die Herzensbedrängnis, die aus seinem Verlangen sprach – das war es, was mir kein Zögern erlaubte, und ich gehorchte daher dieser höchst seltsamen Aufforderung unverzüglich.

Obgleich wir als Knaben geradezu vertraute Kameraden gewesen waren, so wusste ich dennoch recht wenig über meinen Freund. Seine Zurückhaltung war immer außerordentlich gewesen; sie war ihm ganz selbstverständlich erschienen. Immerhin war mir bekannt, dass seine sehr alte Familie seit unvordenklichen Zeiten wegen einer eigentümlichen Reizbarkeit des Temperaments bekannt gewesen war, einer Reizbarkeit, die lange Jahre hindurch in vielen erhaben eigenartigen Kunstwerken sich aussprach; später betätigte sich dies feinfühlige Empfinden in mancher Handlung großmütiger, doch unauffälliger Mildtätigkeit und in der leidenschaftlichen Hingabe an das Studium der Musik – weniger also an ihre altbekannten, leicht fasslichen Schönheitsformen als an die tief verborgenen Probleme dieser Kunst. Ich hatte auch die sehr bemerkenswerte Tatsache erfahren, dass der Stammbaum der Familie Usher, die jederzeit hochangesehen gewesen, zu keiner Zeit einen ausdauernden Nebenzweig hervorgebracht hatte, mit anderen Worten, dass die Abstammung der ganzen Familie in direkter Linie abzuleiten war. Und ich vergegenwärtigte mir, dass sich in dieser Familie neben dem ungeteilten Besitztum auch die besonderen Charaktereigentümlichkeiten ungeteilt von Glied zu Glied vererbten, und sann darüber nach, inwieweit im Lauf der Jahrhunderte die eine dieser Tatsachen die andere beeinflusst haben könne. Wahrscheinlich, so sagte ich mir, ist es eben dieser Mangel einer Seitenlinie, ist es dies von Vater zu Sohn immer sich gleichbleibende Erbe von Besitztum und Familienname, das schließlich beide so miteinander identifiziert hatte, dass der ursprüngliche Name des Besitztums in die wunderliche und doppeldeutige Bezeichnung »das Haus Usher« übergegangen war – eine Benennung, die bei den Bauern, die sie anwendeten, beides, sowohl die Familie wie das Familienhaus, zu bezeichnen schien.

Ich sagte vorhin, dass der einzige Erfolg meines etwas kindischen Beginnens – meines Hinabblickens in den dunklen Teich – der gewesen war, den ersten sonderbaren Eindruck, den das Landschaftsbild auf mich gemacht hatte, noch zu vertiefen. Es ist zweifellos, das Bewusstsein, mit dem ich das Anwachsen meiner abergläubischen Furcht – denn dies ist der rechte Name für die Sache – verfolgte, diente nur dazu, diese Furcht selbst zu steigern. Denn ich kannte schon lange das paradoxe Gesetz aller Empfindungen, deren Ursprung das Entsetzen, das Grauen ist. Und einzig dies mag die Ursache gewesen sein einer seltsamen Vorstellung, die in meiner Seele erstand, als ich meine Augen von dem Spiegelbild im Pfuhl wieder hinaufrichtete auf das Wohnhaus selbst; es war eine Einbildung, so lächerlich in der Tat, dass ich sie nur erwähne, um zu zeigen, wie lebendig, wie stark die Eindrücke waren, die auf mir lasteten. Ich hatte so auf meine Einbildungskraft eingewirkt, dass ich tatsächlich glaubte, das Haus und seine ganze Umgebung seien von einer nur ihm eigentümlichen Atmosphäre umflutet – einer Atmosphäre, die zu der Himmelsluft keinerlei Zugehörigkeit hatte, sondern die emporgedunstet war aus den vermorschten Bäumen, den grauen Mauern und dem stummen Pfuhl – ein giftiger, geheimnisvoller, trüber, träger, kaum wahrnehmbarer bleifarbener Dunst.

Von meinem Geist abschüttelnd, was Traum gewesen sein musste, prüfte ich eingehender das wirkliche Aussehen des Gebäudes. Das Auffallendste an ihm schien mir sein beträchtliches Alter zu sein. Die Zeitläufte hatten ihm seine ursprüngliche Farbe genommen. Ein winzig kleiner Pilz hatte alle Mauern wie mit einem Netzwerk überzogen, dessen feinmaschiges Geflecht von den Dachtraufen herabhing. Doch von irgendwelchem außergewöhnlichen Verfall war das Gebäude noch weit entfernt. Kein Teil des Mauerwerks war eingesunken, und die noch vollkommen erhaltene Gesamtheit stand in seltsamem Widerspruch zu der bröckelnden Schadhaftigkeit der einzelnen Steine. Dies Haus stand gleichsam da wie altes Holzgetäfel, das in irgendeinem unbetretenen Gewölbe viele Jahre lang vermoderte, ohne dass je ein Lufthauch von draußen es berührte, und das darum in all seinem inneren Verfall stattlich und lückenlos dasteht. Außer diesen Zeichen eines allgemeinen Verfalls bot das Haus jedoch nur wenige Merkmale von Baufälligkeit. Vielleicht hätte allerdings ein scharfprüfender Blick einen kaum wahrnehmbaren Riss entdecken können, der an der Frontseite des Hauses vom Dach im Zickzack die Mauer hinunterlief, bis er sich in den trüben Wassern des Teichs verlor.

Diese Dinge bemerkte ich, als ich über einen kurzen Dammweg zum Haus hinaufritt. Ein wartender Diener nahm mein Pferd, und ich trat unter den gotisch gewölbten Torbogen der Halle. Ein Kammerdiener mit leichtem, leisem Schritt führte mich schweigend durch dunkle und gewundene Gänge in das Arbeitszimmer seines Herrn. Vieles, was ich unterwegs erblickte, trug irgendwie dazu bei, das unbestimmte niederdrückende Gefühl, von dem ich schon gesprochen habe, zu verstärken. Diese Dinge um mich her – das Schnitzwerk der Deckentäfelung, der ebenholzglänzende Flur, die düsteren Wandteppiche mit ihrem fantastischen Waffenschmuck, der bei meinen Tritten rasselte – das alles waren Dinge, die schon meiner Kindheit vertraut gewesen waren, wie ich mir unumwunden eingestehen musste – dennoch wunderte ich mich, was für unheimliche Vorstellungen so gewöhnliche Dinge erwecken konnten.

Auf einer der Treppen begegnete ich dem Hausarzt. Sein Gesichtsausdruck erschien mir gemein und durchtrieben, während mein Anblick ihn verblüffte. Er begrüßte mich verwirrt und ging weiter. Jetzt riss der Kammerdiener eine Tür auf und führte mich hinein zu seinem Herrn.

Das Zimmer, in dem ich mich nun befand, war sehr groß und hoch. Die Fenster waren lang und schmal und hatten gotische Spitzbogenform; sie befanden sich so hoch über dem schwarzen eichenen Fußboden, dass man nicht an sie heranreichen konnte. Ein schwacher Schimmer rötlichen Lichts drang durch die vergitterten Scheiben herein und reichte gerade hin, die hauptsächlichen Gegenstände des Gemachs erkennbar zu machen; doch mühte sich das Auge vergebens, bis in die entfernten Winkel des Zimmers, in die Tiefen der schmuckreichen Deckenwölbung vorzudringen. Dunkle Teppiche hingen an den Wänden. Die Einrichtung selbst war im Allgemeinen überladen prunkvoll, unbehaglich, altmodisch und schadhaft. Eine Menge Bücher und Musikinstrumente lagen umher, doch auch das vermochte nicht, die tote Starrheit des öden Raums zu beleben. Ich fühlte, dass ich eine Luft einatmete, die schwer von Gram und Sorge war. Ernste, tiefe, unheilbare Schwermut lastete hier auf allem.

Bei meinem Eintritt erhob sich Usher von einem Sofa, auf dem er lang ausgestreckt gelegen hatte, und begrüßte mich mit warmer Lebhaftigkeit, die mir zuerst übertrieben schien – etwa wie gezwungene Liebenswürdigkeit des blasierten Weltmannes. Ein Blick jedoch auf sein Gesicht überzeugte mich von seiner völligen Aufrichtigkeit. Wir setzten uns, und da er nicht gleich sprach, betrachtete ich ihn minutenlang – und wurde von Mitleid und Grauen ergriffen. Sicherlich, kein Mensch hatte sich je in so kurzer Zeit so schrecklich verändert wie Roderich Usher! Nur mit Mühe gelang es mir, die Identität dieser gespenstischen Gestalt da vor mir mit dem Gefährten meiner Kindheit festzustellen. Doch seine Gesichtsbildung war immer merkwürdig und auffallend gewesen – eine leichenhafte Blässe, große, klare und unvergleichlich leuchtende Augen, Lippen, die etwas schmal und sehr bleich waren, aber von ungemein schönem Schwung, eine Nase von edelzartem, jüdischem Schnitt, doch mit ungewöhnlich breiten Nüstern, ein schön gebildetes Kinn, dessen wenig kräftige Form einen Mangel an sittlicher Energie verriet, und Haare, die feiner und zarter waren als Spinnenfäden. Diese einzelnen Züge, verbunden mit einer massigen Kraft und Breite der Stirn über den Schläfen, bildeten ein Antlitz, das man wohl nicht leicht vergessen konnte. Und nun hatte die übertriebene Entwicklung dieser charakteristischen Einzelheiten genügt, den Ausdruck seiner Züge so zu verändern, dass ich nicht einmal wusste, ob er es wirklich war. Vor allem war ich bestürzt, ja entsetzt von der jetzt gespenstischen Blässe der Haut und dem jetzt übernatürlichen Strahlen des Auges. Das seidige Haar hatte ein ungewöhnliches Wachstum entfaltet, und wie es da so seltsam wie hauchzarter Altweibersommer sein Gesicht umflutete, konnte ich beim besten Willen nicht dies arabeskenhaft verschlungene Gewebe mit dem einfachen Begriff Menschenhaar in Beziehung bringen.

Im Benehmen meines Freundes überraschte mich sofort eine gewisse Verwirrtheit – seiner Rede fehlte der

Zusammenhang; und ich erkannte dies als eine Folge seiner wiederholten kraftlosen Versuche, ein ihm innewohnendes Angstgefühl, das ihn wie Zittern überkam, zu unterdrücken – einer heftigen, nervösen Aufregung Herr zu werden. Ich war allerdings auf etwas derartiges gefasst gewesen, sowohl sein Brief als auch meine Erinnerung an bestimmte Wesenseigenheiten des Knaben hatten mich darauf vorbereitet, und auch sein Äußeres wie sein Temperament ließen dergleichen ahnen. Sein Wesen war abwechselnd lebhaft und mürrisch. Seine Stimme, die eben noch zitternd und unsicher war, wenn die Lebensgeister in tödlicher Erschlaffung ruhten, flammte plötzlich auf zu heftiger Entschiedenheit – wurde schroff und nachdrücklich – dann schwerfällig und dumpf, bleiern einfältig – wurde zu den sonderbar modulierten Kehllauten der ungeheuren Aufregung des sinnlos Betrunkenen oder des unheilbaren Opiumessers.

So sprach er also von dem Zweck meines Besuchs, von seinem dringenden Verlangen, mich zu sehen, und von dem trostreichen Einfluss, den er von mir erhoffte. Nach einer Weile kam er auf die Natur seiner Krankheit zu sprechen. Es war, sagte er, ein ererbtes Familienübel, ein Übel, für das ein Heilmittel zu finden er verzweifle – nichts weiter als nervöse Angegriffenheit, fügte er sofort hinzu, die zweifellos bald vorübergehen werde. Sie äußere sich in einer Menge unnatürlicher Erregungszustände. Einige derselben, die er mir nun beschrieb, verblüfften und erschreckten mich, doch mochte an dieser Wirkung seine Ausdrucksweise, die Form seines Berichts schuld sein. Er litt viel unter einer krankhaften Verschärfung der Sinne;

nur die geschmackloseste Nahrung war ihm erträglich, als Kleidung konnte er nur ganz bestimmte Stoffe tragen; jeglicher Blumenduft war ihm zuwider; selbst das schwächste Licht quälte seine Augen, und es gab nur einige besondere Tonklänge – und diese nur von Saiteninstrumenten –, die ihn nicht mit Entsetzen erfüllten.

Ich sah, dass er der Furcht, dem Schreck, dem Grauen sklavisch unterworfen war. »Ich werde zugrunde gehen«, sagte er, »ich muss zugrunde gehen an dieser beklagenswerten Narrheit. So, so und nicht anders wird mich der Untergang ereilen! Ich fürchte die Ereignisse der Zukunft – nicht sie selbst, aber ihre Wirkungen. Ich schaudere bei dem Gedanken, irgendein ganz geringfügiger Vorfall könne die unerträgliche Seelenerregung verschlimmern. Ich habe wirklich keinen Schauder vor der Gefahr, nur vor ihrer unvermeidlichen Wirkung – vor dem Schrecken. In diesem entnervten, in diesem bedauernswerten Zustand fühle ich, dass früher oder später die Zeit kommen wird, da ich beides, Vernunft und Leben, hingeben muss – verlieren im Kampf mit dem grässlichen Phantom Furcht.«

Noch einen anderen sonderbaren Zug seiner geistigen Verfassung erfuhr ich nach und nach aus abgerissenen, unbestimmten Andeutungen. Er war hinsichtlich des Hauses, das er bewohnte, in gewissen abergläubischen Vorstellungen befangen. Schon seit Jahren hatte er sich nicht mehr aus dem Haus herausgewagt – infolge eines Einflusses, dessen eingebildete Wirkung er mir in so unbestimmten, schattendunklen Worten mitteilte, dass ich sie hier nicht wiedergeben kann. Wie er sagte, hatten einige Besonderheiten in der Bauart und dem Baumaterial seines Stammschlosses in dieser langen Leidenszeit auf seinen Geist Einfluss erlangt – einen Einfluss also, den das Physische der grauen Mauern und Türme und des trüben Pfuhls, in den sie alle hinabstarrten, auf seine Psyche ausübte.

Jedoch gab er zögernd zu, dass die seltsame Schwermut, unter der er leide, einer natürlicheren, gewissermaßen handgreiflicheren Ursache zugeschrieben werden könne – nämlich der schweren und langwierigen Krankheit – ja der offenbar nahen Auflösung einer zärtlich geliebten Schwester – der einzigen Gefährtin langer Jahre – der letzten und einzigen Verwandten auf Erden. Ihr Hinscheiden, sagte er mit einer Bitterkeit, die ich nie vergessen kann, würde ihn (ihn, den Hoffnungslosen, Gebrechlichen) als den Letzten des alten Geschlechts der Usher zurücklassen. Während er sprach, durchschritt Lady Magdalen – so hieß seine Schwester – langsam den entfernten Teil des Gemachs und verschwand, ohne meine Anwesenheit beachtet zu haben. Ich betrachtete sie mit maßlosem Erstaunen, das nicht frei war von Entsetzen – und dennoch konnte ich mir keine Rechenschaft geben über das, was ich fühlte. Wie Erstarrung kam es über mich, als meine Augen ihren entschwebenden Schritten folgten. Als sich die Tür hinter ihr geschlossen hatte, suchte mein Blick unwillkürlich und begierig das Antlitz des Bruders – aber er hatte das Gesicht in den Händen vergraben, und ich konnte nur bemerken, dass seine mageren Finger, zwischen denen viele leidenschaftliche Tränen hindurchsickerten, von noch gespenstischerer Blässe waren als gewöhnlich.

Schon lange hatte die Krankheit der Lady Magdalen der Geschicklichkeit der Ärzte gespottet. Eine beständige

Apathie, ein langsames Hinwelken und häufige, wenn auch vorübergehende Anfälle vermutlich kataleptischer Natur, das war die ungewöhnliche Diagnose. Bislang hatte sie standhaft der Gewalt der Krankheit getrotzt und war noch nicht bettlägerig geworden. Am Tag meiner Ankunft aber unterlag sie gegen Abend der vernichtenden Macht des Zerstörers – so berichtete ihr Bruder mir des Nachts in unaussprechlicher Aufregung; und ich erfuhr, dass der flüchtige Anblick, den ich von ihr gehabt, wohl auch der letzte gewesen sein werde – dass Lady Magdalen wenigstens lebend nicht mehr von mir erblickt werden würde.

In den nächsten Tagen wurde ihr Name weder von Usher noch von mir erwähnt; und während dieser Zeit war ich ernstlich und angestrengt bemüht, meinen Freund seinem Trübsinn zu entreißen. Wir malten und lasen zusammen, oder ich lauschte wie im Traum seinen seltsamen Improvisationen auf der Gitarre. Und wie nun eine innige und immer innigere Vertrautheit mich immer rückhaltloser eindringen ließ in die Tiefen seiner Seele, kam ich mehr und mehr zur bitteren Erkenntnis, dass alle Versuche vergeblich sein mussten, ein Gemüt aufzuheitern, dessen Schwermut wie eine ewig unwandelbare positive Eigenschaft sich ergoss und alle Dinge der Welt stetig und ausnahmslos mit düsteren Strahlen beflutete.

Ich werde stets ein Andenken bewahren an die vielen feierlich ernsten Stunden, die ich so allein mit dem Haupt des Hauses Usher zubrachte; dennoch ist es mir nicht möglich, einen Begriff zu geben von dem Charakter der Studien oder Beschäftigungen, in die er mich einspann oder zu denen er mich hinwies. Sein übertriebener, ruheloser, geradezu krankhafter Idealismus warf auf all unser Tun einen schweflig-feurigen Glanz. Seine langen improvisierten Klagegesänge werden mir ewig in den Ohren klingen; unter anderem habe ich in schmerzlichster, quälendster Erinnerung eine seltsame Variation – eine Paraphrase zu »Carl Maria von Webers letzte Gedanken«. Die Bildwerke, die seine rastlose Fantasie erstehen ließ und die seine Hand in wunderbar verschwommenen Strichen wiedergab, weckten in mir ein tödliches Grauen, das umso grausiger war, als ich nicht enträtseln konnte, weshalb diese Bilder mich so schauerlich berührten; so lebhaft sie mir auch vor Augen stehen – ich würde mich vergeblich bemühen, mehr von ihnen wiederzugeben, als eben möglich ist, mit Worten flüchtig anzudeuten. Durch die übertriebene Einfachheit, ja Nacktheit seiner Bilder fesselte er – erzwang er die Aufmerksamkeit. Wenn je ein Sterblicher vermochte, eine Idee zu malen, so war es Roderich Usher. Mich wenigstens überwältigte – unter den damals obwaltenden Umständen – bei den reinen Abstraktionen, die der Hypochonder auf die Leinwand zu werfen wagte – mich überwältigte eine ganz unerhörte Ehrfurcht, von der ich nicht einen Schatten hatte empfinden können bei der Betrachtung der sicherlich glühenden, aber doch zu körperlichen Träume Füsslis.

Eines der fantastischen Gemälde meines Freundes, ein Bild, das nicht so streng abstrakt war, sei hier schattenhaft nachgezeichnet – so gut es Worte eben können. Es war ein kleines Bild und zeigte das Innere eines ungeheuer langen rechtwinkligen Gewölbes oder Tunnels mit niederen, glatten, weißen Mauern, die sich ohne jede Teilung schmucklos und endlos hinzogen. Durch gewisse feine Andeutungen in der Zeichnung des Ganzen wurde im Beschauer der Gedanke erweckt, dass dieser Schacht sehr, sehr tief unter der Erde lag. Nirgends fand sich in dieser Höhle eine Öffnung, und keine Fackel noch andere künstliche Lichtquelle war wahrnehmbar – dennoch quoll durch das Ganze eine Flut intensiver Strahlen und tauchte alles in eine gespenstische und ganz unvermutete Helligkeit.

Ich habe vorhin schon von der krankhaften Überreizung der Gehörnerven gesprochen, die dem Leidenden alle Musik unerträglich machte, ausgenommen die Klangwirkung gewisser Saiteninstrumente. Vielleicht war es hauptsächlich diese Einschränkung, durch die er auf die Gitarre angewiesen blieb, die seinen Vorträgen solch fantastischen Charakter lieh. Aber das erklärte noch nicht die feurige Lebendigkeit dieser Impromptus. Sicherlich waren sie, sowohl was die Töne als was die Worte anbetraf (denn nicht selten begleitete er sein Spiel mit improvisierten Versgesängen), das Resultat jener intensiven geistigen Anspannung und Konzentration, von der ich schon früher erwähnte, dass sie nur in besonderen Momenten höchster künstlerischer Erregtheit bemerkbar war. Die Worte einer dieser Rhapsodien sind mir noch gut in Erinnerung. Sie machten wohl einen umso gewaltigeren Eindruck auf mich, als ich in ihrem mystischen Inhalt eine verborgene Andeutung zu entdecken glaubte, dass Usher ein klares Bewusstsein davon habe, wie sehr seine erhabene Vernunft ins Wanken geraten sei. Die Verse, die betitelt waren »Das Geisterschloss«, lauteten ungefähr – wenn nicht wörtlich – so:

In der Täler grünstem Tale
Hat, von Engeln einst bewohnt,
Gleich des Himmels Kathedrale
Golddurchstrahlt ein Schloss gethront.
Rings auf Erden diesem Schlosse
Keines glich;
Herrschte dort mit reichem Trosse
Der Gedanke – königlich.

Gelber Fahnen Faltenschlagen
Floss wie Sonnengold im Wind –
Ach, es war in alten Tagen,
Die nun längst vergangen sind! –
Damals kosten süße Lüfte
Lind den Ort,
Zogen als beschwingte Düfte
Von des Schlosses Wällen fort.

Wandrer in dem Tale schauten
Durch der Fenster lichten Glanz
Genien, die zum Sang der Lauten
Schritten in gemessnem Tanz
Um den Thron, auf dem erhaben.
Marmorschön,
Würdig solcher Weihegaben
War des Reiches Herr zu sehn.

Perlen- und rubinenglutend
War des stolzen Schlosses Tor,
Ihm entschwebten flutend, flutend

Süße Echos, die im Chor,
Weithin klingend, froh besangen –
Süße Pflicht! –
Ihres Königs hehres Prangen
In der Weisheit Himmelslicht.

Doch Dämonen, schwarze Sorgen,
Stürzten roh des Königs Thron. –
Trauert, Freunde, denn kein Morgen
Wird ein Schloss wie dies umlohn!
Was da blühte, was da glühte –
Herrlichkeit! –
Eine welke Märchenblüte
Ist's aus längst begrabner Zeit.

Und durch glutenrote Fenster
Werden heute Wandrer sehn
Ungeheure Wahngespenster
Grauenhaft im Tanz sich drehn;
Aus dem Tor in wildem Wellen
Wie ein Meer
Lachend ekle Geister quellen –
Weh, es lächelt keiner mehr!

Ich entsinne mich gut, dass diese Ballade uns auf ein
Gespräch führte, in dem Usher eine seltsame Anschauung
kundgab. Ich erwähne diese Anschauung weniger darum,
weil sie etwa besonders neu wäre (denn andere haben schon
ähnliche Hypothesen aufgestellt), als wegen der Hartnäckigkeit, mit der Usher sie vertrat. Seine Anschauung

bestand hauptsächlich darin, dass er den Pflanzen ein Empfindungsvermögen, eine Beseeltheit zuschrieb. Doch hatte in seinem verwirrten Geist diese Vorstellung einen kühneren Charakter angenommen und setzte sich in gewissen Grenzen auch ins Reich des Anorganischen fort. Es fehlen mir die Worte, um die ganze Ausdehnung dieser Idee, um die unbeirrte Hingabe meines Freundes an sie auszudrücken. Dieser sein Glaube knüpfte sich (wie ich schon früher andeutete) eng an die grauen Quadern des Heims seiner Väter. Die Vorbedingungen für solches Empfindungsvermögen waren hier, wie er sich einbildete, erfüllt in der Art der Anordnung der Steine, in dem sie zusammenhaltenden Bindemittel und ebenso auch in dem Pilzgeflecht, das sie überwucherte; ferner in den abgestorbenen Bäumen, die das Haus umgaben, und vor allem in dem nie gestörten, unveränderten Bestehen des Ganzen und in seiner Verdoppelung in den stillen Wassern des Teiches. Der Beweis – der Beweis dieser Beseeltheit sei, so sagte er, zu erblicken (und als er das aussprach, schrak ich zusammen) in der hier ganz allmählichen, jedoch unablässig fortschreitenden Verdichtung der Atmosphäre – in dem eigentümlichen Dunstkreis, der Wasser und Wälle umgab. Die Wirkung dieser Erscheinung, fügte er hinzu, sei der lautlos und grässlich zunehmende vernichtende Einfluss, den sie seit Jahrhunderten auf das Geschick seiner Familie ausgeübt habe; sie habe ihn zu dem gemacht, als den ich ihn jetzt erblicke – zu dem, was er nun sei. – Solche Anschauungen bedürfen keines Kommentars, und ich füge ihnen daher nichts hinzu.

Unsere Bücher – die Bücher, die jahrelang die hauptsächliche Geistesnahrung des Kranken gebildet hatten – entsprachen, wie leicht zu vermuten ist, diesem fantastischen Charakter. Wir grübelten gemeinsam über solchen Werken wie »Vert-Vert et Chartreuse« von Gresset, »Belphegor« von Machiavelli, »Himmel und Hölle« von Swedenborg, »Die unterirdische Reise des Nicolaus Klimm« von Holberg, der Chiromantie von Robert Fludd, von Jean D'Indaginé und von de la Chambre; brüteten über der »Reise ins Blaue« von Tieck und der »Stadt der Sonne« von Campanella. Ein Lieblingsbuch war eine kleine Oktavausgabe des »Directorium Inquisitorium« des Dominikaners Emmerich von Gironne, und es gab Stellen in »Pomponius Mela« über die alten afrikanischen Satyrn und Ägipans, vor denen Usher stundenlang träumend sitzen konnte. Sein Hauptentzücken jedoch bildete das Studium eines sehr seltenen und seltsamen Buches in gotischem Quartformat – Handbuches einer vergessenen Kirche – der »Vigiliae Mortuorum secundum Chorum Ecclesiae Maguntinae.«

Ich konnte nicht anders, als an das seltsame Ritual dieses Werkes und seinen wahrscheinlichen Einfluss auf den Schwermütigen denken, als er eines Abends, nachdem er mir kurz mitgeteilt hatte, dass Lady Magdalen nicht mehr sei, seine Absicht äußerte, den Leichnam vor seiner endgültigen Beerdigung in einer der zahlreichen Grüfte innerhalb der Grundmauern des Gebäudes aufzubewahren. Die rein äußere Ursache, die er für dieses Vorgehen angab, war solcher Art, dass ich mich nicht aufgelegt fühlte, darüber zu diskutieren. Er, der Bruder, war (wie er mir sagte) zu diesem Entschluss gekommen infolge des ungewöhnlichen Charakters der Krankheit der Dahingeschiedenen, infolge gewisser eifriger und eindringlicher Fragen ihres Arztes und infolge der abgelegenen und einsamen Lage des Begräbnisplatzes der Familie. Ich will nicht leugnen, dass, wenn ich mir das finstere Gesicht des Mannes ins Gedächtnis rief, dem ich am Tag meiner Ankunft auf der Treppe begegnete –, dass ich dann kein Verlangen hatte, einer Sache zu widersprechen, die ich nur als eine harmlose und keineswegs unnatürliche Vorsichtsmaßregel ansah.

Auf Bitten Ushers half ich ihm bei den Vorkehrungen für die vorläufige Bestattung. Nachdem der Körper eingesargt worden war, trugen wir ihn beide ganz allein zu seiner Ruhestätte. Die Gruft, in der wir ihn beisetzten, war so lange nicht geöffnet worden, dass unsere Fackeln in der drückenden Atmosphäre fast erstickten und uns kaum gestatteten, ein wenig Umschau zu halten. Sie war eng, dumpfig und ohne jegliche Öffnung, die Licht hätte einlassen können; sie lag in beträchtlicher Tiefe, genau unter dem Teil des Hauses, in dem sich mein eigenes Schlafgemach befand. Augenscheinlich hatte sie in früheren Zeiten der Feudalherrschaft als Burgverlies übelste Verwendung gefunden und später als Lagerraum für Pulver oder sonst einen leicht entzündlichen Stoff gedient, denn ein Teil ihres Fußbodens sowie das ganze Innere eines langen Bogenganges, durch den wir das Gewölbe erreichten, war sorgfältig mit Kupfer bekleidet. Die Tür aus massivem Eisen hatte ähnliche Schutzvorrichtungen. Ihr ungeheures Gewicht brachte einen ungewöhnlich scharfen, kreischenden Laut hervor, als sie sich schwerfällig in den Angeln drehte.

Nachdem wir unsere traurige Bürde an diesem Ort des Grauens auf ein vorbereitetes Gestell niedergesetzt hatten, schoben wir den noch lose aufliegenden Deckel des Sargs ein wenig zur Seite und blickten ins Antlitz der Ruhenden. Eine ganz verblüffende Ähnlichkeit zwischen Bruder und Schwester fesselte jetzt zum ersten Mal meine Aufmerksamkeit, und Usher, der vielleicht meine Gedanken erriet, murmelte ein paar Worte, denen ich entnahm, dass die Verstorbene und er Zwillinge gewesen waren und dass Sympathien ganz ungewöhnlicher Natur stets zwischen ihnen bestanden hatten. Unsere Blicke ruhten jedoch nicht lange auf der Toten – denn wir konnten sie nicht ohne Ergriffenheit und Grausen betrachten. Das Leiden, durch das die Lady so in der Blüte der Jugend ins Grab gebracht worden war, hatte – wie es bei Erkrankungen ausgesprochen kataleptischer Art gewöhnlich der Fall ist – auf Hals und Antlitz so etwas wie eine schwache Röte zurückgelassen und den Lippen ein argwöhnisch lauerndes Lächeln gegeben, das so schrecklich ist bei Toten. Wir setzten den Deckel wieder auf, schraubten ihn fest, und nachdem wir die Eisentür wieder verschlossen hatten, nahmen wir mit Mühe unseren Weg hinauf in die kaum weniger düsteren Räumlichkeiten des oberen Stockwerks.

Und jetzt, nachdem einige Tage bittersten Kummers vergangen waren, trat in der Geistesverwirrung meines Freundes eine merkliche Änderung ein. Sein ganzes Wesen wurde ein anderes. Seine gewöhnlichen Beschäftigungen wurden vernachlässigt oder vergessen. Er schweifte von

Zimmer zu Zimmer mit eiligem, unsicherem und ziellosem Schritt. Die Blässe seines Gesichts war womöglich noch gespenstischer geworden – aber der feurige Glanz seiner Augen war ganz erloschen. Die gelegentliche Heiserkeit seiner Stimme war nicht mehr zu hören, und ein Zittern und Schwanken, wie von namenlosem Entsetzen, durchbebte gewöhnlich seine Worte. Es gab in der Tat Zeiten, wo ich vermeinte, sein unablässig arbeitender Geist kämpfe mit irgendeinem drückenden Geheimnis, zu dessen Bekenntnis er nicht den Mut finden könne. Zu anderen Zeiten wieder war ich gezwungen, alles lediglich als Äußerungen seiner seltsamen Krankheit aufzufassen, denn ich sah, wie er stundenlang ins Leere starrte – und zwar mit dem Ausdruck tiefster Aufmerksamkeit, als lausche er irgendeinem eingebildeten Geräusch. Es war kein Wunder, dass sein Zustand mich erschreckte, mich ansteckte. Ich fühlte, wie sich ganz allmählich, doch unablässig seine seltsamen Wahnvorstellungen, die er mir niemals mitteilte, in mich hineinfraßen.

Besonders in der Nacht des siebenten oder achten Tages nach der Bestattung der Lady Magdalen in der Gruft, als ich mich sehr spät zum Schlafen zurückgezogen hatte, geschah es, dass ich die volle Gewalt dieser Empfindungen erfuhr. Kein Schlaf nahte sich meinem Lager, während die Stunden träge dahinkrochen. Ich bemühte mich, der Nervosität, die mich ergriffen hatte, Herr zu werden. Ich suchte mich zu überzeugen, dass an vielem – wenn nicht an allem – was ich fühlte, die unheimliche Einrichtung des Gemachs schuld sei; denn es war unheimlich, wie die dunklen und zerschlissenen Wandteppiche, vom

Atem eines nahenden Sturms bewegt, stoßweise auf- und niederschwankten und gegen die Verzierungen des Bettes raschelten. Aber meine Anstrengungen waren fruchtlos. Ein nicht abzuschüttelndes Grauen durchbebte meinen Körper, und schließlich hockte auf meinem Herzen ein Alb – ein furchtbarstes Entsetzen. Mit einem tiefen Atemzug rang ich mich frei aus diesem Bann und setzte mich im Bett auf, ich spähte angestrengt in das undurchdringliche Dunkel des Zimmers und lauschte – wie getrieben von seltsamen instinktiven Ahnungen – auf gewisse dumpfe, unbestimmbare Laute, die, wenn der Sturm schwieg, in langen Zwischenräumen von irgendwoher zu mir drangen. Überwältigt von unbeschreiblichem Entsetzen, das mir ebenso unerträglich wie unerklärlich schien, warf ich mich hastig in die Kleider (denn ich fühlte, dass ich in dieser Nacht doch keinen Schlaf mehr finden würde) und versuchte, mich aus meinem jammervollen Zustand aufzuraffen, indem ich eilig im Zimmer auf und ab wandelte.

Ich war erst ein paarmal so hin und her gegangen, als ein leichter Tritt auf der benachbarten Treppe meine Aufmerksamkeit erregte. Ich erkannte sogleich Ushers Schritt. Einen Augenblick später klopfte er leise an meine Tür und trat mit einer Lampe in der Hand ein. Sein Gesicht war wie immer leichenhaft blass – aber schrecklicher war der Ausdruck seiner Augen; wie eine irrsinnige Heiterkeit flammte es aus ihnen – sein ganzes Gebaren zeigte eine mühsam gebändigte hysterische Aufregung. Sein Ausdruck entsetzte mich – doch alles schien erträglicher als diese fürchterliche Einsamkeit, und ich begrüßte sein Kommen wie eine Erlösung.

»Und du hast es nicht gesehen?«, sagte er unvermittelt, nachdem er einige Augenblicke schweigend um sich geblickt hatte. »Du hast es also nicht gesehen? – Doch halt, du sollst!« Mit diesen Worten beschattete er sorgsam seine Lampe und lief dann an eins der Fenster, das er dem Sturm weit öffnete.

Die ungeheure Wut des hereinstürmenden Orkans hob uns fast vom Boden empor. Es war wirklich eine sturmrasende, aber doch sehr schöne Nacht, eine Nacht, die grausig seltsam war in Schrecken und in Pracht. Ganz in unserer Nachbarschaft musste sich ein Wirbelwind erhoben haben, denn die Windstöße änderten häufig ihre Richtung. Die ungewöhnliche Dichtigkeit der Wolken, die so tief hingen, als lasteten sie auf den Türmen des Hauses, verhinderte nicht die Wahrnehmung, dass sie wie mit bewusster Hast aus allen Richtungen herbeijagten und ineinanderstürzten – ohne aber weiterzuziehen.

Ich sage: Selbst ihre ungewöhnliche Dichtigkeit verhinderte uns nicht, dies wahrzunehmen – dennoch erblickten wir keinen Schimmer vom Mond oder von den Sternen – ebenso wenig aber einen Blitzstrahl. Doch die unteren Flächen der jagenden Wolkenmassen und alle uns umgebenden Dinge draußen im Freien glühten im unnatürlichen Licht eines schwach leuchtenden und deutlich sichtbaren gasartigen Dunstes, der das Haus umgab und einhüllte.

»Du darfst – du sollst das nicht sehen!«, sagte ich schaudernd zu Usher, als ich ihn mit sanfter Gewalt vom Fenster fort zu einem Sessel führte. »Diese Erscheinungen, die dich erschrecken, sind nichts Ungewöhnliches; es sind elektrische Ausstrahlungen – vielleicht auch verdanken sie ihr gespenstisches Dasein der schwülen Ausdünstung des Teiches. Wir wollen das Fenster schließen; die Luft ist kühl und dir sehr unzuträglich. – Hier ist eines deiner Lieblingsbücher. Ich will vorlesen, und du sollst zuhören; und so wollen wir diese fürchterliche Nacht zusammen verbringen.«

Der alte Band, den ich zur Hand genommen hatte, war der »Mad Trist« von Sir Launcelot Canning, aber ich hatte ihn mehr in traurigem Scherz als im Ernst Ushers Lieblingsbuch genannt; denn in Wahrheit ist in seiner ungefügen und fantasielosen Weitschweifigkeit wenig, was für den scharfsinnigen, idealen Geist meines Freundes von Interesse sein konnte. Es war jedoch das einzige Buch, das ich zur Hand hatte, und ich nährte eine schwache Hoffnung, der aufgeregte Zustand des Hypochonders möge Beruhigung finden (denn die Geschichte geistiger Zerrüttung weist solche Widersprüche auf) in den tollen Übertriebenheiten, die ich lesen wollte. Hätte ich wirklich aus der gespannten, ja leidenschaftlichen Aufmerksamkeit schließen dürfen, mit der er mir zuhörte – oder zuzuhören schien –, so hätte ich mir zu dem Erfolg meines Vorhabens Glück wünschen dürfen.

Ich war in der Erzählung bei der allbekannten Stelle angelangt, wo Ethelred, der Held des »Trist«, nachdem er vergeblich friedlichen Einlass in die Hütte des Klausners zu bekommen versucht hatte, sich anschickt, den Eintritt durch Gewalt zu erzwingen. Hier lautet der Text, wie man sich erinnern wird, so:

»Und Ethelred, der von Natur ein mannhaft Herz hatte und der nun, nachdem er den kräftigen Wein getrunken, sich unermesslich stark fühlte, begnügte sich nicht länger, mit dem Klausner Zwiesprach zu halten, der wirklich voll Trotz und Bosheit war, sondern da er auf seinen Schultern schon den Regen fühlte und den herannahenden Sturm fürchtete, schwang er seinen Streitkolben hoch hinaus und schaffte in den Planken der Tür schnell Raum für seine behandschuhte Hand; und nun fasste er derb zu und zerkrachte und zerbrach – und riss alles zusammen, dass der Lärm des dürren, dumpf krachenden Holzes durch den ganzen Wald schallte und widerhallte.«

Bei Beendigung dieses Satzes fuhr ich auf und hielt mit Lesen inne, denn es schien mir so (obwohl ich sofort überlegte, dass meine erhitzte Fantasie mich getäuscht haben müsse), als kämen aus einem ganz entlegenen Teil des Hauses Geräusche her, die ein vollkommenes, sehr fernes Echo hätten sein können von jenem Krachen und Bersten, das Sir Launcelot so charakteristisch beschrieben hatte. Zweifellos war es nur das Zusammentreffen irgendeines Geräuschs mit meinen Worten, das meine Aufmerksamkeit gefesselt hatte. Denn inmitten des Rüttelns der Fensterläden und all der vielfältigen Lärmlaute des immer mehr anwachsenden Sturms hatte der Laut an sich sicherlich nichts, was mich interessiert oder gestört haben könnte. Ich fuhr in der Erzählung fort:

»Aber als der werte Held Ethelred jetzt in die Tür trat, geriet er bald in Wut und Bestürzung, keine Spur des boshaften Klausners zu bemerken, sondern statt seiner einen ungeheuren schuppenrasselnden Drachen mit feuriger Zunge, der als Hüter vor einem goldenen Palast mit silbernem Fußboden ruhte. Und an der Mauer hing ein

Schild aus schimmerndem Stahl, in den die Inschrift eingegraben war:

> ›Wer hier herein will dringen,
> den Drachen muss er bezwingen;
> Ein Held wird er sein,
> den Schild sich erringen.‹

Und Ethelred schwang seinen Streitkolben und schmetterte
ihn auf den Schädel des Drachen, der zusammenbrach und
seinen üblen Odem aufgab und dieses mit einem so grass-
lichen und schrillen und durchdringenden Schrei, dass
Ethelred sich gern die Ohren zugehalten hätte vor dem
schrecklichen Laut, desgleichen hievor niemalen erhört
gewesen war.«

Hier hielt ich wieder bestürzt inne – und diesmal mit
schauderndem Entsetzen –, denn es konnte kein Zweifel
bestehen, dass ich in diesem Augenblick (wennschon es
mir unmöglich war, anzugeben, aus welcher Richtung)
einen dumpfen und offenbar entfernten, aber schrillen,
lang gezogenen, kreischenden Laut vernommen hatte –
das vollkommene Gegenstück zu dem unnatürlichen Aufschrei des Drachen, wie der Dichter ihn beschrieb.

Trotzdem ich durch dies zweite und höchst seltsame
Zusammentreffen erschreckt war und tausend wider-
streitende Empfindungen, in denen Erstaunen und
äußerstes Entsetzen vorherrschten, mich bestürmten, so
hatte ich dennoch Geistesgegenwart genug, nicht etwa
durch eine diesbezügliche Bemerkung die Nervosität
meines Gefährten noch zu steigern. Ich war keineswegs

sicher, dass er die in Frage stehenden Laute vernommen hatte, obgleich allerdings während der letzten Minuten eine sonderbare Veränderung mit ihm vorgegangen war. Anfänglich hatte er mir gegenüber gesessen, sodass ich ihm voll ins Gesicht sehen konnte; nach und nach aber hatte er seinen Stuhl so herumgedreht, dass er nun mit dem Gesicht zur Tür schaute. Ich konnte daher seine Züge nur teilweise erblicken, doch sah ich, dass seine Lippen zitterten, als flüstere er leise vor sich hin. Der Kopf war ihm auf die Brust gesunken, aber ich wusste, dass er nicht schlief, denn sein Profil zeigte mir seine weit und starr geöffneten Augen, und sein Oberkörper bewegte sich unausgesetzt sanft und einförmig hin und her. Dies alles hatte ich mit raschem Blick erfasst und nahm nun die Erzählung Sir Launcelots wieder auf:

»Und nun, da der Held der schrecklichen Wut des Drachen entronnen war und sich des stählernen Schildes erinnerte, dessen Zauber nun gebrochen, räumte er den Kadaver beiseite und schritt über das silberne Pflaster kühn hin zu dem Schild an der Wand. Der aber wartete nicht, bis er herangekommen war, sondern stürzte zu seinen Füßen auf den Silberboden nieder, mit gewaltig schmetterndem, furchtbar dröhnendem Getöse.«

Kaum hatten meine Lippen diese Worte gesprochen, da vernahm ich – als sei in der Tat ein eherner Schild schwer auf einen silbernen Boden gestürzt – deutlich, aber gedämpft einen metallisch dröhnenden Widerhall. Gänzlich entnervt sprang ich auf die Füße, aber die taktmäßige Schaukelbewegung Ushers dauerte fort. Ich stürzte zu dem Stuhl, in dem er saß. Sein Blick war stier geradeaus gerichtet, und sein Antlitz schien wie zu Stein erstarrt. Aber als ich die Hand auf seine Schulter legte, befiel ein heftiges Zittern seine ganze Gestalt; ein krankes Lächeln zuckte um seinen Mund, und ich sah, dass er leise, hastend und stotternd vor sich hin murmelte, als wisse er nichts von meiner Anwesenheit. Mich tief zu ihm hinabbeugend, trank ich schließlich den scheußlichen Sinn seiner Worte ein:

»Es nicht hören? – Oh, ich höre es wohl und habe es gehört. Lange – lange – lange – viele Minuten, viele Stunden, viele Tage habe ich es gehört – aber ich wagte nicht – oh, bedaure mich – elender Schurke, der ich bin! – Ich wagte nicht, ich wagte nicht zu reden! Wir haben sie lebendig ins Grab gelegt! Sagte ich nicht, meine Sinne seien scharf? Ich sage dir jetzt, dass ich ihre ersten schwachen Bewegungen im dumpfen Sarg hörte. Ich hörte sie – vor vielen, vielen Tagen schon – dennoch wagte ich nicht – ich wagte nicht zu reden! Und jetzt – heute Nacht – Ethelred – ha! Ha! – Das Aufbrechen der Tür des Klausners und der Todesschrei des Drachen und das Dröhnen des Schildes! – Sage lieber: das Zerbersten ihres Sarges, das Kreischen der eisernen Angeln ihres Gefängnisses und ihr qualvolles Vorwärtskämpfen durch den kupfernen Bogengang des Gewölbes. Oh, wohin soll ich fliehen? Wird sie nicht gleich hier sein? Wird sie nicht eilen, um mir meine Eile vorzuwerfen? Hörte ich nicht schon ihren Tritt auf der Treppe? Kann ich nicht schon das schwere und schreckliche Schlagen ihres Herzens vernehmen? Wahnsinniger!« – hier sprang er wie rasend auf und kreischte, als wolle er mit diesen Worten seine Seele hinausbrüllen – »Wahnsinniger! Ich sage dir, dass sie jetzt draußen vor der Tür steht!«

Als läge in der übermenschlichen Kraft dieses Ausrufs die Macht eines Zaubers – so rissen jetzt die riesigen alten Türflügel, auf die der Sprecher hinzeigte, ihre gewaltigen, ebenholzenen Kinnladen auf. Es war das Werk des rasenden Sturms – aber siehe! Draußen vor der Tür stand leibhaftig die hohe, ins Leinentuch gehüllte Gestalt der Lady Magdalen Usher. Es war Blut auf ihrer weißen Gewandung, und die Spuren eines erbitterten Kampfes waren überall an ihrem abgezehrten Körper zu erkennen. Einen Augenblick blieb sie zitternd und taumelnd auf der Schwelle stehen – dann fiel sie mit einem leisen schmerzlichen Aufschrei ins Zimmer auf den Körper ihres Bruders – und in ihrem heftigen und nun endgültigen Todeskampf riss sie ihn tot zu Boden – ein Opfer der Schrecken, die er vorausempfunden hatte.

Wie verfolgt entfloh ich aus diesem Gemach und diesem Haus. Draußen tobte das Unwetter in unverminderter Heftigkeit, als ich den alten Teichdamm kreuzte. Plötzlich schoss ein unheimliches Licht quer über den Pfad, und ich blickte zurück, um zu sehen, woher ein so ungewöhnlicher Glanz kommen könne, denn hinter mir lagen allein das weite Schloss und seine Schatten. Der Strahl war Mondglanz, und der volle, untergehende, blutrote Mond schien jetzt hell durch den einst kaum wahrnehmbaren Riss, von dem ich bereits früher sagte, dass er vom Dach des Hauses im Zickzack bis zum Erdboden lief. Während ich hinstarrte, erweiterte sich dieser Riss mit unheimlicher Schnelligkeit, ein wütender Stoß des Wirbelsturms kam, das volle Rund des Satelliten wurde in dem breit aufgerissenen Spalt sichtbar; mein Geist wankte, als ich jetzt die gewaltigen Mauern auseinanderbersten sah; es folgte ein langes, tosendes Krachen wie das Getöse von tausend Wasserfällen, und der tiefe und schwarze Teich zu meinen Füßen schloss sich finster und schweigend über den Trümmern des Hauses Usher.

Das ovale Porträt

Egli è vivo e parlerebbe se non osservasse
la rigola del silentio.

INSCHRIFT UNTER EINEM GEMÄLDE VON ST. BRUNO

Ich hatte in einem außerordentlichen, heftigen und lang-andauernden Fieber gelegen. Alle Heilmittel, die sich in dieser unwirtlichen Gegend der Apenninen auftreiben ließen, waren erfolglos angewendet worden, und schließlich hatten sie sich erschöpft. Was war nun zu tun? Mein Diener und einziger Gefährte in dem verlassenen Schloss war zu unbedacht und zu ungeschickt, um mir zur Ader lassen zu können; überdies hatte ich in der Schlägerei mit den Banditen schon allzu viel Blut verloren. Auch konnte ich meinen Knecht nicht nach fremder Hilfe aus-schicken und selbst allein und hilflos hier zurückbleiben. Da erinnerte ich mich endlich eines Päckchens Opium, das sich bei meinem Rauchtabak und der Huhkapfeife befinden musste; ich hatte nämlich in Konstantinopel die Gewohnheit angenommen, den Tabak mit dem Gift gemischt zu rauchen.

Pedro reichte mir die Tabaksbüchse. Ich suchte und fand das Narkotikum. Doch als ich ein Stück abschneiden wollte, fühlte ich, dass hier erst überlegt werden müsse.

Beim Rauchen war es ziemlich belanglos, wie viel Opium dem Tabak beigemengt wurde. Für gewöhnlich hatte ich den Pfeifenkopf zur Hälfte mit einem Gemisch von Opium und geschnittenem Tabak gefüllt, von beidem gleich viel. Zuweilen konnte ich diese Mischung ganz aufrauchen, ohne irgendwie besondere Folgen zu verspüren; zu anderen Zeiten hatte ich kaum zwei Drittel dieser Dosis geraucht, als ich schon beunruhigende Anzeichen geistiger Verwirrung verspürte, die mich warnten, weiterzurauchen. Aber die Wirkung des Giftes nahm stets nur gradweise und allmählich zu, und so konnte ich, indem ich jener ersten Warnung folgte, jede ernstliche Gefahr vermeiden.

Hier jedoch lag der Fall anders. Ich hatte nie vorher Opium geschluckt. Laudanum und Morphium waren gelegentlich schon von mir genommen worden, und diesen Mitteln gegenüber hätte ich keine Ursache gehabt, zu zögern. Konzentriertes Opium aber hatte ich noch nie angewendet. Pedro wusste ebenso wenig wie ich, welche Dosis genommen werden durfte, und so war ich in diesem dringenden und wichtigen Fall ganz und gar meinen Mutmaßungen überlassen. Trotzdem empfand ich keine sonderliche Unruhe, denn ich hatte beschlossen, in der Anwendung dieses Medikaments gradweise vorzugehen. Zunächst wollte ich eine sehr kleine Dosis nehmen; sollte sie sich wirkungslos erweisen, so würde ich die zweite gleich große Portion folgen lassen – und so weiter, bis ich ein Nachlassen des Fiebers verspüren oder den so dringend notwendigen Schlaf finden würde, dessen Segen meine taumelnden Sinne nun schon fast eine Woche nicht genossen hatten.

Ohne Zweifel war eben diese Sinnverwirrung, war das dumpfe Delirium, das schon auf mir lastete, die Ursache, dass ich meine Schlussfolgerung nicht als falsch erkannte, sondern so blind blieb, hier, wo doch kein Normalmaß mir als Anhaltspunkt dienen konnte, irgendetwas für groß oder klein anzusehen. Ich hatte in jenem Augenblick nicht die leiseste Ahnung davon, dass das, was ich für ein außerordentlich geringes Quantum von Opium hielt, in Wirklichkeit ein übermäßig großes sei. Im Gegenteil, ich erinnere mich gut, dass ich das Stückchen, das ich nehmen wollte, einfach nach seinem Größenverhältnis zu dem ganzen Klumpen abschätzte, den ich in der Hand hielt, und bei diesem Vergleich war die Portion, die ich also schluckte – tatsächlich nur ein sehr kleiner Teil.

Das Schloss, in das mein Diener einzudringen gewagt hatte, um mich, der ich arg verwundet war und mich in trostlosem Zustand befand, nicht die Nacht unter freiem Himmel zubringen zu lassen, war ein grandioser, düsterer Bau, der wohl schon lange grimmig in die Berge starrte. Allem Anschein nach musste er für einige Zeit, und zwar erst kürzlich, verlassen worden sein. Wir hatten uns in einem Zimmer eines vom Hauptgebäude etwas abgelegenen Turmes eingerichtet. Die Ausstattung des Raums war reich, jedoch alt und verschlissen. Die Wände waren mit Teppichen behangen und mit zahlreichen und mannigfaltigen kriegerischen Trophäen sowie mit einer großen Reihe lebensvoller Gemälde in reichornamentierten goldenen Rahmen überladen.

Diese Bilder, die nicht nur an den vier Wänden, sondern auch in all den Ecken und Nischen hingen, welche die bizarre Architektur des Schlossturmes bedingt hatte – diese Bilder interessierten mich aufs Lebhafteste, wahrscheinlich infolge meines beginnenden Deliriums. Ich bat daher Pedro, die schweren Fensterladen zu schließen – denn es war schon Nacht –, die Lichter eines hohen Kandelabers, der am Kopfende meines Bettes stand, anzuzünden und die befransten Vorhänge aus schwarzem Samt, die das Bett umschlossen, weit zurückzuziehen. Ich ordnete das alles an, um mich, wenn schon nicht dem Schlaf, so wenigstens der Betrachtung dieser Bilder und der Lektüre eines kleinen Büchleins hinzugeben, das ich auf dem Bettkissen gefunden hatte und das eine Beschreibung und Würdigung der Bilder enthielt.

Lange, lange las ich, und andächtig schaute ich. Die herrlichen Stunden flohen, und tiefe Mitternacht nahte. Ich wollte dem Kandelaber eine etwas andere Stellung geben, und um meinen schlummernden Diener nicht zu wecken, streckte ich selbst die Hand aus und stellte den Leuchter so, dass seine Strahlen voll auf mein Buch fielen.

Die Veränderung hatte aber einen ganz unerwarteten Erfolg. Die Strahlen der zahlreichen Kerzen fielen jetzt in eine Nische des Zimmers, die bislang im tiefen Schatten eines mächtigen Bettpfostens gelegen hatte. So sah ich nun ein mir bisher entgangenes Bild plötzlich in vollstem Licht. Es war das Porträt eines jungen, zum Weibe reifenden Mädchens.

Ich blickte hastig auf das Bild und schloss dann die Augen. Es war mir selbst zunächst nicht verständlich, weshalb ich das tat. Aber während ich die Lider geschlossen hielt, dachte ich über die Ursache hierfür nach. Ich hatte diese Bewegung ganz impulsiv gemacht, um Zeit zum Nachsinnen zu gewinnen – um die feste Überzeugung zu gewinnen, dass meine Blicke mich nicht betrogen hatten – um meine Gedanken, ehe ich einen nachprüfenden, festeren Blick wagen würde, zunächst zu sammeln und zu beruhigen. Einen Moment später sah ich dann offen und scharf auf das Bild hin.

Ich konnte nun nicht mehr daran zweifeln, dass ich wach und völlig bei Sinnen war, denn schon vorhin, als der erste flackernde Kerzenschein auf diese Leinwand fiel, war ich aus der traumhaften Benommenheit, die meine Sinne beschlichen hatte, jäh erwacht.

Das Bild war, wie ich schon sagte, das Porträt eines jungen Mädchens. Das in der Medaillonform der beliebten Porträts von Sully ausgeführte Gemälde zeigte nur Kopf und Schultern. Die Arme, der Busen und das strahlende Haar verschmolzen unmerklich mit den unbestimmten, doch tiefen Schatten, die den Hintergrund des Ganzen bildeten. Der ovale Rahmen bestand aus reich vergoldetem Schnitzwerk. Dies Gemälde war ein bewunderungswürdiges Kunstwerk. Aber weder die hervorragende Ausführung des Bildes noch die überirdische Schönheit des Porträtkopfes konnten mich so unerwartet und tief ergriffen haben. Noch weniger berechtigt war die Annahme, meine so plötzlich aus dem Schlummer geweckte Fantasie habe diesen Kopf da für das Antlitz eines lebenden Menschen gehalten. Ich sah sofort, dass sowohl die Zeichnung selbst wie auch ihre Einrahmung solchen Gedanken augenblicklich zerstreuen mussten – ja, ihn überhaupt nicht aufkommen lassen konnten.

Ich versank in Nachdenken über diese Fragen und lag wohl eine Stunde so da, halb aufgerichtet, die Blicke auf das Bild geheftet. Endlich, als ich das wahre Geheimnis seiner seltsamen Wirkung gefunden zu haben meinte, sank ich in die Kissen zurück. Der Zauber dieses eigenartigen Bildes schien mir in einer absoluten Lebensechtheit des Ausdrucks zu liegen – des Ausdrucks, der mich zuerst überrascht hatte, mich dann verwirrte, erschreckte und überwältigte.

Voll tiefer, ehrfürchtiger Scheu schob ich den Kandelaber an seinen früheren Platz zurück. Und nachdem nun der Gegenstand meiner Unruhe meinen Blicken entzogen war, griff ich begierig nach dem Büchlein, das die Gemälde und ihre Geschichte behandelte. Ich schlug die Nummer auf, die das ovale Porträt führte, und las dort die wunderlichen Worte:

»Sie war ein Mädchen von seltenster Schönheit und ebenso heiter und lebensdurstig wie liebreizend. Und übel war die Stunde, da sie den Maler sah und liebte – den sie heiratete. Er: leidenschaftlich, gelehrt, ernst und finster, seiner Kunst wie einer Geliebten zugetan; sie: ein Mädchen von seltenster Schönheit und ebenso heiter und lebensdurstig wie liebreizend; ganz wie ein junges Reh nur Licht und Lächeln und spielende Heiterkeit, liebte sie alle Dinge, liebkoste alle Dinge und hasste nur die Kunst, ihre Rivalin verabscheute nur Palette und Pinsel und alle die Dinge, die ihr die Neigung des Geliebten streitig machten.

Schrecklich war es für sie, als der Maler den Wunsch aussprach, sogar sie, sein junges Weib, porträtieren zu wollen. Aber sie war demütig und gehorsam und saß geduldig viele

Wochen lang im hohen dunklen Turmzimmer, in das nur von oben her ein bleiches Licht hereinkroch. Er, der Maler, trank Seligkeit aus seinem Werk, das fortschritt von Stunde zu Stunde und von Tag zu Tag. Und er war ein leidenschaftlicher und wunderlicher und launischer Mann, der sich in Fantasien ganz verlieren konnte. Und er wollte nicht sehen, dass der gespenstische Lichtschein in dem alten einsamen Turm Gesundheit und Lebenswillen seiner jungen Frau aufzehrte.

Sie siechte hin, doch sie lächelte noch immer – und immer ohne zu klagen; denn sie sah, dass ihr Mann, dieser berühmte Maler, eine glühende, eine unsagbare Freude aus seiner Arbeit schöpfte und Tag und Nacht danach rang, das Bild zu vollenden – das Bild von ihr, die ihn hingebend liebte und täglich teilnahmsloser und schwächer wurde. Und in Wahrheit: mancher, der das Porträt sah, rühmte in leisen Worten seine Ähnlichkeit – und es war, als rede man von einem seltsamen, machtvollen Wunder, das ein Beweis sei sowohl für das Können des Malers wie für seine tiefe Liebe zu ihr, die er so über die Maßen gut getroffen habe. Aber schließlich, als die Arbeit ihrer Vollendung näher rückte, wurde niemand mehr im Turmzimmer vorgelassen; denn der Maler war fast toll vor brünstigem Arbeitseifer und wandte nur selten die Augen ab von der Leinwand und sah selbst seinem Weib nur selten noch ins Antlitz. Und er *wollte* nicht sehen, dass die blühenden Farben, die er auf die Leinwand strich, den Wangen der Geliebten, die neben ihm saß, entzogen wurden. Und als viele Wochen vergangen waren und nur noch wenig zu tun übrig blieb, nur noch ein Pinselstrich am Mund, ein Glanz licht am

Auge, da flackerte das Lebensverlangen des jungen Weibes noch einmal auf, wie die Flamme in der erlöschenden Lampe noch einmal aufflackert. Und dann war der Pinselstrich gemacht und das Glanzlicht angebracht, und einen Augenblick stand der Maler entzückt vor dem Werk, das er geschaffen hatte. Im nächsten Augenblick aber begann er zu zittern und erbleichte und rang nach Atem, und ohne den Blick von seinem Werk abzuwenden, schrie er laut auf: Wahrlich, das ist das lebendige Leben selber! Und er wandte sich um, seine Geliebte anzusehen. – Sie war tot.

Der Goldkäfer

Holla, holla! Der Bursche tanzt wie toll!
Es hat ihn die Tarantula gebissen.
All in the Wrong

Vor vielen Jahren stand ich in nahen Beziehungen zu
einem Herrn William Legrand. Er entstammte einer alten
Hugenottenfamilie und war einst wohlhabend gewesen;
durch allerlei Unglücksfälle aber war sein Vermögen
zusammengeschmolzen, sodass er nur noch das Nötigste
hatte. Um Demütigungen auszuweichen, verließ er New
Orleans, die Heimat seiner Väter, und ließ sich auf Sullivans
Insel nahe bei Charleston in Süd-Carolina nieder.

Diese Insel ist recht merkwürdig. Sie besteht fast ganz
aus Seesand und ist etwa drei Meilen lang. Ihre Breite
beträgt nirgends mehr als eine Viertelmeile. Vom Festland ist sie durch einen schmalen Meeresarm getrennt,
der sich durch eine Wildnis von Schilf und Schlamm
mühsam seinen Weg sucht und ein Lieblingsaufenthalt
des Marschhuhns ist. Die Vegetation ist, wie sich denken
lässt, spärlich und zwerghaft. Größere Bäume gibt es
nicht; doch findet sich am Westende, da, wo Fort Moultrie
steht, die stachlige Zwergpalme. Auch einige Holzhäuser
stehen hier, Sommerwohnungen von Charlestoner

Bürgern, die dem Staub und dem Fieber zu entfliehen trachten. Der ganze übrige Teil der Insel, mit Ausnahme des harten weißen Strandes, ist dicht bewuchert von der wohlriechenden Myrte, die bei englischen Gärtnern sehr gesucht ist. Der einzelne Strauch erreicht hier oft eine Höhe von fünfzehn bis zwanzig Fuß und bildet ein undurchdringliches Buschwerk, das die Luft in weitem Umkreis mit Wohlgerüchen tränkt.

Mitten in diesem Myrtendickicht, nicht weit von der einsamen Ostküste der Insel, hatte Legrand sich eine kleine Hütte gezimmert, die er damals bewohnte, als ich ihn rein zufällig kennenlernte. Wir wurden bald zu Freunden, denn der Einsiedler gewann mir Achtung und Interesse ab. Ich fand in ihm einen gebildeten Mann von hervorragenden Geistesgaben, nur war er sehr menschenscheu und abwechselnd krankhaften Anfällen von Begeisterung und von Schwermut unterworfen. Er hatte viele Bücher bei sich, von denen er aber selten Gebrauch machte. Sein Hauptvergnügen war Fischen und Jagen; doch schlenderte er auch gern am Strand entlang, um Muscheln zu suchen, oder durchforschte das Myrtendickicht nach seltenen Insekten. Von letzteren besaß er eine Sammlung, um die selbst ein Swammerdam ihn beneidet hätte. Bei seinen Wanderungen begleitete ihn in der Regel ein alter Schwarzer namens Jupiter, der von der Familie seines Herrn, als diese noch wohlhabend gewesen, die Freiheit erhalten hatte, aber weder durch Drohungen noch Versprechungen zu bestimmen gewesen war, die Fürsorge für seinen jungen »Massa Will« aufzugeben. Es ist nicht unwahrscheinlich, dass die Verwandten Legrands dem

Schwarzen diese Halsstarrigkeit eingegeben hatten, weil es ihnen gut schien, den exzentrisch veranlagten jungen Mann behütet und überwacht zu sehen.

Sullivans Insel liegt auf einem Breitengrad, auf dem ein strenger Winter selten ist und man nur ausnahmsweise einmal eines wärmenden Feuers bedarf. Mitte Oktober 18.. aber hatten wir einen sehr frostigen Tag. Gegen Sonnenuntergang bahnte ich mir meinen Weg durchs immergrüne Buschwerk zur Hütte meines Freundes, den ich seit Wochen nicht besucht hatte. Ich wohnte damals in Charleston, das neun Meilen von der Insel entfernt liegt, und die Reiseverbindungen waren jenerzeit nicht so bequem wie heutzutage. Als ich die Hütte erreicht hatte, klopfte ich wie gewöhnlich an, und als ich keine Antwort bekam, nahm ich den Schlüssel aus dem mir bekannten Versteck, schloss auf und trat ein. Im Kamin brannte ein kräftiges Feuer – eine mir keineswegs unwillkommene Überraschung. Ich warf den Überzieher ab, rückte mir einen Lehnstuhl an die knisternden Scheite und erwartete geduldig die Heimkehr meiner Wirte.

Sie kamen bald nach Dunkelwerden und begrüßten mich herzlich. Jupiter grinste von einem Ohr bis zum andern, während er sich anschickte, uns ein paar Marschhühner zum Abendessen zu bereiten. Legrand hatte einen seiner Begeisterungsanfälle – ich kann es nicht anders nennen. Er hatte eine unbekannte zweischalige Molluske gefunden, die eine neue Gattung bildete, und mehr noch: Er hatte mit Jupiters Hilfe einen Käfer eingefangen, den er für etwas ganz Neues hielt, worüber er aber noch am andern Morgen meine Meinung hören wollte.

»Und warum nicht schon heute?«, fragte ich und wärmte meine Hände über der Flamme; in meinem Innern wünschte ich alle Käfer der Welt zum Teufel.

»Ja, wenn ich doch nur gewusst hätte, dass Sie kommen!«, sagte Legrand. »Aber es ist so lange her, seit ich Sie sah, und wer hätte ahnen können, dass Sie gerade heute Abend mich besuchen würden? Auf dem Heimweg begegnete mir Leutnant G. von der Festung, törichterweise lieh ich ihm den Käfer; so werden Sie denselben vor morgen früh nicht sehen können. Übernachten Sie hier! Bei Sonnenaufgang lasse ich den Käfer dann durch Jup holen. Sie können sich gar nichts Schöneres denken!«

»Als was – den Sonnenaufgang?«

»Unsinn! Nein – den Käfer. Er ist von leuchtender Goldfarbe – etwa so groß wie eine Walnuss – mit zwei jetschwarzen Punkten an einem Ende des Rückens und einem einzigen größeren am anderen Ende. Die Fühlhörner sind –«

»Kein bisschen Horn an ihm, Massa Will, sag's Ihnen nochmal«, fiel hier Jupiter ein; »Tier ist ein Goldkäfer, schwer Gold, jedes bisschen ganz Gold, außen und innen, Flügel und alles – nie im Leben ich habe so schweren Käfer in Hand gehalten.«

»Nun, nehmen wir an, du habest recht, Jup«, erwiderte Legrand ernsthafter, als es mir nötig schien, »ist das aber ein Grund, dass du die Hühner anbrennen lässt? Die Farbe«, hier wandte er sich zu mir, »vermag allerdings Jupiters Ansicht zu bestätigen. Noch nie haben Sie etwas Strahlenderes gesehen als die Flügel dieses Tieres – doch darüber können Sie erst morgen urteilen. Einstweilen will ich Ihnen einen Begriff von seiner Gestalt geben.« Mit diesen Worten setzte er sich an einen kleinen Tisch, auf dem sich Tinte und Feder befanden; Papier fehlte. Er suchte in einer Schublade danach, konnte aber keins finden.

»Tut nichts«, sagte er schließlich, »dies hier tut es auch.« Und er zog aus der Westentasche einen Fetzen, den ich für sehr schmutziges Propatriapapier hielt, und entwarf darauf eine flüchtige Federzeichnung.

Währenddessen nahm ich meinen Platz beim Feuer wieder ein, denn mir war noch immer kalt. Als er die Zeichnung fertig hatte, reichte er sie mir, ohne aufzustehen. Kaum hatte ich sie in der Hand, als draußen ein lautes Knurren ertönte, dem ein Kratzen an der Tür folgte; Jupiter öffnete, und ein großer Neufundländer, der Legrand gehörte, stürmte herein, legte die Pfoten auf meine Schultern und überhäufte mich mit Liebkosungen, denn ich hatte ihn bei meinen Besuchen stets gut behandelt. Als er sich beruhigte, blickte ich auf das Papier und war, die Wahrheit zu sagen, nicht wenig verwirrt über das, was mein Freund da hingemalt hatte.

Nachdem ich es minutenlang betrachtet hatte, sagte ich: »Der Käfer ist in der Tat seltsam, das muss ich zugeben; er ist mir gänzlich neu – habe nie dergleichen gesehen – es sei denn ein Schädel, ein Totenkopf, denn damit allein hat er Ähnlichkeit.«

»Ein Totenkopf!«, wiederholte Legrand. »Nun ja, mag sein, dass er auf dem Papier etwas davon hat. Die zwei oberen schwarzen Punkte sehen wie Augen aus, wie? Und der längere unten wie ein Mund – und die Form des Ganzen ist oval.«

»Vielleicht liegt es daran«, sagte ich. »Doch, Legrand, ich fürchte, Sie sind kein Zeichenkünstler. Ich muss warten, bis ich den Käfer selber gesehen habe, ehe ich mir eine Vorstellung von ihm machen kann.«

»Sonderbar«, sagte er, ein wenig verletzt, »ich zeichne ganz gut – habe jedenfalls vortreffliche Lehrer gehabt und darf mir wohl auch schmeicheln, nicht gerade ein Dummkopf zu sein.«

»Ja, mein lieber Freund, dann haben Sie wohl einen Scherz beabsichtigt?«, sagte ich. »Dies hier ist ein ganz gut gezeichneter Schädel, ja, ich kann wohl sagen, ein meisterhaft gezeichneter Schädel – und Ihr Skarabäus muss der merkwürdigste Käfer von der Welt sein, wenn er ihm gleicht; er könnte geradezu unheimliche Vorahnungen erwecken. Ich nehme an, Sie werden den Käfer Scarabaeus caput hominis oder so ähnlich benennen; es gibt eine ganze Reihe derartiger Namen in der Naturgeschichte. Doch wo sind die Fühlhörner, von denen Sie sprachen?«

»Die Fühlhörner!«, sagte Legrand in übertrieben gereiztem Ton; »Sie müssen sie doch sehen, die Fühlhörner. Ich habe sie in natürlicher Größe wiedergegeben, und ich meine, das genügt für ihre Erkennbarkeit.«

»Nun, nun«, erwiderte ich, »mag sein; ich sehe sie aber nicht.« Und ich gab ihm ohne weitere Worte das Papier zurück, um ihn nicht noch mehr zu reizen. Ich war aber über die Wendung der Dinge sehr überrascht. Seine schlechte Laune beunruhigte mich; was konnte ich dafür, dass die Fühlhörner nicht zu sehen waren und dass das Ganze eine verblüffende Ähnlichkeit mit der üblichen Zeichnung eines Totenschädels hatte?

Verdrießlich nahm er das Papier entgegen und hatte offenbar die Absicht, es zu zerknittern und ins Feuer zu werfen, als ein zufälliger Blick auf die Zeichnung ihn plötzlich davon abhielt. Sein Gesicht wurde glühend rot und gleich darauf unheimlich bleich. Minutenlang starrte er unbeweglich auf das Blatt in seinen Händen. Endlich stand er auf, nahm eine brennende Kerze vom Tisch und setzte sich in der hintersten Ecke des Zimmers auf einen Schiffskoffer. Dort prüfte er das Blatt von Neuem mit ängstlicher Aufmerksamkeit, indem er es nach allen Seiten drehte und wendete. Er sagte aber nichts, und sein Benehmen verwunderte mich sehr; ich hielt es jedoch für ratsam, seine üble Laune nicht durch irgendeine Bemerkung zu verschlimmern. Er nahm jetzt ein Notizbuch aus seiner Rocktasche, legte das Papier sorgsam hinein und verschloss beides in einem Schreibpult. Sein Benehmen wurde nun ruhiger, aber seine vorherige Begeisterung war ganz verschwunden; doch schien er weniger mürrisch als nachdenklich. Je mehr es Nacht wurde, desto mehr versank er in Träumerei, aus der kein Scherzwort ihn erwecken konnte. Es war meine Absicht gewesen, die Nacht hier in der Hütte zu verbringen, wie ich es früher gelegentlich getan hatte; bei der trüben Stimmung meines Gastgebers schien es mir aber ratsamer, mich zu empfehlen. Er drängte mich nicht zum Bleiben; doch als ich ging, schüttelte er mir die Hand noch herzlicher als sonst. –

Es war etwa einen Monat später, und in der Zwischenzeit hatte ich von Legrand nichts gesehen, als ich in Charleston den Besuch seines Dieners Jupiter erhielt. Der gute alte Schwarze war in auffallend gedrückter Stimmung, und ich fürchtete, dass meinem Freund irgendein Unglück zugestoßen sei.

»Nun, Jup«, sagte ich, »was gibt's? Wie geht es deinem Herrn?«

»Ja, ehrlich, Massa, ihm nicht so wohlgehn, als sollte sein.«

»Nicht wohl? Das betrübt mich sehr. Worüber klagt er?«

»Da! Das ist's! Ihm klagt nie über nichts – aber ihm sehr krank sein über alles das.«

»*Sehr* krank? – Warum hast du das nicht gleich gesagt! Muss er zu Bett liegen?«

»Nein, nicht das. Nicht finden ich, was sein. Das sein gerade das Schlimme. Mein Herz sein sehr schwer geworden über armen Massa Will.«

»Ich wollte, ich könnte dich verstehen, Jupiter. Du sagst, dein Herr ist krank. Hat er dir nicht gesagt, was ihm fehlt?«

»Ach, Massa, nicht wert die Sache, dass ihm darüber Kopf verlieren. Massa Will sagen, ihm gar nichts fehlen – aber warum dann so herumgehen mit Kopf nach unten und dann halt stehen – und so weiß wie Gans?

Und dann Wort halten ganze Zeit …«

»Was halten, Jupiter?«

»Wort halten mit Figuren auf Tafel – ganz sehr komische Figuren – nie gesehen haben ich. Ich dir sagen, Massa, ihm sein viel gefährlich. Ich müssen immer viel achthaben über ihm. Einmal Massa mir fort – früh mit Sonne – und fort sein ganzes Tag. Ich mir geschnitten haben großes Stock und wollen schlagen, wann ihm zurückkommen. Aber ich solches Narr – nachher nicht haben gekonnt – ihm so elend aussehen.«

»Wie? – Was? – Nun ja, ich meine, du solltest nicht gar zu streng gegen den armen Jungen sein – nicht schlagen, Jupiter – er kann es nicht gut vertragen. Aber hast du gar keine Ahnung, was die Ursache ist für diese Krankheit – oder vielmehr für dieses veränderte Benehmen? Ist irgendetwas Unangenehmes geschehen, seit ich euch zuletzt sah?«

»Nein, Massa, da sein gewesen nichts Schlimmes *seitdem* – es waren *vorher*, ich fürchten – es waren an das Tag, wo du bei uns waren.«

»Wie? Was willst du damit sagen?«

»Nun, Massa, ich meinen das Käfer. Da, nun wissen du!«

»Das – was?«

»Das Käfer – ich wissen ganz gewiss, Massa gebissen sein wo am Kopf von das Goldkäfer.«

»Und was für einen Grund hast du für deine Annahme, Jupiter?«

»Klauen genug, Massa, und Maul auch. Ich nie haben gesehen so ein verdammtes Käfer – es stoßen und beißen alles, was ihm nahe kommen. Massa Will es packen – aber schnell wieder loslassen – das waren die Zeit, wo es ihm gebissen. Ich selbst nicht haben wollen gucken auf Maul von das Käfer oder sonst – und nicht haben wollen fassen mit meines Finger – aber es packen mit Papier, das da sein gelegen. Ich das Käfer wickeln in Papier und stopfen ihm dann Stückchen in Maul. So wir haben gemacht.«

»Und du meinst also, dass dein Herr wirklich von dem Käfer gebissen worden sei und dass der Biss ihn krank gemacht habe?«

»Ich nicht meinen – ich wissen. Warum über Gold so viel träumen, wann ihm nicht gebissen von das Goldkäfer? Ich schon viel gehört über das von Goldkäfer.«

»Doch woher weißt du, dass er von Gold träumt?«

»Woher ich wissen? Ja, weil ihm sprechen davon im Schlaf – daher ich wissen.«

»Nun, Jup, vielleicht hast du recht; doch welch glücklichem Umstand muss ich die Ehre deines heutigen Besuchs zuschreiben?«

»Was sagen Massa?«

»Bringst du mir irgendwelche Botschaft von Herrn Legrand?«

»Nein, Massa, ich bringen das hier.« Und hier überreichte Jupiter mir ein Briefchen, das so lautete:

»Mein lieber –!

Warum habe ich Sie so lange nicht gesehen? Ich hoffe doch, dass Sie nicht etwa über irgendeine kleine Schroffheit von mir beleidigt sind. Doch nein, das ist unwahrscheinlich.

Seit ich Sie zuletzt sah, habe ich viel Grund zu Besorgnis. Ich habe Ihnen etwas zu sagen, weiß jedoch kaum, wie ich es sagen soll, noch ob ich es überhaupt sagen soll.

Ich bin seit einigen Tagen nicht ganz wohl, und der gute alte Jup quält mich fast unerträglich mit seiner wohlgemeinten Überwachung. Ist es zu glauben: Er hatte neulich einen großen Stock geschnitten, um mich durchzuprügeln, weil ich ihm ausgerissen war und den Tag solo in den Bergen auf dem Festland verbrachte. Ich glaube tatsächlich, dass nur mein schlechtes Aussehen mir die Prügel ersparte.

Ich habe seit unserem letzten Beisammensein nichts Neues für meine Sammlung gefunden.

Wenn Sie können, kommen Sie mit Jupiter herüber – machen Sie es irgendwie möglich. Sie müssen kommen! Ich möchte Sie noch heute Abend in wichtiger Angelegenheit sprechen. Ich versichere Ihnen, dass sie von größter Wichtigkeit ist.

Stets der Ihre
William Legrand«

Im Ton dieses Briefes lag etwas, das mir große Unruhe machte. Sein ganzer Stil wich stark von Legrands sonstiger Schreibweise ab. Was war es nur, wovon er träumte? Von welch neuer Grille war wohl sein leicht erregbares Hirn erfasst? Welche Angelegenheit »von größter Wichtigkeit« konnte er zu erledigen haben? Jupiters Bericht über ihn prophezeite mir nichts Gutes. Ich befürchtete, die andauernd unglücklichen Verhältnisse meines Freundes hätten diesen schließlich um den Verstand gebracht. Ich bereitete mich also ohne Zögern vor, den Schwarzen zu begleiten.

Als wir den Strand erreichten, sah ich unten im Boot, das uns zur Insel hinüberführen sollte, eine Sichel und zwei Spaten liegen, alle drei Gegenstände anscheinend ganz neu.

»Was sollen die Sachen, Jup?«, fragte ich.

»Es sein Sichel und Spaten, Massa.«

»Sehr richtig; aber was sollen sie da?«

»Sein das Sichel und Spaten, was ich kaufen müssen für Massa – ich haben verteufelt viel Geld dafür geben.«

»Aber im Namen von allem, was geheimnisvoll ist, was will denn dein Massa Will mit Sichel und Spaten?«

»Das sein mehr, als ich wissen – und der Teufel holen mich, wenn es nicht auch mehr sein, als Massa selbst wissen. Aber es sein alles von das Käfer kommen.«

Da ich sah, dass von Jupiter, dessen ganzer Verstand von »das Käfer« eingenommen zu sein schien, keine befriedigende Antwort zu erlangen war, stieg ich in das Boot und hisste das Segel. Ein guter starker Wind brachte uns bald in die kleine Bucht nördlich von Fort Moultrie, und nach einem Marsch von etwa zwei Meilen kamen wir bei der Hütte an. Es war gegen drei Uhr nachmittags. Legrand hatte uns mit Spannung erwartet. Er griff meine Hand mit so heftigem Druck, dass es mich beunruhigte und in meinem vorgefassten Verdacht bestärkte. Sein Gesicht war geisterhaft bleich, und seine tiefliegenden Augen leuchteten in unnatürlichem Glanz. Nach einigen Erkundigungen über sein Befinden fragte ich, da ich nichts Besseres zu sagen wusste, ob er den Skarabäus inzwischen von Leutnant G. zurückerhalten habe.

»O ja!«, erwiderte er heftig errötend, »ich bekam ihn am nächsten Morgen. Nichts könnte mich je veranlassen, mich von diesem Käfer zu trennen. Wissen Sie, dass Jupiter mit dem Käfer ganz recht hatte?«

»Inwiefern?«, fragte ich mit einer traurigen Ahnung im Herzen.

»In seiner Meinung, dass der Käfer wirklich ganz von Gold sei.« Er sagte dies mit tiefernster Miene, und ich fühlte mich unsagbar erschüttert.

»Dieser Käfer soll mein Glück machen!«, fuhr er mit triumphierendem Lächeln fort. »Er soll mich in mein Erbgut wieder einsetzen. Ist es da ein Wunder, wenn ich ihn preise? Da Fortuna für gut befunden hat, ihn mir zu schenken, brauche ich ihn nur richtig anzuwenden, um zu dem Gold zu kommen, zu dem er der Wegweiser ist. Jupiter, bring mir den Skarabäus!«

»Was? Das Käfer, Massa? – Ich mögen lieber nicht ihn anrühren. Massa müssen selbst holen.«

Hierauf erhob sich Legrand mit ernster, würdiger Miene und brachte mir das Tier aus seinem Glasbehälter. Es war ein prächtiger Skarabäus und damals den Naturforschern noch unbekannt – also natürlich in wissenschaftlicher Hinsicht von großem Wert. Er hatte zwei runde schwarze Flecken am oberen und einen länglichen am unteren Ende des Rückens. Die Flügel waren außerordentlich hart und glänzend und erschienen durchaus wie poliertes Gold. Das Gewicht des Insekts war sehr bedeutend, und wenn ich alles in Betracht zog, so konnte ich Jupiters Ansicht kaum verurteilen; was ich aber von Legrands Zustimmung dazu denken sollte, konnte ich beileibe nicht sagen.

»Ich schickte nach Ihnen«, sagte er in bedeutungsvollem Ton, nachdem ich die Untersuchung des Käfers beendet hatte, »ich schickte nach Ihnen, damit ich Ihren Rat und Beistand erhielte bei Verfolgung des vom Schicksal und vom Käfer angedeuteten Glücksweges.«

»Mein lieber Legrand«, rief ich, ihn unterbrechend, »Sie sind sicherlich leidend und sollten lieber irgendein Mittel dagegen anwenden. Gehen Sie doch ins Bett, und ich will ein paar Tage bei Ihnen bleiben, bis Sie es überwunden haben. Sie fiebern, und –«

»Fühlen Sie meinen Puls!«, sagte er.

Ich fühlte ihn und fand, um die Wahrheit zu sagen, auch nicht das leiseste Anzeichen von Fieber.

»Aber Sie könnten krank sein, auch ohne Fieber zu haben. Erlauben Sie mir dies eine Mal, Ihnen Vorschriften zu machen. Vor allem gehen Sie zu Bett; ferner –«

»Sie irren sich«, fiel er ein; »ich fühle mich so wohl, als ich es bei der Aufregung, unter der ich leide, nur irgend sein kann. Wenn Sie mich wirklich gesund wünschen, so werden Sie diese Aufregung von mir nehmen.«

»Und wie kann dies geschehen?«

»Sehr einfach. Jupiter und ich unternehmen eine Wanderung in die Hügel auf dem Festland und brauchen bei dieser Fahrt die Hilfe irgendeines Menschen, in den wir Vertrauen setzen dürfen. Da sind Sie der Einzige. Ob wir nun Erfolg haben oder nicht – die Aufregung, in der Sie mich sehen, wird geschwunden sein.«

»Es liegt mir daran, Ihnen gefällig zu sein«, erwiderte ich; »doch wollen Sie damit sagen, dass dieser höllische Käfer zu Ihrem Ausflug in die Berge in irgendwelcher Beziehung steht?«

»Allerdings.«

»Dann, Legrand, muss ich Ihnen sagen, dass ich bei einem so unsinnigen Vorhaben keine Rolle übernehmen kann.«

»Tut mir leid – sehr leid – denn dann müssen wir es allein versuchen.«

Allein versuchen! Der Mann ist verrückt, dachte ich. – »Doch halt! Wie lange gedenken Sie fortzubleiben?«

»Voraussichtlich die ganze Nacht. Wir werden sogleich aufbrechen und jedenfalls bei Sonnenaufgang zurück sein.«

»Und wollen Sie mir auf Ehre versprechen, dass Sie heimkehren und meinem Rat wie dem Ihres Arztes folgen wollen, sobald diese Grille vorüber und die Käfergeschichte – großer Gott! – zu Ihrer Befriedigung erledigt ist?«

»Ja, ich verspreche es! – Und nun lassen Sie uns gehen, denn wir haben keine Zeit zu verlieren.«

Mit schwerem Herzen begleitete ich meinen Freund. Wir brachen gegen vier Uhr auf – Legrand, Jupiter, der Hund und ich. Der Schwarze schleppte Sichel und Spaten; er hatte darauf bestanden, alles zu tragen, mehr aus Besorgnis, jegliches Werkzeug aus dem Bereich seines Herrn fernzuhalten, als aus übertriebenem Pflichteifer oder Liebenswürdigkeit. Er war äußerst mürrisch, und »das verfluchte Käfer!«, waren die einzigen Worte, die ihm auf der Wanderung entschlüpften. Ich selbst war mit ein paar Blendlaternen bepackt, während Legrand sich mit dem Skarabäus begnügte, der an einem Bindfaden baumelte, den er mit der Miene eines Zauberers im Gehen hin und her schwenkte. Als ich diesen letzten klaren Beweis von der Geistesverwirrung meines Freundes gewahrte, konnte ich kaum die Tränen zurückhalten. Ich hielt es jedoch für das Beste – wenigstens vorläufig, bis ich energischere Maßregeln mit Aussicht auf Erfolg anwenden konnte –, seinen Wahn zu dulden. Inzwischen versuchte ich, freilich ganz vergeblich, ihn über den Zweck der Expedition auszuhorchen. Nachdem er mich dahin gebracht hatte, ihn zu begleiten, schien er nicht gewillt, sich über unwichtige Dinge zu unterhalten, und ließ sich auf alle meine Fragen zu keiner anderen Antwort herbei als: »Abwarten!«

Wir kreuzten die Bucht mithilfe eines Bootes, erklommen die Höhe am Ufer des Festlandes und schritten in nordwestlicher Richtung fort, durch eine wüste und einsame Gegend, wo keine Menschenseele zu erspähen war. Legrand ging mit großer Sicherheit voran und blieb nur hie und da einen Augenblick stehen, um gewisse Wegzeichen, die er bei früherer Gelegenheit selbst gemacht zu haben schien, zu befragen.

In dieser Weise zogen wir etwa zwei Stunden dahin, und die Sonne ging gerade unter, als wir in eine Gegend gelangten, die noch unendlich viel trauriger war als die bisher durchwanderte. Es war eine Art Hochebene nahe dem Gipfel eines fast unersteigbaren Berges, der von unten bis oben dicht bewaldet war und hie und da riesige Felsblöcke trug, die lose auf dem Boden zu liegen und am Hinabrollen ins Tal lediglich durch die Bäume verhindert zu sein schienen, an deren Stämmen sie lehnten. Tiefe, nach allen Richtungen sich hinziehende Schluchten gaben der Landschaft einen noch düstereren, ernsten Charakter.

Die natürliche Plattform, zu der wir emporgeklommen, war dicht mit Brombeergestrüpp überwuchert, durch das wir uns ohne die Hilfe der Sichel nicht hätten hindurchdrängen können. Auf Anordnung seines Herrn machte Jupiter sich daran, uns einen Weg zu einem ungeheuren Tulpenbaum zu bahnen, der in Gesellschaft von acht bis zehn Eichen auf der Höhe der Ebene stand. Der Tulpenbaum überragte sie alle, überbot auch an Mächtigkeit und Laubfülle, an Ausspannung der Äste und Majestät der Erscheinung alle anderen Bäume, die ich je gesehen. Als wir diesen Baum erreichten, wandte sich Legrand an

Jupiter mit der Frage, ob er wohl den Baum erklimmen könne. Der Alte schien durch diese Frage nicht wenig verblüfft und gab zunächst keine Antwort. Schließlich trat er an den riesigen Stamm heran, ging langsam um ihn herum und betrachtete ihn mit prüfenden Blicken. Als er damit fertig war, sagte er nur: »Ja, Massa. Jup erklettern jedes Baum, was gesehen im Leben.«

»Dann also hinauf mit dir – so schnell als möglich; es wird bald nicht mehr hell genug sein, um das zu sehen, um was es sich hier handelt.«

»Wie weit ich müssen hinaufgehen?«, fragte Jupiter.

»Klettere nur zuerst den Stamm hinauf, und dann werde ich dir sagen, welchen Weg du nehmen musst – und hier – halt! – nimm den Käfer mit dir.«

»Das Käfer, Massa Will? – Das Goldkäfer?«, schrie der Schwarze, entsetzt zurückweichend. »Warum das tote Käfer müssen hinauf auf das Baum? – Verdammt, wenn ich das tun!«

»Wenn du dich fürchtest, Jup – so ein großer starker Mann, wie du bist –, einen harmlosen kleinen Käfer in der Hand zu halten, so kannst du ihn hier am Strick tragen. Aber wenn du ihn nicht auf irgendeine Weise hinaufbringst, zwingst du mich, dir mit der Schaufel hier den Schädel einzuschlagen.«

»Was Massa denn haben?«, sagte Jup, der sich augenscheinlich schämte und nachgiebiger wurde. »Immer wollen Streit machen mit altes Mann. Alles gewesen nur Spaß. Ich das Käfer fürchten? Was mich kümmern das Käfer!«

Mit diesen Worten ergriff er behutsam das äußerste Ende der Schnur und begann den Baum zu erklettern, wobei er das Tier so weit von seinem Körper abhielt, wie dies nur möglich war.

Der Tulpenbaum, Liriodendron tulipiferum, der prächtigste Waldbaum Amerikas, hat, solange er jung ist, einen eigentümlich glatten Stamm, der sich oft zu bedeutender Höhe erhebt, bevor er Seitenäste ansetzt; in reiferen Jahren aber wird die Rinde rissig und uneben, während viele kurze Äste sich vom Stamm abzweigen. So war in diesem Fall der Aufstieg nicht so schwierig, wie es den Anschein hatte. Indem Jupiter sich mit Armen und Knien so fest wie möglich an die kolossale Säule anpresste und mit den Händen und nackten Zehen kleine Vorsprünge geschickt benutzte, wand er sich, nachdem er ein oder zweimal beinahe abgestürzt wäre, schließlich bis in die erste große Gabelung hinauf und meinte nun, er habe seine Aufgabe großartig erfüllt. Die *Gefahr* der Sache war jetzt tatsächlich beinahe vorüber, obgleich der Kletterer sich sechzig bis siebzig Fuß über dem Erdboden befand.

»Welchen Weg mussen ich weitergehen, Massa Will?«, fragte er.

»Bleibe auf dem stärksten Ast – dem auf dieser Seite hier«, sagte Legrand.

Der Schwarze gehorchte ihm sofort und anscheinend mühelos, bis keine Spur seiner stämmigen Gestalt mehr durch das dichte Laubwerk hindurch zu sehen war.

Plötzlich erschallte von droben ein Hallo-Ruf.

»Wie viel weiter ich noch mussen gehn?«

»Wie weit bist du oben?«, fragte Legrand.

»Sehr viel weit«, antwortete der Schwarze. »Ich sehen den Himmel von über das Baum.«

»Kümmere dich nicht um den Himmel, sondern beachte, was ich sage. Blicke am Stamm entlang hinab und zähle die Hauptäste auf dieser Seite; wie viele hast du unter dir?«

»Eins – zwei – drei – vier – finf – ich haben finf große Aste unter mir auf dieses Seite.«

»Dann geh noch einen Ast höher.«

Nach einigen Minuten erscholl die Stimme wiederum und zeigte an, dass der siebente Ast erreicht sei.

»Jetzt, Jup«, rief Legrand, ersichtlich sehr aufgeregt, »wünsche ich, dass du auf deinem Ast so weit als irgend möglich hinauskriechst. Wenn du irgendetwas Sonderbares siehst, so lass es mich wissen.«

Hiermit war auch der letzte Zweifel, den ich vielleicht noch an meines Freundes Verrücktheit gehabt haben mochte, endgültig abgetan. Während ich darüber nachsann, was da am besten zu tun sei, ertönte Jupiters Stimme von Neuem.

»Ich haben Angst, auf dieses Ast sehr viel weit vorzugehen – sein fast ganz ein totes Ast.«

»Sagtest du, es sei ein toter Ast, Jupiter?«, rief Legrand mit bebender Stimme.

»Ja, Massa – sein tot wie ein Türnagel – ganz tot für ganzes Leben.«

»Was in des Himmels Namen soll ich tun?«, fragte Legrand in höchster Verzweiflung.

»Tun?«, sagte ich, erfreut über diese Gelegenheit zum Eingreifen. »Ja, heimgehen und sich ins Bett legen. Kommen Sie jetzt! Seien Sie gut! Es wird spät, und überdies denken Sie an Ihr Versprechen!«

»Jupiter«, rief er, ohne mich im Geringsten zu beachten, »hörst du mich?«

»Ja, ich hören Massa Will ganz deutlich.«

»Dann prüfe also das Holz sorgfältig mit deinem Messer und sieh, ob du es für *sehr* morsch hältst.«

»Holz morsch, ganz bestimmt«, erwiderte der Schwarze nach kurzer Pause, »aber nicht so sehr morsch, als eigentlich sein mussten. Ich können ein wenig allein auf das Ast hinausrutschen. Das sein möglich.«

»*Allein?* – Was meinst du damit?«

»Ho, ich meinen das Käfer. Sein sehr schweres Käfer. Wann ich lassen ihm grade hinunterfallen, dann werden das Ast mit Gewicht von bloß so ein Schwarzen nicht brechen.«

»Du verfluchter Schurke!«, schrie Legrand erleichtert. »Was soll das heißen, dass du solche Dummheiten redest! Wenn du den Käfer fallen lässt, breche ich dir das Genick. Pass auf, Jupiter; hörst du mich?«

»Ja, Massa. Nicht nötig haben, so viel auf armes Mann zu schimpfen.«

»Gut, also höre! – Wenn du dich auf dem Ast so weit, als du es für möglich hältst, hinauswagen willst, ohne den Käfer fallen zu lassen, so will ich dir, sowie du wieder herunterkommst, einen Silberdollar zum Geschenk machen.«

»Ich wollen es tun, Massa – ja, ganz gewiss!«, antwortete der Schwarze schnell. – »Ich sein fast am Ende jetzt.«

»*Am Ende?!*«, schrie Legrand heraus. »Willst du sagen, du seiest ganz am Ende des Astes?«

»Bald ganz am Ende, Massa – o, o, o – ohal – Gott sein mir gnädig! – Was sein das hier auf das Baum?«

»Nun«, rief Legrand hocherfreut, »was ist es?«

»Ho – nichts als ein Schädel – einer haben sein Kopf gelassen auf Baum, und die Krähen haben abmachen jedes bisschen Fleisch.«

»Ein Schädel, sagst du! – Gut, prächtig! Wie ist er am Ast befestigt? Womit wird er oben gehalten?«

»Ich mussen nachsehen, Massa. – Ho, sein ganz seltsames Anfestigung – auf mein Wort! Da sein großes dickes Nagel durch Schädel, das ihm festmachen auf das Baum!«

»Also, Jupiter, pass auf. Tu genau, was ich dir sage. – Hörst du?«

»Ja, Massa.«

»Aufgepasst! Suche das linke Auge von dem Schädel.«

»Ho – sein gut das – kein Auge nicht da sein überhaupt nicht.«

»Deine verwünschte Dummheit! – Kannst du deine rechte Hand von der linken unterscheiden?«

»Ja, ich wissen das – wissen gut alles darüber – sein mein linkes Hand, mit das ich hacken Holz.«

»Stimmt! Du bist linkshändig. Und dein linkes Auge ist auf derselben Seite wie deine linke Hand. Ich hoffe, du kannst nun das linke Auge des Schädels finden – oder vielmehr die Stelle, wo es gewesen ist. Hast du's gefunden?«

Lange Pause.

Endlich fragte der Schwarze: »Sein linkes Auge von das Schädel auf selbes Seiten wie linkes Hand von das Schädel? Weil Schädel nichts ein bisschen haben von Hand. Aber tun nichts – ich haben jetzt finden linkes Auge! Was sollen ich tun damit?«

»Lass den Käfer hindurchfallen, so weit als der Strick reicht. Aber sei vorsichtig und lass den Strick nicht aus der Hand.«

»Alles das fertig, Massa Will. Sehr viel leichtes Ding, das Käfer stecken durch das Loch. Massa müssen ihm sehn von unten.«

Während dieser Unterhaltung konnte man von Jupiters Gestalt nicht das Geringste sehen; aber der Käfer, den er herunterhängen ließ, wurde jetzt mit dem Ende der Schnur sichtbar und glitzerte in den letzten Strahlen der untergehenden Sonne, die unseren hohen Standort noch trafen, wie eine glatte Goldkugel. Der Skarabäus hing frei zwischen dem Astwerk und würde, wenn man ihn fallen gelassen hätte, vor unseren Füßen niedergefallen sein.

Legrand nahm sogleich die Sichel zur Hand und mähte genau unter dem Insekt einen Kreis von drei bis vier Ellen Durchmesser sauber ab. Dann befahl er Jupiter, den Strick fallen zu lassen und herunterzukommen. Genau an der Stelle, wo der Käfer hingefallen war, trieb er einen Pflock in die Erde und zog ein Bandmaß aus der Tasche. Er befestigte das eine Ende desselben an der Stelle des Baumstammes, die dem Pflock zunächst lag, rollte das Band auf, bis es an den Pflock reichte, und zog es in der durch die beiden Punkte an Baum und Pflock gegebenen Richtung noch fünfzig Fuß weiter, wobei Jupiter das Brombeergestrüpp mit der Sichel beiseite räumte. An dem so erhaltenen Punkt wurde ein zweiter Pflock eingetrieben und von diesem Mittelpunkt aus ein Kreis von etwa vier Fuß Durchmesser beschrieben. Indem Legrand nun einen Spaten ergriff und mir wie Jupiter einen reichte, ersuchte er uns, so schnell als möglich zu graben.

Ich muss gestehen, dass ich an solcher Betätigung niemals Gefallen gefunden hatte und sie auch jetzt von Herzen gern zurückgewiesen hätte; denn die Nacht kam heran, und ich fühlte mich durch die bisherigen Strapazen schon sehr ermüdet. Aber ich sah keine Möglichkeit zum Ausweichen und fürchtete, durch meine Weigerung meines armen Freundes Seelenruhe zu stören. Wahrhaftig, hätte ich auf Jupiters Hilfe rechnen können, so würde ich mit dem Versuch nicht gezögert haben, den Irrsinnigen gewaltsam heimzuschleppen! Doch kannte ich den alten Schwarzen zu gut, als dass ich hätte hoffen können, er werde mich unter irgendwelchen Umständen bei einem Angriff auf seinen Herrn unterstützen. Ich zweifelte nicht, dass dieser von dem im Süden häufig grassierenden Aberglauben an vergrabene Schätze angesteckt und in seinem Wahn durch den Fund des Skarabäus, vielleicht auch durch Jupiters hartnäckige Behauptung, der Käfer sei von echtem Gold, bestärkt worden sei. Ein zum Irrsinn veranlagter Geist musste durch solche Gedanken leicht verwirrt werden können – besonders wenn sie mit lang gehegten Lieblingsideen in Einklang standen –, und dann rief ich mir auch des armen Jungen Worte ins Gedächtnis zurück: der Käfer sei ihm der Wegweiser zu einem neuen Vermögen. Das Ganze ärgerte und beunruhigte mich sehr; zuletzt beschloss ich aber, aus der Not eine Tugend zu machen – gutwillig zu graben und dadurch möglichst schnell den Träumer durch Augenschein von der Haltlosigkeit seiner Anschauungen zu überzeugen.

Die Laternen wurden angezündet, und wir alle begannen mit einem Eifer zu graben, der einer vernünftigeren Sache würdig gewesen wäre. Wie der Lichtschein so auf uns und unsere Werkzeuge fiel, konnte ich mich des Gedankens nicht erwehren, welch romantisches Bild wir boten und wie unheimlich und verdächtig unsere Arbeit einem zufälligen Beobachter erscheinen müsste.

Ununterbrochen arbeiteten wir zwei Stunden lang. Es wurde wenig gesprochen, und nur das Gebell des Hundes, der unser Tun mit lebhafter Anteilnahme verfolgte, störte uns etwas. Das Vieh wurde schließlich so laut, dass wir fürchteten, es könne Vagabunden, die sich etwa in der Nähe befänden, auf uns aufmerksam machen. Richtiger gesagt, war das nur Legrands Besorgnis – ich selbst würde mich über jede Unterbrechung gefreut haben, die es mir ermöglicht hätte, den Abenteurer heimzubringen. Der Hund wurde endlich durch Jupiter, der mit zorniger Entschlossenheit aus der Grube heraussteig, auf sinnreiche Weise zum Schweigen gebracht: Der Schwarze band ihm mit seinen Hosenträgern das Maul zu. Darauf nahm er kichernd seine Arbeit wieder auf.

Nach Verlauf der zwei Stunden hatten wir eine Tiefe von fünf Fuß erreicht, und noch immer konnte man nichts von einem Schatz entdecken. Eine allgemeine Ruhepause trat ein, und ich begann zu hoffen, die Posse sei zu Ende. Trotz seiner sichtlichen Enttäuschung aber machte sich Legrand, nachdem er sich den Schweiß von der Stirn gewischt hatte, von Neuem ans Werk. Wir hatten schon den ganzen Kreis von vier Fuß Durchmesser ausgegraben, und jetzt erweiterten wir den Umkreis ein wenig und gruben noch zwei Fuß tiefer. Noch immer war nichts zu finden.

Der Goldsucher, mit dem ich tiefes Mitleid hatte, kletterte nun mit dem Ausdruck bitterster Enttäuschung aus der Grube heraus und begann langsam und widerwillig seinen Rock wieder anzuziehen, den er zu Beginn der Arbeit abgeworfen hatte. Noch immer sagte ich kein Wort. Auf ein Zeichen seines Herrn raffte Jupiter das Handwerkszeug zusammen. Nachdem dies geschehen und dem Hund die Maulbinde wieder abgenommen worden war, wandten wir uns in tiefstem Schweigen zum Gehen.

Wir hatten kaum zwölf Schritte heimwärts gemacht, als Legrand sich mit einem lauten Fluch auf Jupiter stürzte und ihn beim Kragen packte. Der erstaunte Schwarze riss Mund und Augen auf, ließ die Spaten fallen und sank in die Knie.

»Du Schurke!«, zischte Legrand durch die Zähne. »Du höllischer schwarzer Schuft! – Sprich, sag' ich dir! – Antworte mir auf der Stelle und ohne Ausweichen – wo – welches ist dein linkes Auge?«

»O – mein Hals, Massa Will! – Sein das hier nicht mein linkes Auge ganz gewiss?«, heulte der entsetzte Jupiter, indem er die Hand auf sein *rechtes* Sehorgan legte und sie dort mit verzweifelter Hartnäckigkeit fest anpresste, wie in wahnsinniger Angst, sein Herr könne es ihm ausreißen wollen.

»Ich dachte es mir! – Ich wusste es! – Hurra!«, jubelte Legrand, den Schwarzen loslassend, und führte einen wahren Freudentanz auf – sehr zum Erstaunen seines Dieners, der sich von den Knien erhoben hatte und abwechselnd von seinem Herrn zu mir und von mir zu seinem Herrn blickte.

»Kommt, wir müssen zurück!«, sagte Letzterer; »das Spiel ist noch nicht verloren.« Und er schritt wieder zum Tulpenbaum voran.

»Jupiter«, sagte er, als wir am Fuß des Stammes angekommen waren, »komm her! War der Schädel mit dem Gesicht nach außen oder nach dem Stamm zu auf den Ast genagelt?«

»Das Gesicht waren außen. Massa – dass Krähen gut können kommen an Augen ohne alles Mühe.«

»Schön also. War es dies Auge oder das, durch das du den Käfer niederließest?« – und Legrand tippte Jupiter auf jedes Auge.

»Waren dies Auge, Massa – linkes Auge – ganz wie Massa haben sagen«, und der Schwarze zeigte auf sein rechtes Auge.

»Das genügt. Wir müssen es noch einmal versuchen.«

Hier nahm mein Freund, in dessen Wahnsinn ich nun gewisse Anzeichen von Methode zu sehen glaubte, den Pflock, der die Stelle markierte, wo der Käfer niedergefallen war, und steckte ihn etwa drei Zoll weiter nach Westen in den Boden. Nun zog er das Bandmaß von der Stelle des Stammes, die dem Pflock zunächst lag, über diesen hinaus und wie vorher in gerader Linie fünfzig Fuß weiter. So wurde ein Punkt gefunden, der einige Ellen von dem entfernt war, bei dem wir mit dem Graben begonnen hatten.

Rund um diese neue Stelle wurde nun ein Kreis gezogen, der etwas größer war als der vorige, und wieder begannen wir mit den Spaten zu arbeiten. Ich war furchtbar müde; aber mein Widerwillen gegen die mir auferlegte Mühe war jetzt geschwunden, obschon ich den Wechsel in meiner Anschauung nicht begriff. Mich überkam ein unerklärlicher Eifer – ja, geradezu eine Begeisterung. Vielleicht war in dem seltsamen Betragen Legrands so etwas wie Bedachtsamkeit und Umsicht, das auf mich Eindruck machte. Ich grub eifrig weiter und ertappte mich hie und da dabei, wie ich geradezu mit Erwartung nach dem erträumten Schatz ausspähte, der meinen unglücklichen Gefährten um den Verstand gebracht hatte.

Als wir etwa anderthalb Stunden gearbeitet hatten und jene merkwürdige Spannung mich wieder besonders stark beherrschte, wurden wir von Neuem durch ein wildes Geheul unseres Hundes gestört. Seine Unruhe war beim ersten Mal wohl nichts als Spielerei oder Laune gewesen, jetzt aber nahm sie einen ernsten und drohenden Ton an. Als Jupiter wiederum versuchte, ihm das Maul zuzubinden, leistete er rasenden Widerstand, sprang in die Grube und warf mit seinen Klauen wütend die Erde auf. In wenigen Sekunden hatte er einen Haufen menschlicher Knochen bloßgelegt, die zwei vollständige Skelette bildeten; dazwischen lagen mehrere Metallknöpfe und Reste vermoderten Wollstoffs. Ein oder zwei Spatenstiche förderten die Klinge eines spanischen Messers zutage, und beim Weitergraben kamen drei bis vier verstreute Gold- und Silbermünzen ans Licht.

Beim Anblick dieser Münzen wurde Jupiter von ganz unbändiger Freude erfasst, die Mienen seines Herrn aber drückten geradezu Enttäuschung aus. Er eiferte uns jedoch an, die Arbeit fortzusetzen, und die Aufforderung war kaum ergangen, als ich stolperte und vornüber hinfiel:

Ich war mit der Schuhspitze in einem Eisenring hängen geblieben, der halb versteckt im weichen Boden lag.

Wir schafften jetzt im Ernst, und nie habe ich zehn Minuten größerer Aufregung durchlebt. In dieser Zeit hatten wir glücklich eine längliche Holzkiste bloßgelegt, deren tadelloser Zustand und auffallende Festigkeit den Schluss zuließen, dass sie einem künstlichen Ver-steinerungsprozess – vermutlich mit Quecksilberchlorid – unterworfen worden war.

Diese Kiste war drei und einen halben Fuß lang, drei Fuß breit und zwei und einen halben Fuß tief. Sie war durch schmiedeeiserne genietete Bänder, die das Ganze wie mit Gitterwerk umfassten, fest verwahrt. Auf jeder Seite der Kiste befanden sich ziemlich oben drei Eisenringe – im Ganzen sechs –, an denen sie von sechs Personen bequem und sicher getragen werden konnte. Unsere äußersten gemeinsamen Anstrengungen erzielten nur eine geringe Verschiebung des Koffers aus seiner Lage. Wir sahen sogleich die Unmöglichkeit, ein so großes Gewicht heraus-zuheben. Glücklicherweise bestand der einzige Verschluss des Deckels in zwei Schiebebolzen. Diese zogen wir bebend in atemloser Erwartung auf. In einem Augenblick lag ein Schatz von unberechenbarem Wert schimmernd vor uns. Als die Strahlen der Laternen in die Grube fielen, flammte von einem Durcheinander von Gold und Juwelen ein gleißendes Funkeln auf, das uns fast blendete.

Ich will nicht versuchen, zu beschreiben, mit welchen Gefühlen ich hinunterstarrte; Staunen war natürlich vor-herrschend. Legrand schien vor Aufregung erschöpft und sagte nur wenig. Jupiters Antlitz wurde minutenlang so tödlich bleich, wie die Natur der Dinge dies ihm erlaubt. Er schien betäubt – vom Blitz getroffen. Plötzlich sank er in der Grube in die Knie, wühlte die nackten Arme bis zu den Ellenbogen ins Gold und ließ sie da ruhen, als genieße er die Wonnen eines Bades. Endlich, nach einem tiefen Seufzer, rief er wie im Selbstgespräch aus:

»Und das alles sein kommen von das Goldkäfer! O das hübsches Goldkäfer! Das armes kleines Goldkäfer, was ich haben schimpfen so sehr viel bös! – Mussen du dich nicht schämen? – Sagen mir das!«

Es wurde schließlich nötig, dass ich Herrn wie Diener mahnte, den Schatz schleunigst wegzuschaffen. Es wurde spät, und wir mussten uns beeilen, um alles vor Tagesanbruch bergen zu können. Wie das geschehen sollte, war allerdings schwer zu sagen, und viel Zeit wurde durch Beratungen verschwendet – so wirr waren alle unsere Gedanken. Endlich erleichterten wir die Kiste um zwei Drittel ihres Inhalts, wonach es uns mit einiger Mühe gelang, sie aus dem Loch zu heben. Die herausgenommenen Gegenstände wurden unter das Brombeergesträuch gelegt, und der Hund, dem Jupiter einschärfte, keinesfalls von der Stelle zu weichen noch vor unserer Rückkehr einen Laut von sich zu geben, musste als Wächter zurückbleiben. Dann eilten wir mit unserer Kiste heim und langten glücklich, doch nach ungeheurer Anstrengung, morgens ein Uhr in der Hütte an. Ermattet, wie wir waren, konnten wir unmöglich sogleich weiterarbeiten. Wir ruhten bis zwei und hielten unser Nachtmahl. Dann brachen wir wieder nach dem Festland auf, mit drei großen Säcken versehen, die sich glücklicherweise im Haus vorgefunden hatten.

Kurz vor vier trafen wir bei der Grube ein, verteilten den Rest der Beute möglichst gleichmäßig unter uns drei und machten uns, ohne die Löcher wieder zuzuschütten, von Neuem auf den Heimweg. Wir erreichten die Hütte, gerade als die ersten schwachen Strahlen der Morgensonne im Osten die Baumspitzen röteten, und legten zum zweiten Mal unsere goldene Bürde nieder.

Wir waren jetzt völlig erschöpft, doch viel zu aufgeregt, um wirklich Ruhe zu finden. Nach drei bis vier Stunden unruhigen Schlafes erhoben wir uns wie auf Verabredung, um unseren Schatz zu untersuchen.

Die Kiste war bis zum Rand gefüllt gewesen, und wir verbrachten den ganzen Tag und den größten Teil der folgenden Nacht mit der Sichtung ihres Inhalts, der offenbar ohne Ordnung zusammengehäuft worden war. Nachdem wir alles sorgfältig sortiert, sahen wir uns im Besitz eines Reichtums, der unsere ersten Vermutungen bei Weitem übertraf. An barem Geld gab es mehr als hundertfünfzigtausend Dollar – wenn wir die Münzen, so gut es ging, nach dem jetzigen Wert berechneten. Nicht ein Silberstückchen war zu finden; es waren ausschließlich alte ausländische Goldmünzen – französisches, spanisches und deutsches Geld nebst ein paar englischen Guineen und einigen Spielmarken, wie wir solche nie vorher gesehen hatten. Da gab es mehrere sehr große und schwere Goldstücke, die so abgenutzt waren, dass wir ihre Inschriften nicht mehr entziffern konnten. Amerikanisches Geld war gar nicht vorhanden.

Den Wert der Juwelen abzuschätzen, war schwieriger für uns. Da gab es Diamanten – einige davon außerordentlich groß und schön –, hundertundzehn im Ganzen, und nicht einer gehörte zu den kleinen; achtzehn Rubine von erstaunlichem Feuer; dreihundertundzehn Smaragde, alle wunderschön; einundzwanzig Saphire und einen Opal. Diese Steine waren sämtlich aus ihren Fassungen gebrochen und lose in die Kiste geworfen worden. Die Fassungen selbst, die wir aus dem anderen Gold heraussuchten, schienen mit dem Hammer zusammengeschlagen zu sein, als sollte dadurch eine Identifikation unmöglich gemacht werden. Außerdem gab es eine Menge reingoldener Schmucksachen; an zweihundert massive Ringe und Ohrringe; prächtige Ketten, an dreißig, wenn ich mich recht erinnere; dreiundachtzig sehr große und schwere Kruzifixe; fünf goldene Weihrauchbecken von größtem Wert; eine umfangreiche goldene Punschbowle mit Weinlaubornamenten und bacchantischen Figuren; zwei wunderbar fein ziselierte Schwertgriffe und viele andere kleine Dinge, deren ich mich im Einzelnen nicht mehr entsinnen kann. Das Gewicht dieser Wertsachen betrug mehr als dreihundertundfünfzig Pfund, und in diese Berechnung habe ich hundertsiebenundneunzig prächtige goldene Uhren nicht mit eingeschlossen, worunter sich drei befanden, deren jede fünfhundert Dollar wert war. Viele von ihnen waren sehr alt und, da das Werk mehr oder weniger vom Rost gelitten hatte, als Zeitmesser nicht mehr brauchbar – doch alle waren mit Juwelen besetzt und hatten sehr wertvolle Gehäuse. Wir schätzten in jener Nacht den gesamten Inhalt der Kiste auf anderthalb Millionen Dollar, und bei der späteren Veräußerung des Geschmeides und der Juwelen (einige

wenige Dinge hatten wir für unseren Gebrauch zurück-
behalten) fand es sich, dass wir den Schatz noch viel zu
gering bewertet hatten.

Als wir endlich unsere Prüfung beendet hatten und die
erste große Aufregung vorüber war, ließ sich Legrand,
der sah, dass ich vor Ungeduld nach einer Erklärung des
wunderbaren Rätsels brannte, zu einer umständlichen
Schilderung aller damit verknüpften Einzelheiten herbei.

»Sie werden sich«, sagte er, »der Nacht erinnern, da
ich Ihnen die flüchtige Skizze reichte, die ich von dem
Skarabäus gemacht hatte. Sie werden sich ferner entsinnen,
dass ich sehr ärgerlich über Sie wurde, als Sie behaupteten,
dass meine Zeichnung eine auffallende Ähnlichkeit mit
einem Totenschädel habe. Als Sie dies zum ersten Mal
sagten, glaubte ich, Sie scherzten; nachher aber rief ich
mir die charakteristischen Flecke auf dem Rücken des
Insekts ins Gedächtnis zurück und gestand mir selbst, dass
Ihre Bemerkung nicht so ganz unbegründet sei. Dennoch
ärgerte mich die Verspottung meiner Zeichenkunst, denn
ich gelte als leidlich guter Zeichner. Als Sie mir daher das
Pergamentstückchen reichten, wollte ich es zerknittern
und ärgerlich ins Feuer werfen.«

»Das Papierstückchen meinen Sie«, sagte ich.

»Nein. Es hatte viel Ähnlichkeit mit Papier, und zuerst
hielt ich es auch für Papier; doch als ich darauf zu zeichnen
begann, merkte ich sogleich, dass es ein Fetzen feinsten
Pergaments war. Sie werden sich erinnern: Es war ganz
schmutzig. Nun, als ich es gerade zu zerknittern begann,
fiel mein Blick auf die Skizze, und denken Sie sich mein
Erstaunen, als ich tatsächlich genau an der Stelle, wo ich

den Käfer hingezeichnet zu haben glaubte, das Abbild eines Totenkopfes gewahrte. Einen Augenblick war ich zum Nachdenken viel zu verblüfft. Ich wusste, dass meine Zeichnung im Einzelnen sehr abweichend von diesem Bild gewesen war – obgleich man eine gewisse Ähnlichkeit der Umrisslinie zugeben musste. Ich nahm sofort ein Licht, setzte mich in den fernsten Winkel des Zimmers und machte mich daran, das Pergament genauer zu prüfen. Als ich das Blatt herumdrehte, sah ich auf der Rückseite meine eigene Skizze, genauso, wie ich sie gemacht hatte. Mein erster Gedanke nun war lediglich der des Erstaunens über die wirklich sonderbare Übereinstimmung der Umrisse – über das merkwürdige Zusammentreffen, das in der Tatsache lag, dass sich genau unter meiner Zeichnung des Skarabäus auf der anderen Seite des Pergaments, ohne dass ich es wusste, das Bild eines Schädels befunden habe und dass dieser Schädel nicht nur im Umriss, sondern auch im Umfang so ganz meinem Käferbild ähnlich gewesen sein sollte. Ich sage, die Wunderlichkeit dieses Zusammentreffens verblüffte mich eine Zeit lang vollständig. Das ist fast immer die Wirkung solcher Zufälle. Der Geist müht sich, Beziehungen aufzudecken – eine Kette von Ursachen und Wirkungen – und leidet, da dies ihm unmöglich ist, unter zeitweiser Lähmung. Als ich mich aber von dieser Betäubung erholte, dämmerte allmählich in mir eine Überzeugung auf, die mich noch weit mehr überraschte als jenes zufällige Zusammentreffen. Ich begann mich klar und bestimmt zu erinnern, dass *keine* Zeichnung auf dem Pergament gewesen war, als ich darauf meine Skizze des Skarabäus machte. Fester und fester wurde diese Überzeugung in mir, da ich mit Sicherheit wusste, dass ich auf der Suche nach der reinsten Stelle zuerst die eine und dann die andere Seite geprüft hatte. Wäre der Schädel damals dagewesen, so hätte er meinen Augen unmöglich entgehen können. Hier war also wirklich ein Geheimnis, das ich mir nicht erklären konnte; aber schon damals glühte in den entlegensten, geheimsten Kammern meines Intellekts eine schwache Ahnung von jener Wahrheit auf, welche das Abenteuer der letzten Nacht so glänzend erwiesen hat. Sofort stand ich auf, verwahrte sorgfältig das Pergament und verschob jedes weitere Nachsinnen, bis ich allein sein würde.

Als Sie gegangen waren und Jupiter fest schlief, ging ich von Neuem und mit mehr Methode an die Untersuchung der Sache. Zunächst überlegte ich, wie ich in den Besitz des Pergaments gekommen war. Der Ort, wo wir den Skarabäus gefunden hatten, lag auf der Küste des Festlandes, ungefähr eine Meile östlich von der Insel, und war nur wenig über den Wasserstand der Flutzeit erhöht. Als ich das Tier ergriff, kniff es mich so heftig in den Finger, dass ich es wieder fallen ließ. Der vorsichtige Jupiter aber, auf den das Insekt zugekrochen kam, sah sich nach einem Blatt oder dergleichen um, womit er es anfassen könnte. Da fiel sein Blick – und auch der meinige – auf das Pergamentstückchen, das ich damals für Papier hielt. Es lag fast ganz im Sand begraben, und nur ein Eckchen schaute hervor. Nicht weit von der Stelle, wo wir es fanden, erblickte ich die Überreste eines Langbootes. Das Wrack musste schon lange da gelegen haben, denn die Hölzer waren kaum noch als Schiffsmaterial erkennbar.

Jupiter hob also das Pergamentstück auf, wickelte den Käfer hinein und gab es mir. Bald darauf machten wir uns wieder auf den Heimweg und begegneten Leutnant G. Ich zeigte ihm das Insekt, und er bat mich um die Erlaubnis, es nach dem Fort mitnehmen zu dürfen. Da ich einwilligte, ließ er es in die Westentasche gleiten – ohne das Pergament, das ich, solange er den Käfer betrachtet hatte, in der Hand gehalten. Vielleicht fürchtete er, ich könne noch anderer Sinnesart werden, und hielt es für das Beste, den Schatz gleich in Sicherheit zu bringen. Sie wissen ja, wie begeistert er naturgeschichtliche Studien treibt. Gleich darauf musste ich wohl, ohne es selbst zu wissen, das Pergament in die Tasche gesteckt haben.

Sie wissen wohl noch, dass ich an jenem Abend an den Tisch trat und mich dort nach einem Stückchen Papier umsah, um darauf den Käfer zu skizzieren; es lag aber keins da. Ich suchte im Fach, fand jedoch auch hier keins. Ich griff in meine Taschen, in der Hoffnung, irgendeinen alten Brief zu finden, als meine Hand das Pergament fühlte. Ich erzähle Ihnen deshalb so genau die Einzelheiten, wie es in meinen Besitz gekommen ist, weil gerade diese Einzelheiten besonderen Eindruck auf mich gemacht hatten.

Sicher werden Sie mich für sehr fantastisch halten – aber schon hatte ich gewisse Beziehungen gefunden. Ich hatte zwei Glieder einer langen Kette zusammengefügt: Da lag das Wrack eines Bootes und nicht weit davon ein Pergament – *nicht ein Papier* – mit einem darauf abgebildeten Schädel. Sie werden natürlich fragen: Wo sind denn die Beziehungen? Ich erwidere: Der Schädel oder Totenkopf ist das wohlbekannte Wappenbild des Piraten. Die Flagge mit dem Totenkopf wird bei jedem Kampf gehisst.

Ich habe gesagt, dass der Fetzen Pergament und nicht Papier war. Pergament ist dauerhaft – fast unzerstörbar. Dinge von geringer Bedeutung werden selten dem Pergament anvertraut, da es zum einfachen Schreiben oder Zeichnen längst nicht so bequem ist wie Papier. Diese Erwägung brachte mich dahin, dem Wappenbild des Piraten auf einem Pergamentblatt eine besondere Bedeutung unterzulegen. Ich versäumte auch nicht, die Form des Pergaments zu prüfen. Obschon eine seiner Ecken irgendwie zerstört worden war, konnte man sehen, dass das ursprüngliche Format länglich gewesen war. Es war tatsächlich gerade so ein Blatt, wie man es für ein Memorandum gewählt haben mochte – für ein Dokument, das lange erhalten bleiben und sorgsam aufbewahrt werden sollte.«

»Aber«, warf ich ein, »Sie sagen doch auch, der Schädel sei *nicht* auf dem Pergament gewesen, als Sie die Zeichnung des Käfers machten. Wie können Sie denn da irgendwelche Beziehungen zwischen dem Boot und dem Totenkopf aufstellen – da der letztere, wie Sie selbst zugeben, zu einer Zeit gezeichnet sein muss (Gott allein mag wissen, wie und von wem), als Ihre Skizze des Skarabäus schon fertig war?«

»Ja, hierauf beruhte gerade das ganze Geheimnis; obgleich ich, einmal bei diesem Punkt angelangt, alles Folgende verhältnismäßig leicht enträtselte. Meine Schlüsse waren so folgerichtig, dass sie nur zu einem einzigen Resultat führen konnten. Ich schloss zum Beispiel so: Als ich den Käfer zeichnete, war kein Totenkopf auf dem

Pergament sichtbar; als ich die Zeichnung fertig hatte, gab ich sie Ihnen und hielt Sie fest im Auge, bis Sie sie zurückgaben. Sie zeichneten also nicht den Schädel, und sonst war niemand da, der es hätte tun können. Es war also nicht durch Menschenhand geschehen – und dennoch *war* es geschehen!

Als ich in meinen Überlegungen so weit gekommen war, versuchte ich mit aller Kraft meines Erinnerungsvermögens mich in den in Frage stehenden Abend zurückzuversetzen – und das gelang mir auch. Der Tag war kalt gewesen (o seltener und glücklicher Zufall!), und ein Feuer brannte im Kamin. Ich war von der Anstrengung des Tages ermüdet und saß am Tisch; Sie aber hatten sich einen Stuhl zum Feuer gerückt. Gerade als ich Ihnen das Pergament gereicht hatte und Sie es betrachten wollten, kam Wolf, der Neufundländer, herein und sprang an Ihnen empor. Mit der linken Hand streichelten Sie ihn und wehrten ihn ab, während Ihre Rechte, die das Pergament hielt, lässig auf den Knien und nahe bei der Glut lag. Einen Augenblick dachte ich, die Flamme habe das Blatt ergriffen, und wollte Sie warnen, doch ehe ich reden konnte, hatten Sie das Blatt wieder höher gehoben und sahen es an.

Wenn ich alle diese Einzelheiten in Betracht zog, zweifelte ich keinen Moment, dass Hitze die Kunst gewesen war, die den Totenkopf, den ich da auf dem Pergament sah, ans Licht gebracht hatte. Sie wissen ja wohl, dass es chemische Präparate gibt und seit uralten Zeiten gegeben hat, mit deren Hilfe es möglich ist, auf Papier oder Pergament zu schreiben, sodass die Schriftzeichen nur durch

Einwirkung von Feuerhitze sichtbar werden. Manchmal wird Saflor verwendet, das in Königswasser aufgelöst und mit dem vierfachen Gewicht Wasser verdünnt eine grüne Tinte ergibt; eine rote erhält man, wenn man Kobalt in Salpetergeist auflöst. Diese Tinten verschwinden, nachdem sie abgekühlt sind, auf längere oder kürzere Zeit, werden aber bei Einwirkung von Hitze wieder sichtbar.

Ich untersuchte nun den Totenkopf mit der größten Sorgfalt. Seine äußeren Linien, die Linien, die dem Rand des Blattes am nächsten kamen, waren weit deutlicher zu sehen als die anderen. Es war klar, dass die Erhitzung unvollkommen oder ungleichmäßig vorgenommen worden war. Ich zündete sogleich ein Feuer an und setzte das ganze Pergament gleichmäßig der Hitze aus. Zunächst war die einzige Wirkung ein stärkeres Hervortreten der blassen Schädelzeichnung; als ich aber das Experiment fortsetzte, erschien an der dem Totenkopf diagonal ent-gegengesetzten Ecke des Blattes das Bild eines Tieres, das ich zuerst für eine Geiß hielt. Bei näherem Zusehen aber fand ich, dass es ein Zicklein vorstellte.«

»Ha ha«, lachte ich, »eigentlich habe ich keinen Grund, Sie auszulachen – anderthalb Millionen sind etwas zu Ernstes, um darüber zu lachen – aber Sie wollen doch da nicht etwa Ihrer Kette ein drittes Glied anfügen – Sie wollen doch nicht eine besondere Beziehung zwischen Ihrem Piraten und einer Ziege herausfinden? Denn Piraten scheinen mir mit Ziegen durchaus nichts zu tun zu haben – diese gehören vielmehr ins Bereich der Landwirtschaft.«

»Aber ich sagte Ihnen doch, das Bild sei *nicht* das einer Ziege gewesen.«

»Schön – also ein Zicklein – das ist doch so ziemlich dasselbe.«

»So ziemlich, aber nicht ganz«, sagte Legrand. »Sie haben vielleicht von einem gewissen Kapitän Kidd* gehört. Sofort hielt ich das Tierbild für eine Art scherzhaftes Familienwappen und hieroglyphisches Namenszeichen, weil sein Platz auf dem Pergament das vermuten ließ. Der Totenkopf in der diagonal gegenüberliegenden Ecke schien gleicherweise so etwas wie ein Stempel oder Siegel zu sein. Da aber sonst durchaus nichts auf dem Blatt erscheinen wollte, wurde ich in meiner Annahme doch sehr erschüttert; mir fehlte der Resonanzboden zu meinem erdachten Instrument – der Text zu meinem Kontext.«

»Ich verstehe; Sie erwarteten, zwischen dem Stempelbild und dem Namensbild einen Brief zu finden.«

»Etwas dergleichen. Tatsache ist, dass ich eine unerklärliche Vorahnung irgendeines gewaltigen Glücksfalls hatte. Ich weiß kaum, warum. Vielleicht war es mehr ein Wunsch als ein wirklicher Glaube; aber wissen Sie auch, dass Jupiters alberne Äußerung, der Käfer sei ganz aus Gold, von merkwürdigem Einfluss auf meine Einbildungskraft war? Und dann die Reihe von Zufällen und Zusammenhängen – das war alles so *sehr* merkwürdig. Wissen Sie noch, welch reiner Zufall es war, dass diese Ereignisse sich gerade an dem einzigen Tag im Jahr abspielten, an dem es kalt genug gewesen war, dass man ein Feuer anzünden musste, und dass ohne dies Feuer oder ohne das Dazwischenkommen des Hundes gerade in dem richtigen Augenblick ich niemals den Toten-

* Kid (englisch) heißt Zicklein.

kopf erblickt und also auch niemals Besitzer des Schatzes geworden wäre?«

»Weiter, nur weiter! Ich bin gar zu neugierig.«

»Schön also. Gewiss haben auch Sie die abenteuerlichen Geschichten gehört – die tausend dunklen Andeutungen darüber, dass Kidd und seine Genossen irgendwo an der atlantischen Küste einen Goldschatz vergraben haben sollen. Dies Gerede muss doch in einer Tatsache begründet sein; und dass es sich gar so lange erhalten konnte, schien mir Beweis dafür, dass der vergrabene Schatz noch immer nicht gehoben sei. Hätte Kidd seinen Raub nur eine Zeit lang verborgen und später wieder an sich genommen, so wären diese Schatzmärchen wohl kaum in ihrer immer unveränderten Gestalt bis auf uns gelangt. Es wird Ihnen auffallen, dass die Geschichten alle von Gold*suchern*, nicht von Goldfindern handeln. Hätte der Pirat sein Geld wiedergefunden, so wäre die Sache damit erledigt gewesen. Es schien mir, als habe irgendein Zufall – sagen wir mal der Verlust eines Schriftstücks, das genaue Angaben über den Ort des Verstecks enthielt – ihm die Möglichkeit einer Wiederauffindung genommen und als sei dieser Umstand seinen Spießgesellen bekannt geworden; sonst hätten diese wohl niemals von einem vergrabenen Schatz gehört und durch ihre vergeblichen Versuche einer Wiederauffindung und ihre diesbezüglichen Gespräche Veranlassung zu den Gerüchten gegeben. Haben Sie je davon gehört, dass an der Küste ein Schatz ausgegraben worden sei?«

»Nein, nie.«

»Dass aber Kidds geraubte Schätze enorm gewesen sein müssen, ist wohl bekannt. Ich hielt es also für gewiss, dass sie noch in der Erde ruhten; und es wird Sie wohl nicht weiter wundern, wenn ich Ihnen sage, dass ich die bestimmte Hoffnung hegte, das auf so seltsame Weise in meinen Besitz gelangte Pergament enthalte den verlorenen Bericht über den Ort, wo der Schatz verborgen liege.«

»Doch was taten Sie nun?«

»Ich fachte das Feuer stärker an und hielt das Pergamentstück wieder dagegen; aber es kam nichts zum Vorschein. Da kam mir der Gedanke, die Schmutzkruste, mit der das Blatt wie überzogen war, könne mit dem Fehlschlagen meiner Erwartungen in Zusammenhang stehen; ich übergoss also das Pergament behutsam mit warmem Wasser, legte es dann, den Totenkopf nach unten, in eine zinnerne Pfanne und stellte diese auf ein glühendes Kohlenbecken. Als die Pfanne nach einigen Minuten heiß war, nahm ich das Blatt heraus und fand es zu meiner unaussprechlichen Freude hie und da mit reihenweise angeordneten Zeichen bedeckt. Wieder legte ich es in die Pfanne und ließ es noch eine Minute darin. Als ich es diesmal herausnahm, war das Ganze so, wie Sie es jetzt hier sehen.«

Legrand, der inzwischen das Pergamentblatt erhitzt hatte, reichte es mir. Zwischen dem Totenkopf und der Ziege waren in roter Tinte und ungefüger Schrift folgende Zeichen zu sehen:

53††+305))6*; 4826)4†.)4†); 806*; 48+8 II 60))85;
1†(;:†*8+83(88)5*+; 46(;88*96*?; 8)*†(; 485);
5*+2:*†(; 4956*2(5*–4)8 II 8*; 4069285);)6+8)4††;
1(†9; 48081; 8:8†1; 48+85; 4)485+528806*81(†9; 48;
(88; 4(†?34; 48)4†; 161; :188; †?;

»Nun«, sagte ich, ihm das Blatt wieder hinreichend, »ich bin um kein Haar klüger als zuvor. Und wenn meiner nach Lösung dieses Rätsels alle Juwelenschätze Golkondas warteten – ich bin gewiss, sie nicht gewinnen zu können.«

»Und doch«, sagte Legrand, »ist die Lösung durchaus nicht so schwierig, wie Sie bei flüchtigem Betrachten annehmen könnten. Die Zeichen bilden, wie jeder leicht erraten wird, eine Geheimschrift – ich meine, sie enthalten einen Sinn. Aber nach alledem, was von Kidd bekannt ist, konnte ich ihm nicht die Fähigkeit zuschreiben, eine wirklich schwer enträtselbare Geheimschrift zu erfinden. Ich nahm also ohne Weiteres an, dass sie recht einfach sein müsse – doch immerhin derart, dass sie dem ungebildeten Seemann ganz unverständlich erscheinen müsse, solange der Schlüssel dazu fehlte.«

»Und Sie fanden ihn wirklich?«

»Unschwer; ich habe zehntausendmal dunklere Geheimschriften enträtselt. Die Umstände und auch eine Art Neigung gaben mir ein gewisses Interesse für derlei Rätsel, und mit Recht mag bezweifelt werden, ob menschlicher Scharfsinn ein Rätsel ersinnen könne, das menschlicher Scharfsinn nicht durch Ausdauer zu lösen vermöchte. Ja, tatsächlich, nachdem es mir gelungen war, zusammenhängende und lesbare Schriftzeichen aufzudecken, maß ich der bloßen Schwierigkeit ihrer Entzifferung kaum noch Bedeutung bei.

Im vorliegenden Fall – wie übrigens bei jeder Geheimschrift – galt die erste Frage der *Sprache*, in der die Schrift abgefasst war; denn das Prinzip der Entzifferung, wenigstens soweit es die einfacheren Geheimschriften anlangt, steht mit gewissen Eigentümlichkeiten des entsprechenden Idioms im engsten Zusammenhang. Um nun die betreffende Sprache ausfindig zu machen, bleibt dem, der die Lösung versucht, nichts anderes übrig, als der Reihe nach mit jedem ihm bekannten Idiom den Versuch zu wagen. Bei der vorliegenden Schrift nun war ich durch das Namenszeichen aller Zweifel enthoben. Das Wortspiel »Kidd« ist in keiner anderen Sprache als der englischen möglich. Ohne dieses Hilfsmittel aber hätte ich meine Versuche mit Spanisch oder Französisch eingeleitet, das heißt mit den Sprachen, die ein Pirat der spanischen Gewässer wohl am ehesten zu schreiben versteht. Wie die Dinge hier jedoch lagen, hielt ich die Schrift für Englisch.

Wie Sie sehen, weisen die Zeichen keine Wortzwischenräume auf; wären solche vorhanden gewesen, so hätte ich verhältnismäßig leichte Arbeit gehabt. Dann hätte ich nämlich mit Analysieren und Vergleichen der kürzesten Wörter begonnen, und hätte ich ein Wort von nur einem Buchstaben gefunden, was ziemlich wahrscheinlich war (ein a oder I z. B.), so wäre ich der Lösung gewiss gewesen. Da aber keine Zwischenräume vorhanden waren, war mein erster Schritt, die vorherrschenden wie die am seltensten vorkommenden Buchstaben festzustellen. Nachdem ich alle gezählt hatte, ergab sich folgende Tabelle:

Die Chiffre	8	ist	33	mal vertreten
	;	"	26	"
	4	"	19	"
	† und)	"	16	"
	*	"	13	"

Die Chiffre	5	ist	12	mal vertreten
	6	"	11	"
	(	"	10	"
	+ und 1	"	8	"
	o	"	6	"
	9 und 2	"	5	"
	: und 3	"	4	"
	?	"	3	"
	II	"	2	"
	– und .	"	1	"

Nun ist im Englischen das e der am häufigsten vor-
kommende Buchstabe. Die weitere Reihenfolge ist so: a o i
d h n r s t u y c f g l m w b k p q x z. E ist in so auffallender
Weise vorherrschend, dass es kaum einen Satz gibt, in dem
es nicht der häufigste Buchstabe ist.

So haben wir nun also gleich zu Anfang die Grund-
lage für etwas, das mehr als bloßes Erraten ist. Wie solche
Tabelle angewendet wird, ist leicht ersichtlich – für die vorliegende Schrift aber werden wir ihrer Hilfe nur teilweise
bedürfen. Da unser vorherrschendes Zeichen 8 ist, so wollen
wir damit beginnen, es als das e des Alphabets anzusehen.
Um die Richtigkeit dieser Annahme nachzuprüfen, wollen
wir sehen, ob 8 häufig paarweise steht – denn e findet im
Englischen oft paarweise Anwendung, z. B. in Worten wie
»meet«, »fleet«, »speed«, »seen«, »been«, »agree« usw. Hier
in unserm Fall erscheint es nicht weniger als fünfmal paarweise, trotzdem die Aufzeichnung nur kurz ist.

Nehmen wir also an, 8 sei e. Nun ist von allen *Worten*
der englischen Sprache der Artikel the das häufigste;

wir wollen darum nachsehen, ob wir nicht mehrmals drei in gleicher Reihenfolge stehende Zeichen finden, deren letztes 8 ist. Finden wir mehrere so angeordnete drei Buchstaben, so ist mit ziemlicher Sicherheit anzunehmen, dass sie das Wort the vorstellen. Bei Nachprüfung finden wir nicht weniger als sieben solcher Zeichenstellungen, nämlich siebenmal die zusammenhängenden Zeichen ;48. Wir können daher folgern, dass ; für t, 4 für h und 8 für e steht – was für das letzte Zeichen schon voll erwiesen ist. So haben wir also schon einen großen Schritt gewonnen.

Durch Feststellung eines einzigen Wortes aber haben wir einen sehr wichtigen Punkt festgelegt, nämlich einige Anfänge und Endungen anderer Worte. Sehen wir uns z. B. die Stelle an, wo die Kombination ;48 zum vorletzten Mal vorkommt – fast am Ende der Aufzeichnung. Wir wissen, dass das unmittelbar daran anschließende ; den Anfang eines Wortes bildet, und von den auf das the folgenden sechs Schriftzeichen sind uns nicht weniger als fünf bekannt. Schreiben wir uns also die Buchstaben, die sie vorstellen sollen, auf, indem wir für den uns noch unbekannten einen kleinen Zwischenraum frei lassen.

t eeth

Hier können wir sofort feststellen, dass wir das the vorläufig unberücksichtigt lassen müssen, da es unmöglich einen Teil von dem mit t anfangenden Wort bilden kann. Dies ergibt sich leicht, wenn wir auf der Suche nach dem

einzusetzenden Buchstaben das ganze Alphabet durchgehen. Wir sind also auf das

t ee

beschränkt, und wenn wir nun nochmals das Alphabet
durchgehen, kommen wir auf das Wort tree als einzig mög-
liche Lesart. Wir gewinnen so einen neuen Buchstaben,
dargestellt durch das Zeichen (, und die nebeneinander
stehenden Worte

the tree.

Wenn wir nun ein kurzes Stückchen weiterblicken, so
sehen wir wieder die Kombination ;48. Setzen wir an unsere
gefundenen zwei Worte die darauf folgenden Zeichen an
und bilden mit dem nächsten the den Schluss.

the tree ; 4 († ? 34 the

Nach Einsetzung der uns bereits bekannten Buchstaben
erhalten wir

the tree thr † ?3h the

Lassen wir nun an Stelle der unbekannten Zeichen entsprechenden Raum oder setzen wir Punkte ein, so lesen
wir

the tree thr...h the

wodurch wir sofort auf das Wort through geraten. Diese Entdeckung verschafft uns wieder drei neue Buchstaben, nämlich o, u und g, dargestellt durch †, ? und 3.

Wenn wir jetzt die Geheimschrift nach Zusammenstellung bekannter Zeichen genau durchsehen, finden wir nicht weit vom Anfang diese Anordnung

83(88 = egree

was offenbar der Schluss des Wortes degree sein soll und uns wiederum einen Buchstaben gibt, nämlich d, dargestellt durch +.

Vier Buchstaben hinter dem Wort degree sehen wir die Kombination

; 4 6 (; 8 8 *

Indem wir die bekannten Zeichen übersetzen und die unbekannten wie vorher durch Punkte markieren, lesen wir dies:

th . rtee .

eine Zusammenstellung, die sofort auf das Wort thirteen führt und uns wiederum zwei neue Zeichen erklärt: 6 = i und * = n.

Wenden wir uns nun dem Anfang der Geheimschrift zu, so finden wir die Kombination

5 3 † † +

Wie vorher übersetzend erhalten wir

. good

was uns den ersten Buchstaben als a erkennen lässt und die ersten beiden Worte als

A good

Nun ist es Zeit, dass wir unseren Schlüssel, soweit wir ihn entdeckt haben, zu einer Tabelle formulieren, um Irrtümer zu vermeiden. Sie wird so aussehen:

5	=	a
+	=	d
8	=	e
3	=	g
4	=	h
6	=	i
*	=	n
†	=	o
(	=	r
;	=	t

Wir haben also nicht weniger als zehn der wichtigsten Buchstaben festgestellt, und es ist wohl unnötig, die einzelnen Abschnitte der Auflösung weiterhin zu entwickeln. Ich habe genug gesagt, um Sie zu überzeugen, dass Geheimschriften solcher Art leicht enträtselbar sind, und Ihnen einen Einblick in das anzuwendende Verfahren zu geben.

Behalten Sie aber immer im Auge, dass die uns vorliegende Geheimschrift zu den allereinfachsten ihrer Art gehört. Es bleibt nun nur noch übrig, Ihnen die vollständige Übersetzung der Pergamentnotiz zu geben. Hier ist sie:

> A good glass in the bishop's hostel in the devil's seat
> forty-one degrees and thirteen minutes northeast
> and by north main branch seventh limb east side
> shoot from the left eye of the death's-head a bee
> line from the tree through the shot fifty feet out.[*]

»Aber«, sagte ich, »das Rätsel scheint noch geradeso unentwirrbar wie vorher. Wie ist es möglich, aus all diesem Kauderwelsch von devil's seats, death's-heads und bishop's hostels einen Sinn herauszutüfteln?«

»Ich gestehe«, erwiderte Legrand, »dass die Sache noch immer bedenklich aussieht, wenn man sie nur oberflächlich betrachtet. Mein erstes Bemühen war, das Ganze in die vom Schreiber gemeinten Einzelsätze zu zerlegen.«

»Sie meinen, es zu interpunktieren?«

»Ungefähr ja.«

»Wie aber konnten Sie das bewerkstelligen?«

»Ich sagte mir, dass der Schreiber mit der Fortlassung jeglicher Interpunktion einen besonders schlauen Trick

---

[*] Deutsch: Ein gut Glas in des Bischofs Haus in des Teufels Sitz einundvierzig Grad und dreizehn Minuten nordöstlich und gen Nord Hauptast siebenter Arm Ostseite schieße durch linkes Auge des Totenkopfs eine Messschnur von dem Baum durch den Schuss fünfzig Fuß hinaus.

beabsichtigte, um die Entzifferung der Geheimschrift zu erschweren. Nun wird aber ein nicht allzu durchtriebener Kopf sich sicherlich durch Übertreibung der Sache verraten; wenn er beim Niederschreiben einen Gedanken erledigt hat, dies also durch eine Lücke oder einen Punkt angezeigt werden müsste, so wird er sicherlich gerade hier seine Zeichen mehr als nötig aneinanderrücken. Wenn Sie das Manuskript prüfen, so werden Sie mit Leichtigkeit fünf solcher ungewöhnlich zusammengedrängten Stellen wahrnehmen. Diesem Wink folgend, trennte ich die Sache so:

A good glass in the bishop's hostel in the devil's seat – forty-one degrees and thirteen minutes – northeast and by north – main branch seventh limb east side – shoot from the left eye of the death's-head – a bee line from the tree through the shot fifty feet out.

»Selbst diese Trennung«, sagte ich, »lässt mich im Dunkeln.«

»Auch mich ließ es zunächst im Dunkeln«, erwiderte Legrand; »mehrere Tage lang bemühte ich mich in der Gegend von Sullivans Island vergeblich um Auskunft über irgendein Gebäude, das den Namen Bishop's Hotel führe; den veralteten Ausdruck hostel hatte ich natürlich fallen lassen. Da ich durchaus keine Auskunft erhalten konnte, wollte ich gerade den Umkreis meines Forschungsgebietes erweitern und überhaupt systematischer vorgehen, als es mir eines Morgens ganz plötzlich in den Sinn kam, dass dies Bishop's Hostel mit einer alten Familie namens Bessop zusammenhängen könne, die in langvergangener Zeit etwa vier Meilen nordwärts von der Insel einen Herrensitz gehabt hatte. Ich begab mich also in die Pflanzungen hinüber und setzte dort meine Nachfrage unter den ältesten Schwarzen fort. Endlich erzählte eine bejahrte Frau, dass sie von so einem Ort wie Bessop's Castle reden gehört habe und dass sie auch glaube, mich hinführen zu können; es sei aber weder ein Schloss noch eine Schenke, sondern ein hoher Fels.

Ich bot ihr eine gute Belohnung an, und nach einigem Zögern willigte sie ein, mich zu der Stelle hinzuführen. Wir fanden sie ohne viel Schwierigkeit, und ich entließ das Weib und machte mich daran, den Platz zu untersuchen. Das ›Schloss‹ bestand aus einer unregelmäßigen Anhäufung von Klippen und Felsen – deren einer sowohl durch seine besondere Höhe als auch durch seine freie Lage und seltsame Form bemerkenswert war. Ich kletterte auf seinen Gipfel und war nun recht im Zweifel, was fernerhin zu tun sei.

Während ich so nachsann, fielen meine Blicke auf einen schmalen Vorsprung an der Ostseite des Felsens, etwa ein Meter unter der höchsten Spitze, auf der ich stand. Dieser Vorsprung hatte eine Ausladung von etwa achtzehn Zoll, und seine Breite betrug nur einen Fuß, während eine Vertiefung in dem ihn überragenden Felsstück dem Ganzen eine gewisse Ähnlichkeit mit den tieflehnigen Sesseln lieh, wie sie bei unseren Altvorderen gebräuchlich waren. Ich zweifelte nicht, den im Manuskript erwähnten ›Teufelssitz‹ gefunden zu haben, und vermeinte nun auch das ganze Geheimnis in Händen zu halten.

Das ›gut Glas‹ konnte sich, wie ich wusste, nur auf ein Teleskop beziehen; denn das Wort ›Glas‹ wird von Seeleuten kaum je in anderem Sinn angewendet. Ich sah also gleich, dass hier ein Teleskop vonnöten war sowie zu seiner Anwendung ein fester Standort, der *nicht die geringste Abweichung* zuließe. Ich wusste nun ferner, dass die Bezeichnungen ›einundvierzig Grad und dreizehn Minuten‹ und ›nordöstlich und gen Norden‹ Richtungsangaben zur Einstellung des Glases bedeuteten. Mächtig aufgeregt durch diese Entdeckungen eilte ich heim, holte ein Teleskop und kehrte auf den Felsen zurück.

Ich ließ mich auf den Vorsprung hinabgleiten und fand, dass man nur an einer einzigen Stelle sich sitzend auf ihn niederlassen konnte. Diese Tatsache bestätigte meine vorgefasste Meinung. Ich suchte nun das Glas einzustellen. Natürlich konnten die Worte ›einundvierzig Grad und dreizehn Minuten‹ sich nur auf die Höhenlage über dem sichtbaren Horizont beziehen, da die Stelle am Horizont schon durch die Worte ›nordöstlich und gen Nord‹ fest bezeichnet war. Diese letztere Richtung gewann ich ohne jede Schwierigkeit mithilfe meines Taschenkompasses. Ich suchte nun, so gut ich konnte, das Glas in einen Winkel von einundvierzig Grad zu bringen und bewegte es ganz langsam auf und nieder, bis meine Aufmerksamkeit durch eine kreisrunde Lücke im Laubwerk eines großen Baums, der alle anderen in der Ferne überragte, gefesselt wurde. Im Mittelpunkt dieser Lücke sah ich einen weißen Fleck, konnte aber zuerst nicht erkennen, was es war. Ich stellte das Teleskop noch schärfer ein, blickte wieder hindurch und kam nun dahinter, dass es ein Menschenschädel sei.

Bei dieser Entdeckung hatte ich die feste Zuversicht, das Rätsel als gelöst betrachten zu dürfen; denn die Angaben ›Hauptast, siebenter Arm, Ostseite‹ konnten sich nur auf den Standort des Schädels auf dem Baum beziehen, während ›schieße durch linkes Auge des Totenkopfs‹ auch nur eine einzige Beziehung haben konnte, nämlich auf den vergrabenen Schatz selbst. Ich sah, dass die Vorschrift besagte, durch das linke Auge sei eine Kugel hindurchzuwerfen und von der zunächst liegenden Stelle des Stammes durch den ›Schuss‹ (oder die Stelle, wo die Kugel niedergefallen) und noch fünfzig Fuß darüber hinaus eine schnurgerade Linie zu ziehen, was einen ganz bestimmten Punkt ergeben musste. Und dort – unter diesem Punkt – ich hielt das wenigstens für möglich – musste ein Gut von Wert verborgen liegen.«

»Alles dies«, sagte ich, »ist durchaus klar und, obschon geistreich ausgeklügelt, doch einfach und verständlich.

Doch als Sie des ›Bischofs Haus‹ verließen – was dann?«

»Nun, nachdem ich mir die Lage des Baums gut gemerkt hatte, ging ich nach Haus. Sowie ich aber ›des Teufels Sitz‹ verlassen hatte, war die kreisrunde Lücke verschwunden, und wie ich mich auch drehte und wendete, ich konnte sie nicht wieder entdecken. Was mir der Hauptwitz an der ganzen Sache schien, war die Tatsache (denn wiederholtes Experimentieren überzeugte mich, *dass* es Tatsache war), dass die betreffende kreisrunde Öffnung von keinem anderen Punkt sichtbar ist als von dem schmalen Vorsprung auf dem Felsengipfel. Bei diesem Ausflug nach ›des Bischofs Haus‹ war ich von Jupiter begleitet gewesen, der zweifellos schon seit Wochen mein tiefsinniges Wesen bemerkt hatte und große Sorge trug, mich nicht allein zu lassen. Am anderen Tag aber stand ich ganz früh auf, und es gelang mir, ihm auszureißen; ich begab mich in das Hügelgelände, um den Baum zu suchen. Nach vieler Mühe

fand ich ihn. Als ich in jener Nacht heimkam, wollte mein Diener mich durchprügeln. Mit dem Rest des Abenteuers sind Sie ja ebenso bekannt wie ich.«

»Ich vermute«, sagte ich, »Sie verfehlten die Stelle bei unserer ersten Nachgrabung durch Jupiters Dummheit, der den Käfer durch das rechte anstatt durch das linke Auge des Schädels fallen ließ.«

»Ganz recht. Dieser Missgriff ergab eine Differenz von etwa zweieinhalb Zoll im ›Schuss‹, das heißt in der Stellung des Pflocks zum Baum; und hätte sich der Schatz *unter* dem ›Schuss‹ befunden, so wäre der Irrtum ohne Bedeutung gewesen. Aber der ›Schuss‹ nebst dem nächsten Punkt des Baums waren lediglich zwei Punkte zur Aufstellung einer Richtungslinie; so gering der Irrtum anfänglich auch gewesen, so sehr vergrößerte er sich bei Fortführung der Linie und warf uns, als wir fünfzig Fuß erreicht hatten, ganz aus der Spur. Hätte ich nicht die tiefinnerliche Überzeugung gehabt, dass hier herum tatsächlich ein Schatz vergraben sei, so wäre alle unsere Arbeit umsonst gewesen.«

»Aber Ihr großartiges Auftreten und Ihr merkwürdiges Getue mit dem Käfer, das Hinundherschwingen – wie sonderbar war dies alles! Ich war überzeugt, Sie seien verrückt. Und warum bestanden Sie darauf, statt einer Flintenkugel den Käfer durch den Schädel fallen zu lassen?«

»Ja – offen gestanden ärgerte mich Ihr ewiger Argwohn in Betreff meiner Gesundheit, und ich beschloss daher, Sie auf meine Weise durch ein bisschen Mystifikation zu bestrafen. Aus diesem Grund schwenkte ich den Käfer, und aus diesem Grund ließ ich gerade ihn vom Baum werfen.

Eine Bemerkung Ihrerseits über sein großes Gewicht brachte mich auf diesen Gedanken.«

»Ja, ich verstehe. Und nun ist mir noch eins unklar. Was sollen wir von den Gerippen halten, die wir in der Grube fanden?«

»Das ist eine Frage, die ich ebenso wenig beantworten kann wie Sie selbst. Es gibt jedoch nur eine einzige einleuchtende Erklärung – ist es auch noch so grässlich, der entsetzlichen Vermutung, die ich aufstellen will, Glauben zu schenken. Es ist klar, dass Kidd – wenn eben, was ich nicht bezweifle, er es war, der den Schatz vergrub – ich sage, es ist klar, dass er Helfer bei der Arbeit gehabt haben muss. Nach Beendigung der Arbeit mag er es aber für ratsam gehalten haben, alle Mitwisser des Geheimnisses beiseitezuschaffen. Vielleicht genügten wenige Beilhiebe, während seine Mithelfer in der Grube tätig waren – vielleicht war auch ein Dutzend nötig – wer kann es sagen?«

Ligeia

Und es liegt darin der Wille, der nicht stirbt.
Wer kennt die Geheimnisse des Willens
und seine Gewalt?
Denn Gott ist nichts als ein großer Wille,
der mit der ihm eigenen Kraft alle Dinge
durchdringt.
Der Mensch überliefert sich den Engeln
oder dem Nichts
einzig durch die Schwäche seines schlaffen Willens.
Joseph Glanvill

Bei meiner Seele! ich kann mich nicht erinnern, wie, wann und wo ich die erste Bekanntschaft machte – der Lady Ligeia. Lange Jahre sind seitdem verflossen, und mein Gedächtnis ist schwach geworden durch vieles Leiden. Vielleicht auch kann ich mich dieser Einzelheiten nur darum nicht mehr erinnern, weil der Charakter meiner Geliebten, ihr umfassendes Wissen, ihre eigenartige und doch milde Schönheit und die überwältigende Beredsamkeit ihrer sanft tönenden Stimme – weil dies alles zusammen nur ganz allmählich und verstohlen den Weg in mein Herz nahm, zu allmählich, als dass ich daran gedacht hätte, mir jene äußeren Umstände einzuprägen.

Ich habe jedoch das Empfinden, als sei ich ihr zum ersten Mal und hierauf wiederholt in einer altertümlichen Stadt am Rhein begegnet. Und eins weiß ich bestimmt: Sie erzählte mir von ihrer Familie, die sehr alten Ursprungs war. – Ligeia! Ligeia! – Trotzdem ich in Studien vergraben bin, deren Art mehr noch als alles andere dazu angetan ist, mich ganz von Welt und Menschen abzusondern, genügt dies eine süße Wort »Ligeia«, vor meinen Augen ihr Bild erstehen zu lassen – das Bild von ihr, die nicht mehr ist. Und jetzt, während ich schreibe, überfällt mich urplötzlich das Bewusstsein, dass ich von ihr, meiner Freundin und Verlobten, der Gefährtin meiner Studien und dem Weib meines Herzens, den Namen ihrer Familie nie erfahren habe. War es ein schalkhafter Streich, den Ligeia mir gespielt hatte? War es ein Beweis meiner bedingungslosen Hingabe, dass ich nie eine Frage danach tat? Oder war es meinerseits eine Laune, ein romantisches Opfer, das ich auf den Altar meiner leidenschaftlichen Ergebenheit nieder-gelegt hatte? Der bloßen Tatsache sogar kann ich mich nur unklar erinnern – was Wunder, dass ich die Gründe dafür vollständig vergessen habe! Und wirklich, wenn jemals der romantische Geist der bleichen und nebelbeschwingten Aschtophet des götzengläubigen Ägyptens, wie die Sage meldet, über unglückliche Ehen geherrscht hat, so ist es gewiss, dass er meine Ehe stiftete und beherrschte.

Immerhin hat mich wenigstens in einem Punkt meine Erinnerung nicht verlassen: Die Persönlichkeit Ligeias steht mir heute noch klar vor Augen. Sie war von hoher, schlanker Gestalt, in ihren letzten Tagen sogar sehr hager. Vergebliches Bemühen wäre es, wenn ich eine Beschreibung der Erhabenheit, der würdevollen Gelassenheit ihres Wesens oder der unvergleichlichen Leichtigkeit und Elastizität ihres Schreitens versuchen wollte. Sie kam und ging wie ein Schatten. War sie in mein Arbeitszimmer gekommen, so bemerkte ich ihre Anwesenheit nicht eher, als bis ich den lieben Wohlklang ihrer sanften süßen Stimme vernahm oder ihre marmorweiße Hand auf meiner Schulter fühlte. Kein Weib auf Erden trug solche Schönheit im Antlitz wie sie! Strahlend schön war sie, wie die Erscheinung eines Opiumtraums, wie eine göttliche, beseligende Vision – göttlicher noch als die Traumgebilde, die durch die schlafenden Seelen der Töchter von Delos wehen. Doch waren ihre Züge keineswegs von jener Regelmäßigkeit, wie die klassischen Bildwerke des Heidentums sie aufweisen und die man mit Unrecht so übertrieben bewundert. »Es gibt keine auserlesene Schönheit«, sagt Bacon Lord Verulam da, wo er von allen Formen und Arten der Schönheit spricht, »ohne eine gewisse Seltsamkeit in der Proportion.« Aber wenn ich auch sah, dass die Züge Ligeias nicht von klassischer Regelmäßigkeit waren, wenn ich auch feststellte, dass ihre Schönheit in der Tat »auserlesen« war, und fühlte, dass viel »Seltsamkeit« in ihren Zügen lag, so habe ich doch vergebens versucht, dieser Unregelmäßigkeit auf die Spur zu kommen und meine Feststellung des »Seltsamen« zu begründen. Ich prüfte die Kontur der hohen und bleichen Stirn – sie war fehlerlos. Wie kalt klingt doch dies Wort für eine so göttliche Majestät, für die wie reinstes Elfenbein schimmernde Haut, die gebieterische Breite und ruhevolle Harmonie dieser Stirn, die sanfte Erhöhung über den Schläfen, die

eine üppige Fülle rabenschwarzer glänzender Locken umschmiegte – Locken, die das homerische Epitheton »hyazinthen« so wunderbar erfüllten! – Ich prüfte die feinen Linien der Nase: Nirgends anders als auf althebräischen Medaillons hatte ich ebenso vollkommen Schönes gesehen; nur dort hatte ich eine gleich wundervolle Zartheit und dieselbe kaum wahrnehmbare Neigung zu sanfter Krümmung, dieselben harmonisch geschweiften Nasenflügel, die einen freien Geist verrieten, gefunden. – Ich betrachtete den süßen Mund. Hier feierten alle Himmelswonnen ihr triumphierendes Fest: Dieser entzückende Schwung der kurzen Oberlippe, diese weiche, wollüstige Ruhe der Unterlippe, diese tändelnden Grübchen, diese lockende Farbe, diese schimmernden Zähne, die jeden Strahl des heiligen Lichtes widerspiegelten, mit dem ihr heiteres und ruhevolles und gleichwohl frohlockendes Lächeln sie blendend schmückte. – Ich prüfte die Form des Kinns und fand auch hier in seiner sanften Breite Majestät, Fülle und griechischen Geist – fand die Kontur, die der Gott Apoll dem Kleomenes, dem Sohn des Atheners, im Traum nur enthüllte. – Und dann vertiefte ich mich in Ligeias große Augen.

Für Augen finden wir im fernen Altertum kein Vorbild. Es mochte sein, dass eben hier – in den Augen meiner Geliebten – das Geheimnis lag, von dem Lord Verulam spricht. Sie schienen mir weit größer als sonst die Augen unserer Rasse. Sie waren üppiger als selbst die üppigsten Augen der Gazellen vom Stamm des Tales Nourjahad. Doch geschah es nur zuzeiten, in Augenblicken tiefster Erregung, dass diese »Seltsamkeit«, von der ich vorhin sprach, deutlich wahrnehmbar bei ihr wurde. Und in solchen Augenblicken war Ligeias Schönheit – vielleicht kam es auch nur meiner erglühten Fantasie so vor – die Schönheit von überirdischen oder unirdischen Wesen, die Schönheit der sagenhaften Huri der Türken. Von strahlendstem Schwarz waren ihre Pupillen und waren tief beschattet von sehr langen, jettschwarzen Wimpern. Die Brauen, deren Linien kaum merklich unregelmäßig waren, hatten die gleiche Farbe. Die Seltsamkeit aber, die ich in den Augen fand, lag nicht in Form, Farbe oder Glanz, sie muss in ihrem Ausdruck wohl gelegen haben. Ach, bedeutungsloses Wort! Leeres Wort, hinter dessen bloßem Klang wir uns mit unserer Unkenntnis alles Geistigen verschanzen!

Der Ausdruck von Ligeias Augen! O, wie viele Stunden habe ich ihm nachgesonnen! Wie habe ich eine ganze Mittsommernacht lang gerungen, ihn zu ergründen! Was war es, dies Etwas, das tief innen in den Pupillen meiner Geliebten verborgen lag, das unergründlicher war als die Quelle des Demokritos? Was war es? Ich war wie besessen von dem Verlangen, es zu entdecken. Diese Augen! Diese großen, diese schimmernden, diese göttlichen Augen! Sie wurden für mich die Zwillingssterne der Leda, und ich war ihr andächtigster Astrologe.

Es gibt in der Psychologie viele unlösbare Rätsel, das unheimlichste aber und aufregendste von allen erschien mir stets die Tatsache – die übrigens von den Psychologen kaum je erwähnt worden ist –, dass wir oft, wenn wir etwas längst Vergessenes wieder in unser Gedächtnis zurückrufen wollen, bis an die Schwelle des Erinnerns gelangen, ohne doch das, was sozusagen schon vor uns steht, wirklich festhalten zu können. Und wie oft, wenn ich den Augen Ligeias nachsann, fühlte ich mich der vollen Aufklärung über die Bedeutung ihres Ausdrucks ganz nahe: Ich fühlte, diese Aufklärung war da – gleich, gleich würde ich sie erfassen – und da entschwebte sie wieder, noch ehe ich sie hatte festhalten können. Und – sonderbares, o sonderbarstes Mysterium! – Ich fand in den gewöhnlichsten Dingen von der Welt eine Reihe von Analogien zu diesem Ausdruck. Ich will damit sagen: Nachdem Ligeias eigenartige Schönheit mir bewusst geworden war und nun im Altarschrein meines Herzens ruhte, lösten viele Erscheinungen der realen Welt dasselbe Empfinden in mir aus wie der Blick aus Ligeias großen, leuchtenden Augen. Trotzdem aber wollte es mir nicht gelingen, dies Empfinden zu ergründen oder zu zergliedern; auch überkam es mich nicht stets in der gleichen Stärke. Um mich näher zu erklären: Jenes Gefühl erfüllte mich zum Beispiel beim Anblick einer schnell emporschießenden Weinrebe, bei der Betrachtung eines Nachtfalters, einer Schmetterlingspuppe, eines eilig strömenden Wasserlaufs. Ich habe es im Ozean gefunden und beim Fallen eines Meteors, sogar im Blick ungewöhnlich alter Leute. Und es gibt am Firmament ein paar Sterne, vor allem ein veränderliches Doppelgestirn sechster Größe nahe beim großen Stern der Leier, bei deren Betrachtung durch das Teleskop ich mich des nämlichen Gefühls nicht erwehren konnte. Gewisse Töne von Saiteninstrumenten und bestimmte Stellen in Büchern durchschauerten mich in ähnlicher Art. Unter zahllosen anderen Beispielen erinnere ich mich besonders eines Ausspruchs, den ich bei Joseph Glanvill fand und der – vielleicht nur wegen seiner

Wunderlichkeit – immer wieder diese Stimmung in mir erweckte: »Und es liegt darin der Wille, der nicht stirbt. Wer kennt die Geheimnisse des Willens und seine Gewalt? Denn Gott ist nichts als ein großer Wille, der mit der ihm eigenen Kraft alle Dinge durchdringt. Der Mensch überliefert sich den Engeln oder dem Nichts einzig durch die Schwäche seines schlaffen Willens.«

Eifriges Nachdenken lange Jahre hindurch hat mir nun wirklich gewisse leise Beziehungen gezeigt zwischen diesem Ausspruch des englischen Philosophen und einem Teil von Ligeias Wesen. Es lebte in ihr ein unerhört starker Wille, der während unseres langen Zusammenlebens nie spontan zutage trat, sondern sich nur in einer unglaublichen Anspannung des Denkens, Tuns und Redens zu erkennen gab. Von allen Frauen, die ich je kannte, war sie, die äußerlich ruhevolle, die stets gelassen milde Ligeia, wie keine andere die Beute der tobenden Geier grausamster Leidenschaftlichkeit. Und diese Leidenschaftlichkeit enthüllte sich mir nur im wundervollen Strahlen ihrer Augen, die mich gleichzeitig entzückten und entsetzten, in der fast zauberhaften Melodie, Weichheit, Klarheit und Würde ihrer sonoren Stimme und in der flammenden Energie, die in ihren seltsam gewählten Worten lag und die im Kontrast mit der Ruhe, mit der sie gesprochen wurden, doppelt wirkungsvoll war.

Ich erwähnte schon das umfassende Wissen Ligeias: Ihre Kenntnisse waren unermesslich – für eine Frau ganz unerhört. In allen klassischen Sprachen war sie Meister, und auch in den modernen Sprachen des Kontinents habe ich ihr, soweit ich selbst mit diesen Sprachen vertraut war, nie einen Fehler nachweisen können. Und gab es denn überhaupt irgendein Thema aus den Gebieten der höchsten und schwierigsten Wissenschaften, bei dem ich Ligeia jemals auf Unkenntnis oder Irrtum ertappt hätte? Wie sonderbar, wie schauerlich! Diese eine Seite nur vom Wesen meiner Frau ist meinem Gedächtnis heute noch erinnerlich. Ich sagte, an Wissen überragte sie weit alle anderen Frauen – doch wo lebt der Mann, der die philosophische, physikalische und mathematische Wissenschaft in ihrer ganzen unermesslichen Ausdehnung so verständnisvoll studiert hätte?! Damals sah ich noch nicht, was ich jetzt klar erkenne, dass dies Wissen Ligeias unglaublich, dass es gigantisch war. Doch war ich mir ihrer unendlichen Überlegenheit genügend bewusst, um mich mit kindlichem Vertrauen ihrer Führung durch die chaotische Welt metaphysischer Probleme, mit denen ich mich während der ersten Jahre unserer Ehe eifrig beschäftigte, zu überlassen. Mit welch ungeheurem Triumph – mit welch lebhaftem Entzücken – mit welch himmlischer Hoffnung konnte ich, wenn sie in diesem so unbekannten, so wenig gepflegten Studium sich helfend zu mir neigte, fühlen, wie vor mir der herrlichste Ausblick sich öffnete und ein in diese glänzenden Höhen führender, langer, köstlicher und noch ganz unbetretener Pfad sichtbar wurde, auf dem ich wohl endlich empor ans Ziel einer Weisheit gelangen durfte, die zu göttlich erhaben ist, um nicht verboten zu sein!

Wie heftig muss da der Gram gewesen sein, mit dem ich einige Jahre später meine so festgegründeten Hoffnungen Flügel nehmen und sich davonschwingen sah! Ohne Ligeia war ich nichts als ein durch Dunkel tastendes Kind. Nur ihre Gegenwart, ihr Erklären brachte helles Licht in die vielen Mysterien des Transzendentalen, in die wir eingedrungen waren. Wenn den golden züngelnden Schriftzeichen der leuchtende Glanz ihrer Augen fehlte, wurden sie matter als stumpfes Blei. Und seltener und seltener fiel nun der Strahl dieser Augen auf die Blätter, über deren Inhalt ich brütete. Ligeia wurde krank. Die herrlichen Augen strahlten in übernatürlichen Flammen, die bleichen Hände wurden wachsfarben wie bei einem Toten, und die blauen Adern auf der hohen Stirn hoben sich und pochten ungestüm bei der geringsten Aufregung. Ich sah, dass sie sterben musste – und mein Geist rang verzweifelt mit dem grimmen Azrael.

Noch angestrengter als ich rang zu meinem Erstaunen das leidenschaftliche Weib. So manches in ihrer ernsten Natur hatte in mir den Glauben gezeitigt, dass für sie der Tod keine Schrecken haben werde – doch dem war nicht so. Es gibt keine Worte, die auch nur annähernd die Wildheit ihres Widerstandes beschreiben könnten, den sie dem Schatten Tod entgegensetzte. Ich stöhnte gequält bei diesem mitleiderregenden Anblick. Ich wollte besänftigen, aber gegenüber der unheimlichen Gewalt, mit der sie nur leben – nur leben – nichts als leben wollte, schienen Trost und Zuspruch unsäglich albern. Aber trotzdem sich ihr feuriger Geist so wild gebärdete, bewahrte sie die Hoheit ihres äußeren Wesens bis zum letzten Augenblick, dem Augenblick des Todeskampfes. Ihre Stimme wurde noch sanfter – wurde noch tiefer – dennoch möchte ich jetzt bei dem grausigen Sinn der

Worte, die sie in aller Ruhe sprach, nicht nachdenkend verweilen. Mein Geist, der diesen überirdischen Tönen hingerissen lauschte – diesem Hoffen und Ringen, dieser gewaltigen Sehnsucht, wie nie zuvor ein Sterblicher sie fühlte –, taumelte und verwirrte sich.

Dass sie mich liebte, daran hatte ich nie gezweifelt, auch konnte ich mir wohl sagen, dass die Liebe eines solchen Herzens nicht mit gewöhnlichem Maß zu messen sei. Aber erst in ihrem Sterben erhielt ich von der wahren Kraft ihrer Liebe den vollen Eindruck. Lange Stunden hielt sie meine Hand und schüttete vor mir das Überfluten eines Herzens aus, dessen mehr als leidenschaftliche Ergeben-heit an Anbetung grenzte. Wie hatte ich es verdient, mit solchen Bekenntnissen gesegnet zu werden? Und wie hatte ich es verdient, durch den Verlust der Geliebten verdammt zu werden – in der nämlichen Stunde, da sie mir diese Bekenntnisse machte? Doch ich kann es nicht ertragen, von diesen Dingen zu sprechen. Nur eines lasst mich sagen: Ich erkannte in Ligeias mehr als weiblicher Hin-gabe an eine Liebe, die ich, ach, gar so wenig verdiente, den wahren Grund für ihr so tiefes, so wildes Begehren nach dem Leben – dem Leben, das jetzt so eilend entfloh. Für dies wilde Sehnen, für diese Gier und Gewalt des Ver-langens nach Leben – nur nach Leben – finde ich keine Ausdrucksmöglichkeit; keine Worte gibt es, die es sagen könnten.

In der Nacht ihres Scheidens ließ sie mich nicht von ihrer Seite. In tiefster Mitternachtsstunde bat sie mich, ihr einige Verse herzusagen, die sie selbst wenige Tage vorher verfasst hatte. Ich gehorchte. Hier sind sie:

O schaut, es ist festliche Nacht
Inmitten einsam letzter Tage!
Ein Engelchor, schluchzend, in Flügelpracht
Und Schleierflor, sieht zage
Im Schauspielhaus ein Schauspiel an
Von Hoffnung, Angst und Plage,
Derweil das Orchester dann und wann
Musik haucht: Sphärenklage.

Schauspieler, Gottes Ebenbilder,
Murmeln und brummeln dumpf
Und hasten planlos, immer wilder,
Sind Puppen nur und folgen stumpf
Gewaltigen düsteren Dingen,
Die umziehn ohne Form und Rumpf
Und dunkles Weh aus Kondorschwingen
Schlagen voll Triumph.

Dies närrische Drama! – O fürwahr,
Nie wird's vergessen werden,
Nie sein Phantom, verfolgt für immerdar
Von wilder Rotte rasenden Gebärden,
Verfolgt umsonst – zum alten Fleck
Kehrt stets der Kreislauf neu zurück –,
Und nie die Tollheit, die Sünde, der Schreck
Und das Grausen: die Seele vom Stück.

Doch sieh, in die mimende Runde
Drängt schleichend ein blutrot Ding
Hervor aus ödem Hintergrunde

Der Bühne – ein blutrot Ding.
Es windet sich! – windet sich in die Bahn
Der Mimen, die Angst schon tötet;
Die Engel schluchzen, da Wurmes Zahn
In Menschenblut sich rötet.

Aus – aus sind die Lichter – alle aus!
Vor jede zuckende Gestalt
Der Vorhang fällt mit Wetterbraus,
Ein Leichentuch finster und kalt.
Die Engel schlagen die Schleier zurück,
Sind erbleicht und entschweben in Sturm;
»Mensch« nennen sie das tragische Stück,
Seinen Helden »Eroberer Wurm«.

»O Gott!«, schrie Ligeia, sprang vom Bett auf und reckte
die Arme empor. »Gott! Gott! O göttlicher Vater! Muss das
immer unabänderlich so sein? Soll dieser Sieger nie, niemals
besiegt werden? Sind wir nicht Teil und Teile von dir? Wer –
wer kennt die Geheimnisse des Willens und seine Gewalt?
Der Mensch überliefert sich den Engeln oder dem Nichts
einzig durch die Schwäche seines schlaffen Willens.«

Und nun, wie von innerer Bewegung überwältigt, ließ
sie die weißen Arme sinken und kehrte feierlich auf ihr
Sterbebett zurück. Und als sie die letzten Seufzer hauchte,
kam gleichzeitig ein leises Murmeln von ihren Lippen.
Ich legte das Ohr an ihren Mund und vernahm wieder die
Schlussworte des glanvillschen Ausspruchs: »Der Mensch
überliefert sich den Engeln oder dem Nichts einzig durch
die Schwäche seines schlaffen Willens.«

Sie starb. Und ich, den der Gram völlig zermalmt hatte, konnte nicht länger die einsame Verlassenheit meiner Behausung in der düsteren und verfallenen Stadt am Rhein ertragen. Ich hatte keinen Mangel an dem, was die Welt »Besitz«, nennt; Ligeia hatte mir viel mehr, o sehr viel mehr gebracht, als für gewöhnlich einem Sterblichen zufällt. So kam es, dass ich nach einigen Monaten planlosen und ermüdenden Umherwanderns in einer der wildesten und abgelegensten Gegenden des schönen Englands eine alte Abtei, deren Namen ich nicht nennen möchte, käuflich erwarb und instand setzte. Die düstere und traurige Majestät des Gebäudes, die unglaubliche Verwilderung der Ländereien, die vielen melancholischen und altehrwürdigen Erinnerungen, die sich an beide knüpften, hatten viel gemein mit dem Gefühl äußerster Verlassenheit, das mich in jenen entlegenen und unwirtlichen Teil des Landes hingetrieben hatte. An dem Abteigebäude selbst mit seinem verwitterten, unter blühendem Grün verborgenen Mauerwerk nahm ich keine Veränderungen vor, dagegen widmete ich mich mit kindischem Eigensinn und vielleicht auch in der schwachen Hoffnung, meinen Kummer so zu zerstreuen, der Ausstattung der Innenräume und entfaltete hier eine ganz ungewöhnliche Pracht. Ich hatte schon als Kind Geschmack an solchen Torheiten gefunden, und jetzt, da mich mein Kummer wieder hilflos machte, stellte sich jener kindliche Trieb von Neuem ein. Ach, ich fühle, wie viel Spuren von Geistesverwirrung sogar in den prunkhaften und fantastischen Draperien, in den feierlichen ägyptischen Schnitzereien, in den grotesken Möbeln, in den tollen Mustern der goldgewirkten Teppiche zu finden waren. Ich lag, ein gefesselter Sklave, in den Banden des Opiums, und meine Handlungen und Anordnungen hatten den Charakter meiner Träume angenommen. Doch ich will nicht bei der Beschreibung dieser Torheiten verweilen, lasst mich nur von jenem einen verfluchten Gemach sprechen, in das ich in einem Anfall von geistiger Umnachtung sie als mein angetrautes Weib führte – als die Nachfolgerin der unvergessenen Ligeia – sie, die blondhaarige und blauäugige Lady Rowena Trevanion of Tremaine.

Selbst die unbedeutendste Einzelheit in Architektur und Ausstattung dieses Brautgemachs steht mir noch jetzt deutlich vor Augen. Was dachten sich nur die goldgierigen, hochmütigen Angehörigen meiner Braut, als sie einem so geliebten Mädchen, einer so geliebten Tochter gestatteten, die Schwelle eines derart ausgeschmückten Brautgemachs zu überschreiten.

Trotzdem leider so manche tief bedeutsamen Dinge meinem Gedächtnis entschwanden, so sind mir doch, wie ich schon sagte, die geringsten Einzelheiten dieses Zimmers gegenwärtig; ich erinnere mich ihrer, obgleich in diesem fantastischen Prunk kein System, kein Halt war, an die mein Erinnern sich hätte klammern können. Das Zimmer lag in einem hohen Turm der burgartig gebauten Abtei; es war ein fünfeckiger Raum von beträchtlicher Größe. Die ganze Südseite des Fünfecks nahm das einzige Fenster ein, eine ungeteilte, riesige Scheibe venezianischen Glases von bleifarbener Tönung, sodass Sonnenlicht wie Mondglanz über die Gegenstände des Zimmers nur einen gespenstischen Schein gossen. Der obere Teil dieser ungeheuren Fensterscheibe wurde durch das Rankenwerk eines uralten Weinstocks, der an den massigen Mauern des Turms emporkletterte, dunkel beschattet. Das düstere Eichenholz der außerordentlich hoch gewölbten Zimmerdecke war mit Schnitzereien in halb gotischem, halb druidenhaftem Stil überladen. Genau aus dem Mittelpunkt dieser melancholischen Wölbung hing an einer einzigen goldenen, langgegliederten Kette ein mächtiger, goldener Kronleuchter in Form eines Weihrauchbeckens, mit sarazenischem Bildwerk geschmückt. Dieser Kronleuchter hatte rundum viele Öffnungen, aus denen wie lebhafte Schlangen fortwährend die buntesten Flammen züngelten.

Ein paar Ottomanen und goldene orientalische Kandelaber waren im Raum verteilt. Und da stand auch das Lager, das Brautbett! Es war nach einem indischen Modell gearbeitet; es war niedrig und aus massivem Ebenholz geschnitzt und von einem Baldachin, der einem Bahrtuch glich, überdacht. In jeder Ecke des Zimmers stand aufrecht ein riesiger, schwarzgranitener Sarkophag, den unsterbliche Skulpturen schmückten. Diese Sarkophage stammten aus den Königsgräbern von Luxor. Aber noch mehr als in allem anderen waltete meine unheimliche Fantasie in der Wandverkleidung des Gemachs. Die unverhältnismäßig hohen Wände waren von der Decke bis zum Fußboden mit faltenreichem schweren Goldstoff verhangen – demselben Stoff, der als Fuß- und Ottomanenteppich, als Bettdecke und Baldachin sowie als prunkhafter Überhang der einen Teil des Fensters überschattenden Vorhänge Verwendung gefunden hatte. Dieser Goldstoff trug in unregelmäßigen Zwischenräumen arabeskenartige Figuren von einem Fuß Durchmesser, die aus tief-schwarzem Stoff gearbeitet waren. Aber nur von einer ein-zigen Stelle aus betrachtet schienen diese Figuren nichts als Arabesken zu sein. Infolge eines heute allgemein bekannten Verfahrens, das man jedoch schon im frühen Altertum anwendete, boten sie dem Beschauer von jeder Seite ein anderes Bild. Wenn man das Zimmer betrat, erschienen sie einfach nur wie Monstrositäten, je mehr man sich ihnen aber näherte, desto bestimmtere Gestalt nahmen sie an, und Schritt für Schritt, je nach dem vom Beschauer gewählten Standpunkt, sah man sich von einer wechselnden Prozession gespensterhafter Wesen umringt, wie etwa der Aberglaube der Normannen sie ersonnen hat oder ein Mönch in verbrecherischem Traum sie erschauen mag. Der gespenstische Eindruck wurde noch erhöht durch einen künstlich hinter die Draperien geführten ununterbrochenen Luftzug, der dem Ganzen eine rastlose und abscheuliche Lebendigkeit verlieh.

In solchem Raum also, in solchem Brautgemach ver-lebte ich mit Lady Rowena of Tremaine die gottlosen Stunden unseres Honigmondes – ohne viel Aufregung. Dass mein Weib vor meiner Übellaunigkeit Furcht hatte, dass sie mir aus dem Weg ging und mir nur wenig Liebe entgegenbrachte, konnte mir nicht entgehen, aber gerade dies freute mich mehr, als wenn es anders gewesen wäre. Ich verabscheute sie, ich hasste sie – mit einer Inbrunst, die geradezu teuflisch war. Mein Erinnern floh – o mit welch tiefem Leidgefühl – zu Ligeia zurück, der Geliebten, der Hehren, der Schönen, der Begrabenen! Ich schwelgte im Gedenken ihrer Reinheit und Weisheit, ihres erhabenen, ihres himmlischen Wesens, ihrer leidenschaftlichen, ihrer anbetenden Liebe. Jetzt lohte in meiner Seele noch wildere, noch heißere Flamme, als sie in ihr, in Ligeia, gebrannt hatte. In den Ekstasen meiner Opiumträume – ich lag fast immer im Bann dieses Giftes – rief ich wieder und wieder ihren Namen durch das Schweigen der Nacht oder bei Tag durch die schattigen Schluchten der Landschaft. Es war, als ob das wilde Verlangen, die tiefernste Leidenschaft, das verzehrende Feuer meiner Sehnsucht nach der Dahingegangenen sie auf den irdischen Pfad zurückführen müssten, den sie – ach konnte es denn für ewig sein? – verlassen hatte.

Gegen Beginn des zweiten Monats unserer Ehe wurde Lady Rowena plötzlich von einer Krankheit befallen, von der sie nur langsam genas. Zehrendes Fieber machte ihre Nächte unruhig, und in ihrem aufgeregten Halbschlummer redete sie von gespenstischen Lauten und Schatten, die im Turmzimmer und in seiner nächsten Umgebung sich vernehmen, sich sehen ließen. Ich hielt diese Äußerungen natürlich für Einbildungen einer kranken Fantasie, die allerdings durch das unheimliche Zimmer geweckt sein konnte. Sie erholte sich schließlich wieder – und genas endlich völlig. Doch nur für kurze Zeit; denn bald warf ein zweiter, heftigerer Anfall sie von Neuem aufs Krankenlager. Und von diesem Rückfall erholte sie, die ohnedies von zarter Gesundheit war, sich nie mehr vollständig. Die Krankheitserscheinungen, die dem zweiten Anfall folgten, waren sehr beunruhigend und spotteten aller Wissenschaft und allen Bemühungen der Ärzte. Mit dem Anwachsen ihres chronischen Leidens, das ersichtlich schon tiefer wurzelte, als dass man ihm mit Medikamenten erfolgreich hätte beikommen können, bemerkte ich auch eine Steigerung ihrer nervösen Reizbarkeit und ihres schreckhaften Entsetzens bei ganz nichtigen Anlässen. Sie sprach wieder – und häufiger und hartnäckiger jetzt – von den Lauten, den ganz leisen Lauten, und von den seltsamen Schatten, die sich an den Wänden regten.

In einer Nacht, es war gegen Ende September, wies sie meine Aufmerksamkeit mit mehr als gewöhnlichem Nachdruck auf diese peinigenden Ängste hin. Sie war soeben aus unruhigem Schlummer erwacht, und ich hatte – halb in Besorgnis und halb in Entsetzen – das Arbeiten der Muskeln in ihrem abgemagerten Gesicht beobachtet. Ich saß seitwärts von ihrem Ebenholzbett auf einer der indischen Ottomanen. Sie richtete sich halb auf und sprach in eindringlichem leisen Flüstern von Lauten, die sie jetzt vernahm, die ich aber nicht hören konnte – von Bewegungen, die sie jetzt sah, die ich aber nicht wahrnehmen konnte. Der Wind wehte hinter der Wandverkleidung in hastigen Zügen, und ich hatte die Absicht, ihr zu zeigen (was ich allerdings, wie ich bekenne, selbst nicht ganz glauben konnte), dass dieses kaum vernehmbare Atmen, dass diese ganz geringen Verschiebungen der Gestalten an den Wänden nur die natürliche Folge des Luftzuges seien. Doch ein tödliches Erbleichen ihrer Wangen ließ mich einsehen, dass meine Bemühungen, sie zu beruhigen, fruchtlos sein würden. Sie schien ohnmächtig zu werden, und keiner der Dienstleute war in Rufnähe. Doch da erinnerte ich mich einer Flasche leichten Weines, den die Ärzte verordnet hatten, und eilte quer durchs Zimmer, um sie zu holen. Doch als ich unter den Flammen des Weihrauchbeckens angekommen war, erregten zwei sonderbare Umstände meine Aufmerksamkeit. Ich fühlte, dass ein unsichtbares, doch greifbares Etwas leicht an mir vorbeistreifte, und ich sah, dass auf dem goldenen Teppich, genau in der Mitte des reichen Glanzes, den die Ampel darauf niederwarf, ein Schatten – ein schwacher, undeutlicher, geisterhafter Schatten lag; so zart war er, dass man ihn für den Schatten eines Schattens hätte halten können. Aber ich war infolge einer ungewöhnlich großen Dosis Opium sehr aufgeregt und achtete dieser Erscheinungen kaum, erwähnte sie auch Rowena gegenüber nicht.

Ich fand den Wein, schritt quer durchs Zimmer ans Bett zurück, füllte ein Kelchglas und brachte es an die Lippen der nahezu ohnmächtigen Kranken. Sie hatte sich ein wenig erholt und ergriff selbst das Glas; ich sank auf die nächste Ottomane und sah gespannt zu meinem Weib hinüber. Da geschah es, dass ich deutlich einen leisen Schritt über den Teppich zum Lager hinschreiten hörte; und eine Sekunde später, als Rowena den Wein an die Lippen führte, sah ich – oder träumte, dass ich es sah –, wie, aus einer unsichtbaren Quelle in der Atmosphäre des Zimmers kommend, drei oder vier große Tropfen einer strahlenden, rubinroten Flüssigkeit in den Kelch fielen. Ich sah dies – Rowena sah es nicht. Sie trank den Wein ohne Zögern, und ich unterließ es, ihr von der Erscheinung zu sprechen, die – wie ich mir nach reiflicher Überlegung sagte – vielleicht nur eine Vorspiegelung meiner lebhaften Einbildungskraft gewesen war, die durch die Äußerungen der Leidenden, durch das

Opium und durch die späte Nachtstunde krankhaft erregt sein musste.

Dennoch konnte ich mir nicht verhehlen, dass die Krankheit meiner Frau, nachdem sie den Becher geleert hatte, eine rapide Wendung zum Schlimmsten nahm. Und in der dritten Nacht darauf kleideten die Dienerinnen Lady Rowena in das Leichengewand – und in der vierten Nacht saß ich allein bei ihrem Leichnam in dem seltsamen Gemach, in das sie als meine Braut eingetreten war.

Wilde Visionen, eine Folge des Opiumgenusses, umschwebten mich wie Schatten. Meine Blicke musterten unruhig die in den Ecken des Zimmers aufgestellten Sarkophage, die veränderlichen Gestalten des Wandteppichs und die züngelnden, buntfarbigen Flammen des Weihrauchbeckens mir zu Häupten. Ich erinnerte mich der sonderbaren Erscheinungen jener Nacht, in der über das Leben Rowenas entschieden wurde und blickte unwillkürlich auf die vom Ampellicht bestrahlte Stelle des Teppichs, wo ich damals den schwachen Schein eines Schattens bemerkt hatte. Es ließ sich jedoch nichts mehr sehen, und ich wandte mich aufatmend ab und heftete meine Blicke auf das bleiche und starre Antlitz der Aufgebahrten. Da überfielen mich tausend liebe Erinnerungen an Ligeia, und über mein Herz stürzte mit der Wucht eines Gießbaches das ganze unsagbare Weh, mit dem ich sie im Leichentuch gesehen hatte. Die Stunden gingen, und immer noch saß ich und starrte Rowena an, das Herz geschwellt vom Gedenken an die eine Einzige, die himmlisch Geliebte.

Es mochte gegen Mitternacht sein – vielleicht etwas früher oder später, ich hatte der Zeit nicht geachtet –, als ein leiser, zarter, aber deutlich wahrnehmbarer Seufzer mich aus meinen Träumen aufschreckte. Ich fühlte, dass er vom Ebenholzbett her kam – vom Totenbett. Ich lauschte in angstvollem, abergläubischem Entsetzen – aber der Laut wiederholte sich nicht. Ich strengte meine Augen an, um irgendeine Bewegung des entseelten Körpers wahrzunehmen, nicht die mindeste Regung war zu entdecken. Dennoch konnte ich mich nicht getäuscht haben. Ich hatte das Geräusch, wie schwach es auch gewesen sein mochte, tatsächlich vernommen, und meine Seele war erwacht und lauschte. Ich heftete meine Augen durchdringend und mit aller Willenskonzentration auf den Totenleib. Viele Minuten vergingen, ehe sich auch nur das Geringste ereignete, das Licht in dies Geheimnis bringen konnte. Endlich sah ich ganz deutlich, dass ein leiser, ein ganz schwacher und kaum wahrnehmbarer Hauch sowohl die Wangen wie auch die eingesunkenen feinen Adern der Augenlider gerötet hatte. Ein namenloses Grausen, eine wahnsinnige Furcht, für die es keine Worte gibt, ließ mich auf meinem Sitz zu Stein erstarren und lähmte das Pulsen meines Herzens. Und doch gab mir schließlich ein gewisses Pflichtgefühl meine Selbstbeherrschung zurück. Ich konnte nicht länger daran zweifeln, dass wir in unserem Vorgehen allzu voreilig gewesen waren, ich konnte nicht länger daran zweifeln – dass Rowena lebte. Man musste sofort Wiederbelebungsversuche anstellen. Doch der Turm lag ganz abseits von den anderen Gebäuden, in denen die Dienerschaft untergebracht war – keiner der Leute befand sich in Hörweite – wollte ich sie zu meiner Hilfe herbeiholen, so hätte ich das Zimmer auf viele Minuten verlassen müssen – das aber durfte ich nicht wagen. Ich bemühte mich daher allein, die Seele, die noch nicht ganz entflohen schien, wieder ins Leben zu rufen. Aber schon nach kurzer Zeit war ersichtlich ein Rückfall eingetreten; die Farbe verschwand von Wangen und Augenlidern, die nun bleicher noch als Marmor erschienen. Die Lippen schrumpften ein und kniffen sich zusammen und trugen den grässlichen Ausdruck des Todes; eine widerliche, klebrige Kälte breitete sich schnell über den ganzen Leib, der überdies vollständig steif und starr wurde. Schaudernd sank ich auf das Ruhebett zurück, von dem ich in so fassungslosem Schreck aufgescheucht worden war, und gab mich von Neuem leidenschaftlichen, wachen Visionen hin, in denen ich Ligeia vor mir sah.

So war eine Stunde verstrichen, als ich – konnte es möglich sein? – ein zweites Mal von der Gegend des Bettes her einen schwachen Laut vernahm. Ich lauschte in höchstem Grauen. Der Ton wiederholte sich – es war ein Seufzer. Ich eilte zur Leiche hin und sah – sah deutlich –, dass die Lippen zitterten. Eine Minute später öffneten sie sich und legten eine Reihe perlenschöner Zähne bloß. Zu der tiefen Furcht, die mich bis jetzt gebannt hielt, gesellte sich nun auch Bestürzung. Ich fühlte, wie es dunkel vor meinen Augen wurde, wie meine Gedanken wanderten, und nur durch ganz gewaltige Anstrengung gelang es mir, mich für die Aufgabe, auf die mich die Pflicht nun wiederum hinwies, zu stählen. Sowohl auf der Stirn wie auf Wangen und Hals war jetzt ein sanftes Glühen zu bemerken, eine fühlbare Wärme durchdrang den ganzen Körper, am Herzen ließ sich sogar ein leichter Pulsschlag spüren. Die Tote lebte, und mit doppeltem Eifer unterzog ich mich den Wiederbelebungsversuchen. Ich rieb und berührte die Schläfen und die Hände und wendete alles an, was Erfahrung und eine gute Belesenheit in medizinischen Dingen erdenken konnten. Doch vergeblich. Plötzlich verschwand die Farbe, der Pulsschlag hörte auf, die Lippen nahmen wieder den Ausdruck des Todes an, und einen Augenblick danach hatte der Körper die frostige Eiseskälte, den bleiernen Farbton, die vollkommene Starre, die eingesunkenen Formen und all die widerlichen Eigenschaften dessen, der schon seit vielen Tagen ein Bewohner der Grabes gewesen war.

Und wieder sank ich in Träume von Ligeia – und wieder – was Wunder, dass ich beim Schreiben jetzt noch schaudere – wieder drang vom Ebenholzbett her ein leiser Seufzer an mein Ohr. Aber warum soll ich die unaussprechlichen Schrecken jener Nacht in allen Einzelheiten schildern? Warum soll ich darüber nachsinnen, wie ich es ausmalen könnte, wie bis zur Morgendämmerung dies fürchterliche Drama des Wiederbelebens und des Wiederabsterbens sich fortsetzte, wie jeder schreckliche Rückfall einen tieferen, unlöslicheren Tod bedeutete, wie jede Agonie wie ein Ringen mit einem unsichtbaren Feind erschien und wie jeder Kampf ich weiß nicht was für eine grässliche Veränderung in der Erscheinung des Körpers nach sich zog? Lasst mich zum Schluss eilen.

Der größte Teil der furchtbaren Nacht war dahingegangen, und sie, die tot gewesen, rührte sich wieder. Und die Lebenszeichen waren jetzt kräftiger als bisher, obgleich sie vordem in eine Auflösung gesunken war, die grässlicher schien als alle früheren. Ich hatte es schon längst aufgegeben,

mich zu bemühen, mich überhaupt noch zu rühren. Ich saß erstarrt auf der Ottomane – eine hilflose Beute wilder Aufregungen, deren am wenigsten schreckliche, am wenigsten aufreibende wohl eine maßlose Angst war. Der Leichnam, ich wiederhole es, rührte sich, und zwar lebhafter als bisher. Die Farben des Lebens schossen mit unglaublicher Energie ins Antlitz, die Glieder wurden wieder beweglich; und wenn die Augenlider nicht noch immer fest geschlossen geblieben wären, wenn der Leib nicht noch immer still in seinen Grabtüchern und Bändern dagelegen hätte, so hätte ich glauben müssen, dass Rowena sich endgültig aus den Fesseln des Todes befreit habe. Doch wenn bis dahin dieser Gedanke noch entschieden zurückgewiesen werden musste, so schwanden alle Zweifel, als nun das leichentuchumhüllte Wesen vom Bett aufstand und schwankend, unsicheren Schrittes, mit geschlossenen Augen und mit dem Gebaren eines Traumwesens, doch körperlich sichtbar und fühlbar, sich in die Mitte des Zimmers vorbewegte.

Ich zitterte nicht – ich rührte mich nicht – denn ein Schwarm seltsamer Empfindungen, die sich an das Aussehen, die Gestalt und ihre Bewegungen knüpften, hatte mein Hirn überfallen und mich ganz gelähmt. Ich rührte mich nicht – doch meine Blicke hingen an der Erscheinung. Meine Gedanken taumelten wie im Wahnsinn – tobten und ließen sich nicht halten und bändigen. Konnte das wirklich die lebende Rowena sein, die mir da gegenüberstand? Konnte es überhaupt Rowena sein – die blondhaarige, blauäugige Lady Rowena Trevanion of Tremaine? Warum, warum sollte ich es bezweifeln? Die Binde lag fest um den Mund – aber warum sollte es nicht der Mund, der atmende

Mund der Lady of Tremaine sein? Und die Wangen – sie trugen Rosen wie im Mittag ihres Lebens – ja, das waren wohl sicher die schönen Wangen der lebenden Lady of Tremaine. Und das Kinn, das Kinn mit den Grübchen der Gesundheit, war es nicht das ihre? – Aber war sie denn in ihrer Krankheit gewachsen? Welch unaussprechlicher Wahnsinn fasste mich bei dem Gedanken? Ein Sprung, und ich lag zu ihren Füßen! Sie wich meiner Berührung aus, und die grässlichen Leintücher, die den Kopf umschlossen hatten, lösten sich und fielen nieder – und in die wehende Atmosphäre des Gemachs strömten gewaltige Wogen aufgelösten Haares: Es war schwärzer als die Rabenschwingen der Mittnacht! Und nun öffneten sich langsam die Augen der Gestalt, die dicht vor mir stand. »Hier, hier endlich«, schrie ich laut, »kann ich mich niemals – niemals irren: Dies sind die großen und die schwarzen und die wilden Augen – meiner verlorenen Geliebten – die Augen der Lady – der Lady Ligeia!«

Eleonora

*Sub conservatione formae
specificae salva anima.*
RAIMUNDUS LULLUS

Ich entstammte einem Geschlecht, das dafür bekannt ist, eine flammende Leidenschaftlichkeit und eine zügellose Fantasie zu besitzen. Von mir sagt man, dass ich wahnsinnig sei; aber noch ist die Frage nicht gelöst, ob Wahnsinn nicht etwa erhabenste Erkenntnis ist, ob vieles, was herrlich, ob alles, was vollkommen ist, nicht vielleicht einer Krankhaftigkeit des Denkens entspringt, einer durch Überanstrengung des normalen Intellekts hervorgerufenen Reizbarkeit des Geistes. Alle, die bei Tage träumen, wissen von vielen Dingen, die denen entgehen, die nur den Traum der Nacht kennen. Visionen lassen sie den Glanz der Ewigkeiten schauen, und in ihr Wachsein nehmen sie das erschütternde Bewusstsein mit, an der Schwelle der Erkenntnis des großen Rätsels gestanden zu haben. Augenblicke offenbaren ihnen mit Blitzesgrelle viel von der Weisheit des Guten, mehr noch von der bloßen Kenntnis des Bösen. Sie haben nicht Ruder noch Kompass und dringen dennoch in das unendliche Meer des ewigen Lichtes vor – und weiter, gleich den Fahrten des nubischen Geografen, bis ins Meer der Schatten. »aggressi sunt mare tenebrarum, quid in eo esset exploraturi.«

Nehmen wir also an, ich sei wahnsinnig. Ich gebe zum wenigsten zu, dass mein Geistesleben aus zwei ganz verschiedenen Zuständen besteht: dem Zustand klarer, nicht anzuzweifelnder Vernunft, der die Erinnerung an die Begebenheiten der ersten Epoche meines Lebens umfasst, und einem Zustand voller Schatten und Zweifel, dem die Gegenwart gehört und die Erinnerung an die Geschehnisse der zweiten großen Epoche meines Lebens. Darum könnt ihr dem, was ich von meinem ersten Lebensabschnitt sagen werde, Glauben schenken; von dem aber, was ich von der späteren Zeit berichte, glaubt nur so viel, als euch glaubwürdig erscheint – oder bezweifelt das Ganze. Doch falls ihr nicht zweifeln könnt, so mögt ihr vor den Rätseln meiner Seele den Ödipus spielen.

Sie, die ich in meiner Jugend liebte und von der ich jetzt kühl und klar das Folgende berichte, war die einzige Tochter der einzigen Schwester meiner früh verstorbenen Mutter. Eleonora war der Name meiner Kusine. Wir hatten immer zusammengewohnt – im »Tal des vielfarbigen Grases« unter tropischer Sonne. Kein fremder Fuß betrat jemals dies Tal, denn es lag weit weit droben inmitten gigantischer Berge, die es ragend umstanden und seinen lieblichen Gründen Schatten spendeten. Kein Pfad führte dorthin, und um in unser seliges Heim zu gelangen, hätte man das Gezweig von vieltausend Waldbäumen gewaltsam durchbrechen und die Herrlichkeit von viel Millionen duftender Blumen zertreten müssen. So lebten wir also ganz einsam und kannten nichts von

der Welt außerhalb des Tales – ich und meine Kusine und ihre Mutter.

Aus den nebelhaften Regionen der höchsten Berge, die unser Reich umschlossen, kam ein Fluss daher, schmal und tief, und seine Flut war glänzender als alles – ausgenommen Eleonoras Augen. Er wand sich durchs Tal in verstohlenen Krümmungen und tauchte dann in eine dunkle Schlucht, zwischen Bergen, die noch düsterer und geheimnisvoller waren als jene, aus denen er gekommen war. Wir nannten ihn den »Fluss des Schweigens«, denn es war, als ob sein Fluten alles beruhige und still mache. Kein Murmeln klang aus seinen Tiefen, er ging so sanft dahin, dass die beperlten Kiesel auf seinem Grund, die wir oft bewunderten, sich niemals rührten – in regungsloser Ruhe lagen sie, jeder funkelte ewig am alten Platz.

Das Ufer des Flusses und der vielen glitzernden Bächlein, die ihm auf allerlei Umwegen zuströmten, und ebenso alle Flächen, die von den Ufern sich ins Wasser bis zum Kieselgrund hinuntersenkten, waren von kurzem, dichtem, gleichmäßigem Rasen bedeckt, der lieblich duftete. Und weiter noch dehnte sich dieser sanfte grüne Teppich – durchs ganze Tal, vom Fluss bis an den Fuß der Höhen, die es umgürteten. Diese wundervolle weite Grasfläche war über und über mit gelben Butterblumen, weißen Gänseblümchen, blauen Veilchen und rubinroten Asphodelen besprenkelt, und ihre unbeschreibliche Schönheit redete laut zu unseren Herzen von der Liebe und der Herrlichkeit Gottes.

Und hie und da erhoben sich im Gras wie seltsam verschlungene Traumgebilde Gruppen fantastischer Bäume, deren Stämme nicht senkrecht aufragten, sondern in anmutigen Biegungen dem Licht entgegenstrebten, das um Mittag in die Mitte des Tales hereinleuchtete. Ihre Rinde war ebenholzschwarz und silbern gefleckt und war zarter als alles – ausgenommen Eleonoras Wangen. Ja, man hätte diese Bäume für gigantische Schlangen halten können, die der Sonne, ihrer Gottheit, huldigten, wären nicht die glänzend grünen, großen Blätter gewesen, die von ihren Gipfeln in langen, bebenden Reihen niederhingen und mit dem Zephir tändelten.

Lange Jahre durchstreifte ich Hand in Hand mit Eleonora das Tal, ehe die Liebe in unsere Herzen einzog. Es war an einem Abend in Eleonoras fünfzehntem und meinem zwanzigsten Lebensjahr, da saßen wir, einander eng umschlungen haltend, unter den Schlangenbäumen und blickten hinab in den Fluss des Schweigens und auf unser Bild, das sich in seinen Wassern spiegelte.

Wir sprachen nichts mehr an diesem süßen Tag, und selbst am anderen Morgen fand unsere Rede nur wenige zitternde Worte.

Wir hatten in den Wassern Gott Eros gefunden und hatten ihn in uns aufgenommen, und wir fühlten nun, dass er die feurigen Seelen unserer Vorfahren in uns entzündet hatte. Alle Leidenschaftlichkeit und blühende Fantasie, die Jahrhunderte lang unser Geschlecht auszeichneten, ergriffen unsere Herzen wie ein Rausch und hauchten in das Tal des vielfarbigen Grases eine wahnsinnige Seligkeit. Alle Dinge veränderten sich. Die Bäume, die nie vordem ein Blühen gekannt hatten, entfalteten seltsame, sternförmige, strahlende Blüten. Das Grün des Rasenteppichs vertiefte sich, und als – eine nach der andern – die weißen Gänseblümchen dahinschwanden, brachen an ihren Orten rubinrote Asphodelen auf – zu zehn auf einmal. Und Leben regte sich auf unseren Pfaden, denn der hohe, schlanke Flamingo, den wir bis dahin noch nie gesehen, entfaltete vor uns sein scharlachfarbenes Gefieder, und mit ihm kamen und glühten alle heiteren Vögel. Gold- und Silberfische belebten den Fluss, und aus seinen Tiefen hob sich leise, doch lauter und lauter werdend, ein Murmeln, das schließlich zu einer sanften, erhabenen Melodie anschwoll, erhabener als der Sang aus des Äolus Harfe und süßer als alles – ausgenommen Eleonoras Stimme.

Und eine schwere, mächtige Wolke, die wir seit langem in den Regionen des Abendsterns beobachtet hatten, setzte sich gemächlich in Bewegung. Und durch und durch karmin- und golderglänzend lagerte sie sich über unser Tal und sank Tag um Tag friedvoll tiefer und tiefer, bis ihre Ränder auf den Gipfeln der Berge ruhten, deren nebelhaftes Grau sie in Glanz und Pracht verwandelte. Und sie lagerte über uns und schloss uns ein wie in ein zauberhaftes Gefängnis von seltsamer Herrlichkeit.

Der Liebreiz Eleonoras war der der Seraphim; aber sie war so schlicht und unschuldig wie das kurze Leben, das sie inmitten der Blumen gelebt hatte. Keine Arglist lehrte sie, die Inbrunst, die ihr Herz entflammte, zu verbergen, und während wir miteinander im Tal des vielfarbigen Grases wandelten und über all seine Veränderungen sprachen, enthüllte sie mir die geheimsten Tiefen ihrer Seele.

Und eines Tages sprach sie unter Tränen von jener letzten traurigen Veränderung, der alle Menschen unterworfen sind; und von nun an weilte sie nur bei diesem einen schmerzvollen Thema, das sie in jedes unserer Gespräche einflocht, so wie die Sänger von Schiras in ihren Liedern dieselben Bilder wieder und wieder anwenden.

Sie hatte die Hand des Todes auf ihrer Brust gefühlt, sie wusste, dass sie in so vollkommener Schönheit erschaffen worden war, nur um – gleich der Eintagsfliege – früh zu sterben. Doch alle Schrecken des Todes waren für sie nur in dem einen Gedanken vereint, von dem sie in abendlicher Dämmerstunde am Fluss des Schweigens sprach. Es bekümmerte sie, zu denken, ich könne, nachdem ich sie im Tal des vielfarbigen Grases begraben hätte, seine selige Verborgenheit verlassen und die Liebe, die jetzt ganz ihr gehörte, irgendeinem Mädchen der Alltagswelt da draußen schenken. Und damals und dort warf ich mich ohne Besinnen Eleonora zu Füßen und tat ihr und dem Himmel den Schwur, dass ich mich niemals mit einer Tochter der Welt in Ehe verbinden – dass ich niemals ihrem geliebten Andenken, dem Andenken der innigen Zuneigung, mit der sie mich segnete, untreu werden wollte. Und ich rief den allmächtigen Herrn des Weltalls zum Zeugen an für meines Schwurs aufrichtigen Ernst. Und der Fluch, den ich von ihm und von ihr, der Heiligen im Paradies, für den Fall meines Treuebruchs auf mich herabrief, schloss eine so entsetzliche Strafe in sich, dass ich hier nicht davon sprechen kann.

Und die strahlenden Augen Eleonoras erstrahlten noch heller bei meinen Worten. Und sie seufzte, als sei eine tödliche Last ihr vom Herzen genommen, und sie zitterte und weinte bitterlich. Aber sie nahm meinen Schwur an –

denn was war sie anderes als ein Kind – und er ließ sie erleichtert dem Sterben entgegensehen. Und als sie einige Tage später friedvoll entschlief, sagte sie zu mir, sie wolle um deswillen, was ich für den Frieden ihrer Seele getan habe, mit dieser Seele über mich wachen; sie wolle, sofern es möglich sei, in den wachen Stunden der Nacht mir sichtbarlich erscheinen. Wenn aber dies außerhalb der Macht der Seelen im Paradies läge, so wolle sie mir ihr Gegenwärtigsein wenigstens durch allerlei Zeichen kundtun. Sie werde mit den Abendwinden mich umkosen und die Luft um mich her mit dem Duft der himmlischen Weihrauchschalen erfüllen. Mit diesen Worten auf den Lippen gab sie ihr junges, reines Leben auf, und mit ihr endete die erste Epoche meines eigenen Lebens.

Bis hierher habe ich wahrheitsgetreu berichtet. Doch wenn mein Denken auf dem Weg der Vergangenheit die Grenze, die der Tod meiner Geliebten gezogen, überschreitet und in die zweite Periode meines Lebens eintritt, dann sammeln sich Schatten um mein Hirn, und ich fühle, dass ich an meinem gesunden Gedächtnis zweifeln muss. Doch ich will fortfahren.

Die Jahre schleppten sich träge dahin, und immer noch wohnte ich im Tal des vielfarbigen Grases. Aber wiederum hatte eine Veränderung alle Dinge befallen. Die sternförmigen Blüten krochen zurück in die Stämme der Bäume und kamen nie wieder zum Vorschein. Das tiefe Grün des Rasenteppichs verblasste, und die rubinroten Asphodelen welkten hin, eine nach der anderen. Und an ihren Orten brachen – zu zehn auf einmal – dunkle, blauäugige Veilchen auf, und ihre Augen standen immer voll

Tau und blickten kummervoll. Und Leben entschwand von unseren alten Pfaden; denn der hohe, schlanke Flamingo entfaltete nie mehr sein scharlachrotes Gefieder, trauernd flog er aus unserem Tal fort den Bergen zu, und mit ihm zogen alle heiteren Vögel, die ihn begleitet hatten. Und die Gold- und Silberfische schwammen davon durch die Schlucht, die an der einen Seite unser Reich begrenzte, und zierten nie wieder den lieblichen Fluss. Und die sanfte Melodie, die erhebender gewesen war als der Sang aus des Äolus Harfe und süßer als alles – ausgenommen Eleonoras Stimme, sie sank wieder zu leisem Murmeln herab und wurde leiser und leiser, bis sie erstarb und der Fluss wieder in seinem einstigen feierlich-düsteren Schweigen dahinfloss. Und dann – zuletzt – hob sich die mächtige Wolke von den Gipfeln der Berge, die wieder in ihr nebelhaftes Grau zurücktauchten, und schwamm gemächlich davon, den fernen Regionen des Abendsterns zu, und mit ihr verschwand das strahlende Gold und all die glänzende Pracht, mit der sie das Tal des vielfarbigen Grases überschüttet hatte.

Jedoch was Eleonora versprochen hatte, erfüllte sich. Denn ich hörte um mich das Schwingen der himmlischen Weihrauchschalen, und Ströme himmlischer Düfte durchfluteten immer und immer das Tal. Und in einsamen Stunden, wenn mein Herz in heftigem Pulsschlag erbebte, umschmeichelten sanfte Winde mit süßem Seufzen meine Stirn. Die dunklen Nächte füllte oft ein schwaches Flüstern, und einmal – o, einmal nur! – weckte mich aus einem todähnlichen Schlaf der Kuss geisterhafter Lippen, die meinen Mund berührten.

Aber all dies vermochte nicht die Leere meines Herzens auszufüllen, und grenzenlos wuchs sein Verlangen nach jener Liebe, von der es vordem so übervoll gewesen war. Und endlich kam es so weit, dass mir das Tal des vielfarbigen Grases, durch das mich die Erinnerungen hetzten, zur Qual wurde, und ich vertauschte es für immer gegen die Eitelkeiten und das friedelose Glück der Welt.

Ich fand mich in einer fremden Stadt, in der alle Dinge nur dazu dienten, die Erinnerung an die süßen Träume, die ich so lange Jahre im Tal des vielfarbigen Grases träumte, aus meinem Gedächtnis auszulöschen. Ein äußerst prächtiges Hoflager mit Pomp und Festen, betäubendes Waffengeklirr und strahlende Frauenlieblichkeit verwirrten und berauschten mein Hirn. Doch bis jetzt war meine Seele ihrem Schwur treu geblieben, und immer noch verkündete mir Eleonora in den stillen Stunden der Nacht ihr Gegenwärtigsein.

Plötzlich aber hörten diese Anzeichen auf, und die Welt wurde schwarz vor meinen Augen, und ich stand in atemlosem Schreck vor dem glühenden Gedanken – der grauenhaften Versuchung, die mich befallen hatte. Denn an den fröhlichen Hof des Königs, dem ich diente, kam aus irgendeinem fernen, fernen, unbekannten Land ein Mädchen, von dessen Schönheit mein ganzes ruchloses Herz entflammt und hingerissen wurde – zu dessen Füßen ich mich ohne Sträuben niederwarf in wehrloser, abgöttischer Liebe. Ach, wie armselig war die Leidenschaft, die ich dem jungen Kind im Tal des vielfarbigen Grases geschenkt hatte, wenn ich sie mit der Glut und dem Wahnwitz und den beseligenden Ekstasen verglich, in denen jetzt meine Anbetung emporjauchzte, mit dem trunkenen Schluchzen, in dem meine Seele zu Füßen der himmlischen Ermengard dahinschmolz! O, herrlich war der Engel Ermengard! Und vor dieser Erkenntnis versank alles andere. – O, göttlich war der Engel Ermengard! Und ich ertrank im Blick ihrer unergründlichen Augen und sah und suchte nur sie.

Ich vermählte mich mit Ermengard – und fürchtete nicht den Fluch, den ich auf mich herabgeschworen hatte, und seine Schrecken suchten mich nicht heim. Da kam noch einmal – ein einziges Mal durch das Schweigen der Nacht das süße Seufzen wieder zu mir, und es formte sich zu einer wohlbekannten, inbrünstigen Stimme:

»Schlafe in Frieden! Denn der Geist der Liebe lebt und herrscht. Und wenn du glühenden Herzens Ermengard umarmst, bist du – aus Gründen, die dir dereinst im Himmel offenbar werden sollen – deines Gelübdes an Eleonora entbunden.«

Das Manuskript in der Flasche

Qui n'a plus qu'un moment à vivre,
N'a plus rien à dissimuler.
QUINAULT – ATYS

Von meiner Heimat und meiner Familie lässt sich wenig sagen. Schlechte Behandlung hat mich von dieser vertrieben, und Jahre der Trennung haben mich jener entfremdet. Ererbter Reichtum verpflichtete mich zu einem außergewöhnlich sorgfältigen Bildungsgang, und mein grüblerischer Geist ermöglichte es mir, die Schätze frühen Studiums gründlich zu verarbeiten. Von allen Dingen erfreuten mich am meisten die Werke der deutschen Moralisten, nicht etwa, weil ich so unbedacht war, ihre geschwätzige Narrheit zu bewundern, sondern weil meine streng logische Denkweise es mir leicht machte, ihre Fehler aufzudecken. Man hat mir sogar oft ein allzu nüchternes Denken vorgeworfen und meinen Mangel an Fantasie als Verbrechen hingestellt; ja, ich war berüchtigt wegen meiner Skepsis. Und in der Tat befürchte ich, dass meine Vorliebe für Physik auch meinen Geist in einen Fehler unserer Zeit verfallen ließ – ich meine: in die Gewohnheit, alle Dinge auf die Prinzipien eben jener Wissenschaft zurückzuführen – selbst wenn sie noch so sehr außerhalb ihres Bereiches lagen.

Nach vielen auf weiten Reisen im Ausland verbrachten Jahren trat ich im Jahre 18.. von Batavia, der Hafenstadt der wohlhabenden und volkreichen Insel Java, eine Segelreise nach dem Archipel der Sundainseln an. Der Anlass zu dieser Reise war kein geschäftlicher, sondern lediglich eine nervöse Rastlosigkeit, die mich mit teuflischer Ausdauer plagte.

Unser Fahrzeug war ein schönes, kupferbeschlagenes Schiff von etwa vierhundert Tonnen, das in Bombay aus malabarischem Teakholz gebaut worden war. Seine Fracht bestand aus Baumwolle und Öl von den Lachadive-Inseln. Ferner hatten wir Kokosbast, Zucker, konservierte Butter, Kokosnüsse und einige Behälter mit Opium an Bord. Das Schiff war mit dieser leichten Last fest gefüllt und hatte infolgedessen entsprechenden Tiefgang.

Wir stachen bei schwachem Wind in See und segelten tagelang an der Ostküste von Java dahin, und der einzige Zwischenfall auf unserer eintönigen Fahrt war das gelegentliche Zusammentreffen mit einem Schiffchen der malabarischen Inselgruppe.

Eines Abends, als ich an Backbord lehnte, gewahrte ich im Nordosten eine seltsame einzelnstehende Wolke. Sie fiel mir auf – einmal ihrer Farbe wegen, und dann, weil es die erste Wolke war, die sich seit unserer Ausfahrt aus Batavia sehen ließ. Ich beobachtete sie aufmerksam bis Sonnenuntergang, als sie sich ganz plötzlich nach Osten und Westen ausbreitete und den Horizont mit einem schmalen Nebelstreif umgürtete, der aussah wie ein langer flacher Küstenstrich. Bald darauf überraschte mich die dunkelrote Farbe des Mondes und das sonderbare Aussehen des Meeres, das sich ungemein schnell veränderte; das Wasser schien durchsichtiger als gewöhnlich. Obgleich ich deutlich auf den Grund sehen konnte, bewies mir das Senkblei, dass unser Schiff fünfzehn Faden lief. Die Luft war jetzt unerträglich heiß und mit Dunstspiralen geladen, wie sie etwa erhitztem Eisen entsteigen. Je näher die Nacht herankam, desto mehr erstarb der schwache Windhauch, und eine Ruhe herrschte, wie sie vollkommener gar nicht gedacht werden kann. Eine auf Hinterdeck brennende Kerzenflamme machte nicht die leiseste Bewegung, und ein langes, zwischen Daumen und Zeigefinger gehaltenes Haar hing ohne die geringste wahrnehmbare Vibration. Da aber der Kapitän sagte, er sehe keine Anzeichen einer drohenden Gefahr, und da wir quer zum Ufer standen, so ließ er die Segel auftuchen und den Anker fallen. Es wurde keine Wache aufgestellt, und die Schiffsmannschaft, die hauptsächlich aus Malaien bestand, lagerte sich ungezwungen auf Deck. Ich ging hinunter – mit der bestimmten Vorahnung eines Unheils. Alle Anzeichen schienen mir auf einen Samum hinzudeuten. Ich sprach dem Kapitän von meinen Befürchtungen; aber er schenkte meinen Worten keine Beachtung und würdigte mich nicht einmal einer Antwort. Meine Unruhe ließ mich jedoch nicht schlafen, und gegen Mitternacht ging ich an Deck. Als ich den Fuß auf die oberste Stufe der Kajütentreppe setzte, überraschte mich ein lautes, summendes Geräusch, das dem Sausen eines kreisenden Mühlrades glich, und ehe ich seine Ursache feststellen konnte, erbebte das Schiff in seinem ganzen Bau. Im nächsten Augenblick stürzte ein heulender Schaumregen auf uns nieder, raste über uns hin und fegte das Schiff vom Steven bis zum Heck leer.

Die jähe Wucht des Windstoßes war für die Rettung des Schiffes in gewissem Grad von Vorteil. Trotzdem es vom Wasser überschwemmt worden war, hob es sich doch, als seine Masten über Bord gegangen waren, nach einer Minute schwerfällig wieder aus der Tiefe, schwankte eine Weile unter dem ungeheuren Druck des Sturmes und richtete sich schließlich auf.

Durch welches Wunder ich der Vernichtung entging, ist unmöglich festzustellen. Zuerst durch den Wasserguss betäubt, fand ich mich, als ich wieder zur Besinnung kam, zwischen dem Hintersteven und dem Steuer eingeklemmt. Mit großer Mühe richtete ich mich auf, und als ich verwirrt um mich blickte, kam mir zunächst der Gedanke, wir seien in die Brandung geraten; so über alles Denken schrecklich war der Wirbel sich türmender, schäumender Wasser, die uns umtosten. Nach einiger Zeit vernahm ich die Stimme eines alten Schweden, der sich, kurz bevor wir den Hafen verließen, als Matrose bei uns verdingt hatte. Mit aller Kraft rief ich ihn an, und sogleich taumelte er zu mir. Wir entdeckten bald, dass wir die einzigen Überlebenden des Unfalls waren. Alle an Deck mit Ausnahme von uns beiden waren über Bord gefegt worden; der Kapitän und die Maate mussten im Schlaf umgekommen sein, denn die Kajüten waren ganz unter Wasser gesetzt worden. Ohne Beistand konnten wir nur wenig zur Sicherheit des Fahrzeugs tun, und unsere ersten Bemühungen wurden durch die Erwartung sofortigen Untergangs lahmgelegt. Unser Ankertau war natürlich beim ersten Sturmstoß zerrissen wie ein Bindfaden, anderenfalls wären wir im Nu vernichtet gewesen. Wir trieben mit furchtbarer Schnelligkeit dahin, und die Wasser machten alles um uns her zu Splittern. Das Fachwerk unseres Hecks war grässlich zerschmettert, und wir waren in jeder Hinsicht furchtbar zugerichtet. Zu unserer unaussprechlichen Freude aber fanden wir die Pumpen unversehrt und sahen, dass wir nur wenig Ballast verloren hatten. Die erste Wut des Sturmes war schon gebrochen, und wir befürchteten von der Heftigkeit des Windes wenig Gefahr; mit Verzweiflung aber sahen wir der Zeit entgegen, wo er sich legen würde, denn wir wussten, dass wir mit unserm lecken Fahrzeug in der nachfolgenden Hochflut rettungslos zugrunde gehen mussten.

Diese sichere Vorahnung schien sich jedoch nicht so bald erfüllen zu wollen. Fünf volle Tage und Nächte – während deren unser einziger Unterhalt aus einer geringen Menge Zucker bestand, die wir mit großer Mühe aus dem Vorderschiff holten – raste der Schiffsrumpf mit unfassbarer Geschwindigkeit dahin, von kurzen, sprunghaften Windstößen getrieben, die, ohne der ersten Heftigkeit des Samums gleichzukommen, noch immer schrecklicher waren als irgendein Sturm, den ich vordem erlebte. Unser Kurs blieb in den ersten vier Tagen bis auf geringe Abweichungen süd-südöstlich, und wir mussten an der Küste von Neu-Holland entlanggetrieben sein. Am fünften Tag wurde die Kälte unerträglich, trotzdem der Wind ein wenig mehr aus Norden kam. Dis aufgehende Sonne hatte einen grünlichgelben Schein und stieg nur wenige Grade über den Horizont empor; sie gab nur ein unbestimmtes

Licht. Es waren keine Wolken sichtbar, aber der Wind nahm zu und blies in unregelmäßigen, wuchtigen Stößen. Gegen Mittag – so gut wir das feststellen konnten – wurde unsere Aufmerksamkeit von Neuem durch den Anblick der Sonne gefesselt. Sie gab kein eigentliches Licht, aber einen matten, düsteren Glanz ohne Widerschein, als liefen alle ihre Strahlen in einen Punkt zusammen. Gerade bevor sie ins wogende Meer sank, erlosch ihr zentrales Feuer, als habe eine unerklärliche Macht es ausgelöscht. Sie war nur noch ein schwacher silberner Reif, als sie hinabglitt in den unermesslichen Ozean.

Von nun ab umhüllte uns tiefste Dunkelheit, sodass wir auf zwanzig Schritte Entfernung vom Schiff keinen Gegenstand zu erkennen vermochten. Unausgesetzt umgab uns ewige Nacht, die nicht einmal von dem phosphoreszierenden Meeresleuchten erhellt wurde, an das wir in den Tropen gewöhnt gewesen waren. Der Sturm raste mit unverminderter Heftigkeit, aber die breite Schaumfläche, die uns bisher begleitet hatte, schwamm nicht mehr auf den Wogen. Rundum war Schrecken und tiefste Finsternis und ungeheure, ebenholzschwarze drohende Wüste. Mehr und mehr wurde der Verstand des alten Schweden von abergläubischem Grauen umnachtet, und meine eigene Seele hüllte sich in stummes Entsetzen. Wir gaben den Versuch, die Herrschaft über das Schiff wieder zu erlangen, als völlig nutzlos auf, banden uns, so gut es eben ging, am stehen gebliebenen Stumpf des Vesanmastes fest und spähten angstvoll in den weiten Ozean hinaus. Jede Möglichkeit einer Zeitberechnung fehlte uns, und ebenso wenig wussten wir, wo wir uns befanden. Wir waren uns aber völlig klar, weiter nach Süden vorgedrungen zu sein, als je vorher ein Seefahrer gekommen war, und wunderten uns umso mehr, nicht den üblichen Eisbergen zu begegnen. Inzwischen drohte jeder Augenblick unser letzter zu sein – jede berghohe Woge uns zu verschlingen. Das Stürmen übertraf alles, was ich für möglich gehalten hätte, und dass wir nicht sofort begraben wurden, ist ein Wunder. Mein Gefährte erwähnte, wie leicht unsere Ladung sei, und erinnerte mich an die hervorragende Leistungsfähigkeit unseres Schiffes. Ich konnte aber nicht umhin, die völlige Sinnlosigkeit jeglicher Hoffnung zu fühlen, und erwartete schweren Herzens den Tod; ich gab uns höchstens noch eine Stunde Frist, denn mit jedem Knoten, den das Schiff machte, wurden die ungeheuren schwarzen Wolken noch ungeheurer, noch grauenvoller. Bald warf es uns in atemraubende Höhen empor, die nicht einmal der Albatros erfliegt, bald schwindelte uns bei dem rasenden Sturz in irgendeine Wasserhölle, wo die Luft erstickend war und kein Laut den Schlummer des Kraken störte.

Wieder einmal befanden wir uns auf dem Grund eines solchen Höllenschlundes, als plötzlich ein Schrei meines Gefährten die Nacht durchgellte.

»Sieh! Sieh!«, schrie er mir in die Ohren. »Allmächtiger Gott! Sieh! Sieh!«

Während er sprach, gewahrte ich einen matten Schimmer roten Lichtes, der an den Seiten des ungeheuren Abgrunds, in dem wir lagen, herunterfloss und unser Deck mit eigentümlichem Glanz überstrahlte. Ich wandte den Blick nach oben und sah ein Schauspiel, das mir das Blut in den Adern erstarren machte. In grauenvoller Höhe über uns und genau am Rand des gewaltigen Trichters schwebte ein riesiges Schiff von etwa viertausend Tonnen. Obgleich es auf dem Gipfel einer Woge stand, die seine eigene Höhe mehr als hundertmal übertraf, so schien es mir dennoch größer, als irgendein Linienschiff oder Ostindienfahrer jemals sein konnte. Sein ungeheurer Rumpf war von tiefem Schwarz und wies keine Schnitzerei und keinen Zierrat auf, wie er sonst bei Schiffen üblich ist. Aus den offenen Schießscharten lugten in langer Reihe erzene Kanonenrohre und spielten das Licht zahlloser Laternen wider, die in der Takelage hin und her schwangen. Was uns am meisten wunderte und entsetzte, war, dass das Schiff mit vollen Segeln hineinraste in das grauenvolle Meer und den unnatürlichen Orkan. Als wir es zuerst entdeckten, sah man nur den Bug, der langsam aus irgendeinem fürchterlichen Abgrund auftauchte. Einen schaudervollen Augenblick schwebte es auf schwindelnd hohem Wogenkamm, wie in stolzem Bewusstsein seiner Erhabenheit, dann bebte es, schwankte und – kam herab. Und seltsam: Ich wurde jetzt ganz ruhig und überlegend. Ich stolperte so weit nach rückwärts, wie es anging, und erwartete furchtlos den Untergang. Unser eigenes Schiff hatte mittlerweile den Kampf aufgegeben und versank mit seinem Vorderteil ins Meer. Der niedersausende Koloss traf mit aller Wucht auf diesen unter Wasser befindlichen Teil, und die unausbleibliche Folge war, dass ich mit großer Heftigkeit auf das fremde Schiff hinübergeschleudert wurde.

Als ich niederfiel, stand das Schiff in den Wind und wendete, und der dadurch entstehenden Verwirrung schob ich es zu, dass mein Erscheinen von der Mannschaft nicht bemerkt wurde. Ohne große Schwierigkeit gelangte ich ungesehen zur großen Luke, die zum Teil geöffnet war, und fand bald Gelegenheit, mich im Schiffsraum zu verbergen. Warum ich das tat, vermag ich kaum zu sagen. Ein unbestimmtes Grauen vor der Besatzung des Schiffes hatte mich gleich bei ihrem ersten Anblick erfasst und war vielleicht die Hauptursache, dass ich mich so versteckte. Ich hatte kein Verlangen, mich einem Haufen Leute anzuvertrauen, die mir beim ersten Blick sonderbar und unheimlich erschienen waren. Ich hielt es daher für ratsam, mir im Schiffsraum ein Versteck herzurichten. Ich tat dies, indem ich einen Haufen Bretter in der Weise zurechtschob, dass ein kleiner freier Raum zwischen den ungeheuren Schiffsrippen für mich entstand.

Ich hatte mein Werk kaum vollendet, als nahende Schritte mich zwangen, in meinen Winkel zu kriechen. Ein Mann ging schwankend unsicheren Schrittes vorbei. Sein Gesicht konnte ich nicht sehen, seine Gesamterscheinung dagegen gut wahrnehmen. Er schien von der Last der Jahre schwach und gebrechlich; seine zitternden Knie vermochten ihn kaum zu tragen. Er murmelte in dumpfen, abgerissenen Worten vor sich hin – in einer Sprache, die ich nicht verstehen konnte – und wühlte in einer Ecke in einem Haufen seltsamer Instrumente und halbzerfallener Schiffskarten. Sein Gebaren war eine sonderbare Mischung von kindischem Greisentum und der feierlichen Würde eines Gottes. Er ging schließlich wieder an Deck, und ich sah ihn nicht mehr.

Ein Gefühl, für das ich keinen Namen habe, hat von meiner Seele Besitz genommen – ein Empfinden, das keine Analyse zulässt, das durch keinen altüberlieferten Lehrsatz, durch keine Erfahrung geklärt werden und zu dem, wie ich fürchte, selbst die Zukunft keinen Schlüssel bieten kann. Bei einem Geist wie dem meinigen ist alles Nachsinnen von Übel. Ich werde niemals – ja ich weiß es – niemals diese Gedanken und Vorstellungen zu einem Abschluss bringen. Doch ist es durchaus nicht verwunderlich, wenn diese Vorstellungen unbestimmt sind, da sie so neuartigen Quellen entspringen. Ein neuer Begriff, eine neue Wesenheit ist meiner Seele aufgegangen.

Es ist lange her, seit ich das Deck dieses grausigen Schiffes zuerst betrat, und die Fäden meines Geschicks scheinen in einen Punkt zusammenzulaufen. Unbegreifliche Menschen! In einer Versunkenheit, deren Art und Ursache mir unergründlich ist, gehen sie an mir vorbei, ohne mich zu sehen. Mich zu verbergen, ist einfach eine Narrheit, denn das Volk will mich nicht sehen! Soeben erst bin ich dicht am Steuermann vorbeigegangen; und es ist noch nicht lange her, dass ich mich in die Privatkabine des Kapitäns hineinwagte und ihr das Material entnahm, um diese Aufzeichnungen niederzuschreiben. Ich werde von Zeit zu Zeit dies Tagebuch fortsetzen. Es ist wahr: Ich werde nicht leicht Gelegenheit finden, es der Welt bekannt zu geben, ich will aber den Versuch nicht unterlassen. Ich werde das Manuskript im letzten Augenblick in eine Flasche schließen und sie ins Meer werfen.

Wieder hat sich etwas ereignet, meinen Grübeleien neue Nahrung zu geben. Sind solche Dinge das Werk blinden Zufalls? Ich hatte mich an Deck gewagt und mich, ohne dass man mir die geringste Beachtung schenkte, zwischen einem Stapel Webeleinen und alter Segel auf den Boden der Schaluppe niedergeworfen. Während ich über mein eigenartiges Schicksal nachdachte, strich ich ganz unbewusst mit einem Teerpinsel, der mir irgendwie in die Hand geraten war, über den Knick eines sorgsam gefalteten Leesegels, das neben mir auf einer Tonne lag. Das Leesegel ist jetzt über dem Schiff ausgespannt, und die gedankenlosen Pinselstriche bilden das groß hingeschriebene Wort: Entdeckung.

Über die Bauart des Schiffes habe ich in letzter Zeit viele Beobachtungen gemacht. Obgleich gut bewehrt, scheint es mir doch kein Kriegsschiff zu sein. Seine Takelage, seine Form und allgemeine Ausrüstung sprechen dagegen. Was es nicht ist, kann ich leicht wahrnehmen; was es ist, lässt sich unmöglich sagen. Ich weiß nicht, wie es kommt, aber wenn ich seine seltsame Gestalt, den eigentümlichen Bau seiner Spieren, seine riesenhafte Größe, seine unzähligen Segel, seinen streng einfachen Bug und sein altmodisches Heck betrachte, so sind mir das alles längst vertraute Dinge, und mit diesen unklaren Schatten von Erinnerung vermischt sich eine unbestimmte Vorstellung an alte Bücher und Chroniken und fern vergangene Jahre.

Ich habe die Schiffsrippen untersucht. Sie bestehen aus einem Material, das mir fremd ist. Das Holz hat eine eigenartige Struktur, die es gerade für den Zweck, dem es dient, ungeeignet erscheinen lässt. Ich meine seine ungemeine Porosität, die nicht zu verwechseln ist mit dem wurmstichigen Zustand aller Schiffe in diesen Gewässern und auch nichts mit dem natürlichen Altersverfall zu tun hat. Die Bemerkung mag vorwitzig erscheinen, doch ich behaupte, das Holz hätte von der Sumpfeiche sein können, wenn es möglich wäre, Sumpfeichenholz durch irgendwelche Mittel biegsam zu machen.

Beim Überlesen des letzten Satzes kommt mir auf einmal ein Kernspruch ins Gedächtnis, den ein alter, wetterharter holländischer Seemann anzuwenden pflegte. »Es ist so gewiss«, sagte er, sobald jemand an seiner Wahrhaftigkeit zweifelte, »so gewiss, als es ein Meer gibt, in welchem das Schiff selbst in seinem Gebälk wächst, wie der lebendige Leib des Seefahrers.«

Vor etwa einer Stunde war ich kühn genug, mich in eine Gruppe der Mannschaft hineinzudrängen. Sie zollten mir nicht die geringste Aufmerksamkeit und schienen, obgleich ich mitten unter ihnen stand, keine Ahnung von meiner Gegenwart zu haben. Sie alle trugen, gleich dem einen, den ich zuerst im Schiffsraum gesehen hatte, untrügliche Zeichen hohen Alters. Ihre Knie wankten vor Schwäche; ihre Schultern waren von Alter und Hinfälligkeit tief gebeugt; ihre zusammengeschrumpfte Haut rasselte im Wind; ihre Stimmen waren leise, zittrig und heiser, ihre Augen glanzlos und triefend, und ihre dünnen, grauen Haare sträubten sich furchtbar im Sturm. Rund um sie her, überall an Deck verstreut, lagen mathematische Instrumente von wunderlicher und ganz veralteter Konstruktion.

Ich erwähnte vor einiger Zeit das Hissen eines Leesegels. Seit jener Zeit hat das Schiff, vom Wind umhergeworfen, seinen schrecklichen Lauf nach Süden fortgesetzt; alle Segel, selbst die armseligsten Fetzen, sind vom Royalsegel bis zur untersten Leesegelspiere gehisst, und jeden Augenblick tauchen seine Bramsegel-Rahenocks in die schaudervollste Wasserhölle, die Menschengeist sich nur vorstellen kann. Ich komme soeben von Deck, wo es mir unmöglich war, Fuß zu fassen, obgleich die Mannschaft wenig Unbehagen zu verspüren scheint. Es ist ein unerhörtes Wunder, dass unser ungeheures Schiff nicht sofort von den Wogen verschlungen wird. Sicherlich sind wir verdammt, für immer am Rand der Ewigkeit dahinzuschweben, ohne den letzten Sprung in den Abgrund tun zu dürfen. Von Wogen, tausendmal höher, als ich sie je gesehen, gleiten wir herab mit der Sicherheit einer Seemöwe, und die gewaltigen Wasser bäumen sich über uns wie Dämonen der Tiefe, doch wie Dämonen, die nur drohen, aber nicht zerstören dürfen. Ich komme dahin, unsere auffallende Rettung aus jeder Gefahr der einzig natürlichen Ursache solcher Wirkung zuzuschieben: Ich muss annehmen, das Schiff befinde sich in irgendeiner Strömung von fortreißender Gewalt.

Ich habe dem Kapitän von Angesicht zu Angesicht gegenübergestanden und in seiner eigenen Kabine – aber es kam, wie ich erwartete: Er schenkte mir keine Beachtung. Obgleich ein zufälliger Beobachter in seiner Erscheinung nichts Außergewöhnliches sehen wird, so mischte sich doch in die Verwunderung, mit der ich zu ihm aufsah, ein unwiderstehliches Gefühl von Ehrerbietung und Scheu. An Leibesgröße kommt er mir fast gleich; er hat also etwa fünf Fuß acht Zoll. Seine Gestalt ist stark und wohlgebaut, weder besonders robust noch sonst wie bemerkenswert. Es ist der eigenartige Gesichtsausdruck – ist die starke, wundersame, ergreifende Gewissheit so hohen, so ungeheuren Alters, was sich meiner Seele unauslöschlich einprägt. Seine nur wenig gefurchte Stirn scheint wie von Myriaden von Jahren gezeichnet. Seine grauen Haare sind Urkunden der Vergangenheit, und seine Augen, von noch tieferem Grau, Sibyllen der Zukunft.

Auf dem Boden der Kabine lagen allenthalben seltsame Folianten mit Eisenschlössern und verrostete Instrumente und veraltete, längst vergessene Karten. Er stützte den Kopf in die Hand und brütete mit fieberndem, unruhigem Blick über einem Pergamentblatt, das einen Befehl zu enthalten schien, wenigstens trug es die Unterschrift eines Monarchen. Er murmelte vor sich hin – ganz wie der erste Seemann, den ich im Schiffsraum gesehen hatte – und wieder waren es törichte, unverständliche Worte einer fremden Sprache; und obgleich der Mann dicht neben mir war, schien seine Stimme wie aus Meilenferne zu mir herzudringen.

Das Schiff und alles auf ihm ist wie mit Greisenhaftigkeit beladen. Die Mannschaft gleitet hin und her wie Gespenster begrabener Jahrhunderte; ihre Augen haben einen gierigen, rastlosen Ausdruck, und wenn ihre Gestalten im unsichern Schein der Laternen meinen Weg kreuzen, beschleicht mich ein Gefühl, wie ich es nie zuvor

empfand, trotzdem ich mich mein Leben lang mit Alter-
tümern befasst und in Balbek und Tadmor und Persepolis
die Schatten zerfallener Säulen in mich aufgesogen habe,
bis meine Seele selber zur Ruine wurde.

Ich blicke um mich und schäme mich meiner früheren
Besorgnisse. Wenn ich schon vor dem Wind zitterte, der
uns bisher begleitete, muss ich nicht vor Entsetzen vergehen
in diesem Chaos von Sturm und Meer, demgegenüber
Bezeichnungen wie Wirbelwind und Samum bedeutungs-
los sind? In nächster Nähe des Schiffes ist alles Nacht und
unergründlich schwarzes Wasser; in der Entfernung von
etwa einer Meile aber, zu beiden Seiten des Schiffes, sieht
man undeutlich und in Abständen ungeheure Eiswälle in
den trostlosen Himmel ragen, wie Mauern, die das Weltall umschließen.

Es ist, wie ich annahm: Das Schiff befindet sich in einer
Strömung – wenn man diesen Namen anwenden kann
auf eine Flut, die heulend und kreischend zwischen den
Eiswällen gen Süden donnert, mit der Geschwindigkeit
eines sich überstürzenden Wasserfalls.

Das Grauen meiner Empfindungen zu begreifen, ist,
wie ich annehme, ganz unmöglich; dennoch wird selbst
meine Verzweiflung von der Neugier beherrscht, in die
Geheimnisse dieser schaudervollen Gegend einzudringen,
von einer Neugier, die mir die entsetzlichste Todesart
erträglicher macht. Es ist Tatsache, dass wir irgendeiner
unerhörten Erkenntnis entgegeneilen – irgendeinem
unenthüllbaren Geheimnis, dessen Enträtselung Untergang bedeutet. Vielleicht führt dieser Strom uns bis zum

Südpol selbst. Ich muss bekennen, dass diese augenscheinlich so absurde Vorstellung alle Wahrscheinlichkeit für sich hat.

Die Mannschaft wandert mit rastlosen, zitternden Schritten an Deck auf und ab; ihre Gesichter aber tragen eher den Ausdruck leidenschaftlicher Hoffnung als den mutloser Verzweiflung.

Wir treiben noch immer vor dem Wind, und da wir mit Segeln ganz bepackt sind, so wird das Schiff zuweilen geradezu in die Luft gehoben! O Grauen über Grauen! – Die Eismauern rechts und links hören plötzlich auf, und wir wirbeln in ungeheuren konzentrischen Kreisen dahin – rund um den Rand eines riesigen Amphitheaters, dessen gegenüberliegende Seite sich in Dunkel und Ferne verliert. Doch wenig Zeit bleibt mir, über mein Schicksal nachzudenken! Die Spiralen werden enger und enger – wir stürzen mit rasender Eile in den Strudel – und mitten im Donnergeheul von Meer und Sturm erbebt das Schiff, wankt und – o Gott! – versinkt!

Anmerkung: Die Arbeit »Das Manuskript in der Flasche« wurde zum ersten Mal im Jahre 1831 veröffentlicht; und erst einige Jahre später wurden mir die mercatorschen Seekarten bekannt, nach deren Darstellung der Ozean sich in vier Mündungen in den (nördlichen) Polargolf ergießt, um dort von den Eingeweiden der Erde verschlungen zu werden. Der Pol selbst ist dargestellt als ein schwarzer, zu gewaltiger Höhe aufragender Fels.

William Wilson

Was sagt von ihm das grimme Gewissen,
Jenes Gespenst in meinem Weg?
W. CHAMBERLAYNES PHARONNIA

Erlaubt, dass ich mich William Wilson nenne. Das reine schöne Blatt hier vor mir soll nicht mit meinem wahren Namen befleckt werden, der meine Familie mit Abscheu und Entsetzen, ja mit Ekel erfüllt. Haben nicht die empörten Winde seine Schmach bis in die entlegensten Länder der Erde getragen? Verworfenster aller verlassenen Verworfenen, bist du für die Welt nicht auf immer tot? Tot für ihre Ehren, ihre Blumen, ihre goldenen Hoffnungen? Und hängt sie nicht ewig zwischen deinem Hoffen und dem Himmel – die dichte, schwere, grenzenlose graue Wolke?

Selbst wenn ich es könnte, würde ich es doch vermeiden, von dem unaussprechlichen Elend und der unverzeihlichen Verdorbenheit meiner letzten Jahre hier zu reden. Von dieser Zeit – von diesen letzten Jahren, die meine Seele so mit Schändlichkeit belastet, will ich nur insofern reden, als ich versuchen will, hier niederzulegen, was mich so in die Tiefen des Bösen hineingetrieben. Gewöhnlich sinkt der Mensch nur nach und nach. Von mir fiel alle Tugend in

einem Augenblick ab, gleich einem Mantel. Aus verhältnismäßig geringer Schlechtigkeit wuchs ich mit Riesenkraft zu
den Ungeheuerlichkeiten eines Heliogabalus auf. Welcher
Zufall – welches eine Ereignis dies veranlasste, will ich
euch jetzt berichten. Mir naht der Tod, und der Schatten,
der ihm vorhergeht, hat meinen Geist sanftmütig gemacht.
Da ich nun das düstere Tal durchschreiten muss, verlangt
mich nach dem Mitgefühl, fast hätte ich gesagt nach dem
Mitleid meiner Menschenbrüder. Ich möchte sie gerne
davon überzeugen, dass ich in gewissem Grad der Sklave
von Umständen gewesen bin, die außerhalb menschlicher Berechnung liegen. Ich möchte, dass sie inmitten
der Einzelheiten, die ich hier wiedergeben will, in all der
Wüste von Fehl und Verirrung, hie und da wie eine Oase
die unerbittliche *Schicksalsfügung* fänden. Ich möchte, dass
sie eingeständen, dass – wie sehr auch wir Menschen von
Anbeginn der Welt versucht worden – nicht einer so versucht wurde wie ich und gewisslich nicht einer so unterlag. Lebte ich nicht vielleicht in einem Traum und sterbe
als ein Opfer geheimer und schrecklicher äußerer Kräfte,
die in uns wirken?

Ich bin der Abkömmling eines Geschlechts, das sich
von jeher durch eine starke Einbildungskraft und ein
leicht erregbares Temperament auszeichnete; und schon
in frühester Kindheit bewies ich, dass ich ein echter Erbe
dieser Familienveranlagung sei. Je mehr ich heranwuchs,
desto mehr entwickelten sich jene Eigenschaften, die aus
vielen Gründen meinen Freunden zu einer Quelle der
Besorgnis und mir selbst zum Kummer wurden. Ich wurde
eigensinnig, ein Sklave all meiner wunderlichen Leiden-

schaften. Meine willensschwachen Eltern, die im Grunde an denselben Fehlern litten wie ich, konnten wenig tun, meine bösen Neigungen zu unterdrücken. Einige schwache und unrichtig angefangene Versuche endeten für sie in völligem Misslingen und infolgedessen für mich in hohem Triumph. Von nun ab war mein Wort Gesetz im Hause, und in einem Alter, in dem andere Kinder fast noch am Gängelband hängen, war ich in Tun und Lassen mein eigener Herr.

Meine ersten Erinnerungen an einen regelrechten Unterricht sind mit einem großen weitläufigen Haus in einem düsteren Städtchen Englands verknüpft, wo es eine große Menge riesiger, knorriger Bäume gab und alle Häuser uralt waren. Ja wirklich, es war ein Städtchen wie in einem stillen Traum; alles dort wirkte ehrwürdig und beruhigend. Jetzt, da ich das schreibe, fühle ich wieder im Geiste die erfrischende Kühle seiner tiefschattigen Alleen, atme den Duft seiner tausend Büsche und Hecken und erschauere von Neuem unter dem tiefdunklen Ton seiner Kirchenglocken, die Stunde für Stunde mit plötzlichem Dröhnen die Sonnennebel durchbrachen, in die der verwitterte Kirchturm schlummernd eingebettet lag.

Das Verweilen bei diesen Einzelheiten der Schule und ihrer Umgebung bereitet mir vielleicht die einzige Freude, deren ich jetzt noch fähig bin. Mir, der ich so tief im Elend stecke, der ich die Wirklichkeit so dunkel lastend empfinde, wird man verzeihen, dass ich geringe und zeitweilige Erholung suche im Verweilen bei solchen Einzelheiten, die überdies, so unbedeutend und vielleicht sogar lächerlich sie scheinen mögen, in meiner Erinnerung von großer Wichtigkeit sind, da sie zu einer Zeit und einem Ort in Beziehung stehen, in denen mir die erste unklare Kunde wurde von dem dunklen Geschick, das mich später so ganz umschattete. Erlaubt mir also diese Rückerinnerungen.

Das Haus, ich sagte es schon, war alt und von weitläufiger, unregelmäßiger Bauart. Das Grundstück war sehr umfangreich und von einer hohen festen Backsteinmauer umschlossen, die oben mit Mörtel bestrichen war, in dem Glassplitter steckten. Dieser Festungswall, diese Gefängnismauer bildete die Grenze unseres Reichs, das wir nur dreimal in der Woche verlassen durften: einmal Samstagnachmittag, wenn wir, von zwei Unterlehrern begleitet, gemeinsam einen kurzen Spaziergang in die angrenzenden Felder machen durften, und zweimal des Sonntags, wenn man uns in Reih und Glied zum Morgen- und Abendgottesdienst in die Stadtkirche führte. Der Pfarrer dieser Kirche war unser Schulvorsteher. Mit welch tiefer Verwunderung, ja Ratlosigkeit pflegte ich ihn von unserem entlegenen Platz auf dem Chor aus zu betrachten, wenn er mit feierlich abgemessenen Schritten zur Kanzel emporstieg! Dieser heilige Mann, mit der so gottergebenen Miene, im strahlenden Priestergewand, mit sorgsam gepuderter, steifer und umfangreicher Perücke – konnte das derselbe sein, der mit saurer Miene und tabakbeschmutzter Kleidung, den Stock in der Hand, drakonische Gesetze ausübte? O ungeheurer Widerspruch, o ewig unbegreifliches Rätsel!

In einem Winkel der gewaltigen Mauer drohte ein noch gewaltigeres Tor. Es war mit Eisenstangen verriegelt und von Eisenspießen überragt. Welch tiefe Furcht flößte es ein! Es öffnete sich nie, abgesehen für die drei regelmäßig wiederkehrenden wöchentlichen Ausgänge; dann aber fanden wir in jedem Kreischen seiner mächtigen Angeln eine Fülle des Geheimnisvollen, eine Welt von Stoff für ernstes Gespräch oder stumme Betrachtung.

Das weite Grundstück war von unregelmäßiger Form und hatte manche umfangreichen Plätze. Drei oder vier der größten bildeten den Spielhof. Er war eben und mit feinem harten Kies bedeckt; weder Bäume noch Bänke standen dort. Natürlich lag er in der Nähe des Hauses. Vor dem Haus lag ein schmaler Rasenplatz, mit Buchsbaum und anderem Strauchwerk eingefasst; diesen geheiligten Teil überschritten wir jedoch nur selten, etwa bei Ankunft in der Schule oder bei der endgültigen Abreise oder, wenn ein Verwandter oder Freund uns eingeladen, die Weihnachts- oder Sommerferien bei ihm zu verleben.

Aber das Haus! – Was war es für ein komischer alter Bau! Für mich ein wahres Zauberschloss! Seine Winkel und Gänge, seine unbegreiflichen Ein- und Anbauten nahmen kein Ende. Es war jederzeit schwierig, anzugeben, in welchem seiner beiden Stockwerke man sich gerade befand. Man konnte sicher sein, von einem Zimmer zum anderen immer ein paar Stufen hinauf oder hinunter zu müssen. Dann gab es zahllose Seitengänge, die sich trennten und wieder vereinigten oder sich wie ein Ring in sich selbst schlossen, sodass der klarste Begriff, den wir vom ganzen Haus hatten, beinahe der Vorstellung gleichkam, die wir uns von der Unendlichkeit machten. Während der fünf Jahre, die ich hier verlebte, konnte ich nie mit Sicherheit feststellen, in welchem entlegenen Teil der kleine Schlafsaal lag, der mir und etlichen, achtzehn oder zwanzig, anderen Schülern zugewiesen war.

Das Schulzimmer schien mir der größte Raum im Haus – ja, in der ganzen Welt! Es war sehr lang, schmal und auffallend niedrig, mit spitzen, gotischen Fenstern und einer Decke aus Eichenholz. In einem entlegenen, Schrecken einflößenden Winkel befand sich ein viereckiger Verschlag von acht oder zehn Fuß Durchmesser, der stets während der Unterrichtsstunden das ›sanctum‹ unseres Schulvorstehers, des Reverend Dr. Bransby bildete. Der Verschlag war durch eine mächtige Tür wohlverwahrt, und wir wären lieber unter Martern gestorben, als dass wir gewagt hätten, in Abwesenheit des Dominus die Tür zu öffnen. In anderen Winkeln standen zwei ähnliche Kästen, vor denen wir zwar weniger Ehrfurcht, aber immerhin Furcht hatten. Einer derselben war das Katheder des Lehrers für klassische Sprachen, der andere das für den Lehrer des Englischen, der gleichzeitig Mathematiklehrer war. Verstreut im Saal, kreuz und quer in wüster Unregelmäßigkeit, standen zahllose Bänke und Pulte, schwarz, alt und abgenutzt, mit Stapeln abgegriffener Bücher bedeckt und so mit Initialen, ganzen Namen, komischen Figuren und anderen künstlerischen Schnitzversuchen bedeckt, dass sie ganz ihre ursprüngliche Form, die sie in längst vergangenen Tagen besessen haben mussten, eingebüßt hatten. Am einen Ende des Saales stand ein riesiger Eimer mit Wasser, am anderen eine Uhr von verblüffenden Dimensionen.

Eingeschlossen von den gewaltigen Mauern dieser ehrwürdigen Anstalt, verbrachte ich das dritte Lustrum meines Lebens – doch weder in Langeweile noch Unbehagen. Die überschäumende Gestaltungskraft des kindlichen Geistes verlangt keine Welt der Ereignisse, um Beschäftigung oder Unterhaltung zu finden, und die anscheinend düstere Einförmigkeit der Schule brachte mir stärkere Erregungen, als meine reifere Jugend aus dem Wohlleben oder meine volle Manneskraft aus dem Verbrechen schöpften. Ich muss allerdings annehmen, dass meine geistige Entwicklung eine ungewöhnliche, ja fast krankhafte gewesen ist. Die meisten Menschen haben in reifen Jahren selten noch eine frische Erinnerung an die großen Ereignisse aus ihrer frühen Kindheit. Alles ist schattenhaft grau – wird schwach und unklar empfunden – ein unbestimmtes Zusammensuchen matter Freuden und eingebildeter Leiden. Mit mir war es anders. Ich muss schon als Kind mit der Empfindungskraft eines Erwachsenen alles das erlebt haben, was noch jetzt mit klaren, tiefen und unverwischbaren Schriftzügen, wie die Inschriften auf den karthagischen Münzen, in meinem Gedächtnis eingegraben steht.

Und doch, wie wenig – wenig vom Standpunkt der Menge aus – gab es, was der Erinnerung wert gewesen wäre! Das morgendliche Erwachen, der abendliche Befehl zum Schlafengehen, der Unterricht; die jeweiligen schulfreien Nachmittage mit ihren Streifzügen; der Spielplatz mit seiner Kurzweil, seinem Streit, seinen kleinen Intrigen – all dieses, was meinem Geist wie durch einen Zauber lange Zeit ganz entrückt gewesen, war dazu angetan, eine Fülle von Empfindung, eine Welt reichen Geschehens, eine Unendlichkeit vielfältiger Eindrücke und Leidenschaften zu erwecken. ›O le bon temps, que ce siècle de fer!‹

Es ist Tatsache: Mein feuriges, begeistertes, überlegenes Wesen zeichnete mich vor meinen Schulkameraden aus und hob mich nach und nach über alle empor, die nicht etwa bedeutend älter waren als ich selbst – über alle, mit einer Ausnahme! Diese Ausnahme war ein Schüler, der, obwohl er kein Verwandter von mir war, doch den gleichen Vor- und Zunamen trug wie ich – ein an sich unbedeutender Umstand. Denn ungeachtet meiner edlen Abkunft trug ich einen Namen, der in unvordenklichen Zeiten durch das Recht der Verjährung jedermann freigegeben worden sein mochte. Ich habe mich also hier in meiner Erzählung William Wilson genannt – ein Name, der von dem wirklichen Namen nicht allzu sehr abweicht. Von allen Kameraden nun, die bei unseren Spielen meine ›Bande‹ bildeten, wagte es mein Namensvetter allein, sowohl im Unterricht als auch in Sport und Spiel mit mir zu wetteifern, meinen Behauptungen keinen Glauben zu schenken, sich meinem Willen nicht unterzuordnen – kurz, sich in allem gegen meine ehrgeizige Oberherrschaft aufzulehnen. Wenn es aber auf Erden einen überlegenen und unbeschränkten Despotismus gibt, so ist es der, den der Herrschergeist eines Knaben auf seine weniger willensstarken Gefährten ausübt.

Wilsons Widersetzlichkeit war für mich eine Quelle der Verwirrung, umso mehr, als ich, trotz der prahlerischen Großtuerei, mit der ich ihn und seine Anmaßungen vor den anderen behandelte, ihn im Geheimen fürchtete und annehmen musste, dass nur wahre Überlegenheit ihn befähige, sich mit mir zu messen; mich aber kostete es beständige Anstrengung, nicht von ihm überflügelt zu

341

werden. Doch wurde seine Ebenbürtigkeit in Wahrheit nur von mir selbst bemerkt; unsere Kameraden schienen in unerklärlicher Blindheit diese Möglichkeit nicht einmal zu ahnen. Auch äußerten sich seine Nebenbuhlerschaft und sein hartnäckiger Widerspruch weniger laut und aufdringlich als insgeheim. Es hatte den Anschein, als mangele ihm sowohl der Ehrgeiz, zu herrschen, als auch die leidenschaftliche Willenskraft, sich durchzusetzen. Man konnte glauben, dass nur das launische Vergnügen, mein Erstaunen zu erwecken oder mich zu ärgern, seine Nebenbuhlerschaft veranlasse; trotzdem gab es Zeiten, wo ich voll Verwunderung, Beschämung und Trotz wahrnehmen musste, dass er neben seinen Angriffen, Beleidigungen und Widerreden eine gewisse unangebrachte und mir durchaus unerwünschte Liebenswürdigkeit, ja Zuneigung verriet. Ich konnte mir sein Betragen nur als die Folge ungeheuren Dünkels erklären, der es ja immer liebt, sich in überlegenes Wohlwollen zu kleiden.

Vielleicht war es dieser letztere Zug in Wilsons Benehmen, verbunden mit der Übereinstimmung unserer Namen und dem bloßen Zufall, dass wir beide am nämlichen Tag in die Schule eingetreten waren, was bei den oberen Klassen die Meinung verbreitet hatte, wir seien Brüder; doch pflegten sich die älteren Schüler mit den Angelegenheiten der jüngeren wenig zu befassen. Ich habe schon vorher gesagt, dass Wilson nicht im Entferntesten mit meiner Familie verwandt war. Doch wären wir Brüder gewesen, so hätten wir Zwillinge sein müssen; denn nachdem ich die Anstalt Dr. Bransbys verlassen, erfuhr ich durch Zufall, dass mein Namensvetter am neunzehnten

Januar 1813 geboren war – und dieser Umstand ist einigermaßen bemerkenswert, denn es ist genau das Datum meiner eigenen Geburt.

Es mag seltsam erscheinen, dass ich, trotz der fortgesetzten Angst, in die mich die Rivalität Wilsons versetzte, und trotz seines unerträglichen Widerspruchsgeistes, mich nicht dahin bringen konnte, ihn wirklich zu hassen. Gewiss, wir hatten fast täglich Streit miteinander, und wenn er mir dann auch öffentlich die Siegespalme überließ, so gelang es ihm doch, mich irgendwie fühlen zu lassen, dass eigentlich er es war, der sie verdiente; aber ein gewisser Stolz meinerseits und eine echte Würde seinerseits hielten uns davon ab, ernstlich miteinander zu zanken. In unseren Charakteren jedoch gab es viel Verwandtes, und nur unser seltsamer Wetteifer war schuld daran, dass meine Gefühle für ihn nicht zu wahrer Freundschaft reiften. Es ist tatsächlich schwer, das Empfinden, das ich für ihn hatte, zu bestimmen oder zu erklären. Es war ein buntes und widersprechendes Gemisch: etwas eigensinnige Feindseligkeit, die dennoch nicht Hass war, etwas Achtung, mehr Bewunderung, viel Furcht und eine Welt rastloser Neugier. Für Seelenkenner wird es unnötig scheinen, hinzuzufügen, dass Wilson und ich die unzertrennlichsten Gefährten waren.

Sicherlich lag es an diesen ganz außergewöhnlichen Beziehungen, dass ich meine Angriffe auf ihn – und es gab deren genug, sowohl offene als versteckte – in Form einer bösen Neckerei oder eines Schabernacks ausführte, als scheinbaren Spaß, der dennoch Schmerz bereitete; eine derartige Handlungsweise lag meiner Stimmung für ihn näher als etwa ausgesprochene Feindseligkeit. Doch meine Unternehmungen gegen ihn waren keineswegs immer erfolgreich, mochte ich meine Pläne auch noch so pfiffig ausgeheckt haben; denn mein Namensvetter hatte in seinem Wesen so viel vornehme Zurückhaltung, dass er keine Achillesferse bot; wohl spottete er gerne selbst, *ihn* aber lächerlich zu machen, war beinahe unmöglich. Ich konnte tatsächlich nur *einen* wunden Punkt an ihm entdecken; es war eine persönliche Eigenheit, die vielleicht einem körperlichen Übel entsprang und wohl von jedem anderen Gegner, der nicht wie ich am Ende seiner Weisheit angelangt gewesen, geschont worden wäre. Mein Rivale hatte eine Schwäche der Sprechorgane, die ihn hinderte, seine Stimme *über ein sehr leises Flüstern* zu erheben. Ich verfehlte nicht, aus diesem Übel meinen armseligen Vorteil zu ziehen.

Wilson dankte mir das auf mannigfache Weise, und besonders eine Form der Rache hatte er, die mich unbeschreiblich ärgerte. Woher er die Schlauheit genommen, herauszufinden, dass solche scheinbare Kleinigkeit mich kränken könne, ist eine Frage, die ich nie zu lösen vermochte; als er die Sache aber einmal entdeckt hatte, nutzte er sie weidlich aus. Ich hatte stets einen Widerwillen vor meinem unfeinen Familiennamen und meinem so gewöhnlichen, ja geradezu plebejischen Vornamen empfunden. Sein Klang war meinen Ohren abstoßend, und als ich am Tag meines Schulantritts erfuhr, dass gleichzeitig ein zweiter William Wilson eintrete, war ich auf diesen zornig, weil er den verhassten Namen trug, und dem Namen doppelt feind, weil auch noch ein Fremder ihn führte, der nun schuld war, dass ich ihn doppelt so oft hören musste – ein Fremder, den ich beständig um mich haben sollte und dessen Angelegenheiten, so wie der Lauf der Dinge in der Schule nun einmal war, infolge der verwünschten Namensgleichheit unvermeidlicherweise mit den meinigen verknüpft und verwechselt werden mussten.

Mein durch diese Umstände hervorgerufener Verdruss nahm bei jeder Gelegenheit zu, bei der eine geistige oder leibliche Ähnlichkeit zwischen meinem Nebenbuhler und mir zutage trat. Ich hatte damals die bemerkenswerte Tatsache, dass wir ganz gleichaltrig waren, noch nicht entdeckt; aber ich sah, dass wir von gleicher Größe waren und sogar im allgemeinen Körperumriss und in den Gesichtszügen einander glichen. Auch ärgerte mich das in den oberen Klassen umlaufende Gerücht, dass wir miteinander verwandt seien. Mit einem Wort, nichts konnte mich so ernstlich verletzen, ja geradezu beunruhigen (obgleich ich diese Unruhe sorgfältig zu verbergen wusste), wie irgendein Wort darüber, dass wir einander an Geist oder Körper oder Betragen ähnlich seien. Doch hatte ich eigentlich, mit Ausnahme des Gerüchts von unserer Verwandtschaft, keinen Grund zu der Annahme, dass unsere Ähnlichkeiten jemals zur Sprache gebracht oder überhaupt von unseren Mitschülern wahrgenommen würden. Nur Wilson selbst bemerkte sie offenbar ebenso klar wie ich; dass er darin aber ein so fruchtbares Feld für seine Quälereien fand, kann, wie ich schon einmal sagte, nur seinem ungewöhnlichen Scharfsinn zugeschrieben werden.

Die Rolle, die er spielte, bestand in einer bis ins Kleinste vollendeten Nachahmung meines Ichs in Wort und Tun, und er spielte sie zum Bewundern gut. Meine Kleidung nachzuahmen, war ein Leichtes; meinen Gang und meine Haltung eignete er sich ohne Schwierigkeit an; abgesehen von dem Hemmnis, das ihm sein Sprachfehler in den Weg legte, entging nicht einmal meine Stimme seiner Nachahmungskunst. Wirklich laute Töne konnte er selbstredend nicht wiederholen, aber sein Tonfall war ganz der meine, und *sein eigenartiges Flüstern wurde zum vollkommenen Echo meiner eigenen Stimme.*

Wie sehr dies vortreffliche Porträt mich quälte – denn eine Karikatur kann man es nicht einmal nennen –, will ich nicht zu beschreiben versuchen. Ich hatte nur einen Trost: die Tatsache, dass diese Imitation offenbar nur von mir selbst wahrgenommen wurde und dass ich als einzigen Mitwisser nur meinen spöttisch lächelnden Namensvetter hatte. Befriedigt in seinem Herzen, den gewünschten Erfolg erzielt zu haben, schien er innerlich über den mir glücklich beigebrachten Stich zu kichern und war bezeichnenderweise gleichgültig gegen den allgemeinen Beifall, den der Erfolg seiner schlauen Bemühungen leicht hätte einheimsen können. Dass die Schüler tatsächlich seine Absicht nicht fühlten, seine Meisterschaft nicht wahrnahmen und sich an meiner Verspottung nicht beteiligten, war mir monatelang ein unlösbares Rätsel. Vielleicht war es das *allmähliche* Heranreifen seiner Kopierkunst, was diese so unauffällig machte, oder noch wahrscheinlicher verdankte ich meine Sicherheit vor den anderen dem weisen Maßhalten des Kopisten, der die groben Äußerlichkeiten verachtete (also alles das, was bei einem Bild oberflächlichen Beschauern auffallen könnte) und vor allem den ganzen *Geist* seines Originals wiederzugeben suchte – für *meine* Augen und zu meinem Kummer.

Ich habe bereits mehr als einmal davon gesprochen, welch abscheuliche Beschützermiene er mir gegenüber aufsetzte und wie vorwitzig er gegen meine Anordnungen Einspruch erhob. Seine Einmischungen geschahen oft in Gestalt von Ratschlägen – nicht offen gebotenen, aber heimlich angedeuteten. Ich nahm sie mit einem Widerwillen entgegen, der mit den Jahren immer heftiger wurde. Doch heute, nach so langer Zeit, muss ich ihm jedenfalls die Gerechtigkeit widerfahren lassen, dass ich mich keiner Gelegenheit erinnere, wo die Einflüsterungen, ja man kann sagen die beabsichtigten Suggestionen meines Rivalen eine üble oder leichtfertige Richtung genommen hätten, wie sie von seinem unreifen Alter, seiner scheinbaren Unerfahrenheit wohl zu erwarten gewesen wäre. Ich muss ferner gestehen, dass zumindest sein sittliches Fühlen, wenn auch nicht seine allgemeine Begabung, weit stärker war als das meine und dass ich heute wohl ein besserer und darum glücklicherer Mensch sein könnte, hätte ich die Ratschläge, die sein bedeutsames Flüstern andeutete, weniger oft zurückgewiesen; aber ich hasste und verachtete jedes Wort, das aus seinem Mund kam.

Mehr und mehr sträubte ich mich gegen seine widerwärtige Bevormundung und wehrte mich von Tag zu Tag offener gegen das, was ich für unerträgliche Anmaßung hielt. Ich sagte schon, dass in den ersten Jahren unserer Schulkameradschaft meine Gefühle für ihn leicht hätten in Freundschaft ausreifen können; in den letzten Monaten meines Aufenthalts in der Schule aber, in denen übrigens seine Zudringlichkeit mehr und mehr nachgelassen hatte, verwandelte sich mein Empfinden in fast demselben Verhältnis in wirklichen Hass. Ich glaube, er bemerkte das bei irgendeiner Gelegenheit und mied mich von da an – oder tat doch so.

Es war etwa um diese Zeit, wenn ich mich recht erinnere, dass er in einem heftigen Wortwechsel, den wir miteinander hatten, seine Zurückhaltung mehr als gewöhnlich aufgab und mit einer seiner Natur eigentlich fremden Offenheit auftrat. Und bei dieser Gelegenheit entdeckte ich in seinem Tonfall, seiner Miene und seiner ganzen Erscheinung ein Etwas, das mich zuerst verblüffte und dann tief fesselte. Erinnerungen, Vorstellungen aus meiner frühesten Kindheit – seltsame, verwirrte und einander überstürzende Vorstellungen aus einer Zeit, in der mein Gedächtnis noch nicht geboren war, überfielen meinen Geist. Ich kann das sonderbare Gefühl, das mich erfasste, wohl am besten wiedergeben, wenn ich sage, dass es mir schwer wurde, den Glauben abzuschütteln, diesem Wesen, das da vor mir stand, vor langer Zeit einmal, ja vielleicht in unendlich ferner Vergangenheit, verwandt gewesen zu sein. Die Täuschung verschwand jedoch so schnell wie sie gekommen, und ich erwähne sie nur, weil sie mir am Tag der letzten Unterredung mit meinem eigentümlichen Namensvetter kam.

Das riesige alte Haus mit seinen zahllosen Räumen hatte mehrere sehr große Zimmer, die miteinander in Verbindung standen und in denen die Mehrzahl der Schüler ihr Nachtlager hatte. Doch gab es auch, wie das bei einem so ungünstig gebauten Haus selbstverständlich war, viele kleine Kammern und Schlupfwinkel; und diese hatte der haushälterische Geist Dr. Bransbys ebenfalls zu Schlafräumen hergerichtet, wenn auch ein jeder so eng war, dass er nur einen einzigen Menschen beherbergen konnte. In einer dieser kleinen Kammern schlief Wilson.

Eines Nachts, gegen Ende meines fünften Schuljahres und kurz nach dem vorhin erwähnten Wortwechsel, erhob ich mich, als alles schlief, und schlich, mit einer kleinen Lampe in der Hand, durch ein Labyrinth von Gängen nach der Schlafkammer meines Rivalen. Da mir meine Rachepläne so oft misslungen waren, hatte ich mir nun einen neuen Schabernack ausgedacht, der ihn die ganze Bosheit fühlen lassen sollte, deren ich fähig war. Als ich sein Kämmerchen erreicht hatte, trat ich geräuschlos ein, nachdem ich die abgeblendete Lampe draußen zurückgelassen. Ich trat einen Schritt vor und hörte ihn ruhig atmen. Als ich mich davon überzeugt hatte, dass er schlief, ging ich zurück, holte die Lampe und trat ans Bett. Es war von Vorhängen umschlossen, die ich langsam und leise beiseiteschob, da sie mich an der Ausführung meines Vorhabens hinderten. Das helle Licht der Lampe traf den Schläfer, als meine Blicke auf sein Antlitz fielen. Ich blickte – und Betäubung, eisige Erstarrung befiel mich. Meine Knie wankten, ich rang nach Atem, meine Seele erfüllte ein unerklärliches, unerträgliches Entsetzen. Und atemlos brachte ich die Lampe seinem Gesicht noch näher. – *Dieses* waren die Züge William Wilsons? Ich sah es, dass es die seinen waren, aber ich schauerte wie in einem Fieberanfall bei der Vorstellung, sie wären es nicht. Was war an ihnen, das mich so verwirrte? Ich spähte, während tausend unzusammenhängende Gedanken mein Hirn durchkreuzten. Nicht so erschien er – sicherlich nicht so in seinen lebhaft wachen Stunden. Derselbe Name, dieselbe Gestalt, derselbe Antrittstag in der Schule! Und dann sein beharrliches und sinnloses Nachahmen meines Ganges, meiner Stimme, meiner Kleidung und meines Gebarens! Lag es denn wirklich im Bereich des Möglichen – konnte das, *was ich jetzt sah*, lediglich das Resultat seiner spöttischen Gewohnheit, mich nachzuahmen, sein? Angsterfüllt und mit wachsendem Schauder löschte ich das Licht, ging leise aus dem Zimmer und verließ sogleich die Hallen jenes alten Schulhauses, um sie nie wieder zu betreten.

Nach Verlauf einiger Monate, die ich daheim in Nichtstun verbrachte, kam ich als Student nach Eton. Die kurze Zeit hatte genügt, um die Erinnerung an die Ereignisse im Hause Dr. Bransbys abzuschwächen oder doch um einen großen Wechsel in der Natur meiner Gefühle herbeizuführen. Das Drama hatte seine Tragik verloren. Ich fand jetzt Zeit, den Wahrnehmungen meiner Sinne zu misstrauen, und dachte selten daran zurück ohne eine gewisse Verwunderung über die autosuggestive Kraft im Menschen und ein Lächeln über die starke Einbildungskraft, mit der ich erblich belastet war. Dieser Skeptizismus konnte auch durch das Leben, das ich in Eton führte, nicht vermindert werden. Der Strudel gedankenloser Tollheit, in den ich dort sogleich und gründlich hinabtauchte, wusch von meinem vergangenen Leben alles bis auf den Schaum ab, verschluckte sofort jeden großen ernsten Eindruck und ließ in meinem Gedächtnis nur ganz belanglose Äußerlichkeiten haften.

Ich beabsichtige aber nicht, hier näher auf meine Verworfenheit einzugehen – die ruchlosen Ausschweifungen zu schildern, mit denen ich die Gesetze verachtete und der Wachsamkeit meiner Lehrmeister spottete. Drei tolle Jahre waren ohne geistigen Gewinn verprasst und hatten mir nichts gebracht als lasterhafte Gewohnheiten, die meiner körperlichen Entwicklung allerdings sonderbarerweise vorteilhaft gewesen waren. Nach solch einer Woche gehaltloser Zerstreuungen lud ich einmal eine Anzahl der lockersten Vögel, Mitstudenten, zu einem geheimen Zechgelage auf mein Zimmer. Wir versammelten uns zu später Nachtstunde, denn die Völlerei sollte bis zum Morgen ausgedehnt werden. Der Wein floss in Strömen, und es fehlte nicht an anderen und vielleicht gefährlicheren Verführungen; es dämmerte schon schwach im Osten, als unsere tolle Ausgelassenheit ihren Höhepunkt erreicht hatte. Aufgeregt vom Wein und Kartenspiel bestand ich darauf, einen ungewöhnlich ruchlosen Trinkspruch auszubringen, als meine Aufmerksamkeit plötzlich auf das heftige Öffnen einer Tür und die dringliche Stimme eines Dieners hingelenkt wurde. Der Mann sagte, es wolle mich jemand, der es anscheinend sehr eilig habe, draußen im Vorzimmer sprechen.

In meiner fröhlichen Weinstimmung fühlte ich mich von der unerwarteten Störung weniger überrascht als entzückt. Ich schwankte sofort hinaus und stand nach wenigen Schritten draußen in der Vorhalle. In dem niedrigen und schmalen Raum hing keine Laterne, und er war gegenwärtig überhaupt nicht erleuchtet – abgesehen von dem sehr schwachen Morgengrauen, das durch das halbrunde

Fenster drang. Als ich den Fuß über die Schwelle setzte, gewahrte ich die Gestalt eines jungen Mannes von etwa meiner Größe, der, ganz meiner momentanen Kleidung entsprechend, einen nach neuestem Schnitt gearbeiteten Hausrock aus weißem Kaschmir trug. So viel enthüllte mir das matte Tageslicht, seine Gesichtszüge konnte ich nicht erkennen. Bei meinem Eintritt kam er eilig auf mich zu, ergriff mich mit heftiger Ungeduld am Arm und flüsterte mir die Worte ›William Wilson‹ ins Ohr.

Ich wurde sofort vollkommen nüchtern.

Da war etwas im Wesen dieses Fremden, im Zittern seines warnend erhobenen Fingers, der im Zwielicht vor meinen Augen schwankte – da war etwas, was mich mit unbegrenztem Staunen erfüllte. Aber nicht das war es, was mich so heftig erregen konnte; es war der inhaltsschwere feierliche Verweis, der in der eigenartigen, leise gezischten Äußerung lag, und vor allem der besondere *Tonfall*, in dem diese zwei wohlbekannten Worte *geflüstert* wurden und der mit tausend Erinnerungen vergangener Tage auf mich ein-stürmte und meine Seele traf wie mit einem elektrischen Schlag. Bevor ich wieder Herr meiner Sinne wurde, war die Gestalt verschwunden.

Obgleich der Eindruck, den dies Erlebnis auf meine zügellose Fantasie machte, ein sehr tiefer war, blieb er doch nicht von langer Dauer. Einige Wochen allerdings plagte ich mich mit ernsten Fragen und war von krankhaften Vor-stellungen umdüstert. Ich versuchte nicht, an der Identität dieses seltsamen Wesens mit jenem, das sich früher schon so hartnäckig in meine Angelegenheiten mischte und mich mit seinem aufdringlichen Rat quälte, zu zweifeln. Doch wer und was war dieser Wilson? Und woher kam er? Und was waren seine Absichten? Auf keine dieser Fragen fand ich eine befriedigende Antwort – nur das eine stellte ich fest, dass ein plötzlich eingetretenes Familienereignis sein Ausscheiden aus Dr. Bransbys Lehranstalt am Nachmittag desselben Tages zur Folge gehabt hatte, an dem ich von dort entflohen war. Nach kurzer Zeit aber ließen meine Gedanken von dieser Sache ab, da meine beabsichtigte Übersiedlung nach Oxford mich vollauf in Anspruch nahm. Bald darauf führte ich diese aus, und die Freigebigkeit meiner Eltern verschaffte mir eine Ausstattung und einen jährlichen Wechsel, der es mir ermöglichte, in all dem mir schon so unentbehrlich gewordenen Luxus zu schwelgen und in der Verschwendungssucht mit den hochfahrenden Erben der reichsten Grafschaften Großbritanniens zu wetteifern.

Durch meine reichen Mittel zum Laster angespornt, brach mein ursprüngliches Temperament mit verdoppeltem Feuer hervor und widersetzte sich sogar der so selbstverständlichen Zügelung, die Sitte und Anstand jedem gebildeten Menschen auferlegen. Doch es wäre unsinnig, wenn ich mich bei den Einzelheiten meines lasterhaften Lebens aufhalten wollte. Mag das Bekenntnis genügen, dass ich als Verschwender selbst den Herodes in den Schatten stellte und dass ich der langen Liste der Laster, die damals an der ausschweifendsten Universität Europas üblich waren, durch Erfindung einer Fülle von neuen Schandtaten einen umfangreichen Anhang hinzufügte.

Und doch ist es wohl schwer zu glauben, dass ich sogar so weit gekommen war, mir die gemeinsten Schliche der

Gewohnheitsspieler anzueignen und meine Erfahrung in ihrer verächtlichen Wissenschaft dazu zu benutzen, auf Kosten meiner harmlosen Mitstudenten meine ohnedies ungeheuren Einnahmen zu vergrößern. Aber es war so; und dieses unerhörte Hohnsprechen auf alle Ehre und Manneswürde war zweifellos der Hauptgrund, ja, wohl der einzige Grund, dass ich straflos ausging. Wer unter meinen verwegensten Kameraden würde nicht eher die Klarheit seiner Sinne angezweifelt, als den heiteren, freimütigen, verschwenderischen William Wilson – den vornehmsten und gebildetsten Studenten von Oxford – solcher Gemeinheiten für fähig gehalten haben – ihn, dessen Tollheiten (so sagten die Parasiten) nur Tollheiten seiner überschäumenden Jugend und ungezügelten Fantasie, dessen Fehler nur seltsame Launen, dessen dunkelste Laster nur sorglose, sprudelnde Torheiten waren?

Schon zwei Jahre lang war ich in dieser Weise erfolgreich tätig gewesen, als ein junger, erst jüngst geadelter Emporkömmling namens Glendinning die Universität bezog. Man sagte, er sei reich wie Herodes Atticus und sei auch so leicht wie dieser zu seinen Reichtümern gelangt. Ich entdeckte bald, dass er kein großer Schlaukopf war, und hielt ihn für ein passendes Objekt für die Anwendung meiner einträglichen Kunst. Ich forderte ihn des Öfteren zum Spiel auf, und mit der üblichen List des Falschspielers ließ ich ihn zunächst beträchtliche Summen gewinnen, um ihn später desto sicherer einzufangen. Als mein Plan ausgereift war, traf ich ihn in der Wohnung eines Herrn Preston, eines Mitstudenten, in der bestimmten Absicht, dass diese Begegnung die letzte und entscheidende sein sollte. Preston war mit jedem von uns befreundet, hatte aber natürlich nicht die leiseste Ahnung von meinem Vorhaben. Um der Sache einen harmlosen Anstrich zu geben, hatte ich mich bemüht, eine Gesellschaft von acht oder zehn jungen Leuten dort zu haben, und war peinlich darum besorgt, dass man nur wie zufällig nach den Karten griff und dass mein Opfer selbst danach verlangen sollte. Um kurz zu sein: Ich hatte keinen der niedrigen Kunstgriffe verschmäht, die bei solchen Gelegenheiten so regelmäßig angewendet werden, dass es geradezu ein Wunder ist, wenn es noch immer Dumme gibt, die diese Ränke nicht durchschauen, sondern ihnen zum Opfer fallen.

Unser Beisammensein hatte sich schon bis tief in die Nacht ausgedehnt, als es mir endlich gelang, Glendinning als einzigen Partner zu bekommen. Wir waren bei meinem Lieblingsspiel, dem Ecarté. Die anderen nahmen so lebhaften Anteil an unserem Spiel, dass sie selbst die Karten beiseitegelegt hatten und uns als Zuschauer umringten. Der Emporkömmling, den ich anfänglich zu reichlichem Trinken veranlasst hatte, mischte, gab und spielte mit einer Nervosität, für die seine Trunkenheit nur zum Teil die Ursache sein konnte. In sehr kurzer Zeit schuldete er mir bereits beträchtliche Summen. Nun aber tat er einen tiefen Zug aus seinem Portweinglas und schlug mir vor – was meine kühle Berechnung nicht anders erwartet hatte –, unseren bereits übertrieben hohen Einsatz zu verdoppeln. Mit gut gespieltem Widerstreben und nicht, ehe meine wiederholte Weigerung ihn zu ein paar ärgerlichen Worten veranlasst hatte, die mein Nachgeben gewissermaßen herausforderten, willigte ich schließlich ein. Der

Erfolg bewies selbstverständlich nur, wie rettungslos der Partner mir ins Garn gegangen: In kaum einer Stunde hatte er seine Schuld vervierfacht. Seit einer Weile schon hatte sein Gesicht den rosigen Anhauch verloren, den ihm der Wein verlieh, jetzt aber sah ich zu meinem Erstaunen, dass es grauenhaft bleich geworden war. Ich sage, zu meinem Erstaunen, denn man hatte mir Glendinning bei meinen eifrigen Nachforschungen als unermesslich reich hingestellt, und wenn seine Verluste auch sehr hoch waren, so konnten sie ihn doch, wie ich annahm, nicht ernstlich schädigen, wie viel weniger so tief erschüttern. Der Nächstliegende Gedanke war natürlich, seinen Zustand als eine Folge des übertriebenen Weingenusses anzusehen; aber als ich, mehr zu dem Zweck, mich vor den Kameraden in ein gutes Licht zu setzen, als aus irgendeinem anderen Grund, gerade die feste Absicht kundtun wollte, das Spiel abzubrechen, machten mir ein paar Äußerungen der hinter mir Stehenden und ein Ruf der Verzweiflung seitens Glendinnings klar, dass ich seinen vollständigen Ruin herbeigeführt hatte, und unter Umständen, die ihn zum Gegenstand des allgemeinen Mitleids machten und ihn wohl selbst vor den Bosheiten eines Teufels hätten bewahren müssen.

Wie ich mich nun weiter verhalten haben würde, ist schwer zu sagen. Der bedauernswerte Zustand meines Gimpels hatte uns alle in eine gewisse Verlegenheit versetzt; es herrschte minutenlanges Schweigen, und ich fühlte, wie meine Wangen unter den vielen zornigen und vorwurfsvollen Blicken brannten. Ich muss sogar zugeben, dass mir durch die nun plötzlich eintretende unerwartete

Unterbrechung für einen kurzen Augenblick eine schwere Last, ein unerträgliches Gefühl der Beklemmung vom Herzen genommen wurde. Die großen schweren Flügeltüren wurden auf einmal mit heftigem Ungestüm aufgeworfen, sodass wie mit einem Zauberschlag alle Lichter im Raum erloschen. In ihrem Hinflackern sahen wir noch, dass ein Fremder eingetreten war; er hatte ungefähr meine Größe und war eng in einen Mantel gehüllt. Schnell aber war es vollständig dunkel geworden, und wir konnten nur *fühlen*, dass er in unserer Mitte stand. Ehe einer von uns sich von dem Staunen erholt hatte, in das dies ungehörige Gebaren uns alle versetzte, vernahmen wir die Stimme des Eindringlings.

»Meine Herren«, sagte er in einem leisen deutlichen und wohlbekannten Flüsterton, der mir bis ins Mark drang, »meine Herren, ich versuche nicht, mein Auftreten zu entschuldigen, denn ich komme, um meine Pflicht zu erfüllen. Sie sind zweifellos über den wahren Charakter des Herrn, der heute Nacht beim Ecarté dem Lord Glendinning eine große Summe abgewann, nicht unterrichtet. Ich will Ihnen daher mitteilen, wie Sie sich rasch und sicher die nötigen Aufklärungen verschaffen können. Bitte, untersuchen Sie nur gründlich das Futter seines linken Ärmelaufschlags und die verschiedenen kleinen Päckchen, die sich in den reichlich großen Taschen seines bestickten Hausrocks finden werden.«

Während er sprach, herrschte eine so tiefe Stille, dass man das Niederfallen einer Stecknadel hätte hören können. Als er geendet, verließ er das Zimmer ebenso plötzlich, wie er es betreten. Kann ich – soll ich meine Gefühle schildern? Muss ich sagen, dass ich alle Schrecken der Verdammten durchlebte? Ich hatte wenig Zeit zum Nachdenken. Viele Hände packten mich rau, und es wurde sofort wieder Licht gemacht. Die Suche begann. Im Futter meines Ärmels fand man alle zum Ecarté gehörigen hohen Karten und in den Taschen meines Hausrocks eine Anzahl Kartenspiele, die den bei unseren Sitzungen gebräuchlichen vollkommen glichen, nur gehörten meine zu denen, die man mit einem Fachausdruck als die »abgerundeten« bezeichnet: Die hohen Karten waren oben und unten, die niederen an den Seiten leicht konvex. Wenn nun der Gimpel beim Abnehmen die Karten, wie es üblich ist, seitwärts abhebt, so wird er jedes Mal seinem Partner eine hohe Karte zuteilen; während der Falschspieler an der Schmalseite abhebt und folglich seinem Opfer keine Karte gibt, die im Spiel von irgendwelchem Wert ist.

Wäre man nach dieser Entdeckung in Entrüstung ausgebrochen – ich hätte es leichter ertragen können als die schweigende Verachtung und hohnvolle Gelassenheit, mit der man die Sache aufnahm. »Herr Wilson«, sagte unser Gastgeber, während er sich bückte und einen kostbaren Pelzmantel aufhob, »Herr Wilson, der Mantel gehört wohl Ihnen.« (Es war kaltes Wetter, und als ich meine Wohnung verließ, hatte ich daher, da ich nur im Hausrock war, einen Mantel übergeworfen, den ich dann hier im Haus abgelegt.) »Ich denke, es ist überflüssig, auch hier noch nach weiteren Beweisen Ihrer Hinterlist zu suchen.« (Er betrachtete den Mantel mit bitterem Lächeln.) »Wir haben schon genug davon. Sie sehen wohl selbst die Notwendigkeit ein, Oxford zu verlassen – jedenfalls aber sofort meine Wohnung zu verlassen.«

Verhöhnt und gedemütigt, wie ich durch diese Rede war, hätte ich mich wahrscheinlich sofort durch eine tätliche Beleidigung gerächt, wäre nicht im selben Augenblick meine ganze Aufmerksamkeit durch eine höchst sonderbare Tatsache gefesselt worden. Der Mantel, den ich bei meinem Herkommen getragen, war aus sehr seltenem Pelzwerk; wie selten, wie außerordentlich kostbar es war, wage ich gar nicht zu sagen. Auch entstammte seine Machart meinem eigenen Erfindergeist, denn ich war, was meine Kleidung anlangte, geradezu geckenhaft eitel. Als mir daher Herr Preston jenen Mantel reichte, den er in der Nähe der Flügeltür vom Boden aufgehoben, gewahrte ich mit Staunen und Entsetzen, dass ich den meinigen bereits auf dem Arm trug (ich hatte ihn anscheinend ganz unwillkürlich schon ergriffen) und dass der mir dargebotene in jedem, selbst dem kleinsten Teilchen, sein vollkommenes Gegenstück war. Das merkwürdige Wesen, das mich so schrecklich bloßgestellt, war, wie ich mich erinnerte, in einen Mantel gehüllt gewesen, und keiner aus unserer Gesellschaft außer mir hatte einen solchen umgehabt. Mit einiger Geistesgegenwart nahm ich den Mantel, den Preston mir reichte, legte ihn unbemerkt über den anderen auf meinen Arm und verließ mit finsteren, trotzigen Blicken das Zimmer. Am anderen Morgen trat ich vor Tagesanbruch eine Reise nach dem Kontinent an, gehetzt von Scham und Entsetzen.

Ich floh vergebens! Mein böses Geschick verfolgte mich frohlockend und zeigte, dass seine geheimnisvolle Macht eigentlich jetzt erst beginne. Kaum hatte ich meine Schritte nach Paris gelenkt, als ich neue Beweise von der Anteilnahme erhielt, die dieser fürchterliche Wilson für meine Angelegenheiten zeigte. Jahre vergingen – ich fand keine Erlösung. Der Schurke – mit welch ungelegener, welch gespenstischer Geschäftigkeit trat er in Rom zwischen mich und meine ehrgeizigen Pläne! Und in Wien ebenso – in Berlin – in Moskau! Wo, ja wo wurde mir nicht bittere Ursache, ihn aus tiefstem Herzen zu verwünschen? Schließlich floh ich vor seiner rätselhaften Tyrannei wie ein halb Wahnsinniger – und bis an das Ende der Welt floh ich vergebens.

Und wieder und wieder fragte meine Seele sich in geheimer Zwiesprache mit sich selbst: ›Wer ist er? – Woher kam er? Und was sind seine Absichten?‹ Doch war keine Antwort zu finden. Und nun forschte ich mit peinlichster Genauigkeit der Art, dem Vorgehen, den herrschenden Zügen seiner unverschämten Überwachung nach. Aber selbst hier gab es nur wenig, worauf sich eine Vermutung gründen ließ. Es war allerdings auffallend, dass es ihm bei jedem der zahlreichen Fälle, in denen er seit Kurzem meinen Weg kreuzte, lediglich darauf ankam, solche Pläne zu vereiteln oder solche Handlungen zunichtezumachen, die, wenn sie zur vollen Ausführung gelangt wären, schlimmes Elend gezeitigt hätten. Welch eine armselige Rechtfertigung für eine so gewalttätige Bevormundung – für ein so hartnäckiges, so freches Eingreifen in meine natürlichen Rechte der Selbstbestimmung!

Ich hatte ferner festgestellt, dass mein Peiniger, der mit wundersamer Geschicklichkeit meine Erscheinung bis

ins Kleinste nachahmte, es bei seinen jedesmaligen Einmischungen so einzurichten gewusst hatte, dass ich seine
Gesichtszüge nicht zu sehen bekam. Mochte Wilson sein,
wer er wollte, *das* jedenfalls war die abgeschmackteste
Ziererei und Albernheit. Konnte er nur einen Augenblick
annehmen, dass ich in dem Warner aus Eton – in dem
Zerstörer meiner Ehre zu Oxford – in ihm, der in Rom
meine hochfliegenden Pläne, in Paris meine Rachegelüste,
in Neapel meine leidenschaftliche Liebe vereitelte und
in Ägypten ein Vorhaben störte, das er fälschlicherweise
meiner Habgier zuschrieb –, dass ich in diesem meinem
Erbfeind und bösen Geist den William Wilson meiner
Schuljahre nicht wiedererkennen würde – den Namensvetter, den Kameraden, den Rivalen – den verhassten und
gefürchteten Rivalen im Hause Dr. Bransbys? Unmöglich! – Doch lasst mich zu der letzten ereignisreichen Szene
des Dramas kommen.

Bis jetzt hatte ich mich seiner Herrschaft blindlings
unterworfen. Die tiefe Ehrfurcht, mit der ich gewohnt
war, den überlegenen Charakter, die göttliche Weisheit, die scheinbare Allgegenwart und Allmacht Wilsons
anzusehen, hatte, gemischt mit dem Entsetzen, mit dem
gewisse andere Züge seines Wesens mich erfüllten, mich
von meiner eigenen Schwäche und Hilflosigkeit überzeugt und eine vollständige, wenn auch widerstrebende
Unterwerfung unter seinen despotischen Willen herbeigeführt. In letzter Zeit aber hatte ich mich ganz dem Wein
ergeben, und sein aufreizender Einfluss auf mein ererbtes
Temperament machte mir dies Überwachtsein immer
unerträglicher. Ich begann zu murren – zu überlegen –

zu widerstreben. Und war es nur Einbildung, was mich glauben ließ, dass mit meiner zunehmenden Festigkeit diejenige meines Peinigers im entsprechenden Verhältnis abnahm? Sei dem, wie ihm wolle, ich begann jetzt zu fühlen, dass brennende Hoffnung in mir erwachte, und nährte schließlich in meinen geheimsten Gedanken den festen und verzweifelten Entschluss, meine sklavische Unterwerfung abzuschütteln.

Es war in Rom, als ich im Karneval des Jahres 18.. einem Maskenfest im Palazzo des napolitanischen Herzogs di Broglio beiwohnte. Ich hatte noch reichlicher als sonst dem Wein zugesprochen, und jetzt quälte mich die erstickende Luft der überfüllten Räume unerträglich. Auch die Schwierigkeit, mit der ich mir durch das Gewühl der Gäste meinen Weg bahnen musste, trug nicht wenig dazu bei, meine Stimmung reizbar zu machen; denn ich suchte (lasst mich verschweigen, aus welch unwürdigem Grund), suchte eifrig die junge und fröhliche und wunderschöne Frau des alten, kindischen Narren di Broglio. In ihrem sorglosen Vertrauen hatte sie mir verraten, welches Maskengewand sie tragen werde, und nun hatte ich sie erspäht und eilte, in ihre Nähe zu gelangen. In diesem Augenblick fühlte ich eine leichte Hand auf meiner Schulter und in meinem Ohr das unvergessliche, verwünschte Flüstern.

In einem wahren Wutanfall wandte ich mich dem Störer zu und ergriff ihn heftig beim Kragen. Er war, wie ich es erwartet, in genau das gleiche Gewand gekleidet wie ich selbst; so trug also auch er einen spanischen Mantel aus blauem Samt und einen karminroten Gürtel, in dem ein

Rapier steckte. Eine schwarze Seidenmaske bedeckte sein Gesicht.

»Schurke!«, sagte ich mit vor Wut heiserer Stimme, während jede Silbe, die ich sprach, meinen Zorn mit neuen Gluten schürte; »Schurke! Betrüger! Verfluchter Schuft! Du sollst mich nicht – *Du wirst mich nicht* zu Tode hetzen! Folge mir, oder ich steche dich hier auf der Stelle nieder!« – Und ich bahnte mir aus dem Ballsaal einen Weg in das angrenzende kleine Vorzimmer und zog ihn mit Gewalt mit mir.

Als ich dort eintrat, schleuderte ich ihn wütend von mir fort. Er schwankte gegen die Wand, ich schloss fluchend die Tür und gebot ihm, den Degen zu ziehen. Er zögerte nur einen Augenblick; dann seufzte er leise, zog den Degen und stellte sich in Bereitschaft.

Der Zweikampf war kurz genug. Ich war in rasender Aufregung und blinder Wut und fühlte in meinem Arm die Kraft von Hunderten. In wenigen Sekunden drängte ich ihn gegen die Wand zurück, und da ich ihn nun ganz in meiner Gewalt hatte, stach ich ihm die Waffe in viehischer Gier wieder und wieder durchs Herz.

Da versuchte jemand, die Tür zu öffnen. Ich eilte hin, um eine Störung fernzuhalten, kehrte aber sofort zu meinem sterbenden Gegner zurück. Doch welche menschliche Sprache kann das Erstaunen – das Entsetzen wiedergeben, das mich bei dem Schauspiel erfasste, das sich nun meinen Blicken bot. Der kurze Augenblick, für den ich die Augen abgewendet, hatte genügt, um drüben am anderen Ende des Zimmers eine Veränderung zu schaffen. Ein großer Spiegel – so schien es mir zuerst in meiner Verwirrung –

stand jetzt da, wo vorher keiner gewesen war; und als ich im höchsten Entsetzen zu ihm hinschritt, näherten sich mir aus seiner Fläche meine eigenen Züge – bleich und blutbesudelt – meine eigene Gestalt, ermatteten Schrittes.

So schien es, sage ich, doch war es nicht so. Es war mein Gegner – es war Wilson, der da im Todeskampf vor mir stand. Seine Maske und sein Mantel lagen auf dem Boden, da, wo er sie hingeworfen. Kein Faden an seinem Anzug – keine Linie in den ausgeprägten und eigenartigen Zügen seines Antlitzes, die nicht bis zur vollkommenen Identität *mein eigen* gewesen wären!

Es war Wilson; aber seine Sprache war kein Flüstern mehr, und ich hätte mir einbilden können, ich selber sei es, der da sagte: »Du hast gesiegt, und ich unterliege. Dennoch, von nun an bist auch du tot – tot für die Welt, den Himmel und die Hoffnung! In mir lebtest du – und nun ich sterbe, sieh hier im Bilde, das dein eigenes ist, wie du dich selbst ermordet hast.«

Metzengerstein

Pestis eram vivus – moriens tua mors ero.
MARTIN LUTHER

Schrecken und Verhängnis stampfen dahin durch alle Jahrhunderte. Warum also die Zeit angeben, in der sich das ereignete, was ich euch jetzt berichten will? Mag die Angabe genügen, dass es damals war, als man im Innern Ungarns fest, wenn auch nur im Geheimen, der Lehre von der Seelenwanderung anhing. Von der Lehre selbst, das heißt davon, ob sie möglich oder unmöglich sei, will ich nicht reden. Ich behaupte indes, dass unsere Ungläubigkeit zum großen Teil demselben Quell entspringt, von dem La Bruyère unser Unglück herleitet: il vient de ne pouvoir être seuls.*

Doch im Aberglauben der Ungarn gab es Dinge, die nahe an Abgeschmacktheit grenzten. Sie, die Ungarn, wichen in ihren Anschauungen weit ab von denen ihrer östlichen

---

* Mercier tritt in »L'an deux mille quatre cent quarante« ernstlich für die Lehre von der Seelenwanderung ein, und I. d'Israeli sagt: »Kein System ist so klar und widerstrebt so wenig dem Verstand.« Auch von Colonel Ethan Allen, dem »Sohn der Grünen Berge«, heißt es, dass er ein ernster Anhänger der Lehre von der Seelenwanderung gewesen sei.

Vorbilder. So sagten zum Beispiel jene: »die Seele« – ich zitiere hier die Worte eines gewissenhaften und gelehrten Parisers – »ne demeure qu'une seule fois dans un corps sensible. Ainsi – uncheval, un chien, un homme même, n'est que la ressemblance illusoire de ces êtres.«

Die Familien Berlifitzing und Metzengerstein lagen seit Jahrhunderten in Zwist. Nie noch sah man zwei so erlauchte Häuser in so erbitterter und tödlicher Feindschaft. Sie mochte in den Worten einer uralten Prophezeiung begründet sein, die also lautete: Ein stolzer Name soll in Schrecken untergehen, wenn, wie der Reiter über sein Ross, die Sterblichkeit von Metzengerstein triumphieren wird über die Unsterblichkeit von Berlifitzing.

Gewiss, die Worte an sich hatten wenig oder gar keinen Sinn. Doch unbedeutendere Ursachen haben – und dies vor nicht allzu langer Zeit – geradeso schwerwiegende Folgen gehabt. Übrigens hatten die beiden benachbarten Familien lange Zeit darin gewetteifert, ihren Einfluss auf die Regierungsgeschäfte geltend zu machen. Ferner sind Nachbarn selten Freunde, und die Bewohner des Schlosses Berlifitzing konnten von ihren hohen Säulengängen bis in die Fenster der Burg Metzengerstein sehen. Und überdies hatte sich die mehr als lehnsherrliche Pracht der Metzengerstein in einer Art und Weise geäußert, dass sie den leicht erregbaren Stolz der weniger ahnenreichen und weniger begüterten Berlifitzings verletzen musste. Was Wunder also, dass jene Prophezeiung, so dumm sie auch klingen mochte, eine Feindschaft zwischen den zwei Familien zuwege brachte, die ohnedies durch erbliche Belastung zu Streit und Eifersucht veranlagt waren. Die

Prophezeiung schien, wenn sie irgendetwas besagte, so jedenfalls einen endgültigen Triumph des bereits jetzt mächtigeren Hauses anzukünden und wurde darum mit umso bittererem Hass von der schwächeren und weniger einflussreichen Partei im Gedächtnis behalten.

Wilhelm Graf Berlifitzing war, obgleich von hoher Abkunft, zur Zeit dieser Erzählung ein kraftloser und kindischer Greis. Er hatte weiter nichts Bemerkenswertes an sich als eine übertriebene und hartnäckige Abneigung gegen die Familie seines Nebenbuhlers und eine so leidenschaftliche Liebe für Pferde und Jagd, dass weder seine körperliche Schwäche noch sein hohes Alter oder sein Schwachsinn ihn davon abhalten konnten, täglich an den Gefahren des Jagdvergnügens teilzunehmen.

Friedrich Baron Metzengerstein dagegen war noch nicht einmal mündig. Sein Vater, der Minister gewesen, starb in jungen Jahren. Seine Mutter, Baronin Marie, war ihm bald ins Grab gefolgt. Friedrich war damals achtzehn Jahre alt. In einer Stadt sind achtzehn Jahre keine lange Zeitspanne; in einer Wildnis aber, in der köstlichen Einsamkeit dieses alten Stammsitzes, hat jeder Pendelschwung weit tiefere Bedeutung.

Zufolge besonderer Bestimmungen des Hausgesetzes trat der Baron bei Ableben seines Vaters sogleich die Herrschaft über die ausgedehnten Besitzungen an. Selten wohl hatte ein ungarischer Edelmann solch herrliche Güter besessen. Zahllose Schlösser waren sein. Das bedeutendste an Pracht und Ausdehnung war Schloss Metzengerstein. Die Grenzlinie seines Gebietes war niemals sicher festgestellt, aber allein der große Park hatte einen Umfang von fünfzig Meilen.

Als der so jugendliche Herr, dessen Charakter allgemein bekannt war, in den unbeschränkten Besitz des riesigen Vermögens kam, war man sich über sein künftiges Auftreten so ziemlich im Klaren. Und wirklich, drei Tage lang stellten die Taten des jungen Erben selbst die des Herodes in den Schatten und übertrafen sogar bei Weitem die Erwartungen seiner begeisterten Bewunderer. Schandbare Schwelgereien, gemeine Treulosigkeit, unerhörte Scheußlichkeiten gaben seinen zitternden Vasallen bald zu verstehen, dass weder kriechende Unterwürfigkeit ihrerseits noch Gewissensbisse seinerseits jemals irgendwelche Sicherheit gewähren würden vor den erbarmungslosen Fängen dieses kleinen Caligula. In der Nacht des vierten Tages gerieten die Stallungen des Schlosses Berlifitzing in Brand, und die einmütige Ansicht der Nachbarschaft war, dass das Verbrechen der Brandstiftung auf die grauenvolle Liste der Untaten und Gräuel des Barons zu setzen sei.

Während des Aufruhrs, den dies Ereignis mit sich brachte, saß der junge Edelmann anscheinend in tiefen Gedanken in einem großen, einsamen und hochgelegenen Gemach des Stammschlosses Metzengerstein. Die kostbaren, obgleich verblassten Wandteppiche, die ringsum düster herabhingen, zeigten die schattenhaften und herrischen Gestalten von wohl tausend erlauchten Ahnen. Hier saßen hermelingeschmückte Priester und geistliche Würdenträger vertraulich neben Autokraten und Fürsten und legten gegen die Ansprüche eines weltlichen Königs ihr Veto ein oder hielten mit dem Machtspruch päpstlicher Obergewalt das rebellische Zepter des Erzfeindes in Bann.

Dort tummelten die dunklen, hohen Gestalten der Ritter von Metzengerstein ihre kraftvollen Kriegsrosse auf den Leichen der besiegten Feinde und machten mit ihren entschlossenen Mienen selbst stählerne Nerven erschauern. Und hier wieder fluteten die wollüstigen und schwanengleichen Gestalten der Damen aus längst vergangenen Zeiten in irren, unwirklichen Tänzen zu den Tönen einer unwirklichen Melodie.

Während der Baron auf den anwachsenden Tumult in den Ställen der Berlifitzing lauschte oder vielleicht über irgendeine neue, noch dreistere Tat nachsann, hafteten seine Blicke unwillkürlich auf der Gestalt eines riesenhaften Pferdes von ganz seltsamer Farbe, das auf der Wandverkleidung als das Ross eines sarazenischen Vorfahren der gegnerischen Familie dargestellt war. Das Pferd selbst stand regungslos im Vordergrund des Bildes, sein gefällter Reiter aber verendete im Hintergrund unter dem Dolchstich eines Metzengerstein.

Ein teuflisches Lächeln umspielte Friedrichs Lippen, als er sich dessen bewusst wurde, welche Richtung sein Blick unbeabsichtigt genommen hatte. Er wandte die Augen nicht ab, trotzdem eine unerklärliche, erstickende Angst sich wie ein Leichentuch auf seine Sinne legte. Nur mit Mühe konnte er dies traumhafte und sonderbare Empfinden mit der Gewissheit, wach zu sein, vereinigen. Je länger er spähte, desto bannender wurde der Zauber – desto unmöglicher schien es ihm, jemals den Blick von jenem seltsamen Bild wieder abwenden zu können. Als aber der Aufruhr draußen plötzlich noch wilder tobte, richtete er mit gewaltsamer Anstrengung seine Aufmerksamkeit auf den roten Lichtschein, der aus den flammenden Ställen auf die Fenster des Gemaches fiel.

Doch einen Augenblick nur tat er das – ganz unwillkürlich schweiften seine Augen wieder zur Wand. Mit Staunen und schauderndem Entsetzen nahm er wahr, dass der Kopf des riesigen Hengstes inzwischen seine Stellung geändert hatte. Vorher waren Hals und Kopf des Tieres wie mitfühlend zu dem am Boden liegenden Herrn herabgebeugt, jetzt hatten sie sich in voller Länge gegen den Baron ausgestreckt. Die Augen, die vorher unsichtbar blieben, hatten einen eindringlichen Menschenblick und glühten in merkwürdig rotem Feuer, und die aufgewölbten Lippen des offenbar wütenden Tieres legten ekelhafte Totenzähne bloß.

Betäubt vor Schrecken wankte der junge Edelmann zur Tür. Als er sie aufwarf, strömte eine Flut roten Lichtes weit ins Zimmer und zeichnete seinen klar umgrenzten Schatten gegen den schwankenden Wandteppich. Und er schauderte, als er, der zögernd auf der Schwelle stand, bemerkte, dass dieser Schatten genau die Gestalt des erbarmungslosen und triumphierenden Mörders des Sarazenen-Berlifitzing deckte.

Um seiner selbst wieder Herr zu werden, eilte der Baron ins Freie. Am Haupttor des Schlosses traf er auf drei Stallburschen. Mit großer Mühe und Lebensgefahr versuchten sie die wilden Sprünge eines riesigen, feuerfarbenen Rosses zu bändigen.

»Wessen Pferd? Wie kommt ihr zu ihm?«, fragte der Jüngling in heiserer Angst, denn er hatte sofort bemerkt, dass der geheimnisvolle Hengst auf dem Wandteppich das vollkommene Seitenstück zu dem rasenden Tier hier war.

»Es ist Ihr Eigen, Herr«, erwiderte einer der Burschen. »Wenigstens hat sich kein anderer als Eigentümer gemeldet. Wir fingen es ein, als es dampfend und schäumend vor Wut aus den brennenden Ställen des Schlosses Berlifitzing daherfloh. Wir nahmen an, dass es zu des alten Grafen Gestüt ausländischer Rosse gehörte, und führten es als einen Durchgänger zurück. Aber die Stallknechte dort erheben keinen Anspruch auf das Pferd, und das ist doch seltsam, denn es zeigt sichtbare Spuren, dass es mit knapper Not den Flammen entronnen ist.«

»Auch trägt es deutlich die Buchstaben W. v. B. auf der Stirn eingebrannt«, ergänzte ein zweiter Bursche. »Ich dachte natürlich, es wären die Zeichen von Wilhelm von Berlifitzing – aber alle im Schloss leugnen durchaus, das Pferd zu kennen.«

»Höchst seltsam!«, sagte der junge Baron nachdenklich – und offenbar ohne selbst zu wissen, was er sagte. »Es ist, wie Ihr sagt, ein merkwürdiges, ein wundersames Tier! Allerdings auch, wie Ihr ebenfalls richtig bemerkt, von argwöhnischem und unfügsamem Wesen. – Gut also, sei es mein!«, setzte er nach einer Pause hinzu. »Ein Reiter wie Friedrich von Metzengerstein kann vielleicht selbst noch den Teufel aus dem Stall der Berlifitzing bändigen.«

»Sie sind in einem Irrtum, Herr; das Pferd stammt, wie wir wohl bereits sagten, *nicht* aus den Ställen des Grafen. Wäre das der Fall, so hätten wir unsere Pflicht besser gekannt, als es vor eine so hohe Persönlichkeit Ihrer Familie zu bringen.«

»Allerdings wahr«, bemerkte der Baron trocken. In diesem Augenblick kam eilig und mit roten Wangen ein junger Kammerdiener aus dem Schloss herbeigelaufen. Er berichtete dem Herrn im Flüsterton, dass in einem der oberen Zimmer – er bezeichnete es näher – ein kleines Stück Wandverkleidung plötzlich verschwand. Er erzählte allerlei Einzelheiten, aber so leise, dass die Neugier der Stallburschen nicht auf ihre Rechnung kam.

Der junge Friedrich schien während dieses Berichtes sehr erregt. Bald jedoch fand er seine Ruhe wieder, und mit einer Miene voll böser Entschlossenheit gab er den kurzen Befehl, dass das fragliche Zimmer sogleich zu verschließen und der Schlüssel ihm selbst zu übergeben sei.

»Haben Sie von dem unglückseligen Tod des alten Berlifitzing gehört?«, fragte einer der Untergebenen den Baron, als der Diener sich wieder entfernt hatte und das riesige Ross, das der Edelmann soeben in Besitz genommen, mit verdoppelter Wut die lange Allee hinunterstürmte, die das Schloss mit den Stallungen der Metzengerstein verband.

»Nein!«, wandte der Baron sich hastig an den Sprecher. »Tot, sagst du?«

»Wahrhaftig ja, Herr! Und einem Edlen Ihres Namens wird diese Nachricht, wie ich mir denke, nicht unwillkommen sein.«

Ein flüchtiges Lächeln flog über das Antlitz des andern. »Wie starb er?«

»Bei seinem eiligen Bemühen, seine Lieblingspferde zu retten, kam er selber elend in den Flammen um.«

»Wahr – haf – tig?«, sagte der Baron langsam, als übermanne ihn allmählich die Überzeugung von der Wahrheit eines aufregenden Gedankens.

»Wahrhaftig!«, beteuerte der Knecht.

»Entsetzlich!«, sagte der Jüngling ruhig und kehrte ins Schloss zurück.

Von dieser Stunde an war das Betragen des jungen Baron Friedrich von Metzengerstein ein gänzlich anderes. Wirklich, sein Benehmen täuschte alle Erwartungen und machte die Wünsche zunichte, die so manche berechnende Mutter im Stillen gehegt hatte. Mehr noch als bisher wich er in Manieren und Gewohnheiten von den Sitten der benachbarten Aristokratie ab. Er wurde nie mehr außerhalb der Grenzen seiner eigenen Besitzungen gesehen und war auf der weiten geselligen Welt ohne jeden Gefährten – es sei denn, dass das unnatürliche, wilde feuerfarbene Pferd, das er jetzt täglich ritt, irgendein geheimnisvolles Recht auf diese Bezeichnung gehabt hätte.

Die Nachbarschaft aber schickte noch immer ihre Einladungen: »Will der Baron unser Fest mit seiner Gegenwart beehren?«, »Will der Baron uns auf einer Eberjagd Gesellschaft leisten?« – »Metzengerstein jagt nicht«, »Metzengerstein kommt nicht«, waren seine lakonischen Antworten.

Solche wiederholten Beleidigungen mochte der hochmütige Adel sich nicht lange gefallen lassen. Die Einladungen wurden weniger herzlich, weniger häufig, und schließlich hörten sie ganz auf. Die Witwe des unglücklichen Grafen Berlifitzing sprach sogar die Hoffnung aus, es möge einmal dahin kommen, dass der Baron genötigt sei, zu Hause zu bleiben, wenn er nicht wünsche, zu Hause zu bleiben, da er die Gesellschaft von seinesgleichen verachte; und auszureiten, wenn er nicht wünsche, auszureiten, da er die Gesellschaft eines Pferdes vorziehe. Das war natürlich ein recht alberner Ausspruch und bewies nur, wie höchst unsinnig unsere Rede gerade dann wird, wenn wir ihr ganz besondere Bedeutung geben möchten.

Die Sanftmütigen jedoch suchten das veränderte Benehmen des jungen Edelmannes aus der so natürlichen Trauer des Sohnes um den frühen Verlust der Eltern abzuleiten; sie hatten anscheinend ganz sein ungezügeltes und ruchloses Betragen in den ersten Tagen nach jenem Verlust vergessen. Es gab noch andere, welche die Schuld dem hochmütigen Selbstbewusstsein des jungen Mannes zuschrieben. Und wieder andere, zu denen auch der Hausarzt gehörte, sprachen von krankhafter Schwermut und erblicher Belastung, während bei der Mehrzahl noch dunklere und zweideutigere Mutmaßungen in Umlauf waren.

Ja, des Barons verrückte Zuneigung zu seinem jüngst eingestellten Hengst – eine Zuneigung, die aus jedem neuen Beweis von des Tieres Wildheit und teuflischem Gebaren neue Kräfte zu schöpfen schien – wurde in den Augen aller vernünftig denkenden Leute zu einer Äußerung widerlicher Unnatur. Ob glühende Mittagszeit – ob tote Nachtstunde – ob krank oder gesund – ob Sturm oder Sonne – immer schien der junge Metzengerstein festgeschmiedet in den Sattel jenes ungeheuren Rosses, dessen unzähmbare Wildheit so gut zu seinem eigenen Wesen stimmte.

Überdies gab es Umstände, die in Verbindung mit jüngst vergangenen Ereignissen der Manie des Reiters und den Fähigkeiten des Rosses eine unheimliche und verhängnisvolle Bedeutung gaben. Man hatte die Weite eines einzigen

Sprunges genau nachgemessen und gefunden, dass er die verwegensten Schätzungen gewaltig übertraf. Auch hatte der Baron keinen besonderen Namen für das Tier, während doch sonst jedes seiner Pferde seine eigene Benennung hatte. Ferner hatte man dem Hengst seinen Stall abseits von den anderen zugewiesen; und was die Pflege und Bedienung des Pferdes anlangte, so besorgte dies der Eigentümer selbst, denn kein anderer hätte es gewagt, auch nur den Stall zu betreten. Außerdem sagte man, dass keiner der drei Knechte, die das Ross nach seiner Flucht aus der Feuersbrunst von Berlifitzing mithilfe von Schlinge und Zaumzeug eingefangen hatten, mit Bestimmtheit versichern konnte, dass er während des gefährlichen Kampfes oder irgendwann nachher den Körper des Tieres tatsächlich unter der Hand gefühlt habe. Beweise von besonderer Klugheit bei einem edlen und rassigen Ross könnten wohl kaum eine übertriebene Aufregung hervorrufen, aber hier gab es Dinge, die sich mit Macht selbst den Ungläubigsten und Gleichgültigsten aufdrängten; und es kam vor, dass die atemlos staunende Volksmenge vor des Pferdes unheimlich bedeutungsvollem Stampfen entsetzt zurückwich, es geschah, dass der junge Metzengerstein sich erbleichend abwandte von dem scharfen, eindringlichen Blick seines verständigen, menschlichen Auges.

Unter dem Gefolge des Barons befand sich jedoch nicht einer, der daran gezweifelt hätte, dass die seltsame Zuneigung, die der junge Edelmann für sein feuriges Pferd an den Tag legte, aufrichtig und innig sei; nicht einer, außer einem missgestalten, armseligen kleinen Pagen, dessen Krüppelhaftigkeit jedem im Weg und dessen Ansichten jedem gleichgültig waren. Er hatte die Unverfrorenheit, zu behaupten (es verlohnt sich kaum, seine Meinung wiederzugeben), dass sein Herr nie ohne einen unerklärlichen, allerdings kaum wahrnehmbaren Schauder in den Sattel steige und dass bei seiner Rückkehr von dem gewohnten langen Ritt jeder Zug seines Gesichts in triumphierender Bosheit verzerrt sei.

In einer stürmischen Nacht erwachte Metzengerstein aus schwerem Schlaf, stürzte wie ein Wahnsinniger aus seinem Zimmer, bestieg in Hast sein Pferd und sprengte davon in den dunklen Forst. Man schenkte einem so gewohnten Vorkommnis weiter keine Aufmerksamkeit; bald aber wartete man voll tiefer Besorgnis auf die Rückkehr des Herrn – als nämlich nach einigen Stunden seiner Abwesenheit die mächtigen und prächtigen Mauern der Burg Metzengerstein unter der Gewalt eines wogenden, qualmenden Feuermeeres bis in ihre Grundfesten krachten und wankten.

Da die Flammen, als man sie gewahr wurde, bereits so schrecklich um sich gegriffen hatten, dass alle Versuche, einen Teil des Schlosses zu retten, fruchtlos geblieben wären, so stand die erstaunte Nachbarschaft stumm, um nicht zu sagen gefühllos dabei. Dann aber erregte etwas Neues und Schreckliches die Aufmerksamkeit der Gaffer und bewies, wie viel aufregender für eine Volksmenge der Anblick eines kämpfenden Menschen ist als die entfesselte Wut seelenloser Materie.

Die lange Allee uralter Eichen, die vom Forst zur Hauptpforte des Schlosses führte, sprengte ein Ross daher, dessen tosende Wildheit den Dämon des Unwetters noch überraste

raste. Auf seinem Rücken trug es einen Reiter in zerfetzten Kleidern, der fraglos die Herrschaft über sein Tier verloren hatte. Die Todesangst auf seinem Antlitz und das krampfhafte Zucken des Körpers sprachen von stattgehabten unmenschlichen Kämpfen; aber kein Laut, außer einem einzigen Schrei, entfloh seinen blutigen Lippen, die in Entsetzen durch und durch gebissen waren. Ein Augenblick – und das Klappern der Hufe erklang scharf und schrill durch das Brausen der Flammen und das Heulen des Windes; ein zweiter – und mit einem einzigen Satz über Tor und Graben hinweg galoppierte der Hengst die wankende Treppe des Schlosses hinauf und verschwand mit seinem Reiter inmitten des Wirbelsturms der sausenden Flammen.

Die Wut des Sturmes legte sich sofort, und eine tote Ruhe folgte. Eine stille weiße Flamme umhüllte den Bau wie ein Leichentuch, und weit hinauf in die ruhige Luft ergoss sich ein Glanz übernatürlichen Lichtes, während eine Wolke von Rauch sich über den Trümmern aufbaute in der klar erkennbaren Gestalt eines ungeheuren – Pferdes.

Der Doppelmord in
der Rue Morgue

Was für ein Lied die Sirenen sangen
oder unter welchem Namen Achilles sich
unter den Weibern versteckte, das sind allerdings
verblüffende Fragen – deren Lösung jedoch nicht
außerhalb des Bereichs der Möglichkeit liegt.
SIR THOMAS BROWNE

Die eigentümlichen geistigen Eigenschaften, die man analytische zu nennen pflegt, sind ihrer Natur nach der Analyse schwer zugänglich. Wir würdigen sie nur nach ihren
Wirkungen. Was wir unter anderen Dingen von ihnen
wissen, das ist, dass sie demjenigen, der sie in ungewöhnlich hohem Grade besitzt, eine Quelle höchster Genüsse
sind. Wie der starke Mann sich seiner körperlichen Kraft
freut und besonderes Vergnügen an allen Übungen findet,
die seine Muskeln in Tätigkeit setzen, so erfreut sich der
Analytiker jener geistigen Fähigkeit, die das Verworrene
zu lösen vermag; auch die trivialsten Beschäftigungen
haben Reiz für ihn, sobald sie ihm nur Gelegenheit geben,
sein Talent zu entfalten. Er liebt Rätsel, Wortspiele, Hiero-
glyphen und entwickelt bei ihrer Lösung oft einen Scharf-

sinn, der den mit dem Durchschnittsverstand begabten Menschenkindern unnatürlich erscheint. Obwohl seine Resultate nur das Produkt einer geschickt angewandten Methode sind, machen sie den Eindruck einer Intuition.

Das Auflösungsvermögen wird möglicherweise noch bedeutend durch mathematische Studien erhöht, und zwar besonders durch das Studium jenes höchsten Zweiges der Mathematik, den man nicht ganz richtig und wohl nur wegen seiner rückwärts wirkenden Operationen vorzugsweise Analyse genannt hat. Indessen heißt rechnen noch nicht analysieren. Ein Schachspieler zum Beispiel tut das eine, ohne sich um das andere im mindesten zu kümmern. Es folgt daraus, dass man das Schachspiel in seiner Wirkung auf den Geist meistens sehr falsch beurteilt. Ich beabsichtige hier keineswegs eine gelehrte Abhandlung zu schreiben, sondern will nur eine sehr eigentümliche Geschichte durch einige mir in den Sinn kommenden Bemerkungen einleiten; jedenfalls aber möchte ich diese Gelegenheit benutzen, um die Behauptung aufzustellen, dass die höheren Kräfte des denkenden Geistes durch das bescheidene Damespiel viel nutzbringender und lebhafter angeregt werden als durch die mühe- und anspruchsvollen Nichtigkeiten des Schachspiels. Bei letzterem Spiel, in dem die Figuren verschiedene wunderliche Bewegungen von ebenso verschiedenem, veränderlichem Wert ausführen können, wird etwas, was nur sehr kompliziert ist, irrtümlicherweise für etwas sehr Scharfsinniges gehalten. Beim Schachspiel wird vor allem die Aufmerksamkeit stark in Anspruch genommen. Wenn sie auch nur einen Augenblick erlahmt, so übersieht man leicht etwas, das zu Verlust oder Niederlage führt. Da die uns zu Gebote stehenden Züge zahlreich und dabei von ungleichem Wert sind, ist es natürlich sehr leicht möglich, dieses oder jenes zu übersehen; in neun Fällen unter zehn wird der Spieler, der seine Gedanken vollkommen zu konzentrieren versteht, selbst über den geschickteren Gegner den Sieg davontragen. Im Damespiel hingegen, wo es nur eine Art von Zügen mit wenig Veränderungen gibt, ist die Wahrscheinlichkeit eines Versehens geringer, die Aufmerksamkeit wird weniger in Anspruch genommen, und die Vorteile, die ein Partner über den anderen erringt, verdankt er seinem größeren Scharfsinn. Stellen wir uns, um weniger abstrakt zu sein, eine Partie auf dem Damebrett vor, deren Steine auf vier Damen herabgeschmolzen sind und wo ein Versehen natürlich nicht zu erwarten ist. Nehmen wir an, dass die Gegner einander gewachsen sind, so ist es klar, dass der Sieg hier nur durch einen außerordentlich geschickten Zug, der das Resultat einer ungewöhnlichen Geistesanstrengung ist, entschieden werden kann. Wenn der Analytiker sich seiner gewöhnlichen Hilfsquellen beraubt sieht, denkt er sich in den Geist seines Gegners hinein, identifiziert sich mit ihm, und dann gelingt es ihm nicht selten, auf den ersten Blick eine oft verblüffend einfache Methode zu finden, durch die er den anderen irreführen oder zu einem unbesonnenen Zug veranlassen kann.

Das Whistspiel ist schon lange berühmt, weil man ihm einen gewissen Einfluss auf das sogenannte Berechnungsvermögen zuschreibt. Tatsache ist, dass die hervorragendsten Männer dieses Spiel ganz besonders bevorzugt haben, während sie das Schachspiel als kleinlich verschmähten. Allgemein anerkannt ist, dass es kein anderes Spiel gibt, das die analytischen Fähigkeiten in so hohem Grade in Anspruch nimmt. Der beste Schachspieler der Christenheit ist vielleicht nicht mehr als eben nur der beste Schachspieler; die Tüchtigkeit und Gewandtheit im Whist lassen aber auf einen feinen Kopf schließen, der überall, wo der Geist mit dem Geiste kämpft, des Erfolges sicher sein kann. Wenn ich hier von Gewandtheit spreche, so verstehe ich darunter die vollkommene Beherrschung des Spiels, die mit einem Blick alle Eventualitäten erkennt, aus denen sich ein rechtmäßiger Vorteil ziehen lässt. Es gibt viele und sehr verschiedenartige solcher Hilfsquellen, die es aufzufinden und zu benutzen gilt; indessen erschließen sie sich meistens nur einer höheren Intelligenz und sind Menschen von gewöhnlicher Begabung unzugänglich. Aufmerksam beobachten heißt Gedächtnis haben, sich gewisser Dinge deutlich erinnern können, und insofern wird der Schachspieler, der an die Konzentration seiner Gedanken gewöhnt ist, sich sehr gut zum Whist eignen, vorausgesetzt, dass er die Spielregeln Hoyles – die in allgemein verständlicher Weise den Mechanismus des Whists erklären – gut inne hat. Daher kommt es denn, dass man gewöhnlich glaubt, ein gutes Gedächtnis haben und regelrecht nach dem Buch spielen können, das sei alles, was zu einem feinen Spiel erforderlich sei. Aber die Kunst des Analytikers bewährt sich in solchen Dingen, die außerhalb der Grenzen aller Regel liegen. In aller Stille macht er Beobachtungen, aus denen er seine Schlüsse zieht. Seine Mitspieler tun wahrscheinlich dasselbe; der Unterschied des erlangten Wissens liegt weniger an der Richtigkeit des Schlusses als an dem Wert der Beobachtung. Das Wichtigste ist, sich ganz klar darüber zu sein, was man beobachten muss. Der wirklich feine Spieler hat seine Augen überall, und neben dem Spiel, das natürlich Hauptsache ist, verschmäht er es nicht, Schlüsse aus Dingen zu ziehen, die nur als Äußerlichkeiten erscheinen. So beobachtet er zum Beispiel den Gesichtsausdruck seines Partners und vergleicht ihn sorgfältig mit dem seiner Gegner. Er achtet darauf, wie die Mitspielenden ihre Karten in der Hand ordnen; oft zählt er Trumpf auf Trumpf, Honneurs auf Honneurs an den Blicken nach, mit denen ihre Besitzer sie mustern. Er merkt sich im Verlauf des Spiels jede Veränderung ihres Gesichtsausdrucks und zieht seine Schlüsse aus jedem Wort, aus jeder Triumph, Überraschung oder Ärger verratenden Geste. Aus der Art, wie jemand einen Stich aufnimmt, schließt er darauf, ob der Betreffende noch mehr Stiche in dieser Farbe machen kann. Ebenso erkennt er an der Weise, wie eine Karte auf den Tisch geworfen wird, ob jemand mogelt. Ein zufälliges, unbedachtes Wort, das gelegentliche Fallenlassen oder Umwenden einer Karte, die Ängstlichkeit, einen so unbedeutenden Vorgang verbergen zu wollen, oder auch die Gleichgültigkeit dagegen, das Zählen der Stiche und die Art, sie zu ordnen, das verwirrte, zögernde, hastige oder übereifrige Wesen des Spielenden, alles muss ihm zum Erkennungszeichen dienen, das ihm den Stand der Dinge verrät. Er macht dabei den Eindruck, als erkenne er alles kraft einer Intuition. Wenn die ersten zwei oder drei Runden gespielt sind, dann weiß er genau, in welcher Hand die Karten sind, und er spielt seine eigenen mit einer so absoluten Sicherheit aus, als ob sämtliche Mitspielenden ihm ihre zeigten.

Indessen darf man das Analysierungsvermögen keineswegs mit der Klugheit verwechseln, denn während der Analytiker unbedingt klug ist, haben doch oft recht kluge Leute nicht das geringste Talent zur Analyse. Die Kombinationsgabe, durch die sich die Klugheit gewöhnlich äußert und der die Phrenologen, wie ich glaube irrtümlich, ein besonderes Organ zugewiesen haben, da sie dieselbe für eine angeborene Fähigkeit halten, ist so häufig bei Menschen, deren Verstand fast an Blödsinn grenzt, wahrgenommen worden, dass die Tatsache die Aufmerksamkeit vieler Gelehrten auf sich gezogen hat. Zwischen Klugheit und analytischer Fähigkeit besteht aber ein Unterschied, der größer ist als der zwischen Fantasie und Einbildungskraft; indessen ist er von streng analogem Charakter. Man kann beinahe mit Sicherheit behaupten, dass die klugen Menschen stets fantasiereich und die mit *wirklicher* Einbildungskraft begabten stets Analytiker sind. –

Nachstehende Erzählung möge dem Leser als Kommentar dieser Behauptungen dienen.

Als ich mich im Frühling und während eines Teils des Sommers 18.. in Paris aufhielt, machte ich die Bekanntschaft eines Herrn C. August Dupin. Dieser junge Mann gehörte einer sehr guten, ja sogar berühmten Familie an, die jedoch durch eine Reihe von Schicksalsschlägen in so tiefe Armut geraten war, dass die Energie seines Charakters darunter erlag, sodass er sich ganz von der Welt zurückgezogen hatte und keine Versuche mehr machte, sich in eine bessere Lage emporzuarbeiten. Seine Gläubiger waren so anständig gewesen, ihn im Besitz eines kleinen Restes seines väterlichen Vermögens zu lassen, dessen Zinsen bei äußerster Sparsamkeit zu einem sehr bescheidenen Leben hinreichten, ihm jedoch auch nicht den kleinsten Luxus gestatteten. Bücher waren das einzige, dem er nicht ganz zu entsagen vermochte – und diesen Luxus kann man sich in Paris ohne große Kosten leisten.

Wir begegneten uns zum ersten Mal in einem obskuren Buchladen in der Rue Montmartre, wo der Zufall, dass wir beide dasselbe, übrigens sehr seltene und merkwürdige Buch suchten, uns in nähere Beziehung zueinander brachte. Von da an trafen wir uns zuweilen. Ich interessierte mich lebhaft für seine Familiengeschichte, die er mir mit der ganzen Aufrichtigkeit erzählte, in der der Franzose sich gefällt, wenn er von seinem eigenen Ich spricht. Sehr überrascht war ich von seiner ungeheuren Belesenheit, vor allem aber waren es die seltene Frische und Lebendigkeit seiner Fantasie, die mich interessierten und anregten. Da er dieselben Ziele verfolgte, um derentwillen ich mich in Paris aufhielt, fühlte ich, dass die Gesellschaft dieses Mannes für mich von unendlichem Wert sein könnte, und ich machte ihm gegenüber auch kein Hehl daraus. Wir machten also miteinander aus, dass wir, solange mein Aufenthalt in Paris dauern würde, zusammen wohnen wollten. Da meine Vermögensverhältnisse besser waren als seine, so konnte ich es mir erlauben, für uns auf meine Kosten ein ziemlich vernachlässigtes und wunderlich aussehendes Häuschen zu mieten, das in einem abgelegenen, einsamen Teil des Faubourg St. Germain lag. Irgendeines Aberglaubens wegen, dem wir nicht weiter nachforschten, hatte es schon lange unbewohnt gestanden; ich richtete es in einem Stil ein, der der fantastischen Düsterkeit unserer gewöhnlichen Stimmung entsprach.

Hätte die Welt gewusst, welche Lebensweise wir in diesem Häuschen führten, so würde man uns wahrscheinlich für Wahnsinnige gehalten haben, wenn auch für sehr harmlose. Unsere Abgeschiedenheit war eine vollkommene. Wir nahmen keine Besuche an. Ich hatte meinen früheren Bekannten und Freunden überhaupt nichts von meinem Wohnungswechsel gesagt, und Dupin lebte schon seit vielen Jahren so einsam, dass ihn in Paris niemand mehr kannte. Wir lebten ganz allein für uns.

Es war eine Marotte meines Freundes – denn wie anders sollte ich es nennen? –, dass er in die Nacht um ihrer selbst willen verliebt war; wie alle seine Launen machte ich auch diese mit; ich ließ mich überhaupt ganz von ihm leiten und hieß alle seine bizarren Einfälle gut. Da die Göttin der Nacht nicht immer freiwillig bei uns hausen wollte, erdachten wir Mittel und Wege, uns Ersatz für ihre Gegenwart zu schaffen. Beim ersten Morgengrauen schlossen wir die sämtlichen starken Fensterläden unseres alten Hauses und steckten ein paar duftende Kerzen an, die nur schwache, gespensterhafte Strahlen aussandten. Mit ihrer Hilfe wiegten wir die Seele in Träume – wir lasen, schrieben und unterhielten uns, bis die Uhr uns den Anbruch der wirklichen Dunkelheit verkündete. Dann eilten wir in die Straßen, wo wir Arm in Arm umherschlendernd die Gespräche des Tages fortsetzten, und oft streiften wir bis in die tiefe Nacht umher und suchten im grellen Licht und tiefen Schatten der volkreichen Stadt jene Unendlichkeit geistiger Anregung, die stummes Beobachten sich zu verschaffen weiß.

Bei solchen Gelegenheiten konnte ich nicht umhin, immer wieder Dupins eigenartige analytische Begabung zu bemerken und zu bewundern, obwohl mich sein reiches Geistesleben schon darauf vorbereitet hatte. Er schien auch mit großer Freude diese Gabe zu pflegen, wenngleich er niemals damit renommierte, und er gestand mir offen ein, dass sie für ihn eine Quelle manchen Genusses sei. Mit leisem Kichern rühmte er sich zuweilen, dass für ihn die meisten Menschen ein Fensterchen auf der Brust hätten, und er unterstützte derartige Behauptungen auf der Stelle durch geradezu verblüffende Beweise von seiner genauen Kenntnis meines eigenen Seelenlebens. In solchen Augenblicken war er kalt und geistesabwesend, seine Augen starrten ausdruckslos, und seine Stimme, die sonst einen weichen Tenorklang hatte, sprang in hohen Diskant hinauf, der lächerlich gewirkt haben würde, hätte er nicht dabei besonders deutlich und bedächtig gesprochen. Wenn ich ihn in solchen Stimmungen beobachtete, musste ich immer wieder an die alte Philosophie von dem Zweiseelensystem denken, und mich belustigte der Gedanke, einen doppelten Dupin vor mir zu haben – einen schöpferischen und einen zerstörenden.

Es wäre übrigens falsch, wenn man aus dem Gesagten schließen wollte, dass ich ein Geheimnis zu enthüllen oder einen Roman zu schreiben beabsichtige. Die eben geschilderten Eigenschaften des Franzosen waren lediglich Resultate einer überreizten, vielleicht auch einer krankhaften Intelligenz. Ich glaube durch ein Beispiel die beste Vorstellung von dem Charakter der Aussprüche, die er zu solchen Zeiten machte, geben zu können.

Wir schlenderten eines Abends durch eine lange, schmutzige Straße in der Nähe des Palais Royal. Da wir beide ganz mit unseren eigenen Gedanken beschäftigt waren, hatten wir schon länger als eine Viertelstunde keine Silbe miteinander gesprochen. Plötzlich brach Dupin ganz unvermittelt in die Worte aus:

»Er ist wirklich ein sehr kleiner Kerl, das ist wahr! Er würde besser für das Varieté passen.«

»Zweifellos«, erwiderte ich unwillkürlich, und ich war so ganz in meine Gedanken vertieft, dass ich im ersten Augenblick nicht merkte, in wie seltsamer Weise seine Worte mit meinem Gedankengang übereinstimmten. Das fiel mir erst einen Augenblick nachher auf, und da war ich allerdings ziemlich verblüfft.

»Dupin«, sagte ich in ernstem Ton, »das geht über mein Verständnis. Ich zögere nicht, Ihnen zu gestehen, dass ich aufs Höchste verwundert bin und meinen Sinnen kaum zu trauen vermag. Wie ist es nur möglich, dass Sie wissen konnten, dass ich gerade dachte an –?« Ich hielt inne, um mich zu überzeugen, ob er wirklich den Namen wisse.

»An Chantilly natürlich«, sagte er; »warum halten Sie inne? Sie dachten doch gerade darüber nach, dass seine kleine Gestalt ihn wirklich untauglich zum Tragöden mache.«

Damit hatten meine Gedanken sich wirklich beschäftigt. Chantilly war ein Flickschuster aus der Rue St. Denis, der, von einer wahren Leidenschaft für das Theater ergriffen, es durchgesetzt hatte, in der Rolle des Xerxes in Crébillons gleichnamiger Tragödie aufzutreten, aber natürlich durchgefallen war und für all seine Mühe nur Hohn und Spott geerntet hatte. »Sagen Sie mir um Himmels willen«, rief ich aus, »nach welcher Methode Sie vorgegangen sind – wenn hier überhaupt von einer Methode die Rede sein kann –, um so in meiner Seele lesen zu können!« Ich war in der Tat noch viel verblüffter, als ich ihm zeigen wollte.

»Es war der Obsthändler«, antwortete mein Freund gelassen, »der den Gedanken in Ihnen anregte, dass der Flickschuster für die Darstellung eines Xerxes und ähnlicher Rollen nicht die nötige Figur habe.«

»Der Obsthändler! Sie setzen mich in Erstaunen! Ich weiß nichts von einem Obsthändler.«

»Ich meine den Mann, der gegen Sie anrannte, als wir in die Rue C. einbogen; es ist kaum eine Viertelstunde her.«

Ich erinnerte mich jetzt daran, dass, als wir aus der Rue C. in den Durchgang einbogen, in dem wir uns jetzt befanden, ein Mann, der einen großen Korb mit Äpfeln auf dem Kopf trug, so heftig gegen mich anrannte, dass ich beinahe umgefallen wäre. Aber was das mit Chantilly zu tun haben sollte, war mir unerfindlich.

Dupin hatte auch nicht die Spur von Scharlatanerie an sich. »Ich werde Ihnen das erklären«, sagte er einfach, »und damit Sie mich ganz verstehen, wollen wir den Gang Ihrer Gedanken von dem Augenblick an, wo ich zu Ihnen sprach, bis zu dem, wo der Obsthändler gegen Sie anrannte, zurückverfolgen. Die Hauptglieder dieser Gedankenkette sind folgende: Chantilly, Orion, Dr. Nichols, Epikur, Stereotomie, das Straßenpflaster, der Obsthändler –«

Es gibt wenig Personen, denen es nicht in irgendeiner Periode ihres Lebens Vergnügen gemacht hätte,
den Stufengang zurückzuverfolgen, auf dem ihr Geist zu
gewissen Schlüssen gelangte. Diese Beschäftigung kann
sehr interessant sein; wer es zum ersten Mal versucht,
ist erstaunt über die scheinbar unendliche Entfernung
zwischen dem Ausgangspunkt und dem Endpunkt und
über den scheinbaren Mangel jeden Zusammenhangs
zwischen beiden. Man denke sich daher mein Erstaunen
über das, was der Franzose nun zu mir sagte, da ich
zugeben musste, dass er die Wahrheit sprach. Er fuhr fort:
»Wir hatten, wenn ich mich recht erinnere, in der Rue C.
von Pferden gesprochen. Das war unser letztes Gesprächs-
thema. Als wir in diese Straße hier einbogen, kam uns ein
Obsthändler mit einem großen Korb auf dem Kopf entgegen; er war sehr in Eile und stieß Sie gegen einen Haufen
von Pflastersteinen, die an einer Stelle, wo die Straße aus-
gebessert werden sollte, aufgeschüttet lagen. Sie traten auf
einen lose liegenden Stein, glitten aus und verstauchten
sich leicht den Fuß, was Sie zu verstimmen schien, denn
Sie murmelten ein paar Worte, blickten ärgerlich auf den
Haufen Steine und setzten schweigend Ihren Weg fort.
Obwohl ich Ihnen durchaus keine besondere Aufmerksamkeit schenkte, ist mir doch das Beobachten in letzter
Zeit zur anderen Natur geworden.

Ich bemerkte, dass Sie den Blick zu Boden gesenkt
hielten und mit verschlossener Miene die vielen Löcher
und Unebenheiten der Straße betrachteten. Ich sah also,
dass Sie noch immer an die Steine dachten. Erst als wir die
kleine Lamartinegasse erreichten, deren Pflasterung ver-

suchsweise mit fest ineinander greifenden Holzblöcken hergestellt ist, erhellte sich der Ausdruck Ihres Gesichts, und Ihre Lippen murmelten das Wort ›Stereotomie‹, eine etwas anspruchsvolle Bezeichnung für diese einfache Art der Pflasterung. Ich wusste, dass Sie dieses Wort nicht denken konnten, ohne danach an Atome und an die Lehre Epikurs denken zu müssen. Hatten wir uns doch vor nicht langer Zeit über solche Dinge unterhalten, und ich äußerte damals, wie seltsam es sei, dass die vagen Vermutungen dieses tiefsinnigen Griechen durch die neuesten Entdeckungen der Nebel-Kosmogonie eine so glänzende und dennoch so wenig beachtete Bestätigung gefunden hätten. Ich erwartete also jetzt mit Bestimmtheit, dass Sie zu dem großen Nebel des Orion aufblicken würden. Sie taten dies wirklich, und ich war nun meiner Sache sicher und wusste, dass ich Ihren Gedankengang richtig verfolgt hatte. In der abfälligen Kritik, die gestern im ›Musée‹ über Chantilly erschien, machte der Verfasser sich auch über die Namensänderung lustig, die der Flickschuster beim Besteigen des Kothurn für nötig gehalten hatte, und zitierte einen lateinischen Spruch, über den wir oft gesprochen haben: Perdidit antiquum litera prima sonum!

Ich hatte Ihnen gestern gesagt, dass diese Zeile sich auf den Orion, früher Urion genannt, bezöge, und da ich bei dieser Gelegenheit ein paar bissige Bemerkungen gemacht hatte, glaubte ich sicher zu sein, dass Sie sich unserer Unterhaltung erinnern würden. Es war daher gewiss, dass Sie nicht verfehlen würden, die beiden Begriffe Orion und Chantilly miteinander zu verbinden. Dass Sie dies wirklich taten, ersah ich aus dem Lächeln, das um Ihre Lippen spielte. Sie dachten an das tragische Geschick des armen Flickschusters. Bis dahin war Ihre Haltung nachlässig gebückt gewesen, nun sah ich, wie Sie sich plötzlich zu Ihrer vollen Höhe aufrichteten. Ich war ganz sicher, dass Sie an die kleine Gestalt Chantillys dachten. Ich unterbrach Ihren Gedankengang mit der Bemerkung, dass er wirklich ein kleines Kerlchen sei, dieser Chantilly, und dass er besser daran täte, wenn er zum Varieté ginge.« –

Nicht lange danach lasen wir die Abendausgabe der ›Gazette des Tribunaux‹. Unsere Aufmerksamkeit wurde durch folgende Stelle gefesselt:

»Sensationeller Mord. – Heute morgen gegen drei Uhr wurden die Bewohner des Quartiers St. Roch durch entsetzliche Schreie geweckt, die anscheinend aus dem vierten Stockwerk eines Hauses der Rue Morgue drangen, das, wie man wusste, von einer gewissen Madame L'Espanaye und ihrer Tochter Mademoiselle Camille L'Espanaye allein bewohnt wurde. Nach einer Verzögerung, entstanden durch den fruchtlosen Versuch, sich auf gewöhnlichem Wege Einlass zu verschaffen, wurde das Haustor mit einer Eisenstange erbrochen, worauf acht bis zehn Nachbarn in Begleitung zweier Gendarmen in das Haus drangen. Das Geschrei war unterdessen verstummt, aber als die Leute die Treppe hinaufstürzten, vernahmen sie von oben her deutlich den Klang von zwei oder mehr rauen Stimmen, die heftig und laut miteinander stritten. Als man den zweiten Treppenabsatz erreicht hatte, hörten auch diese Töne auf, und es wurde plötzlich totenstill. Die eingedrungenen Personen teilten sich in verschiedene Parteien und eilten von einem Zimmer in das andere. Als man endlich ein

großes Hinterzimmer des vierten Stocks erreichte (die Tür dieses Zimmers war von innen verschlossen und musste aufgebrochen werden), bot sich ein Anblick dar, der alle Anwesenden mit Grauen und höchster Verwunderung erfüllte.

In dem Zimmer herrschte die wildeste Unordnung; die Möbel waren zertrümmert und lagen überall umher. Das Zimmer enthielt eine Bettstatt, und aus dieser waren sämtliche Kissen herausgerissen und in die Mitte des Zimmers geschleppt worden. Auf einem Stuhl lag ein blutiges Rasiermesser. Auf dem Kamin fand man zwei oder drei lange, dicke Strähnen grauen Menschenhaares, die ebenfalls mit Blut besudelt waren und mit den Wurzeln ausgerissen zu sein schienen. Über den Fußboden zerstreut fand man vier Napoleons, einen Topas-Ohrring, drei große silberne Löffel, drei kleinere aus Neusilber, ferner zwei Beutel, die viertausend Franken in Gold enthielten. Aus einem in der Ecke stehenden Schreibtisch waren die Schubfächer herausgezogen und offenbar ausgeplündert worden, obwohl noch viele Gegenstände darin umherlagen. Unter den Bettkissen, nicht unter der Bettstatt, entdeckte man eine kleine eiserne Kassette. Sie war offen und der Schlüssel steckte in dem Schloss; ihr Inhalt aber bestand nur aus einigen alten Briefen und anderen belanglosen Papieren.

Von Madame L'Espanaye war keine Spur zu entdecken; da man aber den Kamin und den Fußboden davor ganz mit Ruß bedeckt fand, forschte man im Schornstein nach, und man zog – grässlich, es zu sagen! – den Leichnam der Tochter daraus hervor, der mit dem Kopf nach unten ziemlich hoch in den engen Schornstein hinaufgestopft worden war. Der Körper war noch ganz warm. Bei der Untersuchung fanden sich zahlreiche Hautabschürfungen, die wahrscheinlich durch die Heftigkeit, mit der der Leichnam in den Schornstein hinaufgestoßen und dann wieder heruntergezogen wurde, verursacht worden waren. Auf dem Gesicht fand man viele schwere Kratzwunden, während sich am Hals schwarze Quetschwunden und der tiefe Eindruck von Fingernägeln vorfanden, die darauf hindeuteten, dass das Mädchen erdrosselt worden war.

Nachdem man jeden Winkel des Hauses auf das Gründlichste untersucht hatte, ohne jedoch etwas Weiteres zu entdecken, drangen die Leute in einen kleinen gepflasterten Hof, der hinter dem Haus lag. Und hier war es, wo man die Leiche der alten Dame fand. Der Kopf war vom Rumpf abgetrennt und hing nur noch durch ein Stück Haut lose damit zusammen, sodass er abfiel, als man die Leiche aufzuheben versuchte. Der Körper sowohl wie der Kopf waren in unerhörter, grauenhaftester Weise verstümmelt, und besonders der erstere sah kaum noch menschenähnlich aus.

Trotz aller Bemühungen ist es bis jetzt noch nicht gelungen, den Schlüssel zu diesem entsetzlichen Geheimnis zu finden.« –

Tags darauf brachte dieselbe Zeitung noch einige weitere Einzelheiten über den grauenhaften Fall:

»*Die Tragödie in der Rue Morgue.* Viele Personen sind schon in dieser außergewöhnlichen und grauenhaften Sache vernommen worden, doch fand sich nicht das Geringste, was Licht in die dunkle Angelegenheit gebracht hätte. Wir geben hier die Aussagen der vernommenen Zeugen.

Pauline Dubourg, Wäscherin, sagt aus, dass sie die beiden verstorbenen Damen schon seit drei Jahren gekannt habe, da sie während dieser Zeit die Wäsche für sie besorgte. Mutter und Tochter hätten viel auf einander gehalten und seien stets sehr zärtlich miteinander gewesen. Sie bezahlten alles sofort. Wie und wovon sie gelebt hatten, darüber könne sie nichts sagen. Man munkele, dass Madame L'Espanaye von Beruf Wahrsagerin gewesen sei. Jedenfalls ginge die Rede, dass sie Geld gehabt habe. Die Zeugin sagte ferner aus, sie sei im Haus niemals jemand begegnet, wenn sie die Wäsche geholt oder zurückgebracht habe. Sie wisse mit Bestimmtheit, dass die Damen keine Dienstboten gehabt hätten. Sie habe angenommen, dass nur der vierte Stock des Hauses möbliert gewesen und dass es sonst ganz unbewohnt gewesen sei.

Peter Moreau, Tabakhändler, sagt aus, dass er seit etwa vier Jahren der Madame L'Espanaye ab und zu kleine Quantitäten Rauch- und Schnupftabak verkauft habe. Er sei in der Nachbarschaft geboren und habe immer in der Rue Morgue gewohnt. Die alte Dame und ihre Tochter hätten schon seit mehr als sechs Jahren ganz allein in dem Haus gewohnt, in dem man ihre Leichen gefunden hatte. Das Haus gehörte Madame L'Espanaye. In früheren Zeiten hatte sie an einen Juwelier vermietet gehabt; der Missbrauch aber, den dieser mit den oberen Räumen trieb, indem er sie an alle möglichen Leute in Aftermiete gab, hatte den Unwillen der alten Dame erregt. Sie zog also selbst in das Haus und weigerte sich von da ab hartnäckig, die nicht von ihr bewohnten Räume anderweitig zu vermieten. Der Zeuge meint, Madame L'Espanaye sei etwas kindisch gewesen. Er sagt, dass er die Tochter während der sechs Jahre kaum mehr als fünf oder sechsmal gesehen habe. Die beiden Frauen hätten ein außerordentlich zurückgezogenes Leben geführt – indessen hätten sie allgemein in dem Ruf gestanden, Geld zu haben. Er hatte auch gehört, dass die Leute in der Nachbarschaft munkelten, Madame L'Espanaye sei eine Wahrsagerin – er habe das aber niemals geglaubt. Er habe nie jemand anders in das Haus treten sehen als Mutter und Tochter, ein oder zweimal einen Dienstmann und acht- oder zehnmal einen Arzt.

Noch viele andere Personen aus der Nachbarschaft bestätigten diese Aussage. Von irgendeinem regelmäßigen Verkehr in dem Haus konnte überhaupt gar keine Rede sein, man wusste nicht einmal, ob Madame L'Espanaye und ihre Tochter irgendwelche Verwandten hatten. Die Fensterläden der vorderen Zimmer wurden nur selten geöffnet, die nach dem Hof waren stets geschlossen, mit Ausnahme der Läden eines großen Zimmers in der vierten Etage. Das Haus war gut gebaut und nicht alt.

Isidor Muset, Gendarm, sagt aus, dass man ihn gegen drei Uhr morgens zu dem Haus geholt und dass er dort zwanzig bis dreißig Personen angetroffen habe, die vergebens versuchten, sich Eingang zu verschaffen. Er habe schließlich die Tür erbrochen, und zwar mit einem Bajonett, nicht mit einer Eisenstange. Es sei das nicht sehr schwierig gewesen, da es eine Flügeltür war, die weder oben noch unten ordentlich zugeriegelt gewesen sei. Man habe oben aus dem Haus ein entsetzliches Geschrei gehört, aber in dem Augenblick, als die Tür aufflog, sei plötzlich alles still geworden. Es waren herzzerreißende Angstschreie gewesen, die, wie es schien, von einer oder mehreren Personen in größter Todesangst ausgestoßen wurden. Der Zeuge war den anderen voran die Treppe hinaufgegangen. Als er den ersten Treppenabsatz erreicht hatte, vernahm er ganz deutlich zwei Stimmen, die laut und zornig miteinander stritten, die eine war rau und barsch, während die andere einen ganz sonderbaren, schrillen, kreischenden Klang hatte. Er konnte ein paar der von der ersten Stimme gesprochenen Worte verstehen; es war die eines Franzosen; jedenfalls war es keine Frauenstimme, und er unterschied deutlich die Worte ›sacré‹ und ›diable‹. Die schrille Stimme hielt er für die eines Ausländers. Er war sich nicht ganz klar darüber, ob es die Stimme eines Mannes oder einer Frau gewesen sei, auch konnte er nicht bestimmt behaupten, in welcher Sprache sie sich ausgedrückt habe, er meinte jedoch, es sei Spanisch gewesen. Seine Beschreibung von dem Zustand des Zimmers und der Leichen stimmt genau mit unserer gestrigen Beschreibung überein.

Henri Duval, von Beruf Silberschmied, auch ein Nachbar, sagt aus, dass er einer der Ersten gewesen war, die in das Haus eingedrungen seien. Seine Aussage stimmt in der Hauptsache ganz mit der Musets überein. Er sagt, nachdem man sich den Eingang erzwungen hatte, habe er rasch die Haustür von innen abgeschlossen, um die nachdrängende Menge abzuhalten, die sich trotz der späten Stunde sehr bald ansammelte. Der Zeuge meint, die schrille Stimme, die auch er vernommen habe, sei die eines Italieners gewesen, bestimmt nicht die eines Franzosen. Es ist ihm nicht ganz sicher, ob es die Stimme eines Mannes war, es könne auch eine weibliche Stimme gewesen sein. Er könne kein Italienisch und hätte daher natürlich kein Wort verstanden, aber nach dem Klang zu schließen, glaube er, dass es wirklich Italienisch gewesen sei. Gewiss, er habe Madame L'Espanaye und auch ihre Tochter gekannt. Er habe sich öfters mit beiden unterhalten. Es sei ganz ausgeschlossen, dass die schrille Stimme einer der beiden Verstorbenen angehört hätte.

Odenheimer, Restaurateur. Dieser Zeuge war nicht geladen, er ist freiwillig erschienen, um sein Zeugnis abzulegen. Er ist Holländer und aus Amsterdam gebürtig. Da er kein Französisch spricht, wurde er durch einen Dolmetscher vernommen. Er kam zufällig an dem Haus vorüber, als darin das entsetzliche Geschrei ertönte; er glaubt, dass es wenigstens zehn Minuten angedauert haben müsse. Es war ein lang gezogenes, lautes, jammervolles und grauenhaftes Schreien. Er gehört zu denen, die in das Haus eindrangen. Seine Aussage stimmt durchaus mit der der anderen Zeugen überein – bis auf einen Punkt: Er glaube nämlich mit Sicherheit behaupten zu können, dass die schrille Stimme die eines Mannes, und zwar eines Franzosen gewesen sei. Obgleich er die Worte nicht hatte verstehen können, habe er den Eindruck, als ob die Stimme zugleich angst- und zornerfüllt geklungen habe, sie habe laut, schnell und in abgebrochenen Tönen gesprochen. Die Stimme wäre ihm mehr heiser als schrill erschienen. Eine wirklich schrille Stimme wäre es nicht gewesen. Die andere raue Stimme habe wiederholt ›sacré‹, ›diable‹ und einmal ›mon Dieu‹ gesagt.

Jules Mignaud, Bankier und Inhaber der Firma Mignaud & Sohn, Rue Deloraine. Er ist der ältere Mignaud. Er sagt aus: Madame L'Espanaye hatte Vermögen und stand seit dem Frühling 18.. (also seit acht Jahren) in geschäftlicher Verbindung mit seinem Bankhaus. Sie hatte mit der Zeit mehrere kleine Summen bei ihm deponiert, aber nie Kapital zurückgezogen, bis drei Tage vor ihrem Tod, wo sie persönlich die Summe von 4000 Franken erhoben hatte. Die Summe wurde ihr in Gold ausbezahlt, und ein Kommis brachte ihr das Geld ins Haus.

Adolphe Lebon, Kommis bei Mignaud & Sohn, sagt aus, dass er an dem betreffenden Tag gegen Mittag Madame L'Espanaye begleitet habe, um ihr die in zwei Beutel verpackten 4000 Franken nach Hause zu tragen. Als die Tür geöffnet wurde, sei Fräulein L'Espanaye erschienen, und er habe ihr den einen Beutel eingehändigt, während die alte Dame ihm den anderen selbst abgenommen habe. Er habe sich dann verabschiedet und sei gegangen. In der Straße habe er zu dieser Zeit keinen Menschen bemerkt. Die Rue Morgue sei eine Nebenstraße und sehr einsam.

William Bird, Schneider, sagt aus, dass er ebenfalls zu denen gehört, die in das Haus gedrungen seien. Er ist Engländer. Er hat zwei Jahre in Paris gelebt. Er war einer der Ersten, die die Treppe hinaufstiegen. Er hält die raue Stimme für die eines Franzosen. Er hat einige Worte verstanden, kann sich aber nicht aller erinnern. Dass ›sacré‹ und ›mon Dieu‹ gesagt wurde, hat er deutlich verstanden. Er hat ein Geräusch vernommen, als ob sich mehrere Personen miteinander balgten – darauf ein scharrendes, schlürfendes Geräusch. Die schrille Stimme sei sehr laut, lauter als die barsche gewesen. Er sei sicher, dass es nicht die Stimme eines Engländers, viel eher die eines Deutschen gewesen sei, vielleicht könne es auch eine Frauenstimme gewesen sein. Er verstände kein Deutsch.

Vier der genannten Zeugen sagten, als sie wieder vorgerufen wurden, übereinstimmend aus, dass die Tür des Zimmers, in dem man die Leiche des Fräulein L'Espanaye gefunden habe, von innen verschlossen gewesen sei. Als man oben ankam, sei plötzlich alles ganz stille gewesen – von einem Stöhnen oder sonstigen Geräusch irgendeiner Art war nichts mehr zu hören. Man erbrach die Tür, aber niemand war in dem Zimmer zu sehen. Die Fenster des hinteren wie des vorderen Zimmers seien geschlossen und von innen verriegelt gewesen. Die Verbindungstür zwischen den beiden Zimmern war zu, jedoch nicht verschlossen. Ein kleines, im vierten Stock nach der Straße gelegenes Zimmer am Ende des Korridors stand weit offen. Dieses Zimmer war mit alten Betten, Koffern usw. ganz vollgestopft. Es wurde ausgeräumt und auf das Sorgfältigste durchsucht. Es war überhaupt in dem ganzen Haus nicht das kleinste Winkelchen, das man nicht gründlich durchsucht hätte. Man ließ Schornsteinfeger kommen, die die Schornsteine und Kaminröhren kehren mussten. Das Haus hat vier Stockwerke und enthält außerdem noch einige Mansarden. Auf dem Dach befindet sich eine kleine Falltür, die man aber fest vernagelt gefunden hatte und die seit Jahren nicht mehr benutzt zu sein schien. Über die Länge der Zeit von dem Augenblick an, wo man die streitenden Stimmen vernahm, bis zu dem, wo man die Zimmertür aufbrach, schwanken die Aussagen der Zeugen. Einige meinten, es könne sich höchstens um zwei oder drei Minuten handeln, andere behaupteten, es seien wenigstens fünf Minuten gewesen. Es war schwer gewesen, die Tür zu öffnen.

Alfonzo Garcio, Begräbnisbesorger, sagt aus, dass er in der Rue Morgue wohne. Er ist geborener Spanier. Gehört zu den Leuten, die in das Haus eindrangen, ging aber nicht mit die Treppe hinauf. Ist nervenschwach und fürchtete die Folgen der Aufregung. Die streitenden Stimmen hat er jedoch deutlich gehört. Die raue Stimme war die eines Franzosen, und er glaubt sich nicht zu irren, wenn er die schrille Stimme für die eines Engländers hält. Zeuge versteht zwar kein Englisch, urteilt aber nach der Aussprache der Worte.

Alberto Montani, Konditor, sagt aus, er sei einer der Ersten gewesen, die die Treppe hinaufgeeilt wären. Er hat die streitenden Stimmen gehört. Die barsche Stimme sei die eines Franzosen gewesen, Zeuge behauptet, einige Worte verstanden zu haben. Es hätte ihm so geschienen, als ob der Sprecher einem anderen Vorstellungen mache. Von dem, was die schrille Stimme sagte, habe er nichts verstehen können, sie habe schnell und in abgebrochenen Lauten gesprochen. Zeuge meint, dass es die Stimme eines Russen gewesen sei. In allen wesentlichen Punkten stimmt er vollständig mit der Aussage der anderen Zeugen überein. Er ist Italiener. Er hat niemals mit einem geborenen Russen gesprochen.

Mehrere wieder aufgerufene Zeugen bestätigen, dass die Kamine aller Zimmer der vierten Etage viel zu eng seien, als dass ein menschliches Wesen dadurch hätte entkommen

können. Unter Besen verstände man jene zylinder-förmigen Kehrbesen, wie die Schornsteinfeger sie zum Reinigen der Kamine gebrauchen. Man sei mit solchen Besen durch sämtliche Schornsteine des Hauses auf und nieder gefahren. Es gibt in dem Haus keine Hintertreppe oder einen sonstigen Ausweg, durch den sich jemand hätte retten können, während die Zeugen die Treppe hinaufeilten. Der Körper des Fräulein L'Espanaye war so fest in den engen Kamin hineingezwängt, dass es nur den vereinten Kräften von vier oder fünf Männern gelang, ihn wieder herunterzuziehen.

Paul Dumas, Arzt, sagt aus, dass man ihn gegen drei Uhr gerufen habe, um die Besichtigung der Leichen vor-zunehmen. Sie lagen beide auf der Matratze des Bettes, das im Zimmer stand, in dem Fräulein L'Espanaye gefunden worden war. An dem Körper der jungen Dame hatte er viele Quetschwunden und Hautabschürfungen gefunden. Es war dies nur zu erklärlich, wenn man den Umstand in Betracht zog, dass das unglückliche Mädchen mit roher Gewalt in den Schornstein hinaufgezwängt worden war. Der Kehlkopf war vollständig zusammengepresst. Unter dem Kinn befanden sich mehrere tiefe Kratzwunden sowie eine Reihe blauer Flecken, die offenbar von einem heftigen, mit Fingern ausgeübten Druck herrührten. Das Gesicht war grässlich entstellt, die Augen waren aus ihren Höhlen weit hervorgequollen, die Zunge halb durchgebissen. Auf der Magengrube wurde eine große Quetschung entdeckt, die anscheinend von dem Druck eines Knies herrührte. Herr Dumas war der Meinung, dass Fräulein L'Espanaye von einer oder mehreren

Personen erwürgt worden sei. Die Leiche der Mutter war ebenfalls in entsetzlicher Weise verstümmelt. Sämtliche Knochen des rechten Beins und des rechten Arms hatte er mehr oder weniger zerschmettert gefunden. Ebenso waren das linke Schienbein und die sämtlichen Rippen der linken Seite zersplittert gewesen. Der ganze Körper war in grauenhafter Weise mit Quetschwunden bedeckt und zeigte blutunterlaufene Stellen; es sei ein ganz entsetzlicher Anblick gewesen. Es wäre unmöglich festzustellen, wie und womit diese schweren Verletzungen herbeigeführt worden seien. Ein schwerer hölzerner Knüttel oder eine Eisenstange – ein Stuhl oder irgendeine große, schwere stumpfe Waffe, von den Händen eines sehr starken Mannes geschwungen, könnten solche Resultate hervorbringen. Eine Frau würde, mit welcher Waffe es auch sei, niemals so wuchtige Schläge austeilen können. Der Kopf der Toten war, als der Zeuge ihn zu Gesicht bekam, ganz vom Körper getrennt und vollständig zerschmettert gewesen. Offenbar sei der Hals mit einem sehr scharfen Instrument, wahrscheinlich einem Rasiermesser, durchschnitten worden.

Alexander Etienne, Wundarzt, war gleichzeitig mit Herrn Dumas zur Leichenschau gerufen worden. Er bestätigte in allen Punkten das Zeugnis und Gutachten des Herrn Dumas.

Obgleich noch verschiedene andere Personen verhört wurden, ließ sich nichts Weiteres feststellen. Noch nie ist in Paris ein so geheimnisvolles Verbrechen verübt worden, dessen Einzelheiten so unerklärlich sind – man möchte beinahe fragen, ob hier wirklich ein Mord vorliegt? Jedenfalls hat die Polizei bis jetzt auch nicht die kleinste Spur gefunden, die sich verfolgen ließe, und das ist bei derartigen Fällen etwas ganz Ungewöhnliches. Bis zur Stunde fehlt jeder Schlüssel, der dieses furchtbare Rätsel zu lösen vermöchte.« –

In der Abendausgabe derselben Zeitung hieß es dann, dass in dem Quartier St. Roch noch immer die höchste Aufregung herrsche, dass der Tatort wieder, und zwar auf das Sorgfältigste, untersucht worden sei, dass man noch mehr Personen verhört habe, aber leider ohne das geringste Ergebnis. In einer Nachschrift wurde mitgeteilt, Adolphe Lebon sei verhaftet und in das Untersuchungs-gefängnis abgeführt worden, obgleich er durch seine Aus-sage durchaus nicht belastet erscheine und nichts gegen ihn vorläge.

Dupin schien sich für den Verlauf dieser Angelegen-heit auf das Lebhafteste zu interessieren – wenigstens schloss ich das aus der Art seines Benehmens –, äußerte sich jedoch mit keinem Wort. Erst nachdem die Zeitung die Nachricht von der Verhaftung Lebons brachte, fragte er mich, was ich von dieser geheimnisvollen Angelegen-heit dächte.

Ich stimmte mit der Meinung von ganz Paris überein, dass die Affäre in ein undurchdringliches Dunkel gehüllt sei und dass man bis jetzt auch nicht die kleinste Hoffnung hätte, die Spur der Mörder aufzudecken.

»Was das betrifft«, sagte Dupin, »so dürfen wir uns keinesfalls mit dem Resultat dieser immerhin nur oberflächlichen Untersuchung begnügen. Die Pariser Polizei, die ihres Scharfsinns wegen so sehr gerühmt wird, ist schlau – sonst aber auch nichts. Ihrem Vorgehen liegt keine andere Methode zugrunde als die, die ihr der Augenblick eingibt. Die von ihr angewandten Mittel, auf die sie sehr stolz ist, entsprechen dem Zweck jedoch oft so wenig, dass man dabei unwillkürlich an die Anekdote von Herrn Jourdain erinnert wird – ›qui demandait sa robe de chambre pour mieux entendre la musique.‹* Man muss zugeben, dass sie trotzdem zuweilen ganz überraschende Resultate erzielt, aber sie verdankt sie wirklich nur ihrem Fleiß und ihrer Rührigkeit. Da, wo diese Eigenschaften nicht ausreichen, hat sie eben keinen Erfolg. Vidocq zum Beispiel war ein Mann, der geschickt im Kombinieren und Erraten, dabei von großer Ausdauer war. Da aber sein Denken nicht die nötige Schulung hatte, machte er viele Fehler, und zwar hauptsächlich durch die zu große Intensität seiner Nachforschungen. Er verlor die Übersicht dadurch, dass er die Dinge zu sehr aus der Nähe betrachtete. Einzelne Punkte erkannte er freilich mit ungewöhnlicher Klarheit, aber naturgemäß verlor er darüber den Überblick über das Ganze. Ein Beweis dafür, dass es nicht taugt, allzu tiefsinnig zu sein. Die Wahrheit ist keineswegs immer in einem Brunnen versteckt. Ich glaube vielmehr, dass sie, soweit wichtigere Dinge in Frage kommen, meist auf der Oberfläche liegt. Die Wahrheit liegt nicht in den tiefen Tälern, wo wir sie suchen, sie liegt auf der Höhe der Berge, wo wir sie finden. Die Beobachtung der

* Der nach seinem Schlafrock rief – um die Musik besser hören zu können.

Himmelskörper versinnbildlicht uns in ausgezeichneter Weise Art und Ursprung jenes Irrtums. Wenn man einen Stern ganz flüchtig oder schielend anblickt, sodass man ihm nur die äußeren Teile der Netzhaut zuwendet, die für schwache Lichteindrücke empfänglicher sind als die inneren, so sieht man den Stern in seinem vollen Glanz ganz deutlich; je länger und schärfer wir ihn aber anschauen, je intensiver wir unseren Blick darauf richten, umso mehr wird sein Glanz verblassen. In letzterem Fall konzentrieren sich ja tatsächlich mehr Strahlen auf dem Auge, aber im ersteren besitzt dieses eine feinere, man möchte sagen, geistigere Aufnahmefähigkeit. Durch zu große Gründlichkeit verwirren wir unseren Geist und schwächen die Kraft der Gedanken ab. Ist es doch sogar möglich, selbst die strahlende Venus vom Firmament schwinden zu sehen, wenn man zu lange und zu scharf darauf hinblickt. –

Was nun diese Mordtat betrifft, so wollen wir lieber zuerst die Sache selbst näher untersuchen, ehe wir uns ein Urteil darüber bilden. Ich verspreche mir viel Spaß davon. (Ich fand diesen Ausdruck nicht eben glücklich gewählt, sagte aber nichts.) Außerdem hat Lebon mir einmal einen Dienst erwiesen, für den ich mich dankbar zeigen möchte. Wir wollen zunächst den Tatort mit unseren eigenen Augen untersuchen. Ich kenne den Polizeipräfekten Herrn G. – und ich glaube kaum, dass es mir schwerfallen wird, die nötige Erlaubnis zu erhalten.«

Er erhielt die Erlaubnis sofort, und wir begaben uns ohne weiteren Verzug nach der Rue Morgue. Es ist dies eine jener elenden Querstraßen, die die Rue Richelieu mit der Rue St. Roch verbinden. Es war schon etwas spät am Nachmittag, als wir unser Ziel erreichten, da dieser Stadtteil ziemlich weit von unserer Wohnung entfernt liegt. Das Haus fanden wir sofort; es war immer noch von vielen Menschen umlagert, die mit zweckloser Neugierde von der entgegengesetzten Seite der engen Straße auf die geschlossenen Fensterläden gafften. Es war ein gewöhnliches Pariser Haus mit einem Torweg, an dessen einer Seite ein Schiebfensterchen angebracht war, hinter dem sich ein Portierstübchen befand. Ehe wir jedoch eintraten, gingen wir die Straße hinauf und bogen in ein kleines Gässchen ein, dann wandten wir uns noch einmal seitwärts und kamen so an der Rückseite des betreffenden Hauses vorbei. Dupin prüfte nicht nur das Haus, sondern auch die ganze Nachbarschaft, und zwar mit einer peinlichen Aufmerksamkeit, deren Grund mir nicht recht einleuchten wollte.

Wir gingen dann wieder zurück und kamen bald in der Rue Morgue und vor der Front des Hauses an. Wir klingelten und wurden, nachdem wir unseren Erlaubnisschein vorgezeigt hatten, von dem Wache haltenden Polizeibeamten eingelassen. Wir gingen die Treppe hinauf und zuerst in das Zimmer, in dem man die Leiche von Fräulein L'Espanaye gefunden hatte und wo auch jetzt die beiden Toten lagen. In dem Zimmer herrschte immer noch ein wildes Durcheinander, da, wie das bei solchen Fällen stets geschieht, der Tatort unverändert erhalten werden musste. Ich sah nichts anderes, als was die »Gazette des Tribunaux« mitgeteilt hatte. Dupin untersuchte alles sorgfältig – sogar die Leichen der beiden Frauen. Dann gingen wir in die anderen Zimmer und in den Hof, während uns ein Gendarm überallhin begleitete. Die Untersuchung nahm uns bis zum Eintritt der Dämmerung in Anspruch, dann gingen wir.

Auf unserem Heimweg trat mein Begleiter für einige Augenblicke in die Expedition eines der Tagesblätter ein. Ich habe bereits erzählt, dass mein Freund die seltsamsten Einfälle und Grillen hatte und dass ich mich ihnen fügte. Es gefiel ihm plötzlich, das Thema der Mordtat mit keinem Wort mehr zu berühren, und erst am Mittag des darauffolgenden Tages rückte er ganz unvermittelt mit der Frage heraus, ob mir denn auf dem Schauplatz gar nichts Absonderliches aufgefallen sei.

In der Art, mit der er das Wort »Absonderliches« betonte, lag etwas, das mich unwillkürlich schaudern machte, ohne dass ich wusste weshalb.

»Nein«, sagte ich, »nichts Absonderliches, jedenfalls nichts anderes, als was auch in der Gerichtszeitung gestanden hat.«

»Die Gerichtszeitung«, antwortete er, »ist auf das ungewöhnlich Grauenhafte dieser Affäre nicht genügend eingegangen. Aber sehen wir ganz von dem Bericht dieses Blattes ab. Mir scheint, als ob das für unlösbar gehaltene Geheimnis durchaus nicht unergründlich ist. Ich will damit sagen, dass gerade der outrierte Charakter aller Einzelheiten dieser furchtbaren Begebenheit nur ein kleines und deutlich begrenztes Feld von Vermutungen zulässt. Die Polizei steht ratlos und verwirrt vor einem Verbrechen, dessen Motive vielleicht weniger unbegreiflich sind als die wilde Scheußlichkeit, mit der die Mordtaten ausgeführt worden sind. Ebenso wenig kann sie es begreifen, dass die Aussage so vieler Zeugen feststellt, in dem Zimmer, in dem Fräulein L'Espanaye ermordet gefunden wurde, habe ein aufgeregter Wortwechsel stattgefunden, während doch, als man eindrang, niemand darin war und ganz unmöglich jemand über die Treppe hätte entkommen können, ohne von den hinaufeilenden Leuten bemerkt zu werden. Die in dem Zimmer herrschende wilde Unordnung, die mit dem Kopf nach unten in den engen Schornstein hinaufgepresste Leiche, die entsetzlichen Verstümmelungen an dem Körper der alten Dame sowie noch einige weitere Tatsachen, die ich nicht zu erwähnen brauche, haben genügt, um die Tatkraft der Polizei zu lähmen und ihren so viel gerühmten Scharfsinn irrezuführen. Die Polizei ist eben in den häufig vorkommenden, aber groben Irrtum verfallen, das Ungewöhnliche mit dem Unerforschlichscheinenden zu verwechseln. Indessen bin ich der Ansicht, dass gerade dieses Abweichen von dem Weg des Gewöhnlichen uns einen Fingerzeig dafür geben kann, was geschehen muss, um der Wahrheit auf die Spur zu kommen. Bei Untersuchungen dieser Art sollte man nicht so rasch fragen: Was ist geschehen, als: Was ist hier geschehen, was noch nicht vorher geschehen ist? Und in der Tat steht die Leichtigkeit, mit der ich dieses Rätsel lösen werde – oder vielmehr schon gelöst habe –, in direktem Verhältnis zu der scheinbaren Unlösbarkeit, die es in den Augen der Polizei hat.«

In sprachlosem Erstaunen starrte ich meinen Freund an.

»Ich warte in diesem Augenblick«, fuhr er ruhig, auf die Zimmertür blickend, fort, »auf einen Mann, der, obwohl er vermutlich nicht selbst diese grässlichen Metzeleien verübt hat, doch jedenfalls in irgendeiner Beziehung dazu steht. An den schlimmsten Gräueln dieses Verbrechens ist er wahrscheinlich unschuldig. Ich hoffe wenigstens, dass es so ist, denn ich habe meine ganze Hoffnung, das Rätsel zu lösen, auf diese Voraussetzung gegründet. Ich erwarte den Mann – hier, in diesem Zimmer – er kann jeden Augenblick kommen. Es ist wahr, dass er möglicherweise auch nicht kommen könnte, aber aller Wahrscheinlichkeit nach wird er es tun. Sollte er kommen, so wird es unbedingt nötig sein, ihn festzuhalten. Hier sind Pistolen; wir beide wissen damit umzugehen, falls die Gelegenheit es fordern sollte.«

Ich nahm die Pistolen, fast ohne zu wissen, was ich tat, und ohne zu glauben, was ich hörte, während Dupin, wie mit sich selber sprechend, fortfuhr. Ich habe das seltsame Wesen, in das er zu gewissen Zeiten verfiel, schon erwähnt. Obwohl seine Worte ja offenbar an mich gerichtet waren und er durchaus nicht laut sprach, bediente er sich doch jener eindringlichen, deutlichen Intonation, mit der man zu einer entfernteren Person spricht. Seine vollständig ausdruckslosen Augen hafteten mit starrem Blick an der Wand.

»Dass die von den Leuten auf der Treppe gehörten streitenden Stimmen nicht die der beiden Damen waren, ist durch die übereinstimmenden Aussagen der Zeugen vollständig bewiesen. Dieser Umstand macht die Frage, ob die alte Dame etwa möglicherweise selbst ihre Tochter ermordet und nachher Selbstmord begangen habe, vollständig überflüssig. Ich erwähne diesen Punkt nur, weil ich methodisch vorzugehen liebe, denn die Kräfte der Frau L'Espanaye würden unmöglich hingereicht haben, die Leiche ihrer Tochter in den engen Kaminschacht zu zwängen, in dem sie gefunden worden ist; außerdem ist die Art der Wunden, mit denen ihr ganzer Körper bedeckt war, eine solche, dass jede Möglichkeit eines Selbstmords ausgeschlossen ist. Es steht somit fest, dass die Mordtaten von einer dritten Partei ausgeführt wurden, und die Stimmen eben dieser dritten Partei waren es, die in heftigem Wortwechsel vernommen wurden. Prüfen wir nun die Eigentümlichkeiten der betreffenden Zeugenaussagen. Ist Ihnen da nichts Absonderliches aufgefallen?«

Ich antwortete, dass es jedenfalls wohl bemerkenswert sei, dass, während alle Zeugen übereinstimmend die raue, barsche Stimme für die eines Franzosen gehalten hätten, die Ansichten über die schrille oder, wie einer der Zeugen meinte, heisere Stimme sehr weit auseinandergingen.

»So lauten die Zeugenaussagen«, sagte Dupin, »indessen ist das nicht das Absonderliche der Aussage. Sie haben also nichts Besonderes bemerkt? Und doch liegt hier eine ganz eigentümliche Tatsache vor. Wie Sie richtig beobachtet haben, stimmten die Aussagen aller Zeugen über die barsche, raue Stimme vollkommen überein. Was nun die schrille Stimme betrifft, so liegt das Eigentümliche weniger darin, dass die Aussagen der Zeugen voneinander abweichen, als dass eine Reihe derselben, nämlich ein Italiener, ein Engländer, ein Spanier, ein Holländer und ein Franzose, von dieser Stimme als der eines Ausländers sprachen. Jeder ist davon überzeugt, dass es nicht die Stimme eines Landsmannes gewesen sein könne. Jeder glaubt den Klang einer Sprache darin zu erkennen, die er selbst nicht versteht. Der Franzose hält sie für die Stimme eines Spaniers und – ›würde gewiss ein paar Worte verstanden haben, wenn er nur Spanisch gekonnt hätte‹. Der Holländer behauptet, es müsse die Stimme eines Franzosen gewesen sein, aber wir lesen in dem Zeugenbericht, dass er, weil er kein Französisch könne, durch Vermittlung eines Dolmetschers verhört worden sei. Der Engländer glaubt, dass es die Stimme eines Deutschen gewesen sei, aber: ›er versteht kein Deutsch‹. Der Spanier hingegen ist ganz sicher, dass es die Stimme eines Engländers war – er urteilt nach dem Tonfall –, hat aber nicht die geringste Kenntnis der englischen Sprache. Der Italiener glaubt die Stimme eines Russen vernommen zu haben, hat jedoch niemals mit einem geborenen Russen gesprochen. Die Aussage eines zweiten Franzosen weicht wieder von der des ersten ab: Er behauptet, dass es unbedingt die Stimme eines Italieners war, die er vernommen habe; er versteht kein Wort Italienisch, hat aber wie der Spanier nach dem Tonfall geurteilt. Wie ganz ungewöhnlich muss diese Stimme gewesen sein, dass die Aussagen der Zeugen darüber so weit auseinandergehen konnten, dass sie Menschen aus den fünf großen europäischen Völkergruppen durchaus fremd erschien! Sie werden allerdings einwerfen, dass es ja möglicherweise auch die Stimme eines Asiaten oder Afrikaners gewesen sein könne. Es gibt deren in Paris nicht allzu viele, aber ohne diese Möglichkeit zu bestreiten, möchte ich Ihre Aufmerksamkeit auf drei bestimmte Punkte leiten. Der eine der Zeugen erklärte, dass die Stimme mehr heiser als schrill gewesen sei. Zwei andere behaupten, dass sie schnell und in abgebrochenen Lauten gesprochen habe. Kein einziger der Zeugen konnte Worte oder wortähnliche Laute unterscheiden.

Ich weiß nicht«, fuhr Dupin fort, »welchen Eindruck meine Auseinandersetzungen auf Sie gemacht haben, aber ich zögere nicht, die Behauptung aufzustellen, dass der Teil der Zeugenaussagen, der sich auf die raue und schrille Stimme bezieht, hinreichend ist, einen Verdacht zu erregen, der maßgebend für alle weiteren Forschungen sein sollte und durch den voraussichtlich dieses furchtbare Rätsel seine Lösung finden wird. Ich behaupte, dass die Schlüsse, die ich aus den Zeugenaussagen gezogen habe, die einzig richtigen sind und dass sie in Bezug auf den Mörder nur eine Folgerung zulassen. Welcher Art aber diese Vermutung ist, das möchte ich Ihnen vorläufig noch nicht sagen. Ich möchte Sie nur darauf aufmerksam machen, dass sie mir wichtig genug war, um meinen Untersuchungen in dem Mordzimmer eine ganz bestimmte Richtung zu geben.

Versetzen wir uns im Geiste wieder in jenes Zimmer. Was ist das Erste, was wir darin suchen? Selbstverständlich die Mittel und Wege, die die Mörder zu ihrer Flucht benutzt haben. Ich darf doch zweifellos behaupten, dass weder Sie noch ich an übernatürliche Dinge glauben? Frau und Fräulein L'Espanaye sind nicht durch Geister ums Leben gekommen. Die Täter waren materielle Wesen und sind in materieller Weise entkommen. Aber wie?

Glücklicherweise bleibt für unsere Schlussfolgerung nur ein Weg offen, und dieser muss uns zu einer endgültigen Feststellung führen. Untersuchen wir der Reihe nach die Wege, auf denen den Tätern die Möglichkeit einer Flucht geboten war. Es ist klar, dass die Mörder, als die Zeugen die Treppe heraufeilten, entweder in dem Zimmer, in dem Fräulein L'Espanaye gefunden wurde, oder doch in dem angrenzenden kleinen Zimmer gewesen sein müssen. Sie können daher auch nur aus einem dieser beiden Zimmer den Ausweg gefunden haben. Die Polizei hat den Fußboden, die Decke und das Mauerwerk der Wände auf das Sorgfältigste untersucht. Kein geheimer Ausgang würde ihrer Aufmerksamkeit entgangen sein. Da ich aber den Augen der Polizei nicht unbedingt traue, so prüfte ich alles mit meinen eigenen. Es war aber wirklich kein geheimer Ausgang vorhanden. Von den Zimmern führten Türen in den Gang, aber sie waren fest verschlossen, und zwar steckte in beiden Schlössern der Schlüssel von innen. Betrachten wir uns nun die Schornsteine; sie haben zwar oberhalb des Kamins bis zur Höhe von acht bis zehn Fuß die gewöhnliche Breite, verengen sich aber dann so sehr, dass kaum eine große Katze hindurch könnte. Da also die Unmöglichkeit, auf diesen beiden Wegen zu entwischen, bewiesen ist, sehen wir uns auf die Fenster beschränkt. Durch die des Vorderzimmers hätte unmöglich jemand entfliehen können, ohne von den vor dem Haus versammelten Menschen bemerkt zu werden. Die Mörder müssen daher durch eins der Fenster des Hinterzimmers entkommen sein. Nachdem wir zu diesem Schluss gelangt sind, dürfen wir ihn nicht ohne Weiteres verwerfen, weil wir auch hier scheinbaren Unmöglichkeiten gegenüberstehen. Es gilt nur den Beweis zu liefern, dass in Wirklichkeit diese Unmöglichkeiten nicht bestehen.

Das Zimmer hat zwei Fenster. Eins davon ist nicht durch Möbel verstellt und vollständig sichtbar. Der untere Teil des anderen wird dem Auge ganz durch das Kopfende einer davorstehenden Bettstatt entzogen. Das erste Fenster wurde von innen fest verschlossen gefunden. Die Bemühungen mehrerer Personen, es in die Höhe zu schieben, waren erfolglos. Auf der linken Seite des Rahmens war ein ziemlich großes Loch eingebohrt, und in diesem Loch steckte ein beinahe bis zum Kopf eingetriebener, sehr starker Nagel. Bei der Untersuchung des zweiten Fensters ergab sich, dass dort ein ebensolcher Nagel angebracht war, und auch hier versuchte man es vergebens, das Fenster in die Höhe zu schieben. Die Polizei beruhigte sich hiermit und war überzeugt, dass die Täter nicht durch eines der Fenster entflohen seien. Man hielt es daher auch für überflüssig, die Nägel herauszuziehen und die Fenster zu öffnen.

Meine eigene Untersuchung fiel etwas sorgfältiger aus, und zwar aus dem eben angeführten Grund – ich wusste, es müsse sich hier erweisen, dass eine scheinbare Unmöglichkeit in Wirklichkeit nicht bestand.

Ich schloss also weiter – a posteriori: Die Mörder entkamen unbedingt durch eines dieser Fenster. Wenn dies der Fall war, so konnten sie jedoch unmöglich die Schiebfenster von innen in der Weise befestigt haben, wie man sie vorgefunden hatte: ein Umstand, dessen Unbestreitbarkeit dann ja auch allen Nachforschungen der Polizei nach dieser Richtung ein Ende machte. Da die Schiebfenster in der angegebenen Weise wieder zugemacht worden waren, musste unbedingt ein sogenannter Selbstschließer daran angebracht sein. Diesem Schluss konnte ich mich nicht entziehen. Ich begab mich nun an das freiliegende Fenster, zog mit einiger Mühe den Nagel heraus und versuchte die Scheiben in die Höhe zu schieben. Wie ich es eigentlich nicht anders erwartet hatte, gelang mir dies nicht. Ich war nun fest davon überzeugt, dass irgendwo eine Feder verborgen sein musste, und wenn die Geschichte mit den Nägeln mir auch noch dunkel erschien, so fand ich doch sehr bald die Bestätigung meiner Vermutung. Es gelang mir nach sorgfältigem Suchen, die verborgene Feder zu finden. Ich drückte darauf, unterließ es aber, von der Entdeckung einstweilen befriedigt, das Fenster hinaufzuschieben.

Ich steckte den Nagel wieder ein und betrachtete ihn aufmerksam. Wenn jemand durch dieses Fenster entflohen war, konnte er es sehr wohl von außen zuschlagen, sodass die Feder wieder einfallen musste; aber der Nagel, der konnte unmöglich von außen wieder hineingesteckt werden. Die Schlussfolgerung war klar, und sie verengerte wieder das Feld meiner Nachforschungen. Die Mörder mussten durch das andere Fenster entkommen sein. Angenommen, dass der federnde Verschluss beider Fenster der gleiche war, wie dies ja sehr wahrscheinlich, so mussten die Nägel oder wenigstens die Art ihrer Befestigung verschieden sein. Ich stellte mich auf den im Bett liegenden Strohsack und sah mir über das Kopfende des Bettes weg das zweite Fenster scharf an. Mit der

Hand hinter die Bettstatt fassend, entdeckte ich sofort die Feder und drückte darauf; sie war, wie ich dies vorausgesetzt hatte, genauso konstruiert wie die andere. Nun sah ich mir den Nagel näher an. Er war so stark wie sein Gegenstück, auch augenscheinlich in derselben Weise befestigt, das heißt, beinahe bis zum Kopf in das Loch eingetrieben. Wenn Sie aber annehmen würden, dass mich diese Tatsache verwirrte, würden Sie das Wesen meiner Induktionsbeweise gründlich missverstanden haben. Die Glieder der Kette griffen fest und sicher ineinander. Ich hatte das Geheimnis bis zum letzten Punkt verfolgt, und dieser Punkt, das war der Nagel. Wie ich bereits sagte, sah er genauso aus wie der Nagel in dem anderen Fenster, aber was bedeutete diese Tatsache gegenüber der Erwägung, dass ich an dieser Stelle die Spur verlor? Es muss etwas mit dem Nagel nicht in Ordnung sein, sagte ich mir; ich zog daran – und siehe, der Kopf und etwa ein viertel Zoll des Schaftes blieben in meiner Hand. Der untere Teil blieb in dem Bohrloch stecken, in dem er abgebrochen war. Der Bruch war ein alter, denn die Ränder waren mit Rost bedeckt; er rührte wahrscheinlich von einem Hammerschlag her, mit dem man den oberen Teil des Nagels in den Fensterrahmen eingetrieben hatte. Ich steckte den Kopf des Nagels wieder sorgsam in das Loch, aus dem ich ihn genommen, und er hatte nun wieder ganz das Aussehen eines vollständig unbeschädigten Nagels, da von der Bruchstelle nichts zu sehen war. Ich drückte auf die Feder und zog ohne Mühe das Schiebfenster vorsichtig ein paar Zoll in die Höhe; der Nagelkopf, der fest in dem Rahmen steckte, ging mit. Ich schloss das Fenster, und der Nagel hatte nun wieder ein ganz unverletztes Aussehen.

So weit war also das Rätsel gelöst. Der Mörder war aus dem hinter dem Bett befindlichen Fenster entflohen, dieses war nach seiner Flucht von selbst wieder zugefallen oder vielleicht auch heruntergedrückt und von der einschnappenden Feder festgehalten worden. Jedenfalls hatte die Polizei irrtümlicherweise angenommen, dass es der Nagel sei, durch den das Fenster befestigt war, und sie hatte es daher für überflüssig gehalten, weitere Nachforschungen anzustellen. Die nächste Frage, die es zu lösen galt, war nun, wie es dem Mörder gelungen sein konnte, am Haus hinunterzukommen. Darüber bestanden von dem Augenblick an, wo wir um das Haus herumgegangen waren und es von hinten gemustert hatten, für mich keine Zweifel mehr. Ungefähr fünfeinhalb Fuß von dem fraglichen Fenster entfernt läuft ein Blitzableiter nach unten. Es würde nun allerdings unmöglich sein, von dieser Stange aus das Fenster zu erreichen und darin einzusteigen. Ich bemerkte jedoch sofort, dass die Fensterläden des vierten Stocks von jener eigentümlichen Art sind, die die Pariser Schreiner ›ferrades‹ nennen. Sie sind jetzt hier ziemlich selten geworden, während man sie in Lyon und Bordeaux, besonders an älteren Häusern, noch häufig findet. Sie sehen aus wie eine gewöhnliche einfache Tür (keine Flügeltür), deren untere Hälfte aus Latten oder Gitterwerk besteht, um leichter erfasst und gehandhabt werden zu können. An den betreffenden Fenstern sind die Laden volle drei und einen halben Fuß breit. Als wir sie von der Rückseite des Hauses aus betrachteten, standen sie zur Hälfte offen, das heißt, sie bildeten einen rechten Winkel mit der Hauswand. Wahrscheinlich hat die Polizei die Rückseite des Hauses ebenso untersucht, wie ich es getan habe; aber wenn dies geschehen war, so ist ihr jedenfalls die ungewöhnliche Breite der ›ferrades‹ nicht aufgefallen, oder sie hat derselben keinerlei Bedeutung beigelegt. Da sie die Überzeugung gewonnen hatte, dass von dieser Stelle eine Flucht unmöglich sei, sind auch wohl die hier angestellten Untersuchungen sehr oberflächlicher Natur gewesen. Ich sah jedoch sofort, dass der Laden des Fensters, vor dem das Bett stand, wenn er ganz zurückgeschlagen würde, kaum zwei Fuß vom Blitzableiter entfernt sein könne. Es war also durchaus nicht unmöglich, dass jemand, der über einen ungewöhnlichen Grad von Geschicklichkeit und Mut verfügte, von dem Blitzableiter aus durch das Fenster eindringen konnte, und zwar in folgender Weise: Angenommen, dass der Fensterladen weit offen stand, so war es nicht schwer, vom Blitzableiter aus über eine Entfernung von zweieinhalb Fuß weg mit festem Griff das Gitter des Ladens zu erfassen. Dann konnte man, den Blitzableiter fahren lassend, die Füße gegen die Mauer stemmen und durch einen kühnen Schwung den Laden in Bewegung setzen, sodass dieser sich schloss; wenn das Fenster zufällig offen stand, konnte es sogar gelingen, sich gleich in das Zimmer hineinzuschwingen. Ich möchte Sie daran erinnern, dass ich besonders betonte, es sei ein ganz ungewöhnlicher Grad von Körpergewandtheit erforderlich, um ein solches Wagnis auszuführen. Meine Absicht ist in erster Linie, Ihnen zu beweisen, dass solch ein kühner Schwung allerdings möglich, aber dass dazu eine ganz ungewöhnliche, fast übernatürliche Behändigkeit und körperliche Sicherheit gehöre.

Sie werden, um in der Sprache der Juristen zu reden, mir vielleicht sagen, dass ich, ›um meinen Fall durchzuführen‹, besser tun würde, die zu einem solch tollkühnen Wagestück erforderliche Körpergewandtheit nicht zu hoch einzuschätzen und nicht wieder und immer wieder darauf zurückzukommen, welcher Grad von Geschicklichkeit dazu erforderlich sei. Vom juristischen Standpunkt würden Sie gewiss ganz recht haben, aber der gesunde Menschenverstand denkt und handelt anders. Worauf es mir ankommt, das ist vorläufig nur, den wahren Tatbestand festzustellen. Mein nächster Zweck ist es, Sie auf den eigentümlichen Zusammenhang aufmerksam zu machen, der zwischen der außergewöhnlichen Behändigkeit und jener sonderbaren schrillen Stimme besteht, jener heiseren, kreischenden Stimme, über deren Sprache die Aussagen der Zeugen sich nicht einigen konnten, während alle einstimmig erklärten, nur Laute, keine Worte vernommen zu haben.« –

Nun erst fing ich an zu begreifen, was Dupin sagen wollte. Allerdings verstand ich ihn noch nicht ganz, aber ich ahnte, worauf er hinzielte. Mir war ungefähr so zumute, wie wenn man sich auf etwas besinnt, an das man sich nicht genau erinnern kann. Mein Freund fuhr fort.

»Sie sehen«, sagte er, »dass ich mich zunächst mit der Frage beschäftigt habe, wie der Mörder in das Haus eingedrungen sei, um danach die Art seiner Flucht festzustellen. Ich wünsche Sie davon zu überzeugen, dass er an derselben Stelle herein- und herausgekommen sein muss. Betrachten wir uns nun das Innere des Zimmers. Man behauptet, die Schubladen des Sekretärs seien ausgeplündert worden, während tatsächlich eine Menge von Schmuck und anderen Gegenständen darin gefunden wurde. Wie können wir wissen, ob nicht die noch in den Schubfächern befindlichen Dinge wirklich alles waren, was die Damen darin aufzubewahren pflegten? Frau L'Espanaye und ihre Tochter führten ein sehr zurückgezogenes Leben – empfingen keine Besuche, gingen selten aus – sie hatten wenig Gelegenheit, Toilette zu machen und Schmuck zu tragen. Das, was sich an Bekleidungs- und Putzgegenständen vorfand, war alles gediegen und von feinster Qualität, wie sich das kaum anders erwarten ließ. Wenn ein Dieb einen Teil dieser Sachen gestohlen hatte, warum nahm er nicht die wertvollsten, warum nahm er nicht alles? Mit einem Wort: Warum ließ er 4000 Franken in Gold zurück, um sich vielleicht mit einem Bündel getragener Kleider davonzumachen? Das Gold ist zurückgeblieben. Beinahe die ganze vom Bankier Mignaud erwähnte Summe wurde in zwei Beuteln auf dem Fußboden gefunden. Ich möchte gern, Sie ließen die irrtümliche Annahme, dass irgendein Motiv zu dieser Tat vorliege, ganz fahren. Jene alberne Idee ist nur deshalb im Kopf der Polizeiorgane entstanden, weil durch Zeugenaussage festgestellt wurde, dass Geld an der Tür abgeliefert worden war. Nun treffen doch wirklich zu jeder Zeit unseres Lebens zehnmal merkwürdigere Umstände zusammen als der, dass Geld abgeliefert und der Empfänger drei Tage darauf ermordet wurde, ohne dass wir uns weiter damit beschäftigten. Über ein solches Zusammentreffen von Umständen stolpern nur jene schlecht geschulten Denker, die von der Wahrscheinlichkeitstheorie nichts wissen, obwohl die Wissenschaft gerade dieser Theorie manche ruhmvolle Errungenschaft verdankt. Wäre in vorliegendem Fall das Geld verschwunden gewesen, so würde die Tatsache, dass es erst vor drei Tagen abgeliefert worden war, mehr als ein bloßer Zufall sein und schwer ins Gewicht fallen. Sie würde uns in dem Gedanken bestärken, dass hier das Motiv der Tat zu suchen sei. Wenn wir aber unter den obwaltenden Umständen das Gold als Motiv für die Gewalttat gelten lassen wollen, so müssen wir notwendig zu dem Schluss kommen, dass der Mörder ein wankelmütiger Idiot war, der Motiv und Gold im Stich gelassen hat.

Während wir nun die Punkte, auf die ich Ihre Aufmerksamkeit gelenkt habe, fest im Auge behalten – ich meine also die sonderbare Stimme, die außergewöhnliche Behändigkeit des mutmaßlichen Täters, vor allem aber die Tatsache, dass jedes Motiv zu den grässlichen Mordtaten fehlt –, wollen wir einen Blick auf die Metzelei selbst werfen. Ein junges Mädchen ist mit den Händen erdrosselt und dann mit dem Kopf nach unten mit brutaler Gewalt in den Kamin hineingepresst worden. Gewöhnliche Mörder werden ganz gewiss niemals eine solche Todesart in Anwendung bringen, am allerwenigsten werden sie ihr Opfer in einer solchen Weise zu verbergen suchen. Sie werden zugeben, dass in der Art, wie die Leiche in den Kamin hineingezwängt wurde, etwas so unerhört Scheußliches liegt, dass es sich mit unseren üblichen Begriffen von menschlichem Tun und Lassen nicht vereinigen lässt, selbst dann nicht, wenn wir annehmen, dass die Missetäter ganz entmenschte Bösewichter waren. Bedenken Sie ferner, welche Kraft dazu nötig war, die Leiche in eine so enge Öffnung hinaufzustoßen, da es der vereinten Anstrengungen mehrerer Personen bedurfte, um sie wieder herabzuziehen.

Es ist dies übrigens nicht das einzige Zeichen dafür, dass hier eine fast übermenschliche Kraft im Spiel gewesen ist. Auf dem Herd lagen dicke Strähnen – *sehr* dicke Strähnen grauen Menschenhaars, die mit den Wurzeln ausgerissen waren. Sie wissen, dass schon eine ziemliche Kraftanstrengung dazugehört, um nur zwanzig bis dreißig Haare zusammen aus dem Kopf zu reißen. Sie haben diese Haarsträhnen ebenso gut gesehen wie ich. Es war ein scheußlicher Anblick. An den Wurzeln hingen noch Stückchen der Kopfhaut, ein sicheres Zeichen der übermenschlichen Kraft, die angewendet wurde, um vielleicht mehrere Tausend Haare auf einmal auszureißen. Der Hals der alten Dame war durchschnitten, mehr noch: der Kopf war fast ganz vom Rumpf getrennt, und zwar offenbar mit einem Rasiermesser. Ich bitte Sie, die ganz tierische Rohheit zu beachten, mit der diese Taten ausgeführt wurden. Von den vielen Verletzungen und Quetschwunden an Frau L'Espanayes Leiche will ich nicht reden. Herr Dumas und sein Kollege haben ja beide ausgesagt, dass sie von einem stumpfen Gegenstand herrührten; nun, in gewisser Beziehung haben die Herren da recht. Der stumpfe Gegenstand war das Steinpflaster des Hofes, auf den das Opfer aus dem vierten Stockwerk hinabgeworfen wurde, und zwar durch das Fenster, vor dem das Bett steht. So einfach diese Annahme uns jetzt erscheint, so entging sie der Polizei aus demselben Grund, aus dem sie die Breite der Fensterläden nicht bemerkt hatte, weil nämlich die bewussten Nägel ihren Kopf derartig vernagelt hatten, dass sie es für unmöglich hielt, dass die Fenster doch vielleicht geöffnet worden seien.

Wenn wir nun noch der im Zimmer herrschenden wüsten Unordnung gedenken und uns ferner der erstaunlichen Behändigkeit, der übermenschlichen Stärke und tierischen Rohheit erinnern, mit der diese grundlosen Verbrechen in geradezu bizarrer Scheußlichkeit ausgeführt wurden – wenn wir jene schrille Stimme in Erwägung ziehen, deren Klang den Ohren vieler Zeugen der verschiedensten Nationalität fremd war – welcher Gedanke drängt sich Ihnen da auf? Welchen Schluss ziehen Sie aus so viel Tatsachen?« – Ich fühlte, als Dupin diese Frage an mich stellte, wie mich ein Schauder durchrieselte. »Nur ein Wahnsinniger«, sagte ich, »kann diese Tat vollbracht haben, ein Tobsüchtiger, der aus der benachbarten Irrenanstalt entsprungen ist.«

»In gewisser Beziehung«, antwortete er, »ist Ihr Verdacht vielleicht nicht unbegründet. Aber die Stimme Wahnsinniger, selbst wenn sie Tobsuchtsanfälle haben, gleicht in keinem Fall jener eigentümlich schrillen Stimme, die auf der Treppe vernommen worden ist. Ein Wahnsinniger gehört doch irgendeiner Nation an, und wenn der Sinn seiner Rede noch so unzusammenhängend und verworren sein sollte, so wird er doch immer Worte zu bilden vermögen. Außerdem haben Wahnsinnige nicht solches Haar, wie ich es hier in meiner Hand habe. Ich habe dieses kleine Haarbüschel aus den zusammengekrampften Fingern der Frau L'Espanaye gelöst. Sagen Sie mir, was Sie davon denken.«

»Dupin«, sagte ich ganz überwältigt, »dieses Haar ist kein Menschenhaar.«

»Ich habe das auch nicht behauptet«, erwiderte er. »Aber ehe wir jenen Punkt feststellen, bitte ich Sie, einen Blick auf diese kleine, von mir gezeichnete Skizze zu werfen. Es ist eine genaue Wiedergabe von dem, was in der Zeugenaussage als ›dunkle Quetschungen‹ angegeben wurde und was die Herren Dumas und Etienne ›eine Reihe blutunterlaufener Flecke‹ nannten, ›die augenscheinlich durch den tiefen Eindruck von Fingernägeln am Hals von Fräulein L'Espanaye entstanden sind‹.

Sie werden bemerken«, fuhr mein Freund fort, das Blatt vor mir auf dem Tisch ausbreitend, »dass diese Zeichnung auf einen festen eisernen Griff schließen lässt. Von einem Abgleiten ist hier nichts zu bemerken. Jeder Finger hat bis zum Tode des Opfers den furchtbaren Griff beibehalten, mit dem er sich zuerst eingekrallt hatte. – Versuchen Sie jetzt einmal, Ihre sämtlichen Finger gleichzeitig auf die schwarzen Flecke zu legen, die Sie hier sehen.«

Ich versuchte es, jedoch vergebens.

»Wir greifen die Sache vielleicht doch nicht ganz richtig an«, meinte Dupin. »Das Papier liegt auf einer ebenen Fläche, während der menschliche Hals eine zylindrische Form hat. Hier ist ein rundes Stück Holz, das ungefähr den Umfang eines Halses hat. Stecken Sie die Zeichnung um das Holz fest und versuchen Sie es noch einmal.«

Ich tat es, aber es gelang mir noch weniger als das erste Mal.

»Diese Eindrücke können unmöglich von einer Menschenhand herrühren«, sagte ich entschieden.

»Nun denn«, fuhr Dupin fort, »so lesen Sie jetzt diese Stelle von Cuvier.«

Es war ein ausführlicher anatomischer und allgemein beschreibender Bericht über den großen schwarzbraunen Orang-Utan, wie er auf den ostindischen Inseln vorkommt. Die riesige Gestalt, die wunderbare Kraft und Behändigkeit, die ungebändigte Wildheit und der Nachahmungstrieb dieses Säugetiers sind ja bekannt. Mir fiel es wie Schuppen von den Augen, ich begriff sofort die grauenhaften Einzelheiten jener Mordtaten.

»Die Beschreibung der Finger«, sagte ich, nachdem ich den Artikel ausgelesen hatte, »stimmt genau mit Ihrer Zeichnung überein. Ich sehe, dass kein anderes Tier als ein Orang-Utan von der hier genannten Gattung solche Fingereindrücke wie die von Ihnen gezeichneten hinterlassen könnte. Auch das kleine Büschel lohfarbener Haare stimmt mit der Beschreibung überein, die Cuvier uns von dem Tier macht. Indessen kann ich immer noch nicht alle Einzelheiten des grauenhaften Geheimnisses verstehen. Auch hat man zwei streitende Stimmen gehört, und alle Zeugen behaupten, dass die eine davon die eines Franzosen gewesen sei.«

»Das ist richtig. Sie werden sich ebenso des Umstandes erinnern, dass die Zeugen einstimmig erklärten, wiederholt gehört zu haben, wie diese Stimme sich des Ausdrucks ›mon Dieu‹ bediente. Einer der Zeugen, der Konditor Montani, behauptet sogar, dass im Ton dieser Worte ein strenger Verweis gelegen habe. Auf diesen beiden Worten beruht meine Hoffnung, das Rätsel voll und ganz zu lösen. Jedenfalls weiß ein Franzose um den Mord. Es ist möglich – ja sogar wahrscheinlich –, dass er vollkommen unschuldig an dem blutigen Drama ist. Der Orang-Utan ist ihm vielleicht entflohen. Er hat ihn wahrscheinlich bis zu dem bewussten Zimmer verfolgt, kam aber zu spät, um die Gräuel zu verhindern, die das furchtbare Tier anstiftete, und vermochte es auch nicht, ihn wieder einzufangen. Wahrscheinlich treibt der Orang-Utan sich immer noch frei umher. Indessen sind das nur Vermutungen, und sie sind so schwach begründet, dass mein eigener Verstand sich wehrt, sie anzuerkennen; ich kann daher nicht erwarten, dass irgendein anderer ihnen Bedeutung beilegen sollte. Wenn, wie ich das annehme, der betreffende Franzose unschuldig an dem Blutbad ist, dann wird die Anzeige, die ich gestern aber in der Redaktion der Zeitung ›Le Monde‹ aufgab, ihn bald in unsere Wohnung führen. ›Le Monde‹ ist ein Blatt, das die Interessen der Schifffahrt vertritt und das besonders von Matrosen und Seefahrern viel gelesen wird.«

Er reichte mir eine Zeitung, und ich las: »*Eingefangen.* Im Bois de Boulogne ist am … (Datum des Tages nach dem Mord) ein sehr großer lohfarbener Orang-Utan, der vermutlich aus Borneo stammt, eingefangen worden. Der rechtmäßige Eigentümer – man hat ermittelt, dass er als Matrose auf einem maltesischen Schiff dient – kann das

Tier in Empfang nehmen, wenn er sich als Besitzer ausweisen kann und bereit ist, die geringen Kosten für das
Einfangen und die Verpflegung des Tieres zu bezahlen.
Näheres Faubourg Saint-Germain, Rue … Nr. … im
dritten Stock.«

»Aber«, rief ich, »wie ist es möglich, dass Sie wissen,
dass dieser Mann ein Matrose ist und auf einem
maltesischen Schiff dient?«

»Das weiß ich auch gar nicht«, sagte Dupin, »und
ich bin durchaus nicht sicher, dass es so ist. Indessen
habe ich hier ein kleines Stück Band, das seiner Form
und seinem fettigen Aussehen nach vielleicht zum
Binden eines jener Zöpfe gedient hat, wie die Matrosen
sie so gerne tragen. Es ist in einen sogenannten See-
mannsknoten verschlungen, den fast nur die Matrosen,
und zwar hauptsächlich die auf maltesischen Schiffen
dienenden, zu machen verstehen. Ich habe das Band vor
dem Blitzableiter gefunden. Jedenfalls hat es keiner der
gemordeten Damen angehört. Es ist ja sehr möglich,
dass meine Vermutung, der Franzose sei ein Matrose
und gehöre zu einem maltesischen Schiff, eine durchaus irrige ist. Doch kann das, was ich in dieser Anzeige
gesagt habe, jedenfalls nichts schaden. Irre ich mich, so
wird der Mann höchstens denken, ich hätte mich durch
irgendeinen Umstand, den zu erforschen er sich nicht
die Mühe geben wird, irreführen lassen. Habe ich aber
recht, so ist sehr viel gewonnen. Wenngleich er selbst
unschuldig an den Mordtaten ist, weiß er doch, was der
Orang-Utan angerichtet hat, und es ist daher erklärlich, dass er zunächst zögern wird, auf die Anzeige zu

antworten und nach seinem Affen zu fragen. Er wird etwa so überlegen: ›Ich bin unschuldig, ich bin arm, mein Orang-Utan hat einen bedeutenden Wert, für einen Mann in meinen Verhältnissen bedeutet er ein kleines Vermögen; warum sollte ich ihn um einer vielleicht völlig unbegründeten Befürchtung Willen einbüßen? Es steht bei mir, ihn zurückzubekommen. Er ist im Bois de Boulogne eingefangen worden, also sehr weit entfernt vom Schauplatz jener Mordtaten. Wie sollte jemand auf die Vermutung kommen, dass ein vernunftloses Tier eine solche Tat begangen habe? Die Polizei ist ratlos; es ist ihr nicht gelungen, auch nur den kleinsten Anhalt zu finden, der sie auf die richtige Spur leiten könnte. Aber selbst wenn es gelänge, der Fährte des Tieres nachzugehen, so würde es darum doch unmöglich sein, mir zu beweisen, dass ich Mitwisser der Mordtaten bin, oder gar, mich aufgrund dieser Mitwissenschaft zu verurteilen. Vor allem jedoch – man kennt mich. Der Inserent dieser Anzeige bezeichnet mich als den Besitzer des Tieres. Wie weit sich seine Kenntnis meiner Person erstreckt, weiß ich nicht. Sollte ich es unterlassen, das wertvolle Tier zu reklamieren, so wird, da man weiß, dass es mir gehört, gerade dadurch möglicherweise ein Verdacht geweckt. Es wäre sehr unklug von mir, wenn ich jetzt die Aufmerksamkeit der Polizei auf mich oder auf das Tier lenken wollte. Ich will mich daher als Eigentümer des Affen melden und ihn fest eingesperrt halten, bis Gras über die Sache gewachsen ist.‹«

In diesem Augenblick hörten wir Fußtritte auf der Treppe.

»Halten Sie Ihre Pistolen bereit«, sagte Dupin, »aber machen Sie keinen Gebrauch davon, bis ich Ihnen ein Zeichen gebe.«

Da die Haustür offen stand, war der Besucher ohne zu läuten eingetreten und befand sich schon auf der Treppe. Hier schien er plötzlich zu zögern. Wir hörten, wie er wieder hinunterging. Dupin stand rasch auf und schritt nach der Tür; aber schon hörten wir den Mann wieder heraufkommen. Diesmal kehrte er nicht um, sondern trat entschlossen an unsere Zimmertür heran und klopfte.

»Herein!«, rief Dupin in heiterem, herzlichem Ton.

Ein Mann trat ein; er war offenbar Matrose; er hatte eine große, kräftige, muskulös aussehende Gestalt, und sein Gesicht trug einen offenen, verwegenen Ausdruck, der durchaus nicht abstoßend war. Sein stark von der Sonne verbranntes Gesicht wurde über die Hälfte von einem mächtigen Schnurrund Backenbart verdeckt. In der Hand trug er einen großen Eichenknüttel, schien aber sonst keine Waffe bei sich zu haben. Er verbeugte sich linkisch und sagte guten Abend, und zwar mit einem Akzent, der, obwohl er etwas nach Neufchâtel klang, doch seine Pariser Abstammung verriet.

»Setzen Sie sich, mein Freund«, sagte Dupin, »ich vermute, dass Sie wegen Ihres Orang-Utans kommen? Es ist ein außerordentlich schönes und dabei gewiss sehr wertvolles Tier; ich möchte Sie beinahe darum beneiden. Für wie alt halten Sie es wohl?«

Der Matrose holte tief Atem – mit der Miene eines Menschen, dem eine Last vom Herzen fällt, und erwiderte dann in ruhigem Ton:

»Das kann ich Ihnen nicht genau sagen, aber er kann kaum mehr als vier oder fünf Jahre alt sein. Haben Sie ihn hier?«

»Oh nein; hier hatten wir keinen passenden Raum, in dem wir ihn hätten unterbringen können. Er ist aber hier ganz in der Nähe, Rue Dubourg, in einem Stall untergebracht. Sie können ihn sofort bekommen. Sie können sich doch jedenfalls als rechtmäßigen Besitzer des Tieres ausweisen?«

»Gewiss kann ich das, Herr.«

»Es tut mir ordentlich leid, mich von dem Tier zu trennen«, sagte Dupin.

»Ich will nicht, dass Ihre Mühe unbelohnt bleibe, Herr. Das verlange ich nicht. Ich bin bereit, Ihnen für das Einfangen des Tieres eine angemessene Belohnung zu zahlen.«

»Nun«, antwortete mein Freund, »das ist ja gewiss recht schön. Lassen Sie mich nachdenken – was könnte ich wohl beanspruchen? Oh, ich will Ihnen sagen, was ich als Belohnung fordere: Sie sollen mir ganz genau alles mitteilen, was Sie über die in der Rue Morgue verübten Mordtaten wissen.«

Dupin hatte die letzten Worte in leisem, sehr ruhigem Ton gesprochen. Ebenso ruhig stand er nun auf, schritt auf die Tür zu, verschloss sie und steckte den Schlüssel ein. Dann zog er eine Pistole aus der Tasche und legte sie, ohne die geringste Erregung zu verraten, auf den Tisch.

Das Gesicht des Matrosen bedeckte sich mit einer glühenden Röte; es war, als kämpfe er mit einem Erstickungsanfall. Er sprang auf und ergriff seinen Knüttel, aber im nächsten Augenblick fiel er in seinen Stuhl zurück; er zitterte heftig, und seine Wangen wurden aschfahl. Er sprach kein Wort. Ich empfand tiefes Mitleid mit dem Mann.

»Mein Freund«, fuhr Dupin in gütigem Ton fort, »Sie regen sich ganz unnötigerweise auf; glauben Sie mir: Wir denken gar nicht daran, Ihnen irgendwie schaden zu wollen. Ich gebe Ihnen mein Wort als Ehrenmann und als Franzose, dass Sie von uns nicht das Geringste zu fürchten haben. Ich weiß, dass Sie an den in der Rue Morgue verübten scheußlichen Mordtaten unschuldig sind. Freilich lässt es sich nicht leugnen, dass Sie in gewisser Beziehung in diese Sache verwickelt sind. Aus dem, was ich Ihnen gesagt habe, werden Sie wohl erkennen, dass mir Mittel zu Gebote stehen, ganz genaue Erkundigungen über den Tatbestand einzuziehen – Mittel, deren Tragweite Sie nicht ermessen können. Die Sache steht nun so: Das, was geschehen ist, haben Sie nicht verhindern können, und jedenfalls haben Sie selbst sich nicht schuldig gemacht. Sie haben auch keinen Diebstahl begangen, obwohl Ihnen dazu glänzende Gelegenheit geboten war. Sie haben nichts zu verheimlichen, haben nicht den kleinsten Grund dazu. Als ehrenhafter Mensch sind Sie außerdem geradezu verpflichtet, alles zu gestehen, was Sie wissen. Ein vollständig Unschuldiger, auf den der Verdacht gefallen ist, diese Verbrechen begangen zu haben, ist festgenommen worden, während Ihnen der wirkliche Täter bekannt ist.«

Der Matrose hatte, während Dupin diese Worte sprach, seine Geistesgegenwart wiedererlangt, obwohl seine anfängliche Keckheit vollständig verschwunden war.

»So wahr mir Gott helfe«, sagte er nach einer kurzen Pause, »ich will Ihnen alles sagen, was ich von der Sache weiß, obwohl ich kaum erwarten kann, dass Sie meinen Worten Glauben schenken werden – es wäre töricht von mir, das zu denken. Und doch bin ich unschuldig, und ich will mein Herz erleichtern und Ihnen alles sagen, was ich weiß, und wenn es mich das Leben kosten sollte.«

Was er uns dann mitteilte, war Folgendes: Er war mit einem Schiff im indischen Archipel gewesen, und man war in Borneo gelandet. Einige Matrosen, denen er sich angeschlossen hatte, machten einen Ausflug in das Innere des Landes. Es gelang ihm und einem seiner Kameraden, einen Orang-Utan zu fangen. Da sein Gefährte bald darauf starb, kam er in alleinigen Besitz des Tieres.

Nach vielen Schwierigkeiten, die das Tier ihm auf der Reise durch seine unbezähmbare Wildheit verursachte, kam er endlich glücklich mit ihm in Paris an. Um der Neugier der Nachbarn auszuweichen, hielt er die Bestie vorläufig in seiner Wohnung eingeschlossen; sein Plan war, den Affen zu verkaufen, sobald dieser von einer Fuß-wunde geheilt sein würde, die er sich an Bord durch das Eindringen eines Splitters zugezogen hatte.

Er kam an dem Abend, oder besser gesagt, an dem frühen Morgen, an dem die Mordtaten verübt wurden, von einem Matrosenfest nach Hause zurück und fand dort die Bestie in seinem Schlafzimmer. Es war ihr gelungen, aus dem angrenzenden Gelass, wo der Matrose sie angebunden hatte und sicher verwahrt glaubte, aus-zubrechen. Er fand das Tier eingeseift und mit dem Rasiermesser in der Hand vor dem Spiegel, wo es sich zu rasieren versuchte; wahrscheinlich hatte es öfter durch das Schlüsselloch seinen Herrn bei dieser Beschäftigung beobachtet.

Entsetzt von dem Anblick einer so gefährlichen Waffe in den Händen des wilden Tieres, das möglicherweise einen furchtbaren Gebrauch davon machen würde, verlor der Mann im ersten Augenblick den Kopf. Indessen war es ihm bisher stets gelungen, das Tier, selbst wenn es sich noch so wild und unbändig erwies, durch Anwendung der Peitsche zu beruhigen, und zu diesem Mittel nahm er auch jetzt seine Zuflucht. Als aber der Orang-Utan die Peitsche sah, entsprang er mit einem Satz durch die geöffnete Zimmertür, jagte die Treppe hinab und entfloh durch ein zufällig offenes Fenster auf die Straße.

Der Franzose folgte in Verzweiflung. Der Affe, der immer noch das Rasiermesser in der Hand hatte, blieb zuweilen stehen, um sich nach seinem Verfolger umzusehen und ihm Grimassen zu schneiden. Wenn der Mann ihn dann beinahe erreicht hatte, lief er wieder in tollen Sprüngen weiter.

In dieser Weise setzte sich die Jagd lange fort. In den Straßen herrschte tiefe Stille; es war gegen drei Uhr morgens. Als der Flüchtling das hinter der Rue Morgue liegende Gässchen erreicht hatte, wurde seine Aufmerksamkeit durch den Lichtschein gefesselt, der durch das offene Fenster des im vierten Stock liegenden Zimmers der Madame L'Espanaye schimmerte. Das Tier stürzte auf das Gebäude zu, und als es den Blitzableiter bemerkte, kletterte es mit verblüffender Geschwindigkeit daran hinauf, klammerte sich an den weit offen stehenden

Fensterladen, gab sich einen Schwung und gelangte direkt in das Zimmer und auf das Kopfende des Bettes. Den Fensterladen stieß der Affe, sobald er in das Zimmer gedrungen, wieder zurück.

Der Matrose war sowohl erfreut als tief beunruhigt. Er hoffte, nun das Tier wieder einzufangen, denn es würde kaum einen anderen Ausweg aus der Falle, in die es geraten, finden als den Blitzableiter, und wenn es daran herunterkletterte, würde es nicht allzu schwer sein, sich seiner zu bemächtigen. Andererseits war Grund genug, zu befürchten, es werde in dem Haus Unheil anrichten. Diese letzte Erwägung bestimmte den Matrosen, den Flüchtling weiter zu verfolgen. An einem Blitzableiter in die Höhe zu klettern ist eine Aufgabe, die einem Matrosen nicht allzu große Schwierigkeiten bietet. Als er jedoch bis zur Höhe des Fensters, das links von ihm lag, gekommen war, konnte er nicht weiter. Es gelang ihm aber, sich so weit vorzubeugen, dass er einen Blick in das Innere des Zimmers tun konnte. Bei dem entsetzlichen Anblick, der sich ihm darin bot, wäre er beinahe vor Schrecken abgestürzt. Und dann wurde die Stille der Nacht plötzlich durch jenes furchtbare Geschrei unterbrochen, das die Bewohner der Rue Morgue aus dem Schlaf weckte. Madame L'Espanaye und ihre Tochter waren, in ihre Nachtkleider gehüllt, offenbar damit beschäftigt gewesen, irgendwelche Papiere in der schon erwähnten eisernen Geldkiste zu ordnen, die sie zu diesem Zweck mitten in das Zimmer gestellt hatten. Sie war offen, und ihr Inhalt lag auf dem Fußboden daneben. Die Opfer hatten wahrscheinlich so gesessen, dass sie dem Fenster den Rücken zukehrten; und da eine kleine Weile zwischen dem Eindringen des Tieres und dem entsetzten Angstgeschrei der Damen verstrich, ist es möglich, dass sie die Bestie nicht sogleich bemerkt hatten. Das Zurückschlagen des Fensterladens haben sie vielleicht dem Wind zugeschrieben.

Als der Matrose in das Zimmer blickte, hatte die riesige Bestie Madame L'Espanaye an dem lose herabhängenden Haar gepackt und schwenkte das Rasiermesser vor ihrem Gesicht, die Bewegungen eines Barbiers nachahmend. Die Tochter lag lang ausgestreckt und regungslos auf dem Fußboden; sie war ohnmächtig geworden. Das Geschrei und die Befreiungsversuche der alten Dame, der er das Haar aus dem Kopf riss, versetzten den Orang-Utan, der vorher vielleicht ganz friedliche Absichten gehabt hatte, in wildeste Wut. Mit einem kräftigen Schwung seines muskulösen Arms trennte er den Kopf der Dame beinahe ganz vom Rumpf. Der Anblick des Blutes steigerte seine Wut bis zur Tollheit. Zähnefletschend und mit funkelnden Augen stürzte er sich auf das junge Mädchen, grub seine entsetzlichen Krallen in ihren Hals und würgte die Unglückliche, bis sie tot war. Zufällig wohl fielen in diesem Augenblick seine wild rollenden Augen auf das Kopfende des Bettes, hinter dem das schreckensbleiche Gesicht seines Herrn sichtbar wurde. Die Wut des Tieres, das schon allzu oft die Bekanntschaft mit der Peitsche gemacht hatte, verwandelte sich sofort in feige Angst. Wohl wissend, dass es Strafe verdiene, schien es die Spuren seiner Bluttat rasch verwischen zu wollen; es lief in nervöser Hast im Zimmer umher, riss die Möbel um und zerschlug sie und zerrte die Kissen und Decken aus

dem Bett. Endlich ergriff es die Leiche der Tochter und stieß und zwängte sie gewaltsam in den Schornstein hinauf, wo sie dann später gefunden wurde. Dann stürzte es sich auf die der alten Dame und schleuderte sie kopfüber zum Fenster hinaus.

Als der Affe sich mit seiner verstümmelten Last dem Fenster näherte, fuhr der Matrose erschrocken zurück; voll Angst ließ er sich am Blitzableiter hinabgleiten und beeilte sich, so schnell als möglich nach Hause zu kommen, weil er die Folgen der Metzelei fürchtete. Um das Schicksal des Orang-Utans kümmerte er sich vorläufig nicht. Die Worte, welche von den die Treppe hinauflaufenden Leuten vernommen wurden, waren dem Matrosen in seinem Entsetzen entfahren. Das schrille, teuflische Gekreisch der Bestie hatte man irrtümlich für eine eigentümlich scharfe, heiser gellende menschliche Stimme gehalten. –

Mir bleibt kaum noch etwas hinzuzufügen. Der Orang-Utan muss, gerade ehe die Tür aufgebrochen wurde, durch das Fenster entwischt und an dem Blitzableiter herabgeglitten sein. Er ist schließlich doch, und zwar von seinem rechtmäßigen Besitzer, wieder eingefangen worden, der ihn zu einem hohen Preis an den ›Jardin des Plantes‹ verkauft hat. Lebon wurde sofort aus der Untersuchungshaft entlassen, nachdem wir im Büro des Polizeipräfekten den von einem Kommentar Dupins begleiteten genauen schriftlichen Bericht über diese Affäre niedergelegt hatten. Obwohl der Präfekt meinen Freund sehr hoch schätzte, konnte er doch eine gewisse Gereiztheit über die Wendung der Dinge nicht verbergen, und er verriet dies durch ein paar spöttische Bemerkungen über Leute, die ihre Nase in Dinge steckten, die sie im Grunde nichts angingen.

»Lass ihn reden«, sagte Dupin, der ihn keiner Antwort gewürdigt hatte, »lass ihn reden! Er will nur sein Gewissen dadurch beruhigen. Mir genügt es, ihn auf seinem eigenen Gebiet geschlagen zu haben. Übrigens ist es nicht zu verwundern, dass er die Lösung dieses Geheimnisses nicht zu finden vermochte. Unser Freund, der Präfekt, ist eben zu schlau, um tief sein zu können. Seine Weisheit hat keinen soliden Boden. Sie gleicht den Abbildungen der Göttin Laverna, d. h. sie besteht nur aus Kopf und hat keinen Körper – oder höchstens Kopf und Schultern – wie ein Stockfisch! Aber er ist darum doch ein ganz famoser Kerl. Ich habe ihn besonders gern und schätze ihn vor allem wegen einer Gabe, der er den Ruf, ein Genie an Scharfsinn zu sein, hauptsächlich verdankt, nämlich wegen seiner Vorliebe ›de nier ce qui est et d'expliquer ce qui n'est pas‹ – wie es in Rousseaus ›Nouvelle Héloïse‹ heißt.«

Quellenverzeichnis

Die Erzählungen dieses Bandes folgen der Ausgabe *Edgar Allans Poes Werke*. Hrsg. von Theodor Etzel. Gesamtausgabe der *Dichtungen und Erzählungen in sechs Bänden*. Berlin: Propyläen-Verlag 1922. Sie wurden auf neue Rechtschreibung umgestellt und behutsam überarbeitet.

Einzelnachweise:

Das Fass Amontillado, übersetzt von Gisela Etzel, aus: *Werke, Bd. 3*, Originaltitel: »The Cask of Amontillado«, erschienen November 1846, in: *Godey's Lady's Book*

Das Manuskript in der Flasche, übersetzt von Gisela Etzel, aus: *Werke, Bd. 6*, Originaltitel: »MS. Found in a Bottle«, erschienen 19. Oktober 1833, in: *Baltimore Saturday Visiter*

Das ovale Porträt, übersetzt von Gisela Etzel, aus: *Werke, Bd. 2*, Originaltitel: »The Oval Portrait«, erschienen April 1842, in: *Graham's Magazine*

Das schwatzende Herz, übersetzt von Gisela Etzel, aus: *Werke, Bd. 3*, Originaltitel: »The Tell-Tale Heart«, erschienen Januar 1843, in: *The Pioneer*

Das Stelldichein, übersetzt von Gisela Etzel, aus: *Werke, Bd. 2*, Originaltitel: »The Assignation«, erschienen Januar 1834, in: *Godey's Lady's Book*

Der Doppelmord in der Rue Morgue, übersetzt von Gisela Etzel, aus: *Werke, Bd. 3*, Originaltitel: »The Murders in the Rue Morgue«, erschienen April 1841, in: *Graham's Magazine*

Der Goldkäfer, übersetzt von Gisela Etzel, aus: *Werke, Bd. 3*, Originaltitel: »The Gold-Bug«, erschienen Juni 1843, in: *Dollar Newspaper*

Der Teufel der Verkehrtheit, übersetzt von Gisela Etzel, aus: *Werke, Bd. 3*, Originaltitel: »The Imp of the Per verse«, erschienen Juli 1845 in: *Graham's Magazine*

Der Untergang des Hauses Usher, übersetzt von Gisela Etzel, aus: *Werke, Bd. 2*, Originaltitel: »The Fall of the House of Usher«, erschienen September 1839, in: *Burton's Gentleman's Magazine*

Die Maske des Roten Todes, übersetzt von Gisela Etzel, aus: *Werke, Bd. 5*, Originaltitel: »The Masque of the Red Death«, erschienen Mai 1842, in: *Graham's Magazine*

Eleonora, übersetzt von Gisela Etzel, aus: *Werke, Bd. 2*, Originaltitel: »Eleonora«, erschienen Herbst 1841, in: *The Gift for 1842*

Hinab in den Maelström, übersetzt von Gisela Etzel, aus: *Werke, Bd. 5*, Originaltitel: »A Descent into the Maelström«, erschienen April 1841, in: *Graham's Magazine*

Hopp-Frosch, übersetzt von Gisela Etzel, aus: *Werke, Bd. 3*, Originaltitel: »Hop-Frog«, erschienen 17. März 1849, in: *Flag of Our Union*

König Pest, übersetzt von Gisela Etzel, aus: *Werke, Bd. 5*, Originaltitel: »King Pest«, erschienen September 1835, in: *Southern Literary Messenger*

Lebendig begraben, übersetzt von Emmy Keller, aus: *Werke, Bd. 6*, Originaltitel: »The Premature Burial«, erschienen 31. Juli 1844, in: *Dollar Newspaper*

Ligeia, übersetzt von Gisela Etzel, aus: *Werke, Bd. 2*, Originaltitel: »Ligeia«, erschienen September 1838, in: *Baltimore American Museum*

Metzengerstein, übersetzt von Gisela Etzel, aus: *Werke, Bd. 2*, Originaltitel: »Metzengerstein«, erschienen 14. Januar 1832, in: *Philadelphia Saturday Courier*

Wassergrube und Pendel, übersetzt von Gisela Etzel, aus: *Werke, Bd. 3*, Originaltitel: »The Pit and the Pendulum«, erschienen 1842–1843, in: *The Gift: A Christmas and New Year's Present*

William Wilson, übersetzt von Gisela Etzel, aus: *Werke, Bd. 2*, Originaltitel: »William Wilson«, erschienen Oktober 1839, in: *The Gift. A Christmas and New Year's Present for 1840*